KB139210

내가 있는 곳이
낙원이다

내가 있는 곳이 낙원이다

초판 1쇄 찍은 날 ㅣ 2013년 11월 13일
초판 1쇄 펴낸 날 ㅣ 2013년 11월 20일

지은이 ㅣ 이수림
펴낸이 ㅣ 서경석

편 집 장 ㅣ 권태완
편집책임 ㅣ 장미연
편   집 ㅣ 손수화
디 자 인 ㅣ 이혜정

펴낸곳 ㅣ 도서출판 청어람
등록번호 ㅣ 제1081-1-89호
등록일자 ㅣ 1999. 5. 31
어람번호 ㅣ 제5-0352호

주소 ㅣ 경기도 부천시 원미구 심곡2동 163-2 서경B/D 3F (우) 420-822
전화 ㅣ 032-656-4452 팩스 ㅣ 032-656-4453
http://www.chungeoram.com
E-mail ㅣ chungeorambook@daum.net

ⓒ 이수림, 2013

ISBN 978-89-251-3553-3 03810

※ 파본은 구입하신 서점에서 교환하여 드립니다.
※ 저자와 협의하여 인지를 붙이지 않습니다.
※ 이 책은 도서출판 청어람과 저작자의 계약에 의해 출판된 것이므로,
   무단 전재 및 유포 · 공유를 금합니다.

아서 칼켄트 이야기

내가 있는 곳이
낙원이다

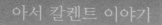

이
수
림

장
편

소
설

Chungeoram romance novel

청
람

Contents

※ ""는 영어, 「 」는 한국어입니다.

프롤로그

"이거 우연이로군."

햇빛은 목소리가 들려온 곳으로 고개를 돌렸다. 5미터 거리에 한 사내가 바닥에 등을 댄 채 힘없이 쓰러져 있었다. 햇빛의 눈에 먼저 들어온 건, 쏘아보듯 그녀를 빤히 쳐다보는 사내의 아름다운 이목구비가 아니라 붉은 액체였다. 사내가 걸친 슈트 재킷 여기저기에 흠뻑 묻어 있는 것.

햇빛은 아주 잠깐, 눈만 깜빡였다. 그리고 곧 피비린내를 맡았다. 역겹다는 생각이나 무섭다는 느낌이 아니라, 동정심과 걱정이 폭포처럼 솟구쳤다.

"괜, 괜찮아요?"

반사적으로 내뱉었으나 햇빛은 자신이 실수했다는 것을 깨달았다. 이럴 때가 아니다. 그녀는 사시나무처럼 덜덜 떨리는 손을 움

7

직여 휴대전화를 꺼내 119를 황급히 눌렀다.

아니, 아니야.

햇빛은 이곳이 한국이 아니라 영국이라는 것을 떠올리고는 999를 눌렀고, 떨리는 목소리로 많이 다친 사람이 있다는 사실을 빠르게 말했다.

[위치를 말씀해 주시겠어요?]

질문하는 999 직원의 목소리는 아주 차분했다. 덕분에 햇빛은 바로 앞 벽에 붙어 있는 골목의 이름을 이야기할 수 있었다. 하지만 이것만으로 부족했다.

햇빛은 휴대전화를 압착하듯 귀에 꼭 댄 채로 고개를 움직였다. 해가 져서 어두웠으나 10여 미터 앞에 골목이 끝난 자리에 있는 상가 건물이 보였다. 상가를 차지하고 있는 건 아주 큰 펍(Pub)이었다.

[펍의 이름은요?]

펍 앞이라고 이야기하자 직원이 그렇게 물어왔다. 영어를 네이티브처럼 아주 잘 하는데다가 방금까지 잘 대화하고 있었으나, 이 순간 햇빛은 갑자기 펍의 간판을 읽을 수가 없었다.

"그, 그러니까, 펍 이름이―"

"내가 있는 곳이 낙원이다."

햇빛에게 답을 준 건 쓰러져 있는 사내였다. 널브러진 것처럼 바닥에 힘없이 쓰러져 있는 사내는 목소리만 들어서는 고통을 그다지 느끼지 않는 것 같았다. 으르렁거리는 것처럼 거칠고 짙었으나, 견딜 수 없는 통증은 풍겨 나오지 않았으니까.

그러나 상체가 피로 흥건한 것으로 보아, 분명 사내는 큰 상처를 입은 게 분명했다. 더군다나 붉은 피로 절반쯤 가려진 얼굴은 백지장보다 더 새하얀 색이었다. 엄청난 출혈 때문이리라.

"볼테르의 명언이로군. 젠장, 프랑스 놈의 말을 간판으로 삼다니. 영국인이 자존심도 없나?"

사내는 낮게 비속어를 중얼거렸다. 못마땅한 기색이 역력했다. 햇빛은 사내의 말이 황당했으나, 그것보다 다른 사실을 알아차렸다. 사내는 목소리가 점차 작아졌으며 그녀에게 고정되어 있던 눈동자의 빛도 흐려지고 있었다.

[환자분이 의식이 있습니까?]

999 직원의 질문이 울렸다. 햇빛은 휴대전화를 꼭 쥔 채로 내뱉었다.

"곧 기절할 것 같아요. 빨리 오세요!"

[구급차가 가고 있습니다. 그러니―]

햇빛은 답을 마저 듣지 못했다. 피에 젖은 사내의 긴 속눈썹이 파르르 떨리더니 감겼기 때문이다. 햇빛은 몇 걸음 되지 않는 거리를 달려가 사내 앞에 앉았다.

"이보세요! 잠들면 안 돼요!"

손이 여전히 떨렸으나 햇빛은 주먹을 쥐었다가 편 뒤 사내의 코밑에 댔다. 미세한 호흡이 느껴졌다. 햇빛이 안도하면서도 깨어나라고 말하기 위해 입을 열 때였다. 어느새 보랏빛으로 변한 사내의 입술이 달싹거렸다.

"……나를."

햇빛은 사내가 뭔가 할 말이 있다는 것을 깨닫고 고개를 숙여 입술 가까이 귀를 가져갔다.

"기억 못하는군."

의식이 꺼지기 직전인 듯 아주 작은 목소리였다. 그러나 햇빛은 알 수 있었다. 죽을지도 모르는 중상을 입었는데도 분명 사내는 짜증을 내고 있었다.

그녀는 고개를 들어 사내의 얼굴을 보았고, 사내는 시선에 답하 듯 갑자기 눈을 떴다. 얼음처럼 아주 차가우면서 동시에 불처럼 아주 뜨거운 눈빛이었다.

햇빛은 마치 쏜살같이 날아온 무형의 화살에 심장을 꿰뚫리는 느낌이었다. 바로 그때, 사내가 다시 한 번 눈을 감으며 화를 토하 듯, 그러나 갈수록 희미해지는 목소리로 내뱉었다.

"짜증 나는 여자 같으니라고……."

그녀는 그때서야 깨달았다, 이 사내가 누구인지.

1

6개월 전.

"미즈(Ms), 잠시 엔진을 끄고 초대장을 보여주십시오."

새까만 슈트를 반듯하게 차려입고 귀에 리시버(Receiver:휴대용 무전기)를 꽂은 수많은 경호원들이 드넓은 저택 정문을 가로막고 있었다. 그들 가운데 한 명이 정중하고도 절도있는 태도로 한 손을 내밀자, 햇빛은 요청대로 엔진을 끈 뒤 핸드백에서 초대장을 꺼내서 건네주었다. 경호원이 휴대기기로 초대장에 박혀 있는 바코드를 찍을 때, 햇빛은 높은 정문 위로 보이는 안쪽을 홀린 듯한 눈빛으로 바라보았다.

이스트맥 백작 가문은 영국의 유서 깊은 귀족가로, 3층짜리 저택은 마치 궁전 같았다. 검은색 지붕은 강렬한 힘이 느껴졌고 양쪽 가장자리에 비치된 거대한 대리석 기둥은 위풍당당했다. 그러나 보는 이를 짓누를 정도로 위압적인 건 아니었다. 석조의 회색 빛깔은 더없이 기품있고, 반듯한 격자 창문 사이에 배치되어 있는 다양한 종류의 섬세한 조각상은 매우 아름다워서 보는 이들의 탄성을 자아냈다.

"환영합니다, 미즈 김. A구역 입구로 차를 몰고 가시면 발렛 파킹 직원이 나올 겁니다. 왼쪽 길로 가세요."

초대장을 다시 한 번 꼼꼼하게 확인한 경호원은 환영의 미소를 지으며 손을 들었다. 그러자 햇빛의 차를 가로막은 두꺼운 정문이 열렸다. 아름답고 거대한 저택의 전면이 펼쳐졌다.

이미 해가 진 상황이라 어두운 가운데 저택은 세상을 밝히는 빛처럼 보였다. 저택에 가득한 황홀한 빛과 수많은 꽃 덕분이었다. 부드럽고 은은한 황금빛을 흘리는 은색 촛대가 어디에서나 보였고, 다양한 빛깔의 꽃 또한 눈이 닿는 모든 곳에 장식되어 있었다.

햇빛은 특히 꽃 장식에 감탄하고 또 감탄했다. 섬세한 느낌의 분홍빛 달리아, 봉오리의 라인이 더없이 예쁜 디디스쿠스, 순결한 흰색으로 빛나는 스위트피, 고풍스러운 크림빛의 치자까지. 자연스럽게 장식된 모든 꽃은 사랑스러운 부케 같아서 결혼 기념 파티에 완벽하게 어울렸다. 신혼부부만의 로맨스가 풍겨 나온다고 할까.

햇빛이 잠시 넋을 잃었을 때, 뒤에서 재촉하는 경적 소리가 울렸다. 햇빛은 서둘러 운전을 재개하면서 사이드미러로 뒤의 차를 보았다. 새빨간 스포츠카였다. 미안하다고 생각하면서 햇빛은 안전을 위해 운전에 집중했다.

A구역은 저택의 뒤에 위치한 주차장이었다. 경호원이 아까 안내해 준 대로 입구에 내리자 반듯하고 기품있는 유니폼을 입은 30대의 여자와 20대 초반의 남자가 다가왔다. 둘은 정중하게 햇빛에게 인사했다.

"안녕하세요, 미즈 김. 키는 제게 맡기시면 됩니다."

"저를 따라오세요, 레이디 칼켄트께 안내해 드리겠습니다."

햇빛은 남자와 여자의 가슴에 달린 명찰을 보았다. 더스틴 벨트란, 지나 핸킨스.

"고마워요, 미스터 벨트란, 미즈 핸킨스."

햇빛은 상냥하게 성을 부르며 인사했다. 두 명의 직원 모두 더 크게 미소 지을 때였다. 햇빛의 뒤에 끽 하는 소리가 나면서 차가 급정거했다. 깜짝 놀란 햇빛은 돌아보았다가 아까 자신의 차 뒤에서 경적 소리를 냈던 새빨간 스포츠카를 발견했다.

"브리스톨 파이터(Bristal Fighter)!"

더스틴은 스포츠카를 보고 두 손을 기도하듯 깍지 끼고는 눈을 초롱초롱하게 빛냈다. 곧 문이 열리면서 한 사내가 나왔다. 최고급 턱시도를 차려입은 근사한 남자였다.

"로드(Lord:백작의 후계자를 부르는 호칭)! 역시 로드의 차로군요. 또 새로 뽑으셨어요? 크아, 브리스톨 파이터라니! 이거 타고 다니면 여자들이 많이 쳐다보죠?"

사내는 어깨를 으쓱거렸다.

"뭘 타고 다니든 여자들은 날 쳐다봐."

"하긴, 그렇죠."

더스틴이 쉽게 수긍하자 사내는 오만하게 미소 짓고는 키를 던졌다.

"나중에 한 번 타봐. 일단은 그 딱정벌레부터 주차해 두고."

"네!"

더스틴은 사내가 던진 차 키를 진귀한 보물처럼 고이 주머니에 넣고는 햇빛의 차로 향했다.

"로드, 오셨군요."

여자 직원, 지나의 인사는 조금 달랐다. 햇빛에게는 지극히 정중하면서도 거리가 있는 태도였는데, 사내에게는 얼굴 가득 환한 애교를 담아 하트가 된 눈으로 쳐다보고 있었다. 몸을 살짝 꼬는 것을 보니 수줍어하는 게 분명했다.

"형의 결혼 기념 파티이니 당연히 와야지. 그동안 잘 있었지? 예전보다 훨씬 예뻐졌네."

사내의 목소리는 다크 초콜릿처럼 짙으면서도 와인처럼 그윽했다. 듣는 이의 심장에 여운이 남는 목소리. 그러나 지나에게 지분거리는 어투는 지나치게 가벼워서 언뜻 천박하기까지 했다.

"아이 참, 로드도."

지나는 얼굴을 발갛게 물들이며 눈을 흘겼다. 사내는 미소 짓더니, 몸을 빙글 돌려 햇빛과 마주했다.

"아, 이런. 미인을 앞에 두고 인사를 안 했네."

사내가 한 걸음 앞으로 다가왔다. 그저 한 걸음 뿐인데도 햇빛은 순간 압도당하는 느낌이었다.

사내는 180㎝가 훌쩍 넘는 큰 키에 몸집은 늘씬하고, 아주 우아한 긴 팔과 다리를 가진 존재였다. 그리고 그야말로 끝내주는 얼굴의 소유자.

마치 최상급의 도자기처럼 새하얗고 흠집 하나 없는 살결이었다. 매끈한 턱 위의 입술은 남자의 것 답지 않게 도톰하면서 붉었고 코는 오똑했다. 그리고 흑진주를 품은 것처럼 새까맣게 빛나는 눈은 기억에 깊이 아로새겨질 만큼 강렬했다.

그뿐만이 아니었다. 눈동자만큼이나 새까만 사내의 머리카락은 어찌나 결이 좋은지 실크처럼 반짝이고 있었다. 다소 길어서 약간 헝클어진 상태로, 섹시한 퇴폐미가 철철 넘쳐흘렀다.

햇빛은 손을 뻗어 촉감을 확인하고픈 충동이 불쑥 들었다. 그리고 갑자기 목이 탔다.

"아서 칼켄트."

사내, 아서는 눈부실 정도로 환한 웃음을 보여주었다.

"아서라 부르세요."

햇빛은 입술을 벌렸다. 그러나 목이 갑자기 말랐기에 소리가 나오질 않았다. 햇빛은 입술을 닫아서 마른침을 삼킨 뒤에야 말할 수 있었다.

"전 썬샤인 김이라고 해요. 썬샤인이라고 부르세요."

"한국인이신가요? 그렇다면 신부의 친구분?"

"네."

"전 신랑의 동생입니다. 지나, 썬샤인을 레이디 칼켄트에게 안내할 생각인가?"

"네. 파티가 시작되기 전에 레이디 칼켄트께서 접견실에서 미즈 김을 만나보고자 하셨어요."

"내가 안내하지. 썬샤인, 가시죠."

아서는 손을 내밀었다. 햇빛은 잠시 망설였으나 손을 잡았고, 아서는 그녀의 손을 겨드랑이로 가져가서 자연스럽게 에스코트했다.

늘씬하지만 단단한 근육질. 온기, 아니, 뜨거운 체온이 느껴지는 육체는 분명 사내의 것이었다. 한순간 심장이 너무도 격렬하게 뛰자 햇빛은 당황했으나 여기서 밀치듯 손을 빼는 건 큰 무례라는 걸 잘 알았다. 그녀는 함께 걸어가면서 저택 내부를 살펴보는 것으로 당혹스러운 마음을 가라앉혔다.

드높은 천장에는 몇백 년 전에 화가들이 혼신의 힘을 다한 솜씨로 직접 그린 예술적인 그림이 있었고, 벽에는 역시 수백 년 전에 만들어진 아름다운 태피스트리와 그림이 걸려 있었다. 사이사이에 비치된 고풍스러운 여러 가구는 아주 오래된 것인 듯싶었으나 깔끔하면서도 세련된 느낌이 났다. 금은 빛으로 저택 내부를 밝히는 샹들리에는 화려하지만, 사치스럽지 않은 기품이 흘러나왔다.

햇빛은 몇 년 전에 가본 프랑스의 고성이 떠올랐다. 그곳과 이 저택의 차이점이라면 이곳은 사람이 살고 있다는 증거인 훈훈한 기운이 흐른다는 점이었다. 더군다나 결혼 파티라는 테마 덕분에 보이는 곳곳마다 사랑스러운 꽃이 그득해서 로맨틱한 분위기가 우러나왔다.

"어때요? 다 관찰했습니까?"

주변을 보며 감탄하면서 걷는 햇빛에게 아서의 질문이 날아들었다. 햇빛은 그의 얼굴을 올려다보았다. 아서는 아까와는 달리 천박하거나 가벼워 보이지 않았다. 진중하면서도 그윽한 눈빛을 하고 있었다.

"감탄하는 표정이군요. 갖고 싶지요?"

"네?"

"이 저택 말입니다."

문득, 햇빛은 그의 신분을 깨달았다. 아서 칼켄트는 이 저택을 비롯해서 이스트맥 백작 가문의 모든 것을 가질 수도 있는 위치였다. 임신 중인 재인이 출산하면 순위가 달라지겠지만 현(現) 백작인 알렉산더 칼켄트의 후계자, '로드'는 분명 이 남자니까.

그의 신분에 대해서 생각하니 순간 아득한 느낌이 들었다. 그러나 햇빛은 가볍게 미소 지으며 솔직하게 답했다.

"네, 갖고 싶어요."

"아, 솔직하군요."

"갖고 싶은 마음이 당연히 들 정도로 이 저택은 정말 아름다우니까요."

햇빛은 빙긋 웃었고, 아서는 고개를 살짝 삐딱하게 내렸다.

"으흠. 특이하네요. 보통은 탐욕을 가득 담은 눈빛으로 갖고 싶지 않다고 거짓말을 하는데."

햇빛이야말로 백작의 동생이자 귀족인 이 남자가 특이했다. 보통 영국의 상류층은 직설적인 표현은 삼가고 답답할 정도로 돌려 말하기 때문이었다. 더군다나 지금의 목소리와 눈빛은 마치 비꼬는 것 같기도 했다. 햇빛은 불쾌감을 표하는 대신 싱긋 웃었다.

"전 거짓말은 하지 말자는 주의라서요. 단."

"단?"

"몸무게 이야기를 할 때를 제외하면요."

아서는 고개를 뒤로 젖히면서 크게 웃었다. 그의 웃음소리는 맑으면서도 호탕했다. 눈빛 또한 즐겁게 일렁이고 있었다.

"재미있는 분이군요. 빼어난 미인이기도 하고."

종종 듣는 칭찬이었으나 오늘따라 햇빛은 얼굴이 화끈거렸다. 그녀의 뺨이 발갛게 물들자 아서는 걸음을 멈추고 그녀를 가만히 내려다보았다. 새까만 눈동자가 살짝 작아지면서 더욱 그윽한 빛을 뿜었다. 햇빛은 두근거리는 심장을 안고 가볍게 물었다.

"제 얼굴에 뭐가 묻었나요?"

"끌리네요."

"네?"

"썬샤인, 당신."

아서는 햇빛의 왼쪽 손목을 붙들어 입가로 가져가 손등에 입을 맞추었다.

불꽃이 내려앉는 기분이다. 불의 도장이 찍히는 느낌.

햇빛은 너무도 놀라 손을 빼듯이 뒤로 가져갔다. 아서는 부드럽게, 아니, 상냥하게 미소 지었다.

"아, 순진하군."

햇빛은 얼굴을 새빨갛게 물들이고야 말았다. 정말로 부끄러웠다.

"……신기해."

이상하게도 아서는 상당히 놀란 어투였다. 햇빛은 그가 상당히 당혹스러워한다는 것을 깨달았다. 어떤 충격적인 일을 생전 처음 겪는 것 같은 얼굴.

"정말로 끌리다니……."

아서는 혼잣말하듯 중얼거리고는 다시 손을 뻗어 햇빛의 뺨에 댔다. 그의 손바닥은 부드럽지 않고 단단한 굳은살로 그득했다. 예상과는 다른 거친 촉감은 짜릿한 정전기가 되어 햇빛의 온몸으로 퍼져 나갔다.

햇빛은 눈을 감았다. 그리고 떴다.

아서 칼켄트가 보였다. 그의 새까만 눈동자는 횃불처럼 이글거리면서도 얼음처럼 차디찼다. 두 가지의 전혀 다른 빛은 지독히도 강렬하게 그녀를 관통했다.

순간 지진이라도 난 것처럼 온 세상이 뒤흔들리는 가운데, 햇빛은 보았다. 그녀에게 고정한 아서의 눈빛이 더없이 간절해지는 것을.

그는 마치…… 세상에 존재하는 여자가 단 한 명뿐인 것처럼 그녀를 바라보고 있었다.

"아서?"

햇빛은 반쯤은 한숨 쉬듯, 반쯤은 질문하듯 그의 이름을 내뱉었다. 그러자 아서는 마치 차가운 물이라도 뒤집어쓴 것처럼 눈을 크게 뜨고는 손을 즉시 거두었다.

"실례했습니다."

한 걸음 뒤로 물러나는 아서의 얼굴은 딱딱하게 변한 상태였다. 스스로도 이해할 수 없는 행동을 한 사람처럼, 미간을 한껏 찌푸린 상태였다. 언뜻, 대단히 혼란스러워 보이기도 했다.

"접견실은 저 계단을 따라 한 층만 올라가시면 됩니다."

아서는 한 손으로 계단을 정중하게 가리키고는 두 손을 뒤로 감추었다. 마치 손을 그녀에게 뻗을까 봐 저어하는 것처럼.

확실히 이상하긴 했다. 그러나 햇빛은 무슨 말을 해야 할지 알 수가 없었다. 그녀는 고개만 살짝 끄덕인 뒤 등을 돌렸고, 돌아보고픈 마음을 누르고는 천천히 계단으로 움직였다. 온몸이 미세하게 떨렸다.

아서의 말대로 한 층을 올라가자 대기 중인 직원이 햇빛을 접견실 앞으로 안내했다. 안에는 일주일 전에 결혼식을 올린 새 신부, 재인이 있었다.

「햇빛아, 어서 와.」

예전에는 이재인이었고, 이제 이스트맥 백작부인이 된 재인 칼켄트는 햇빛과 같은 한국인이었다. 재인은 환하게 웃으며 한국어로 친구를 맞이했다.

「나야말로 초대해 줘서 고마워.」

「이 저택 정말 아름답지?」

햇빛은 재인에게 한쪽 눈을 찡긋해 보였다.

「응. 하지만 이 집보다는 네가 더 아름다워. 결혼 진심으로 축하해.」

「고마워.」

친구의 칭찬에 재인의 뺨이 발그레하게 변했다. 굉장한 미인인 재인은 임신 5개월째에 접어들었음에도 아름다움이 그대로였다. 아니, 이전보다 훨씬 더 빛났다. 하지만 지금은 긴 속눈썹을 파르르 떨고 있었다.

「햇빛아, 와줘서 정말 고마워. 백작부인으로서 공식 파티를 여는 건 처음이거든. 참석자도 삼백 명이나 되고…… 긴장이 돼.」

「넌 잘할 거야.」

햇빛은 손을 뻗어 친구의 손을 잡고는 씩 웃으며 다른 손으로 자신의 가슴을 두드렸다.

「이 언니, 믿지?」

재인이 미소 지었다. 햇빛은 마주 웃고는 동갑인 친구를 껴안으면서 속삭였다.

「파티도 잘 치를 거고 백작부인으로서도 완벽할 거야. 물론 행복하게 잘살 거고. 넌 그럴 자격이 충분해.」

다섯 달 전까지만 해도 햇빛은 재인과 잘 아는 사이가 아니었다. 1년 반쯤 전, 둘 다 한국에서 살았을 당시, 엄격하면서도 잔인한 상류층의 사교계에서 그나마 대화가 통하는 사이였을 뿐이었다. 엄밀하게 따지자면 친구라고도 할 수 없었던 관계.

그러다가 재인이 결혼식장에서 약혼자에게 버림받고 런던으로 떠난 가운데, 햇빛도 사정상 런던으로 왔다가 우연히 재인과 만나게 되었다. 급속히 친해진 건 이 뒤의 일이었다. 재인이 그동안 어떤 일을 겪었는지 잘 아는 건 아니지만, 햇빛은 소중한 친구가 앞으로 행복하기를 진심으로 바랐다.

「정말 고마워.」

재인은 이제 긴장감을 놓았는지 한결 편해진 표정으로 다시 수줍게 웃으며 고마워했다. 햇빛 또한 환하게 웃을 때, 턱시도를 걸친 남자가 노크한 뒤 안으로 들어왔다. 결혼 파티의 또다른 주인공인 새신랑, 알렉산더 칼켄트였다.

늘씬하고도 강력한 힘이 느껴지는 몸집에 황금빛의 머리카락, 푸른 눈동자를 가진 알렉산더는 굉장한 미남인데다가 이스트맥 백작이면서 세계적인 대기업 EC그룹의 회장이었다. 햇빛은 그런 대단한 신분이 아니라 알렉산더가 친구를 진심으로 사랑하는 남자라는 게 기뻤다.

지금만 해도 알렉산더는 얼굴 가득 환한 미소를 지으며 재인을 바라보고 있었다. 세상의 모든 사랑을 품고 있는 눈빛이었다. 재인은 똑같은 미소를 얼굴에 담은 채 친구를 소개했다.

"알렉, 이야기했죠? 내 친구 썬샤인 김이에요."

"안녕하세요, 미즈 김."

알렉산더의 태도는 더없이 정중했다. 햇빛이 예의 바르게 마주 인사한 뒤 축하의 인사를 건넬 때였다. 쿵쿵거리는 무례하고도 거친 노크 소리가 울리더니 답도 기다리지 않고 문이 활짝 열렸다.

"어이, 형."

아서는 햇빛과 헤어진 지 10분도 안 되는 그 짧은 시간 동안 대체 뭘 했는지, 턱시도 타이가 실종된 상태였다. 또한 셔츠의 윗단추 두어 개가 풀어져서 꽤나 느슨해 보였다.

햇빛은 곧 깨달았다. 아서의 아랫입술에는 희미하게 여자의 립

스틱 자국이 묻어 있었다. 그는 방 안으로 걸어오면서 슥슥 자국을 닦았다.

"왔군."

동생이 엉망인 채로 왔으나 알렉산더는 눈썹 하나 까딱하지 않았다. 익숙한 일이기에 그렇다는 것을 햇빛이 깨달았을 때, 알렉산더는 왼손으로는 재인과 깍지를 낀 채 오른손을 내밀어 아서를 가리키며 아내에게 소개했다.

"재인, 여긴 내 동생 아서. 구면이지?"

"난 처음 만나는 거라고 생각하고 있어요. 안녕하세요, 아서. 와줘서 고마워요."

재인은 상냥하게 미소 지으며 인사했고, 아서가 고개를 삐뚜름하게 까딱였다. 동생의 태도가 못마땅한 듯 알렉산더는 아서의 어깨를 주먹으로 가볍게 때렸다. 그러자 아서는 마치 형의 손길이 굉장히 아픈 것처럼 움찔거렸다. 알렉산더는 즉시 정색했다.

"어디 아픈 거냐? 다친 거야?"

"아, 여기 오기 전에 맞았거든."

아서는 한쪽 눈을 찡그렸다가 곧 펴고는 빙긋 웃었다.

"자작부인을 유혹하다가 자작에게 들켰지 뭐야."

아서는 천박하게 느껴질 만큼 아주 가볍게 말을 이었다. 알렉산더는 눈을 가늘게 뜨고 동생을 쳐다보았다. 아서는 호탕하게 웃으며 두 손바닥을 펼쳤다.

"알았어, 알았어. 앞으로 유부녀에겐 눈길도 안 줄게."

"많이 다친 건 아니지?"

언뜻 봐도 알렉산더는 상당히 걱정하는 기색이었다.

"괜찮아."

아서는 빙그러니 웃고는 몸을 옆으로 돌려 한 발자국 뒤로 물러나 있던 햇빛에게 시선을 주었다. 햇빛은 아서가 고개를 옆으로 까닥이고는 한쪽 입술을 만족감으로 위로 치켜 올리는 것을 보았다. 마치 육식동물이 먹잇감을 발견한 것 같은 태도였다.

"아서."

그 사실을 눈치챈 알렉산더가 옆에서 묵직하게 한마디 던졌다.

"미즈 썬샤인 김은 재인의 소중한 친구다."

아내의 친구이니 접근하지 말 것.

햇빛조차 알렉산더의 말뜻을 알아들었다. 아서는 씩 웃고는 껄렁하게 고개를 까닥이더니 문을 가리켰다.

"파티, 이제 시작할 때 아닌가?"

"맞아. 재인, 이만 나가지."

알렉산더는 아내를 향해 손을 내밀었다. 재인은 수줍은 미소를 지으며 알렉산더와 깍지를 낀 채 방을 나섰다. 햇빛이 천천히 따라가다가 아서를 지나쳤다. 그는 여전히 그녀를 뜨거운 눈으로 뜯어보고 있었다.

햇빛은 저 눈빛이 거북했다. 끌린다는 말을 했을 당시에도 저렇게 노골적이진 않았다. 지금은 아까 A구역 주차장에 처음 등장했을 때처럼 천박해 보였다.

더군다나, 왜 처음 보는 것처럼 대하는 거지? 아까 만난 적이 없는 것처럼?

뭔가 이상했으나 햇빛은 생각을 접고 걷기 시작했다. 이 사내가 어떤 사람인지는 중요하지 않으니까.

파티가 열리는 장소는 저택 1층 앞에 펼쳐진 중앙 정원이었다. 온갖 종류의 나무와 다양한 허브가 심어져 있는 드넓은 정원은 아주 깔끔하면서도 자연스럽고 여유로운 공간이었다.

정원의 중앙, 동그랗고 넓은 공터에는 새하얀 레이스 식탁보가 깔린 테이블이 위로 된 디귿 자 모양으로 배열되어 있었다. 은식기와 분홍빛 장미가 장식된 화기(花器), 황금빛으로 일렁이는 촛대 그리고 서른 명의 챔버오케스트라 단원들이 만들어내는 달콤한 선율의 음악.

갓 결혼한 신혼부부의 로맨스가 녹아들어 있는 공간이었다. 삼백여 명의 파티 참석자들은 사랑과 행복의 아우라를 풍기는 이스트맥 백작 부부를 진정으로 환영했고, 기분 좋게 파티를 즐기기 시작했다.

"재인의 친구라면, 재인처럼 위틀 컬리지(Writtle College)에 다닙니까?"

한국에서도 상류층 파티에 참석한 적은 많지만, 영국 귀족 계층의 파티에 참석한 건 처음인데다가 딱히 아는 사람이 없기 때문에 햇빛은 상당히 긴장한 상태였다. 그러나 옆자리를 차지하고 앉은 아서가 종종 말을 걸어준 덕분에 차츰 편안해졌다.

그러나 그렇다고 긴장이 완전히 풀린 건 아니었다. 다른 종류의 불편함이 그녀의 온몸에 가득했다. 아서가 여전히 천박하리만치 뜨거운 눈으로 그녀를 뜯어보고 있기 때문이었다.

"네. 3년 과정에 다녀요."

"전공은요? 재인처럼 플로리스트 관련?"

"네."

"아, 그렇군요. 오늘 결혼식은 꽃을 많이 썼는데 전공자가 보기엔 어떤 것 같습니까?"

너무도 노골적인 눈빛과는 달리 아서는 적절하게 대화를 이끌었는데, 문득 햇살은 깨달았다. 아서는 그녀에게 질문만 하고 있을 뿐 본인에 대한 이야기는 전혀 하질 않고 있었다.

아서가 어떤 행동을 하든 상관할 바가 아니긴 했다. 하지만 뭔가 이상하다는 느낌이 들었다. 햇빛은 미세하게 미간을 찌푸리다가 자리에서 일어났다.

"어딜 갑니까?"

아서가 그녀의 손목을 잡아챘다. 햇빛은 그가 서둘러 손목을 놓기를 바라며 사실대로 말했다.

"화장실이오."

보통 여자가 이렇게 말하면 최소한 놀라는 눈빛일 텐데, 아서는 전혀 그렇지 않았다.

"다녀오세요."

아서는 빙긋 웃으면서 손까지 흔들어주었다. 당황한 건 햇빛이었다. 그녀는 얼굴을 살짝 붉히며 저택 1층으로 걸어갔다.

백작 가문의 저택답게 화장실은 아주 넓고 호화로웠으나 햇빛은 구경할 정신이 없었다. 그녀는 화장실 칸으로 들어가 뚜껑을 닫고 위에 앉았다. 화끈거리는 뺨에 손을 얹으며 한숨을 내쉴 때였다. 두어 명의 여자가 수다를 떨면서 화장실로 들어오는 소리가 났다.

"아서 칼켄트, 진짜 섹시하지 않니?"

"외모만 그런 게 아니래. 내 대학교 동창이 그랬어. 침대에서도 끝내준대."

영국 여자 귀족들도 화장실에서는 이런 대화를 하는구나.

햇빛은 똑같은 일이 벌어지는 한국의 사교계를 떠올렸다. 보통 이런 때는 아무것도 못 들은 척 나가는 게 가장 좋은 방법이었다. 본인 이야기가 아닌 이상.

"그런데 아서 칼켄트 옆에 있던 여자는 누구지? 지금 애인인 가? 굉장히 뜨겁게 쳐다보던데."

햇빛은 손잡이를 잡았으나 열지 못했다.

"그런가 봐. 뭐, 얼마나 가겠어? 일주일이나 만나면 다행이지. 아서 칼텐트가 다음에 혼자 있을 때 한번 접근해 봐야겠어. 웬만한 여자가 손짓하면 다 받아준대. 금방 떠나지만."

"좀 그렇지 않아? 만날 스포츠카 타고 다니면서 여자나 유혹한다던데? 형은 훌륭한데 동생은 어째서 저런지……. 어렸을 때는 수학 천재였다던데, 왜 저런 망나니가 된 거지?"

"그래도 돈 많잖아. 잘생기고 침대에서도 끝내주는데 뭐 어때?"

한 여자는 혀를 찼고 다른 여자는 들뜬 기색으로 깔깔거렸다. 그리고 나머지 한 명의 여자, 햇빛은 다른 두 명의 여자가 사라질 때까지 기다릴 수밖에 없었다. 햇빛은 이십여 분 뒤에나 화장실에서 탈출할 수 있었다.

이제 집으로 가도 되지 않을까?

파티가 시작된 지 꽤 시간이 흘렀고, 몇 명은 먼저 돌아가는 걸 봤었다. 친구 재인은 안주인이자 백작부인으로서 완벽하게 행동하고 있으니 더 머무르지 않아도 될 것 같았다.

사실 오랜만의 파티인지라 좀 더 있고 싶었지만 햇빛은 고개를 저었다. 정말이지 불편하기 짝이 없었다. 가족석이 따로 있는데 옆자리에 앉아서 그녀에게 뜨거운 시선을 보내며 이것저것 캐묻던 사내 때문이었다.

아서 칼켄트. 아까 어떤 여자에게 망나니라고 불린 남자. 그녀에게 끌린다는 말을 한 지 얼마 안 되어 다른 여자의 립스틱을 입술에 묻히고 등장한 존재. 유부녀를 지분거렸다가 남편에게 얻어맞은 무뢰한이자 한없이 가벼워 보이는 바람둥이. 거기다가 가장 절친한 친구 남편의 동생.

얽히지 않는 게 좋으리라.

햇빛은 딱딱하게 굳은 얼굴로 긴 복도를 걸어갔다. 막 모퉁이를 돌던 그녀는 갑자기 튀어나온 낯선 남자에게 떠밀려 바닥으로 밀려나 엉덩방아를 찧고 말았다.

아프기도 했으나 햇빛은 상대가 무례하게 사과 한마디 안 하고 가버리는 것에 당황했다. 반듯한 유니폼을 입고 있는 것을 보니 파티 직원인 듯싶었는데, 빠르게 사라졌기에 햇빛은 갈색 머리카락이라는 것 이외에는 보지 못했다.

짧게 한숨을 내쉰 햇빛이 일어나려고 한쪽 손을 바닥에 댔을 때였다.

"조심해야지요."

누군가가 나타나더니 햇빛에게 손을 내밀었다. 햇빛은 손을 잡지 않을 생각이었으나 원피스가 꽤나 불편했기에 제대로 일어날 수가 없었다. 햇빛이 망설이자 아서는 빙긋 웃더니 그녀의 허리에 팔을 둘러 번쩍 일으켰다.

아서의 팔은 길면서도 아주 단단했다. 턱시도 재킷을 걸치고 있었으나 햇빛은 그가 근육질이라는 걸 다시금 깨달을 수 있었다. 아니, 팔만 그런 게 아니었다. 순간 그녀를 끌어안은 아서의 몸 자체가 강철 같았다.

"이제 괜찮아요."

햇빛은 재빨리 아서의 가슴 위에 손을 얹어 밀었다. 아서는 순순히 뒤로 물러났다.

"왜 넘어졌나요?"

"직원과 부딪혔어요."

아서는 한쪽 눈썹을 치켜올렸다.

"직원이 손님을 일으켜 주지도 않고 그냥 간 겁니까?"

"바쁜 일이 있었나 봐요. 괜찮아요."

햇빛은 진심을 담아 말했다. 이미 지난 일이고 누구나 실수는 할 수 있으니까.

"흐음, 착하네요. 내가 아는 여자들은 보통 이런 상황이 되면 무슨 수를 쓰던 찾아내서 잘라 버리라고 하던데."

"난 로드가 아는 여자들이 아니라 그런가 봐요."

햇빛은 저도 모르게 톡 내쏘았다. 아서는 불쾌감을 표현하는 대신 더 환하게 웃었다. 마치 재미난 농담을 들은 사람처럼.

"전 이만 가볼게요."

햇빛은 등을 돌리고 오른쪽으로 걸어갔다. 등 뒤에서 아서가 한마디 했다.

"A구역은 반대쪽입니다."

햇빛은 바로 반대쪽으로 가기 시작했다. 아서의 호탕한 웃음소리가 들리는 것 같았다.

몇 분 후, 아직도 얼굴에 붉은 기운이 남아 있는 햇빛이 A구역에 도착했다. 그녀는 자신의 자그마한 차 옆에 주차된 새빨간 스포츠카를 발견했다.

"그건 내 차야."

햇빛은 뒤돌아보았고, 아서가 눈웃음을 머금은 채 다가오는 것을 발견했다. 몇 분 안 되는 거리지만 그동안 계속 따라온 게 분명했다.

인기척이라고는 전혀 못 느꼈는데…… 정말 소리없이 움직이는구나.

"태워줄까?"

영어로 대화를 나누는지라 반말과 존댓말의 구분은 없지만, 그의 어투에 방금 전까지 서려 있던 정중함은 사라져 있었다. 또한 아서의 농염한 목소리는 피부에 착 달라붙는 느낌이었다. 단순히 차 탑승을 의미하는 것 같지도 않았다. 햇빛은 저도 모르게 방어하듯 팔짱을 꼈고, 고개를 저었다.

"아니오. 난 스포츠카를 안 좋아해요."

"그럼 뭘 좋아하지?"

아서는 한 걸음 앞까지 와서 걸음을 멈추었다. 늘씬하지만 근육으로 그득한 몸인데도, 그의 움직임에 군더더기라고는 전혀 없었다. 기척을 완전히 지운 채 탐스러운 먹이에게 접근하는 흑표범 같다고나 할까.

"글쎄요. 전 이만 가봐야겠어요."

햇빛은 다시 등을 돌린 채, 서둘러 그녀의 차 앞으로 걸어갔다. 왠지 뭔가를 두고 온 기분이었다. 또한 등 뒤로 아주 뜨거운 시선이 박혔다.

두근, 두근.

심장이 박동한다. 온몸이 뜨겁다.

그러나 햇빛은 돌아보지 않았다. 불같은 눈빛을 외면한 채 운전석의 문을 연 순간이었다.

텅!

햇빛이 차에 타기 전, 뒤에서 불쑥 손이 나오더니 차의 지붕 위를 쳤다. 햇빛이 깜짝 놀라 뒤를 돌아보았을 때였다.

입술이 다가왔다.

아주 짧은 입맞춤이었다. 혀나 치아가 닿지 않는, 그야말로 입술과 입술이 살짝 눌리는 수준의 단순한 키스.

그러나 햇빛의 온몸을 투명하게 휘감고 있던 열기를 드높이기에는 충분했다. 그녀는 입술이 떨어져 나가자, 다시금 온몸에서 솟구친 뜨거운 숨결을 길게 내뱉을 수밖에 없었다.

덥다. 정말로, 덥다.

"썬샤인."

햇빛이 속눈썹을 파르르 떨면서 쳐다보는 가운데 아서는 입술을 모아 말했다.

"역시 맛있군."

그는 혀로 아랫입술을 핥았다. 방금 닿았던 입술의 맛을 느끼는 것처럼.

"당신을 전부 먹고 싶어. 나한테 먹히고 싶으면, 여기로 연락해."

아서가 턱시도 재킷 안주머니에서 꺼낸 것을 햇빛의 손에 쥐어주었다. 명함이라는 사실은 알았으나 순간 햇빛은 어찌할 바를 몰랐다. 하지만 곧 정신을 차리게 되었다. 아서가 이렇게 말했기 때문이다.

"3일 정도 할애해 주지."

"뭐…… 라고요?"

아서는 왼손으로 햇빛의 턱을 잡고 위로 살짝 들어 올렸다. 그의 입술이 다시금 뒤틀리더니 위로 솟았다.

"하는 걸 봐서 시간을 더 늘려줄 수도 있어. 정말…… 탐나는군."

햇빛은 후끈 달아올랐다. 육체의 열기 때문이 아니었다. 짜증, 아니, 황당한 분노가 치솟았기 때문이다.

"로드."

햇빛은 손을 뻗어 그의 턱을 살짝 쥐었다. 살결은 보이는 것처럼 매끄러웠다.

"정말……."

그녀는 방금 본 그대로, 한쪽 입술 끝을 뒤틀었다.

"탐이 안 나네."

아서의 짙은 한쪽 눈썹이 위로 치솟았다. 햇빛은 손에 쥐고 있는 명함을 들어 그의 턱시도 재킷 앞주머니에 곱게 넣었다.

"이건 필요 없어요."

"후회할 텐데?"

아서는 당연히 그럴 거라고 확신하고 있었다. 햇빛은 이렇게 대응했다.

"후회 안 할 텐데?"

아서는 피식 웃었다. 그는 반걸음 뒤로 물러나면서 햇빛의 턱을 쥐었던 손도 거두었다.

"그래, 후회는 당신이 하는 거지. 싫다면 됐어."

그는 고개를 살짝 숙이더니 공손한 어조로 내뱉었다.

"조심해서 가세요, 미즈 썬샤인 김."

아서는 그러고는 바로 뒤돌았다. 아무 미련이 없는 것처럼, 아니, 아무 일도 없었던 것처럼 아주 냉정하게.

햇빛은 노력했고, 다행히 몇 초 만에 침착한 표정으로 돌아갈 수 있었다. 평소 습관대로 운전대를 잡고 일단 주변을 살펴본 순간, 그녀는 A구역 저 끝에 직원 유니폼을 입은 갈색 머리의 낯선 남자를 발견했다.

아까 마주쳤던 그 직원인가?

꽤 거리가 있는데다가 남자가 금세 사라졌기에 햇빛은 얼굴을 보지 못했다. 곧 그녀는 관심을 거두고는 조용히 심호흡만 한 채 운전을 시작했다.

집으로 돌아와서 잠자리에 들 채비를 하면서 그녀는 아무 일도 없었던 것처럼 행동했다. 그러나 잠들기 전, 입술을 만지고야 말았다. 아직도 뜨거웠다.

정말로, 아무 일도 없었어. 그러니 그 오만하고 무례한 망나니 따윈 잊자. 까맣게 잊자.

햇빛은 다짐하고 또 다짐했다. 그러나 그녀가 때때로 꿈에까지 나타나는 아서 칼켄트를 완전히 머릿속에서 지워 버린 건 한참 뒤의 일이었다.

그리고 결혼 파티 때 만난 후 6개월이 흐른 어느 날, 아서 칼켄트는 다시 등장했다. 피투성이인 채로.

2

현재.

구급차가 오기까지 몇 분 걸리지 않았으나, 햇빛은 아서가 의식을 잃은 뒤부터 그야말로 덜덜 떨고 있었다.

죽으면 어떻게 하지? 다시 깨어나지 못하면 어떻게 하지?

햇빛은 손을 뻗었으나 아서를 건드릴 수 없었다.

잘못 만졌다가 상처라도 덧난다면…… 아니야. 그래도 출혈을 조금이라도 줄여야 하지 않을까?

햇빛은 용기를 내어 가장 붉은 부분, 아서의 복부 쪽으로 손을 가져갔다. 아주 조심스럽게 손끝으로 재킷을 잡고 올리자 피로 흥건한 셔츠가 보였다. 찢어진 부분은 보이지 않았으나 햇빛은 조그마한 구멍 하나를 발견했다.

설마…… 총상인 건가?

구멍이 있는 부분을 보니 그런 생각이 들었다. 총상이든 아니든 햇빛은 생각을 중단한 채 재빨리 걸치고 있는 재킷을 벗어 뭉친 다음 여전히 피가 흐르는 곳을 있는 힘껏 눌렀다.

몇 분 뒤 재킷이 축축해진다는 것을 깨달았을 때였다. 먼 곳에서 희미하게 들리던 사이렌 소리가 커지더니 곧 펍 앞에 구급차가 섰다.

"여기예요!"

햇빛은 재킷으로 꾹 누르고 있는 채로 소리쳤다. 구급대원 두 명이 서둘러 달려왔다. 햇빛은 대원들이 아서를 간단하게 초진(初診)한 뒤 들것에 싣는 것을 바라보다가 따라가서 탔다. 응급차의 문이 닫힐 때, 햇빛은 30미터 정도 떨어진 골목 저 끝에 누군가가 서 있는 것을 보았다.

어두운데다가 급박한 가운데, 남자의 등 뒤로 차가 지나가면서 헤드라이트를 비추었다. 덕분에 얼핏 남자의 얼굴이 보였으나 자세하게 살펴볼 정신이 없었다. 구급차의 문이 급하게 닫히자 햇빛은 즉시 아서에게 시선을 고정했다.

아서는 얼굴이 여전히 창백했으나 수혈 덕분인지 아까처럼 시체가 된 것 같은 느낌은 없었다. 하지만 햇빛은 마음이 진정되질 않았다.

"괜찮을까요?"

"아직 알 수 없습니다. 어서 병원에 가봐야 합니다. 미즈, 아는 분입니까?"

구급대원은 아주 의아한 기색으로 묻고 있었다. 머릿속이 새하얗게 된 것 같았으나 햇빛은 구급대원이 왜 저런 표정을 짓는지 깨달았다. 총상 때문이리라.

"네. 이 남자분은 제 친구 남편의 동생이에요. 칼켄트, 아서 칼켄트라고 해요. 이스트맥 백작 가문의 로드예요."

로드라는 언급 때문인지 구급대원은 크게 놀란 표정이 되었다. 햇빛은 서둘러 휴대전화를 꺼내 재인에게 걸었다. 다행히 재인은 바로 받았고, 햇빛은 인사 없이 한국어로 쏜살같이 말했다.

「저기, 재인아, 내가 아서 칼켄트, 네 남편의 동생 말이야, 이 사람을 우연히 발견했는데, 총상을 입고 쓰러진 상태야. 지금 구급차를 타고 병원으로 가는 중이야.」

햇빛은 이어 구급대원이 아까 말해준 병원을 언급했다. 재인은 너무 놀랐는지 잠시 아무 말도 하지 못했으나, 곧 남편과 함께 가겠다면서 병원에 미리 이야기를 해두겠다고 답하고 서둘러 전화를 끊었다.

병원에 도착해서 아서가 즉시 수술실로 실려가고, 재인의 남편이자 아서의 형인 알렉산더와 함께 온 건 30분 내에 이뤄진 일이었다.

재인은 크게 놀란데다가 걱정하면서도 당황한 기색이었는데, 아내와는 달리 알렉산더는 무표정한 얼굴에 별다른 감정을 드러내지 않았다. 그러나 알렉산더는 수술이 끝나고 병원 관계자를 만나고 돌아온 뒤에는 다른 모습을 보여주었다.

"미즈 김, 정말 감사드립니다."

알렉산더는 햇빛을 수술실의 어느 사무실로 안내했다. 사무실에 들어오기 전까지 귀를 때리는 병원 특유의 소음이 갑자기 사라지자 햇빛은 적응이 되질 않았다. 골목에서 우연히 피투성이의 아서를 발견한 지 몇 시간도 되지 않았는데, 마치 며칠 된 일 같은 이상한 느낌도 들었다.

"덕분에 살았습니다. 출혈도 막았고…….. 미즈 김이 아니었다면 제 동생은……."

알렉산더는 최악의 가능성을 떠올리고 있는지 이를 악문 건 물론이거와 두 주먹을 불끈 쥐었다.

"도움이 됐다니 다행이에요. 진짜 놀랐는데……. 수술은 잘된 거겠죠?"

알렉산더가 고개를 끄덕일 때였다. 노크 소리가 나더니 경찰 두 명이 들어왔다. 둘 중에 나이가 있어 보이는 갈색 머리의 남자 경찰은 이스트맥 백작인 알렉산더에게 공손하게 인사를 하더니, 입을 열었다.

"총상인 것을 보니 아무래도 로드는 강도를 당한 것 같습니다."

"미즈 썬샤인 김이라고 하셨지요? 어떻게 발견하셨는지 말씀해 주실 수 있나요?"

금발의 여자 경찰은 햇빛에게 이것저것 물어보기 시작했다. 햇빛은 생각나는 대로 이야기했으나 사실 별다르게 말할 건 없었다. 말 그대로 우연히 발견하고, 999에 전화하고는 지혈한 것뿐이기 때문이었다.

"별다른 건 못 보셨습니까?"

여자 경찰의 질문에 햇빛은 이맛살을 찌푸리며 생각해 보았다.

순간, 깜빡 잊고 있던 게 떠올랐다.

"응급차를 타기 전에 골목 끝에 한 남자가 서 있는 걸 봤어요."

"어떻게 생겼던가요?"

경찰 두 명의 눈빛이 진중하면서 날카롭게 변했다. 하지만 햇빛은 이 부분에 대해서도 특별하게 할 말이 없었다.

"워낙 순식간이라서 제대로 못 봤고, 기억도 잘 안 나요. 갈색 머리칼에 키가 좀 크고 호리호리한 체형이었던 것 같아요. 그것 외에는 모르겠어요. 죄송해요."

햇빛이 미안해하자 경찰들은 아니라면서 고개를 저었고, 수첩에 그녀가 한 말을 적었다. 여자 경찰이 다시 물었다.

"미즈 김, 그런데 거긴 왜 가신 거지요?"

순간 취조당하는 느낌이 들었으나 햇빛은 경찰이 왜 이런 질문을 하는지 이성적으로 이해했다.

"꽃을 배달했어요. 위틀 컬리지에 다니는데, 근처 플라워샵에서 인턴으로 일하거든요."

햇빛은 플라워샵과 배달한 장소에 대해서 알려주었다. 경찰들은 알았다는 듯 고개를 끄덕였고, 다른 경찰이 들어오더니 햇빛의 동의를 받고 그녀의 손에 발사 잔여물 검사를 했다.

아무것도 나오지 않자 검사한 경찰과 여자 경찰이 밖으로 나갔다. 여자 경찰은 햇빛의 진술이 사실인지 확인한 듯, 몇 분 뒤에 다시 들어와서 협조해 줘서 고맙다며 이제 가도 된다고 말하고는 다른 경찰과 함께 사무실에서 나갔다.

알렉산더는 단둘이 되자 정말로 고맙다고 다시 말하더니 정중하게 고개까지 숙였다. 영국에 오래 산 건 아니지만 햇빛은 오만하기 그지없고 계급에 따라 행동하는 영국 귀족이 고개를 숙이는 게 얼마나 큰 의미가 있는지 잘 알고 있었다. 그녀가 크게 놀라는 가운데 알렉산더가 제안했다.

"많이 놀라셨을 텐데 이제 푹 쉬세요. 제 운전기사가 댁까지 모셔다 드리겠습니다."

"네? 감사해요. 저기, 그런데…… 로드를 잠깐 보고 가도 될까요? 아까는 정말로 안색이 나빴거든요. 괜찮아졌는지…… 보고 싶어요."

다른 이유는 없었다. 시체 같았던 사람이 이제 생명에 지장없다는 사실을 확인하고 싶을 뿐이었다.

햇빛의 마음을 이해하는지 알렉산더는 고개를 끄덕이고는 그녀를 회복실로 데려갔다. 햇빛은 창문을 통해서 안쪽에 누워 있는 아서를 볼 수 있었다.

아서는 팔에 링거대로 이어지는 줄을 주렁주렁 달고 있었다. 10미터가 넘는 거리였으나 여전히 창백한 건 잘 보였다. 그러나 몇 시간 전과는 달리, 아서는 이제 휴식을 취하고 있는 것처럼 평온한 표정이었다.

죽지 않겠구나. 살아 있구나.

햇빛은 깊고 깊은 안도감의 한숨을 내쉬었다. 눈을 감자 새까만 세상 속에 시뻘건 피가 떠올랐으나 햇빛은 그 어둠과 피비린내에 잠식당하지 않았다.

살아 있으니까. 이 남자는 살아 있으니까. ……언니와는 다르게.

"다행이네요, 정말. 저, 이만 가볼게요."

"조만간 연락드리겠습니다."

알렉산더는 깍듯하게 다시 인사하고는 운전기사를 딸려 보냈다. 햇빛은 멍하니 집으로 돌아갔다.

그녀의 집은 런던에서 멀지 않은 챔스포드(Chelmsford)에 있었다. 학교 근처의 작은 집을 렌트한 것으로, 햇빛은 이 1층짜리 소박한 공간을 상당히 좋아해서 귀가할 때면 언제나 기분이 좋았다. 하지만 오늘은 그렇지 않았다. 문을 열고 멍하니 들어가자 익숙한 광경이 눈으로는 보였으나, 머릿속은 그저 붉은색으로 그득할 뿐이었다.

피. 언니의…… 피……. 아니야, 언니의 것이 아니야.

햇빛은 고개를 저으며 화장실로 들어갔다가 거울을 보고 소스라치게 놀랐다. 어깨에 간신히 닿는 생머리칼은 오랜 시간 거친 바람을 맞은 것처럼 헝클어졌고, 얼굴색은 허옇게 뜬 상태였다. 그리고 무엇보다, 새하얀 티셔츠 끝자락에는 붉은 액체가 말라붙어 있었다. 아서를 지혈하다가 튄 피가 굳은 것.

그제야 햇빛은 아까 알렉산더와 재인이 갈아입을 옷을 준비해주겠다고 왜 여러 번 말했는지 납득했다. 이미 늦은 일이지만, 괜찮다고 거절했던 게 새삼 후회되었다.

햇빛은 빠르게 옷을 벗었다. 피가 닿은 손이 다시금 떨리자, 그녀는 눈을 감으며 서둘러 스스로에게 말했다.

이제 괜찮아. 그 사내, 아서 칼켄트는 괜찮다고 했어. 회복할 거야. 죽지 않을 거야.

"아서 칼켄트……."

한숨 쉬듯 내뱉은 이름은 햇빛의 머릿속에 떠오르는 끈적거리는 시뻘건 영상을 지우기 시작했다. 그래서 햇빛은 사내를 선택하고, 붉은 기억은 지웠다. 그러자 6개월 전의 기억이 그녀의 뇌리를 차지했다.

그 키스.

깊지도, 길지도 않았다. 찰나의 순간처럼 아주 짧고 단순한 입술 키스, 아니, 엄밀하게 말하자면 뽀뽀에 불과했었다.

그럼에도 그날 밤, 햇빛은 잠을 제대로 이루지 못했다. 입술에서 시작한 열기 때문에 온몸이 후끈거렸기 때문이다. 아무리 남자를 사귄 적이 없더라도, 햇빛은 그 감정이 무엇인지 모르지 않았다.

끌림.

망나니이자 바람둥이에게 그런 감정을 느끼다니? 용납할 수 없는 일이었다. 그래서 햇빛은 머릿속에서 아서를 깨끗하게 지우기 위해 한 켠으로 밀어버렸었다. 그렇게 묻은 줄 알았는데…….

친구 남편의 동생이니 언젠가 우연히 다시 만날 수도 있다는 건 알았다. 그러나 그런 모습으로 재회할 줄은 꿈에도 몰랐다. 그렇게 피에 젖은 상태로…….

「그만 생각하자.」

햇빛은 서둘러 옷을 벗어 샤워했고, 침대로 가서 푹신한 시트로 온몸을 꽁꽁 감쌌다. 하지만 온몸의 떨림은 가시질 않았다.

오랜만에 피를 봐서 그런 걸까? 아니면, 아서 칼켄트 때문에?

햇빛은 답을 알지 못한 채 꿈 없는 잠 속으로 깊이 빠져들었다.

오늘 벌어진 일 때문에 어딘가 어두운 곳에서 사악한 대화가 시작되고 있다는 것도 모른 채.

"실패했습니다."

휴대전화로 보스에게 보고하는 사내의 목소리는 고저(高低)가 없었다. 지극히 무미건조하면서 메마른 말투. 그러나 그렇다고 사내가 아무 감정도 느끼지 못하는 건 아니었다.

격렬한 분노.

사내는 잘 알았다. 자신의 이 감정을 보스가 알아차릴 것이라는 사실을. 그래서 아서 칼켄트의 총상에 대한 분노를 그대로 드러냈다.

"죽이지 못해서 정말 죄송합니다, 보스."

[네 잘못이 아니지.]

"아닙니다. 수하를 잘못 선택한 제 잘못입니다."

[그놈을…….]

보스는 말을 끝까지 잇지 않았다. 사내는 그게 무슨 뜻인지 잘 알고 있었다. 임무를 실패했으니 죽여 버리라는 의미이리라. 사내는 이렇게 말했다.

"그자에게 한 번만 더 기회를 주십시오. 그동안 보스를 잘 따랐습니다. 안 그래도 쓸 만한 수하가 줄어들고 있는데, 우리 전력이 약화될 수도 있습니다."

보스는 잠시 침묵을 지키다가 답을 주었다.

[그래.]

"경계가 심해졌을 것 같습니다. 당분간 몸을 숨긴 채 기회를 엿보겠습니다."

보스는 허락의 의미로 침묵을 지키더니 곧 통화를 끝냈다. 사내는 휴대전화를 내려놓은 채 깊고 깊은 숨을 내쉬었다. 그렇게나 단련해 왔건만, 이번에는 감정을 제대로 내리누를 수가 없었다.

아서 칼켄트가 죽지 않았다!

사내가 감정을 약간이나마 소멸시킨 건 한참 뒤였다. 그리고 사내는 오랫동안 그래 왔던 것처럼, 몸을 숨긴 채 기다리기 시작했다. 기회가 오기를.

아서 칼켄트의 사건 이후, 햇빛은 며칠 동안 정신이 없었다. 평소처럼 학교를 열심히 다니는 등 겉보기에는 문제가 없었으나 머릿속의 한 부분이 고장난 것 같았다. 새빨간 피로 물들었던 사내가 눈앞에서 아른거렸기 때문이다.

시간이 흐르면 잊을 수 있다. 적어도, 흐려진다.

햇빛은 지난 1년 동안 체득한 경험을 조용히 속으로 되뇌며 평소처럼 시간을 보냈다. 5주 정도가 흘렀을 때, 여느 날처럼 플라워샵에서 아르바이트를 하다가 지친 몸을 이끌고 집에 온 햇빛은 샤워하고 머리카락을 말린 뒤 침대에 머리를 뉘었다. 저절로 한숨

같은 말이 튀어나왔다.

「아, 피곤해.」

보통은 플로리스트를 우아하고 편한 직업으로 생각했다. 그러나 실제로는 최고의 3D 직종으로 엄청난 노동력과 스트레스를 유발하는 창작력에 고문당하는 일이기도 했다. 매일 새벽마다 꽃시장에 가서 싱싱한 꽃을 살펴본 뒤 구매해서 가져오고, 일일이 손질하고 디자인대로 만들어서 전시하고, 상하지 않도록 가꾸면서 여러 스타일의 손님들을 맞이해 요구 사항에 맞춰서 판매하는 것. 그야말로 새벽부터 밤까지 3D만 계속하는 직업.

햇빛은 정식 플로리스트가 아니라 이제 배우는 학생이고, 자잘한 손질만 하는 아르바이트생이지만 워낙 주인이 많이 부려먹는지라 항상 너무 피곤했다. 집에 오면 제대로 식사도 못한 채 곯아떨어지기 일쑤라 매일 피곤에 절어서 사는 기분이기도 했다. 그럼에도 이 생활이 좋았다.

너무 피곤해서 머릿속에서 잡념이 사라지는 게 반가웠다. 그리고 아직은 아르바이트생이라 기회는 거의 없지만, 아주 가끔 기회가 있을 때 만든 핸드타이드(Hand-Tied)를 손님들이 만족하며 고맙다고 말하면 정말 그 기쁨은 대단했다.

내일도 핸드타이드를 만들 수 있을까?

너무도 피곤한 가운데 햇빛은 희망의 미소를 지으며 곧 잠에 빠져들었다. 그리고 다음날 저녁이 되었다.

언제나처럼 햇빛은 플라워샵으로 출근했고, 샵의 주인인 마가렛이 하라는 대로 온갖 잡다한 일을 했다. 아르바이트생들을 노예

처럼 부려먹는 사람답게 마가렛이 맡긴 일은 상당히 많았다. 그럼
에도 햇빛은 즐겁게 그리고 열심히 일했다.

"썬샤인? 이리 좀 와봐."

뒷 공간에서 쪼그리고 앉아서 장미를 훑어내는 기구로 장미를
정리하고 있을 때였다. 마가렛은 손님에게는 상냥하지만 아르바
이트생들에겐 아주 냉랭하다 못해 꼬장꼬장한 사람이었다. 그런
사람이 뺨을 복숭아처럼 붉힌 채 나타나자 햇빛은 순간 잘못 본
줄 알았다.

"어쩜 그렇게 애인이 멋져?"

애인(Lover)이라는 단어는 알아들었지만 햇빛은 바로 이해하지
못했다.

"대체 어디서 만난 거야? 응? 사귀게 된 비법이 뭐야? 아참, 이
럴 때가 아니지. 어서 나가봐."

마가렛은 수줍음이 많은 소녀처럼 두 손으로 뺨을 매만지더니
발까지 굴렀다. 쿵쿵거리는 소리를 들으며 햇빛은 눈만 깜빡이다
가 앞으로 나가보았다. 전혀 예상하지 못한 사람이 서 있었다.

최고급 수제 슈트를 걸친 몸매는 강인해 보이면서도 늘씬했다.
긴 팔과 다리는 우아한 느낌이 났고, 새하얀 얼굴 속의 섬세한 이
목구비 또한 고상의 극치였다. 여자의 것처럼 도톰하면서도 붉은
입술은 더없이 섹시했고, 약간 흐트러진 긴 머리카락은 퇴폐적인
느낌이 물씬 들었다.

끝내주는 미남자. 그러나 햇빛이 놀란 건 사내의 외모가 아니었
다. 사내의 건강, 그 자체였다.

"괜찮나요?"

햇빛은 저도 모르게 달려가서 아주 가까이 다가가 팔에 손을 얹으며 눈을 바라보았다. 사내는 눈 또한 환상적이었다. 새까만 눈썹은 짙었으나 우아했고, 속눈썹은 여자처럼 아주 길고 풍성했으며, 까만 동공은 태양을 머금은 흑진주처럼 더없이 환상적으로 빛나고 있었다.

아름답다. 그러나 햇빛이 안도한 건 아름다움이 아니라 다른 부분이었다.

"이제 건강한 건가요?"

"물론 건강하지. 걱정 많이 했군, 나의 썬샤인."

아서는 눈웃음을 지었다. 눈동자가 살짝 작아지면서 빛을 뿌렸고, 햇빛은 뒤에 서 있는 마가렛이 숨을 훅 들이켜는 소리를 들었다.

"매그, 썬샤인이 오늘 10분만 일찍 퇴근해도 될까요?"

아서는 한 손을 가슴 위에 대면서 살짝 허리를 숙였다. 부탁하는 사람으로서 더없이 공손한 몸짓과 목소리였다. 눈이 하트가 된 마가렛이 괜찮다면서 고개를 위아래로 열심히 흔든 건 이어진 수순이었다.

햇빛이 일찍 퇴근하고 싶지 않다는 말을 하기 전이었다. 그녀는 저도 모르게 아서에게 손목을 붙들린 채 나가게 되었다.

그러고 보니, 내 퇴근 시각은 어떻게 알았지? 재인에게 들었나?

"매그?"

머릿속에 떠오른 질문은 많았다. 그러나 햇빛은 그를 따라가면서 일단 이런 질문을 먼저 던졌다.

"마가렛과 아는 사이예요?"

애칭을 부르다니?

"아니, 방금 처음 만났지."

아서는 아무렇지도 않게 답하더니 매끈한 세단형 고급차의 뒷좌석을 열어주었다. 햇빛은 스포츠카가 아니라는 사실에 살짝 놀랐다. 아서는 그녀의 소리없는 질문에 답했다.

"바꿨지, 당신이 스포츠카가 싫다고 했으니까."

나 때문에 바꿨다고?

믿을 수 없는 사실에 햇빛은 망설이다가 일단 타면서 앞을 쳐다보았다. 운전석에 슈트를 갖춰 입은 누군가가 앉아 있었다. 아서처럼 30대 초반으로 보이는 운전기사가 살짝 뒤돌더니 사람 좋은 미소를 지은 채 고개를 살짝 숙여 햇빛에게 인사했다.

"안녕하세요."

햇빛은 예의 바르게 마주 인사했고, 아서는 냉큼 그녀의 옆에 타서 문을 닫았다. 차가 곧 부드럽게 출발한 가운데 아서는 따뜻한 눈웃음을 지으며 입을 열었다.

"나의 썬샤인, 그동안 잘 있었지?"

애인을 대하는듯 스스럼없는 목소리였다. 햇빛은 딱히 거부감을 느끼지 않았다. 아서가 따스하면서도 밝은지라 질척이거나 음흉한 느낌을 주지 않기 때문이었다. 더군다나, 5주 전만 해도 시체같았던 존재가 이렇게 생기를 뿜는다는 사실이 정말로 반가웠다.

"네, 전 잘 있었어요. 그런데 로드는—"

"아서라고 불러. 난 더 이상 로드도 아니야. 재인이 남자 쌍둥이를 낳았다는 것, 알고 있지? 이제는 내가 아니라 쌍둥이 녀석들 중 첫째가 후계자, 로드야."

아서는 씩 웃으며 말했고, 햇빛은 잠시 망설였다.

"아서는 그동안 잘 있었나요?"

"잘 있었어. 썬샤인 덕분이야. 구해줘서 정말 고마워."

아서의 표정은 물론 목소리가 진지해지면서 무거워졌다. 그러나 다크 초콜릿 같은 그의 낮고 짙은 목소리가 주는 농염한 울림은 그대로였다.

"그동안 고맙다는 말 한마디 못한 점, 미안하게 생각해. 회복도 하고 이래저래 알아볼 게 있었거든."

지난 5주간 아서의 형인 알렉산더는 햇빛에게 전화로 다시 감사를 표하며 위틀 컬리지의 남은 학비를 대주고 집을 사주는 건 물론이거와 직장도 잡아주겠다고 말했다. 아니, 아예 플라워숍을 사주겠다고 했었다. 돈이 넘쳐 나는 대기업 EC그룹의 회장다운 태도였는데, 햇빛은 바로 거절하는 대신 나중에 필요한 게 생기면 연락하겠다는 말로 응대했다. 사람의 생명을 구하는 건 당연한 일이니 그 대가로 무언가를 받고 싶지 않았으나, 즉각 거절했다가는 억지로 선물을 안겨줄 사람인 듯싶기에 그렇게 행동한 것이었다.

알렉산더는 햇빛의 신중한 답변 속에 숨은 뜻이 무엇인지 알아차린 듯, 알겠다고 하면서 더 이상 연락을 취하진 않았다. 대신 햇빛에게 종종 전화를 걸어온 건 알렉산더의 아내이자 햇빛의 친구인 재인으로, 얼마 전에 출산을 한 재인은 이런저런 수다를 떨다가 아서가 순조롭게 회복하고 있다는 소식을 전했다.

그렇게 연락을 취한 형 부부와는 달리, 당사자인 아서는 햇빛에게 그동안 전화 한 통 하지 않았다. 물론 대가를 바라고 행동한 건 아니었지만 그래도 고맙다는 인사 한마디쯤은 들을 줄 알았기에 인간적으로 약간 섭섭했던 건 사실이었다.

　"당신이 아무것도 받지 않으리라는 것, 잘 알아. 그래서 식사 한 끼 대접할 생각이야. 괜찮지?"

　식사 한 끼 정도라면 확실히 부담이 없었다.

　"한국 요리를 좋아한다고 들었어. 한식당으로 예약해 뒀지."

　햇빛이 저도 모르게 눈을 반짝이며 말했다.

　"고마워요."

　"이런 건 아무것도 아니야. 썬샤인, 눈을 반짝이니까 더 귀엽군."

　아서는 다시 웃었다. 눈이 살짝 작아지면서 동시에 상냥한 빛을 뿌리는 따스한 웃음이었다. 동시에 도톰하고 붉은 입술 끝이 한껏 올라가면서 더없이 섹시한 느낌이 들었다.

　정말 매력적인 남자구나.

　햇빛은 새삼 깨달았다. 아서 칼켄트는 단순히 잘생긴 것도 아니었다. 주변에 화사하게 빛을 발할뿐더러, 약간 헝클어진 새까만 머리카락과 흑진주 같은 눈동자는 그야말로 매혹적이었다. 특히 붉고 도톰한 입술은 색기가 넘쳐흘렀다.

　어떻게 이런 남자가 존재할까?

　어린아이 같은 천진함과 나른한 섹시함이 공존하는 외모였다. 같이 있으면 그야말로 눈이 즐겁고 심장이 두근거리는 존재. 그리고 손끝이 떨렸다.

만져 보고 싶어서.

햇빛은 두 손으로 주먹을 불끈 쥐었다. 이런 충동 따위, 표출해서는 안 된다. 상대는 한국인도 아니고 영국인일뿐더러, 일반 남자도 아니고 백작의 동생이자 세계적인 부호였다. 더군다나 여자를 밥 먹듯이 갈아치우는 바람둥이이다. 처음 만났을 때도 잠깐의 쾌락을 즐기자는 식으로 말하지 않았던가.

쾌락을 위해 남을 이용하고 기만하는 존재에게 접근해선 안 된다. 더군다나 얽혔다간 자칫 큰 문제가 생길 수도 있는 친구 남편의 동생.

햇빛은 아서의 온몸에 보이지 않는 경고등을 박았다. 1㎞ 밖에서도 알아볼 수 있을 만큼.

앞으로는 피해야지. 오늘은 이미 승낙했으니 어쩔 수 없지만. 적당히 예의를 갖춰 식사를 한 뒤 헤어지면 될 것이다.

그러나 햇빛은 계획대로 할 수 없다는 것을 깨달았다. 근처의 으리으리한 어느 한식당에 들어간 뒤, 그녀는 드넓은 탁자 전체를 차지한 다양한 한식을 발견했다.

런던에서 이렇게나 다양한 한국 음식을 맛볼 수 있다니!

햇빛은 이성을 잃고야 말았다. 정신이 들고 보니, 배는 터질 듯이 빵빵해진 상태이고 그렇게나 많은 음식 중에 3분의 1은 초토화가 된 상황이었다.

남은 음식이 아깝다는 생각이 들었을 때, 아서의 시선이 느껴졌다. 그리고 곧 그녀에게 부끄러움이 찾아왔다. 눈을 밑으로 깔았던 햇빛은 슬며시 고개를 들어 맞은편의 아서를 보았다. 그는 턱을 한 손에 괸 채 그녀를 쳐다보고 있었다.

놀란 기색은 별로 없었다. 아서의 얼굴에 걸려 있는 건 환한 웃음이었다. 재미난 것을 흥미진진하게 관찰하는 눈빛.

"처음이군."

"네?"

"나와 단둘이 있는데 내 존재를 깨끗하게 잊은 여자는 말이야. 썬샤인, 당신이 처음이야."

아서는 살짝 놀라면서도 감탄하고 있었고, 햇빛은 그가 진심이라는 것을 깨달았다.

"그래서 더 끌려."

아서는 눈웃음을 지었다. 새까만 눈동자가 살짝 작아지면서 호선을 그렸다. 눈빛은 별처럼 반짝였으나, 붉은 입술 한쪽 끝이 웃으면서 위로 올라가자 웃음은 순식간에 관능적인 것으로 바뀌었다.

햇빛이 순간 호흡조차 멈추었을 때, 아서는 몸을 일으키고는 한 손을 뻗어왔다. 햇빛은 아서가 자신의 뺨 혹은 입술을 어루만질 줄 알았다. 그러나 아서는 그러는 대신, 그녀의 손 옆에 있는 티슈를 잡아 뺨을 아주 살짝 스치듯 문질렀다. 부드러운 촉감이었다.

"자, 다 닦았어."

아서는 싱긋 웃고는 티슈를 내려놓고 자리에 도로 앉았다. 햇빛은 눈을 두어 번 깜빡이다가 차가운 물을 들이켰다. 배가 너무도 부른 상황이었으나 안 마실 수가 없었다. 그런 그녀에게 아서는 매혹적인 눈웃음만 보여주었다.

"저, 몸은 어때요?"

햇빛은 떠오르는 질문 아무것이나 했다. 아서는 괜찮다고 했지만 그게 사실일 리 없었다.

"총상이던데…… 겨우 5주 쉰 걸로 정말 괜찮은가요?"

"정말 괜찮아. 운이 좋았지. 위치도 치명적이지 않았고, 상처가 깨끗했다나? 그리고 초반 응급처치가 잘됐대. 정말 고마워."

아서는 더 크게 웃었다. 햇빛은 심장이 두근거리다 못해 입 밖으로 튀어나올 것 같았다. 그녀는 사건에 대해서만 말했다.

"강도를 당했다고 하더라고요."

"맞아. 돈과 시계, 반지까지 다 털렸거든."

"반지요?"

"이것 말이야."

아서는 왼쪽 손을 내밀었다. 약지에 짐승의 왕, 사자의 머리가 새겨진 긴 은반지가 있었다.

"우리 칼켄트 가문의 문장이야. 다시 제작했지."

햇빛은 영국의 중상층 이상의 남자는 이렇게 가문의 문장 반지를 끼고 다니곤 한다는 사실을 기억했다. 그리고 상류층 남자는 시계나 지갑 등은 명품이 아니라 오래 물려받은 것을 사용한다고 했다.

"문장 반지는 다시 제작이 가능하니까 괜찮은데, 시계는 아쉬워. 돌아가신 어머니가 어렸을 때 생일선물로 주신 거거든."

"안됐어요."

햇빛은 위로를 담아 한마디 했고, 아서는 다시 씩 웃었다.

"당신은 미인인데다가 마음도 착하군. 같이 있으면 즐겁기도 하고, 썬샤인 당신은 정말 사랑스러운 여자야."

심장이 더 빠르게 뛰는 건 사실이었다. 그렇기에, 햇빛은 결단을 내렸다.

"사적인 관심은 사양합니다."

햇빛은 또박또박 내뱉었다.

"아서는 제 친구 재인 남편의 동생이죠. 자칫 문제가 생길 수도 있으니, 접점은 더 이상 없었으면 합니다. 그런 발언도 하지 마세요. 가볍게 대하지도 마시고요."

햇빛의 매우 단호한 태도에 아서는 짙은 눈썹을 꿈틀거렸다. 햇빛은 그가 화가 났다는 것을 알아차렸다.

"난 지금 당신을 가볍게 대하는 게 아니야. 아, 그래. 내가 그동안 보여준 모습도 있고, 방금 당신을 놀려서 그렇게 생각할 수도 있겠지. 아니, 그렇게 생각하는 게 당연하겠군."

아서는 짧게 한숨을 내쉬더니, 진중한 표정으로 그녀를 바라보았다. 그리고 낮게 내뱉었다.

"난 정말로 당신에게 한눈에 반한 것 같아."

"……네?"

햇빛은 귀로 똑똑히 들었음에도 되물을 수밖에 없었다.

이게 무슨 말이지?

"당신에게 정말로 반한 것 같다고. 안 믿긴다는 표정이군."

햇빛은 아서의 시선이 자신의 손에 가 있는 것을 보았다. 자신은 어느새 수저를 내려놓고 주먹을 꼭 쥔 상태였다. 손이 미세하게 떨렸고, 심장은 더없이 빠르게 박동하고 있었다.

"사실을 이야기하지. 첫 번째, 내가 바람둥이였다는 것."

햇빛은 아서가 과거형으로 말하고 있다는 것을 깨달았다.

"두 번째, 당신한테 진심으로 끌린다는 것. 이 끌린다는 표현에는 육체적인 것과 정신적인 것 둘 다 포함되어 있어. 나의 썬샤인, 나는 말이야. 당신과 며칠이고 사랑을 나누고 싶어."

아서의 표현은 너무도 노골적이었으나, 목소리는 그야말로 달콤해서 햇빛은 순간 솜사탕이 떠올랐다.

"당신을 처음 봤을 때부터 육체적으로 끌렸지. 그런데 육체적인 것만으로 그치지 않고 정신적인 부분에도 관심이 생기는 건 정말 의외야. 이제까지 여자에 대한 내 관심은 오로지 섹스뿐이었지. 그런데 당신에겐 달라. 사랑을 나누고 싶어. 그리고 당신이 어떤 표정을 짓든 귀여워 보이고, 당신에 관해서 호기심이 생겨. 자꾸 보고 싶고."

아서는 웃고 있지 않았다. 다소 당황스러워하는 표정이었는데, 목소리 또한 달콤하지 않고 약간 불만이 느껴졌다.

"사실, 약간 짜증이 나. 여자에게 이런 기분을 느낀 적이 없으니까. 처음이야. 나의 썬샤인, 당신이 처음이야. 내 인생을 통틀어서."

햇빛은 입술을 벌렸다. 그러나 아무 말도 하지 못한 채 닫고야 말았다. 무슨 말을 해야 할지 알 수가 없었다. 그녀가 할 수 있는 거라고는 예상치 못한 쑥스러움으로 불탄 채 그냥 앉아 있는 것뿐.

당황스럽다. 놀랍다. 쑥스럽다. ……기쁘다. 그리고.

"내 말이 조금 짜증 나지? 나도 내가 오만한 건 알아."

마치 햇빛의 마음을 읽은 것처럼, 아서는 그녀의 감정을 입에 올렸다.

"싫다면, 앞으로 주의할게. 그러니 나와 만나. 썬샤인, 당신과 진지하게 교제하고 싶어."

"진지하게…… 교제요?"

햇빛은 간신히 한마디 되물었다.

"그래. 결혼을 전제로 말이야."

그녀는 다시 말을 잃었다. 그런 햇빛 앞에서 아서는 한 글자 한 글자 진중하게 말했다. 오만한 남자답지 않은 태도였다.

"당신을 보니, 결혼 생각이 떠올라. 당신에 대해 아는 게 거의 없지만 당신이라면 결혼을 해도 될 것 같다는 생각이 들더군. 평생 당신에게만 충실할 수 있을 것 같아. 웃기지? 제대로 데이트 한 번 안 해봤는데 말이야. 나도 이런 생각을 한 내가 정말 당황스러워. 성급한 생각이긴 해. 하지만 진심이야."

햇빛은 간신히 말을 토해냈다.

"나는…… 이런 질문이 떠올라요. 혹시 내가 생명을 구해줘서 그런 거라면—"

"내가 결혼 생각을 한 건 당신이 날 구해주기 전이었어. 방금 말했잖아, 한눈에 반한 것 같다고. 그리고 그때 내가 당황해서 한 말, 들었지?"

"정말로 끌리다니……."

햇빛의 뇌리에 당황하고 놀란 표정으로 혼잣말하던 아서가 선명하게 떠올랐다.

"파티에서 당신을 처음 봤을 때, 결혼 생각을 했지. 그런 내가 우습더군. 그래서 다른 여자에게 더 눈길도 주고, 당신에게 무례하게 행동했지. 미안해. 정식으로 사과하지."

잠시 방 안에는 침묵이 내려앉았다. 햇빛은 하얗게 변한 머릿속으로 그냥 멍하니 앉아서 테이블 위를 쳐다볼 뿐이었다. 아서는 가만히 의자에 앉아 있었는데, 햇빛은 그가 품속에서 무언가를 꺼내는 것을 시야 끝에서 볼 수 있었다.

"이것 봐봐."

아서가 햇빛의 시선이 닿는 테이블 위에 꺼낸 것은 휴대전화였다. 햇빛은 거울 어플리케이션이 반사하는 자신을 볼 수 있었다. 그 속에서 자신은 얼굴은 물론 목까지 새빨간 색이었다. 거기까지는 있을 수 있는 반응이었으나 다른 것 하나는 특별했다.

거울 속에서 자신은 웃고 있었다. 희미하긴 했으나, 눈을 반짝이며 기쁨을 흘리고 있었다.

이 남자의 고백을, 나는 기뻐한다!

"당신도 내게 진심으로 끌리고 있어."

아서는 단정을 내리듯 말했다. 아니, 단정이 아니라 사실이었다. 햇빛은 부끄러움과 쑥스러움을 이기지 못한 채 고개를 들었다. 아서가 웃고 있다. 기쁨 정도가 아니라 희열을 느끼는 듯, 그의 새까만 눈동자는 밤하늘의 별빛처럼, 아니, 마치 여름의 태양처럼 눈부시게 빛나고 있다.

"그러니 나와 교제해, 나의 썬샤인."

아서는 약간 느릿하게 덧붙였다.

"영원을 약속하는 결혼을 전제로."

햇빛은 입술을 벌렸으나 말이 나오질 않았다. 그리고 어떤 행동도 할 수가 없었다. 그녀는 호흡조차 멈춘 채 맞은편에 앉아 있는 남자를 보았다.

영국의 귀족. 어마어마한 부를 지녔고, 외모 또한 눈부시게 아름답고, 목소리도 끝내주게 황홀한 세기의 미남.

그런 존재가 나와 결혼하고 싶다고?

햇빛이 아무것도 하지 못할 때였다. 미소 짓고 있으면서도 어딘가 모르게 초조해 보이던 아서가 자리에서 벌떡 일어나더니, 테이블을 돌아서 그녀에게 다가왔다. 아니, 달려들었다.

뜨거운 키스였다. 입술을 한 번에 가르고 들어와 혀를 건드리고, 잇몸을 매만지고, 타액을 빨아먹었다. 상대방을 잡아먹고야 말겠다는 필사적인 결심을 내뿜는 강렬한 키스.

눈앞이 새하얗게 변하는 키스가 끝났을 때, 햇빛은 아쉬워하는 자신을 발견했다. 그리고 자신이 아서의 슈트 재킷을 꼭 틀어쥐고 있다는 것을 깨닫고 서둘러 놓았다. 아서는 웃었다.

"이것 봐, 확실히 당신도 날 바라지. 하지만…… 당황했군."

아서의 손이 다정하게 햇빛의 뺨을 어루만졌다. 세상에서 가장 고귀한 도자기를 만지는 손길이었다.

"정신도 없는 것 같고. 그래, 시간을 주지. 내 제안, 생각해 봐. 어차피 결론은 하나뿐이지만."

아서는 햇빛의 코앞에서 새하얗고 고른 이를 드러내며 웃었다.

날카로운 송곳니가 언뜻 보였다. 그는 혀끝으로 자신의 아랫입술을 핥았다.

"키스, 더 하고 싶군. 당신은 정말 달콤해. 하지만 더 했다간……. 이런 곳에서 당신을 처음으로 안을 순 없지. 자제할 수 있을 때 멈출게. 이만 데려다 주지."

아서는 곧 손을 놓고는 뒤로 물러났다. 그는 거리를 유지한 채 그녀를 차로 데려갔고, 차 안에서도 바싹 붙지 않았다.

"나의 썬샤인."

그러나 현관문 앞에서 아서는 또다시 강렬하게 키스를 해왔다. 잡아먹고 싶다는 듯이. 하지만 몸 다른 곳은 만지지 않았다.

"잘 자."

아서는 햇빛의 귓가에 입술을 대고 뜨거운 숨결을 불어넣으며 작별 인사를 했다. 햇빛은 구름 위를 걷는 기분 속에서 집 안으로 들어갔다. 들어와서 문을 닫자마자 그녀는 미끄러지듯 바닥에 주저앉았다.

아서의 키스를 받은 입안이 뜨겁다. 아니, 온몸이 활활 불타오르고 있다!

햇빛은 어찌할 바를 모른 채 그렇게 주저앉아 희미하게 떨리는 두 손으로 입술만 만지고 있었다.

아서는 햇빛이 집 안으로 들어간 뒤, 대기하고 있는 차로 돌아갔다. 차 내부는 방탄 기능이 설치된데다가 새까맣게 썬팅을 한 덕분에 외부와 완벽하게 시야가 차단되었다. 여러 장치 덕분에 비밀이 유지되는 곳이기도 했다. 그 장소에서 아서는 표정을 지웠다. 미소 따윈, 더 이상 그의 얼굴에 없었다.

"왜 밀어붙이지 않은 거야? 확실하게 대답을 받아낼 수 있었잖아?"

운전기사이자 파트너 조지가 운전을 시작하며 물었다. 아서는 어깨를 으쓱거렸다. 어렸을 때부터 철저하게 교육받은 귀족답지 않은 품위없는 행동이었으나 그는 아랑곳하지 않았다.

"아직은 아니야. 나의 썬샤인은 밀어붙여서 될 타입도 아니고."

조지가 핏 웃었다. 비웃음과 감탄이 실려 있는 표정이었다.

"잘도 나의 썬샤인이라고 말하네. 진짜 마음에 들었나 봐?"

아서는 답하지 않았다. 조지는 고개를 절레절레 저었다가 진중한 어조로 말했다.

"연락 왔어. 아직이래."

"그래, 역시 아직이로군."

아서는 눈을 감았다. 그곳에서 그가 볼 수 있는 건 암흑뿐이기에 다시 눈을 뜰 수밖에 없었다. 그를 맞이하는 건 현실이었다. 너무도 차가워서, 피비린내가 풍기는 현실.

아서는 비릿하고도 냉혹한 미소를 지었다.

3

 다음날, 햇빛은 언제나처럼 새벽 여섯 시에 눈을 반짝 떴다. 평소처럼 침대에 앉은 채로 기지개를 켠 뒤 바닥에 일어서서 스트레칭을 했다. 간단하게 세수한 후 추리닝을 챙겨 입고 30분 동안 주변을 조깅했고, 집으로 돌아와 샤워를 하고는 냉장고에 넣어놓은 식빵 두 쪽을 꺼내 프라이팬에 구워 좋아하는 마멀레이드잼을 발라 우유와 함께 먹었다. 양치를 하고 옷을 입고 간단하게 화장도 한 뒤, 학교 준비물을 챙겼다.

 여기까지는 평소와 다를 게 없었다. 아니, 전날 밤에 제대로 잠을 자지 못했기에 평소에 비해 정신이 조금 멍한 건 달랐다. 그리고 몸이 피곤하면서도 희한하게 기분은 오히려 더 좋은 것도 달랐다.

 고백.

 사실, 고백을 받는 건 햇빛에겐 나름 익숙한 일이었다. 어깨까지 내려오는 생머리칼이 상큼한데다가 오밀조밀한 이목구미가 귀염성이 있고 새하얀 피부가 맑을뿐더러 몸매도 꾸준한 조깅 덕분에 상당히 좋기 때문이다. 더군다나 그녀는 예의 바르면서도 성격이 시원시원해서 어른들을 비롯해서 비슷한 나잇대의 친구들에게도 인기가 많았다.

딱 1년 전까진 그랬다. 주변에 친구도 많았으며 한국 사교계의 남자들은 그녀에게 좋아한다거나 사귀자, 혹은 결혼하자는 말을 여럿 했다. 딱히 관심이 가는 대상이 없어서 다 거절했지만, 어쨌든 고백은 그야말로 특별할 것 없는 일이었다. 하지만 어젯밤에아서 칼켄트에게 들은 고백은 색다르게 다가왔다.

오랜만이라 그런 건가?

그대로 한국에 남아 있었다면, 적당한 나이가 됐을 때 언니처럼 아버지가 정해준 대로 가장 '집안의 격'에 맞는 남자와 결혼했으리라. 그러나 그 일이 터졌고, 한국을 떠나 가출을 한 뒤부터는 고백의 기역 자도 듣지 못했다. 여러 곳을 구경 다니다가 지분거리는 접근을 받아보긴 했지만 그건 고백이 아니었다.

결혼을 전제로 한 만남.

진중하기 그지없는 그런 제안을 받은 건 그야말로 오랜만이었다. 어차피 결론은 하나뿐이라는 오만한 발언까지 동시에 들은 건 처음이었다. 외국인에게 고백을 받은 것도 처음인데다가, 상대가 귀족인 것도 처음이고…….

오랜만이고 처음이라 이렇게나 신경이 쓰이는 걸까?

아서 칼켄트와 그의 고백은 머릿속 한 켠에 단단하게 자리 잡은

것 같았다. 이미 뿌리내린 것처럼, 뽑아낼 수가 없었다. 오래전 일
도 아니고 열두 시간도 안 지났으니 이런 건 당연한 건지도 몰랐
다. 아니, 아니다. 어쩌면 다른 이유가 있을 수도…….

학교로 가서 수업을 들을 때, 수면 부족 때문에 피곤한데도 햇
빛은 기분이 매우 개운했다.

이건 역시…… 아서 칼켄트의 고백이 기뻐서 그런 건가?

처음부터 끌렸던 건 사실이다. 그러나 무례한 바람둥이의 헛된
장난에 휘말리지 않기 위해 머릿속에서 존재감 자체를 깨끗하게
지우려 했었다.

하지만 아서 칼켄트가 진심이다. 단순히, 일시적인 욕망이 아니
다. 그렇다면…… 그 제안을 받아들여도 되지 않을까? 그렇지
만…….

햇빛은 길고 긴 한숨을 내쉬며 플라워샵으로 갔다. 이상하게도
주인인 마가렛은 친절하게 변한데다가 이전처럼 심하게 부려먹지
도 않았다.

마가렛이 이상하네. 혹시 아서 때문인가?

아서가 나타난 뒤부터 갑자기 나긋나긋해졌기에 햇빛은 그런
생각을 할 수밖에 없었다. 하지만 아서 칼켄트가 마가렛에게 준
거라고는 미소밖에 없는지라 아서가 아니라 다른 일 때문에 저렇
게 변한 것 같다는 결론을 내렸다.

어찌 됐든, 덕분에 편해져서 다행이었다. 아서가 나타나기 전에
는 매일 퇴근할 때면 녹초가 될 정도였으나 오늘은 피로감이 느껴
지지 않았다.

햇빛은 가뿐하게 플라워샵을 나섰으나 뭔가 놓고 온 느낌이 들었다. 아쉬움이랄까, 그런 감정도 느껴졌다.

혹시 이건 아서 칼켄트가 안 나타나서 그런 걸까?

집으로 돌아오자마자 햇빛은 미간을 찌푸린 채 생각에 잠겼다. 그때, 현관문 벨소리가 울렸다.

"누구세요?"

"나야."

나라고 말하면 전 세계 누구든 다 이름을 알아차리는 게 당연하다는 듯한 오만한 어투였다. 그러나 햇빛은 기분 나빠하는 대신 순간적으로 쿵쿵거리는 심장을 안고 문을 열었다.

"안녕, 나의 썬샤인."

어젯밤처럼 슈트를 빼입은 아서가 서 있었다. 그의 한 손에는 연한 푸른색과 보랏빛의 국화 핸드타이드 꽃다발이 들려 있었다.

"잘 있었지?"

아서는 활짝 웃으며 걸어와 햇빛의 이마에 입을 맞추었다. 뜨거운 도장이 이마에 찍히는 느낌에 햇빛이 깜짝 놀라 반걸음 뒤로 물러서자 그는 오른손에 들고 있던 꽃다발을 내밀었다. 햇빛은 잠시 고민했으나 꽃다발을 받으면서 이렇게 말할 수밖에 없었다.

"들어와요."

"그래."

아서는 햇빛이 당연한 요청을 한 것처럼 답했다. 햇빛은 품속의 꽃다발을 소중하게 품은 채로 안으로 들어갔다.

"식사거리 가져왔어. 같이 식사하지."

"잠시만요. 꽃다발 정리 좀 할게요."

햇빛은 기뻐하는 자신을 발견했으나, 일단 마음을 누른 채 가위로 꽃의 끝 부분을 대각선으로 잘라서 새하얀 화기에 전부 담아두었다. 꽃을 손질하는 건 익숙한지라 빠르게 할 수 있었다.

"왜 대각선으로 자르지?"

"그래야 물을 더 많이 머금거든요. 그렇게 해야 오래 싱싱해요."

"그렇군. 나의 썬샤인, 그런데 말이야. 상해도 걱정하지 마. 원하면 평생, 매일 이 집 전체를 꽃으로 채워주지."

햇빛은 뭐라 말해야 할지 알 수가 없어서 그냥 입을 다문 채 부엌으로 갔다. 식탁 위에는 3단으로 된 찬합이 있었다. 햇빛이 놀라서 열어보니, 안에는 완벽한 자태를 자랑하는 유부초밥과 여러 종류의 김밥, 김치와 단무지가 들어 있었다. 된장 국물과 후식으로 식혜, 계절 과일까지 있는 건 물론이었다.

"자, 식사하지."

아서는 햇빛의 손에 나무젓가락까지 쥐어주고는 맞은편에 앉았다.

"맛있을 거야. 칼켄트 저택, 그러니까 본가에 빼어난 솜씨를 가진 한국인 요리사가 있거든. 특별히 부탁했지. 먹어보고 괜찮으면 앞으로 부탁할게."

햇빛은 아주 살짝 목이 메었다. 그녀는 말 없이 식사를 시작했고, 아서는 빙그러니 웃고는 조용히 식사에 동참했다.

햇빛은 맛있는 식사가 끝난 뒤 식혜를 마시면서 입을 열었다.

"할 말이 있어요."

"미리 말해두지만, 거절은 받지 않아."

맞은편의 아서는 나른한 어조로 말하고 있었다. 그러나 햇빛과 시선을 맞추고 있는 눈빛만큼은 강렬했다. 마치 송곳 같다고나 할까. 거절의 말을 내뱉으면 그대로 찔려서 피를 흘리게 될 것 같았다.

"애초에 답은 하나야. 승낙."

저렇게 단호하게 반응하니 햇빛은 할 말이 없었다. 아니, 그건 순간적이었고 곧 그녀는 하고 싶은 말이 매우 많아졌다.

"아서."

"그래."

아서가 웃었다. 눈꼬리 끝에서 파도처럼 눈웃음이 시작되는, 달콤하기 그지없는 미소. 더군다나 섹시한 입술 끝이 위로 들리자 햇빛은 쾌감을 주는 무언가가 척추를 따라 흐르는 느낌이었다. 그가 손을 뻗어 그녀의 손을 잡고는 엄지로 손등을 위아래로 천천히 문지르자, 찌릿한 것이 척추뿐만 아니라 온몸을 순간 긁고 지나갔다.

"말해, 나의 썬샤인."

아서는 이제 오랫동안 묵힌 그윽한 와인 같은 목소리로 말하고 있었다. 그의 목소리가 퍼지는 공기가 빠르게 뜨거워지고 있었다. 새까만 눈동자가 내뿜는 눈빛 또한 마찬가지였다. 자그마한 불씨는 순식간에 불길이 되어 햇빛을 정면으로 비추기 시작했다.

어째서 숨이 가쁘지? 이게 정말로 끌림인 건가? 아니다, 이건…….

"아, 썬샤인, 이렇게 쑥스러워하는 당신을 정말 갖고 싶군."

유혹이다.

부드러우면서도 농염하게 애무하는 손짓, 강렬한 눈빛, 공간 전체를 뜨겁게 만드는 화염 같은 목소리.

　유혹. 저항하지 못하게 만드는, 아니, 저항이라는 단어조차 떠오르지 않는…….

　"이 식탁 위에 눕히고 싶어. 아니, 엎드리게 하고 싶군. 당신은 식탁 양쪽 모서리를 붙잡고 엎드린 채 나를 기대하게 될 거야. 나는 당신의 새하얀 목덜미를 깨문 채, 뒤에서 가질 거야. 식탁이 크게 들썩거릴 정도로 박겠지."

　아서의 말은 너무도 노골적이었으나, 햇빛이 불 같은 부끄러움을 느낀 건 얼마 뒤였다. 그 광경을 떠올리는 데 시간을 썼으니까.

　"하지만 아직은 아니지. 아직은 아니야. 나의 썬샤인은 준비되지 않았으니까. 육체적으로는 날 받아들이겠지만, 정신적으로는 아직 아니지?"

　아서는 말을 끝내자마자 손을 떼면서 눈을 감았다가 떴다. 온몸을 그동안 불타오르게 했던 것이 사라지자 햇빛은 그제야 호흡할 수 있었다. 그러나 내쉰 숨결조차 뜨거웠다.

　내가 대체 왜 이러지? 아니, 알고 있다. 답을 안다.

　"말해봐."

　아서의 목소리는 이제는 유혹이 없었다. 다정하고 따뜻할 뿐. 그는 일어나서 냉장고를 열더니 차가운 물을 꺼내 내밀었다. 마치 자기 집인 것마냥 당당한 태도였는데 햇빛은 그 점을 불평할 정신 따윈 없었다. 그녀는 차가운 물을 한 컵 전부 들이켠 뒤에야 입을 열 수 있었다. 그러나 물의 냉기 때문에 자신의 몸이, 아니, 육체가 한순간 얼마나 달아올랐는지 더욱 분명하게 체감할 수 있었다.

"모르겠어요."

"무엇을?"

"아서 칼켄트가 어떤 남자인지. 그리고…… 내가 느끼는 이 감정이."

햇빛은 눈을 잠시 테이블에 내렸으나, 다시 들어서 아서와 시선을 마주했다. 피하고 싶지 않으니까.

상대가 그저 바람둥이답게 가볍게 장난을 친 거라면 싸늘하게 무시했을 것이다. 그러나 아서는 진심으로 행동하고 있었다. 그러니 똑같이 솔직하게 응대하는 게 맞을 터.

"이 끌림이…… 육체적인 것뿐인 건지, 정신적인 것이기도 한 건지 알 수가 없어요. 그래서 아직은 정확하게 답을 할 수가 없어요."

"나에 대해서는 앞으로 알아가면 돼. 정신적으로 어떻든 분명한 건 당신이 내게 끌린다는 것이고. 끌린다는 것 하나만으로 충분해. 난 당신이 분명한 결론을 내리기 전까지 기다릴 수 있어. 어차피 답은 뻔하니까. 물론 기다린다는 게 그동안 떨어져 있겠다는 뜻은 아니야. 가능하면 자주 만나도록 하지. 내일 저녁에 플라워 샵에 데리러 가겠어."

정말 오만한 남자였다. 상의하는 게 아니라 그냥 통보를 하고 있었다. 그러나 햇빛은 짧은 시간이지만 그새 아서의 저런 태도에 익숙해졌다는 것을 깨달았다. 사실, 근본적으로는 싫지 않았다. 어울린다고나 할까. 새까만 머리카락과 눈동자의 퇴폐적인 미남이자 귀족, 아서 칼켄트에겐 저런 거만한 태도가 맞춤옷처럼 어울렸다.

"더 있고 싶지만 이만 가봐야겠어."

아서는 이맛살을 찌푸리며 일어났다. 햇빛은 곧 알아차렸다.

"어디 아파요? 몸이 불편해 보이는데……."

햇빛은 걱정하며 물었고 아서는 핏 웃었다.

"아픈 건 아니고, 몸이 불편한 건 맞아."

"저기, 그럼 병원으로—"

"병원까지 갈 필요는 없어. 당신과 사랑을 나누면 치유되는 현상이니까. 밀폐된 공간은 이래서 좋지 않군."

햇빛은 처음에는 알아듣지 못했으나 곧 깨달았다. 그녀는 얼굴에 다시 불이 화르륵 붙는 기분이었다. 그런 그녀를 흥미롭게 바라보며 아서가 질문했다.

"어디가 불편한지 보여줄까?"

"이, 이 변태!"

햇빛이 꽥 비명을 질렀고, 아서는 크게 웃으며 사라졌다. 남겨진 햇빛은 잠시 씩씩거렸으나, 그런 기분은 오래가지 않았다. 그러나 온몸의 붉은 기운은 그날 밤, 잠이 들 때까지 계속되었다.

사내는 보스에게 보고했다.

"주변에 여자 한 명이 포착되었습니다."

[결혼 파티 때 같이 있었던 여자더군.]

"그렇습니다."

약 7개월 전, 이스트맥 저택에서 열렸던 결혼 파티 때 참석했던 여자. 당시 사내는 직원으로 가장해서 저택에 침투했고, 아서 칼켄트를 감시했었다. 들킬까 봐 빠르게 움직이다가 이 여자와 부딪쳤던 기억이 났다. 그리고 A구역 주차장에서 여자와 아서 칼켄트가 짧게 키스를 나누었던 것도 보았었다. 정확하게는, 아서 칼켄트가 여자에게 키스했다.

[동양인이로군.]

보스는 언제나처럼 컴퓨터 변조음을 사용하고 있었으나 비웃음이 잔뜩 우러나왔다.

[진짜인지 아닌지 확인해 봐.]

"알겠습니다."

사내가 답하자마자 보스는 전화를 끊었다. 사내는 휴대전화를 내려놓은 뒤, 모니터 속의 여자를 바라보았다.

진짜인가, 아닌가?

고심하는 사내의 얼굴은 그저 무표정했다.

다음날 새벽, 깨어나자마자 햇빛의 머릿속에 떠오른 건 전날처럼 아서 칼켄트였다.

그렇게 섹시하고 잘생긴 남자가 내게 진심으로 끌리다니······ 그러고 보니, 오늘 밤에 또 만나는 거지? 오늘 뭐 입지? 화장은 어떻게 할까? 아, 왜 이렇게 신경 쓰이는 거야?

이유야 뻔하다.

「나, 정말로 그 남자한테 끌리는구나.」

육체적으로는 확실하다. 구체적인 남자 경험은 없지만, 그 남자를 보면 섹스라는 너무도 노골적인 단어가 떠올랐다.

하고 싶다.

처녀가 할 말한 생각은 아니지만, 어찌 됐든 그 육체가 탐이 났다. 밤새워서 손으로 만져 보고 싶다고나 할까.

그렇기에 끌림이라는 단어를 확실하게 쓸 수 있었다. 하지만 정신적인 것은 알 수 없었다. 아니, 감정적으로도 좋으면서 거부하는 걸까? 역시 언니의 일 때문에…….

「아!」

햇빛은 찬물에 뒤집어쓴 것처럼 깨달았다.

오늘이 바로 어머니의 생신이었다.

매년 언니와 함께 머리를 짜내어 근사한 선물을 드렸던 게 기억났다. 항상 생신 일주일 전부터 난리법석을 떨었는데…… 까맣게 잊고 있었다. 어머니의 생신만이 아니라, 언니 자체에 대해서.

어떻게 그럴 수 있지?

황당한 와중에서도 햇빛은 깨달았다.

아서 칼켄트 때문, 아니, 덕분이다.

정신과 상담의가 그랬었다. 우울증에 걸리지 않으려면, 다른 일에 몰두하면서 언니 일을 잊어버리듯 흘려야 한다고. 이제까지는 학교 공부와 아르바이트로 그렇게 노력했건만 잘 안 됐는데, 아서 덕분에 언니 자체를 잊고야 말았다.

이 남자는…… 이런 식으로 도움이 되는구나.

감사한 일이었다. 그러나 오늘은 일단, 어머니의 생신을 챙기는 게 우선이었다. 햇빛은 시차를 확인한 뒤 휴대전화를 들었다. 상대는 한참 벨이 울린 끝에 전화를 받았다.

「엄마, 저예요.」

[그래, 햇빛아. 잘 있지? 밥 먹었지?]

어머니는 다정하기 그지없는 목소리였다. 햇빛은 갑자기 목이 메었다.

「네, 잘 있어요. 매일 아침마다 조깅도 하고, 밥도 잘 챙겨 먹고, 공부도 열심히 하고요.」

아르바이트는 말하지 않았다. 걱정하실 게 뻔하니까.

「생신 정말 축하드려요.」

[고맙구나.]

어머니는 상당히 기뻐하셨다. 죄송한 마음이 솟구쳤으나, 햇빛은 달리 할 수 있는 말이 없었다. 어머니는 머뭇거리다가 입을 열었다.

[햇빛아, 네 아빠가 영국 이야기를 하더구나. 날씨가 안 좋고 음식이 맛없을 거라고 말이야. 한식도 잘 먹기 힘들고 말이야. 그 말만 했지만…… 아무래도 네가 보고 싶은가 봐.]

갑자기 목이 메었다. 하지만 햇빛은 돌아가겠다는 말 같은 건 할 수가 없었다. 아직은 아니었다. 그리고 아빠를 볼 준비도 되어 있지 않았다.

「영국 날씨가 안 좋긴 해요. 그래도 이젠 익숙해졌으니 걱정하지 않으셔도 돼요. 그리고 음식도 정말 맛없기는 한데, 과일이나 샌드위치는 괜찮아요. 한식도 하루에 한 끼는 먹으니까 걱정하지 마세요. 어젯밤에는 유부초밥이랑 김밥도 먹었는걸요.」

[어머, 그러니? 만든 거야?]

「만든 게 아니고요, 아…… 친구가 가져와 줬어요. 그 친구네 집에 한국인 요리사가 있어서요.」

아서라는 이름을 완성하기 전 햇빛은 정신을 차리고 말을 돌렸다. 거짓말은 아니었다. 아직은 확실하게 교제하는 사이가 아니니, 친구가 맞았다.

[한국인 요리사를 따로 뒀다고? 아, 재인이를 이야기하는 거구나.]

아서의 형, 알렉산더 칼켄트와 결혼한 재인은 한국 사교계에서 집안끼리 알던 사이였다. 재인이 영국 백작과 결혼했다는 사실은 한국에도 알려진 터라 어머니는 수긍하는 눈치였다. 엄밀하게 말하자면 거짓말은 아니었으나 햇빛은 약간 마음이 불편해졌다.

[햇빛아, 잘 지내는 것 같지만 이거 하나만 부탁할게.]

일상에 관한 몇 가지 대화를 더 한 뒤 어머니가 말했다. 멀고 먼 거리를 사이에 두고 하는 국제전화였으나 햇빛은 어머니의 간곡한 마음을 들을 수 있었다.

[많이 웃으렴. 울지 말고, 환하고 반짝반짝하게 웃어주렴. 그리고 슬프거나 우울해하지 말고, 씩씩하고 당당하게 행동하렴. 이전처럼 말이야. 엄마가 우리 햇빛이한테 바라는 건 그거 하나야.]

통화가 끝난 뒤, 햇빛은 자리에서 일어나는 대신 잠시 동안 휴대전화를 손에 꼭 쥐고 있었다.

불편한 마음 따윈 사라지고 없었다. 남은 건 더없이 목이 메고 아릿한 느낌이었다. 눈물이 나올 것 같은 충동도 불쑥 일었으나, 햇빛은 눈을 꼭 감는 것으로 눈물을 거부했다.

그래, 어머니의 당부대로 행동해야지. 그래야 한다.

누군가를 애도하는 데 기간은 상관없는 법이다. 여전히 언니가 안타깝고 슬픈데다가 원망하는 마음도 있지만…… 애도한다. 하지만 더 이상 울고 싶지 않다. 우울해하고 싶지도 않다.

밝은 웃음과 시원시원한 성격으로 모두에게 사랑받았던 이전의 김햇빛으로 돌아가자. 힘들더라도, 최소한 노력을 하자!

「그래, 힘내자! 밝게 웃자!」

햇빛은 두 손을 하늘로 쭉 뻗은 채 힘주어 주먹을 불끈 쥐었다. 기운이 호랑이처럼 솟는 기분이었다.

「아자아자, 파이팅!」

구호를 외친 뒤, 햇빛은 자리에서 벌떡 일어나며 환하게 웃었다. 그리고 이날 하루 종일 그렇게 웃음을 머금은 채 다녔다. 아르바이트가 끝난 뒤 그녀를 데리러 온 아서에게도 마찬가지였다.

"안녕, 나의 썬샤인."

아서는 플라워샵에서 나오는 햇빛에게 달콤한 미소를 건네주었다. 햇빛은 기뻐하는 자신을 발견했고, 평소보다 더 환하게 웃으며 마주 인사했다.

"안녕, 아서."

상냥한 반응이 기쁜 듯 아서는 미소 지었다. 그는 이제는 낯익게 느껴지는 자동차 뒷좌석의 문을 신사답게 열어주었다.

"오늘, 기분 좋은 일이 있었나 보지?"

아서는 차에 타자 물어보았다. 햇빛은 고개를 끄덕였다.

"네. 엄마랑 통화했거든요. 기분도 좋고, 다짐도 새로 했어요."

"다짐? 나한테 잘 대하자고?"

이 남자는 이 세상의 모든 걸 자기 중심으로 생각하네.

"밝게 생활하자고요, 이전처럼."

"이전처럼?"

햇빛은 짧게 고민했으나 곧 사실을 털어놓았다.

"음, 1년 2개월 전에…… 일이 좀 있었어요. 그래서 그 뒤로 성격도 소심해지고 우울증에 좀 시달렸어요."

아서는 그녀에게 진심이었다. 그러니 솔직하게 응대하는 게 맞았다.

"우울증? 지금도 그래?"

손등에 손이 느껴졌다. 어느새 허벅지가 맞닿을 정도로 가까이 다가온 아서가 그녀의 무릎 위에 놓인 손등 위에 손을 얹은 상태였다. 따뜻한 위로의 온기가 햇빛을 부드럽게 감쌌다.

"아니요. 지금은 괜찮아요. 한국을 떠난 뒤로는 괜찮아졌어요. 이젠 상담도 안 받고, 약도 안 먹어요."

이곳이 한국이거나 상대가 한국인이라면 우울증 때문에 정신과 상담도 받고 약도 먹었다고 말하는 그녀를 정신병자로 취급했을 터였다. 그런 사회니까. 그러나 이곳은 다른 나라, 즉 유럽인 만큼 아서는 그녀를 그렇게 보는 눈빛이 아니었다. 걱정과 안도감이 뚝뚝 흘러넘치는 따스한 눈빛이었다.

"그 일이 벌어지기 전까지 한국에서는 안 그랬어요. 환하게 웃고 다닌다고, 밝다고 칭찬을 많이 들었어요. 근데 그때 나쁜 일이 생겨서…… 잘 웃지를 못하겠더라고요. 우울증도 생겼었고. 하지만 이젠 괜찮아요. 우울증은 사라졌어요. 그런데도 웃는 건 이전처럼 크게 못 웃겠더라고요. 그렇지만, 이젠 노력해 보려고요. 엄마의 당부대로 이전처럼 밝게 웃으려고 노력해 볼래요."

아서는 잘 알지 못하는 사람이었다. 그녀에게 진심을 고백하든 안 했든 간에, 직업이 뭔지도 모르는 사람. 그러나 햇빛은 누구에게도 제대로 이야기하지 못한 것을 아주 쉽게 털어놓는 자신을 발견했다. 그리고 그녀는 또 다른 따뜻한 것을 느끼게 되었다.

아서의 입술. 이전처럼 혀가 입술 안으로 들어와 거칠게 입안을 노니는 그런 강렬한 종류가 아니었다. 입술과 입술의 마주침으로, 따끈한 목욕탕에 들어가 앉아 있는 것처럼, 온몸으로 온기가 퍼지는 위로의 키스였다. 더없이 상냥했다.

아서는 햇빛의 양쪽 뺨과 이마에도 천천히, 번갈아가면서 키스했고, 다시 제자리인 것처럼 입술로 돌아와 더욱 다정한 입맞춤을 선사했다.

"다행이야, 썬샤인. 정말 다행이야."

깊디깊은 안도감으로 절절한 목소리와 눈빛이었다.

"우울증을 잘 이겨냈구나. 힘들었지? 나도…… 힘들었어."

"아서도 우울증에 걸린 적이 있어요?"

그는 고개를 끄덕였다. 상당히 의외였다. 햇빛이 알기로 우울증은 평생 유병율이 15퍼센트에 이를 만큼 누구나 걸릴 수 있긴 했다. 현대인의 새로운 감기라고 불리는 것이니까. 그러나 햇빛은 오만하기 그지없는 아서 칼켄트가 우울증에 걸린 적이 있다는 게 꽤 놀라웠다.

이 남자, 겉으로 보이는 부분과는 다른 면이 있는 거구나.

"예전에…… 형을 잃었어. 알렉 형 말고 내 위로 윌리엄 형이 있었지. 하지만 사고로 떠났고…… 한동안 우울증에 걸려서 고생했어. 그러다가 알렉 형이 방황하는 것을 보고 정신이 번쩍 들더라. 형이 방황을 멈춘 뒤에야 내 우울증도 나았어."

햇빛은 행동하지 않을 수 없었다. 그녀는 방금 그가 그런 것처럼 그의 손등 위에 손을 얹은 뒤 입술은 물론 양쪽 뺨과 이마에도 따뜻하게 입을 맞추었다. 위로를 건네주기 위한 행동임에도 온몸이 떨렸다.

"다행이에요, 아서. 정말 다행이에요."

목소리 또한 떨렸으나, 햇빛은 시선을 피하는 대신 눈을 들어 아서와 시선을 마주했다. 그의 얼굴은 멍하기 그지없었다. 아름다운 이목구비는 여전했으나 목(目), 눈동자는 풀려 있었다.

아서는 망치로 호되게 뒤통수를 얻어맞은 것처럼 보였다. 뭐랄까, 전혀 예상치 못한 것을 보고 듣고 겪은 것 같은 표정이었다. 순간적으로 치솟은 울컥거리는 감정을 내리누르는 것처럼 목의 결후가 꿈틀거리기도 했다.

마치, 예상치 못한 감동을 아주 많이 받은 것 같았다.

"아, 나의 썬샤인……."

아서는 아주 나직하게 속삭였다. 이제까지와는 조금 다른 목소리였다. 찐득한 꿀이 떠오를 만큼 질척이는 것 같다고나 할까. 하지만 아주 달콤했다. 한동안 멍하기 그지없었던 아서의 새까만 눈동자가 또렷한 빛을 되찾더니, 뜨겁고 강렬한 충동으로 번뜩이기 시작한 게 그때였다. 햇빛은 깨달았다.

욕망이다. 욕망. 남자의, 아니, 수컷으로서의 강력한 욕망.

손에 잡힐 정도로 분명하게 느껴지는 감정이었다. 아니, 손에 닿다 못해 손끝에서 지글지글 타오를 것처럼 너무도 뜨거운 감정이었다.

타 죽을 것 같았다. 이대로 계속 아서의 눈빛을 받다 보면 햇빛은 타버릴 것 같았다. 아니, 부끄러움이 먼저였다. 육체가 반응하기 때문이다. 가슴이 묵직해지는 것 같고, 말하기도 부끄럽지만 가슴의 정점인 유두가 곤두서는 느낌이었다. 더군다나 다리 사이에서 어떤 액체가 흘러나오는 것 같았다. 그 액체로부터 희미하지만 냄새도 나는 것 같았다. 착각일까? 아니면 진짜일까?

뭐가 됐든 간에 햇빛은 부끄러웠다. 그녀는 저도 모르게 온몸을 움츠리며 반듯하게 모은 두 다리를 더욱 바싹 오므리고야 말았다. 그러면서 피하듯 시선을 떨군 건 물론이었다. 그러자 아서가 한숨을 내쉬었다. 탄식이 그득 실려 있었다.

"확실히, 준비되지 않았군."

아서는 크게 실망한 듯 매우 쓰라린 목소리였다. 햇빛은 두 손으로 화끈 달아오른 뺨을 감쌌다. 아서는 피식 웃었다.

"사실 처녀는 싫어해서 쳐다보지도 않는데, 당신은 흥미로워."

햇빛은 저도 모르게 한숨 같은 신음을 흘리고야 말았다. 아서는 빙글빙글 웃었다.

"왜 그런 반응이지?"

"그, 그게, 그러니까……."

"처녀라는 걸 안다는 게 놀랍나 보군. 반응 보면 뻔하지. 아, 걱정하지 마. 당신의 어딘가가 모자라서 그렇다고는 생각 안 하니까. 한국은 보수적인 나라라더군. 그래서 그런 거지?"

햇빛은 아무 말도 하지 않고 아서를 흘겨보았다.

"그리고 당신이 곱게 자라서 그런 것도 같군. 당신의 몸가짐을 보면 우리나라 귀족 가문의 레이디와 같아. 우아하고 예의 바르지. 하지만 당신은 곱게 자란 티가 나면서도 톡톡 튀는 면도 보여. 발랄하다고나 할까. 시원해 보인다고나 할까."

아서는 씩 웃었다. 코앞에서 평가를 듣는 건 기분이 좋지 않을 수도 있지만, 그의 웃음이 워낙 매력적이라 햇빛은 미워할 수가 없었다.

"그래서 눈길이 가. 청량한 느낌이 강한 여자인데도 섹시하게 느껴져."

아서의 웃음은 다시 유혹적으로 변했으나, 그건 잠깐이었다.

"하지만 이런 이야기는 앞으로 되도록 피하도록 하지. 당신은 아직 준비되지 않았으니까. 더군다나 차 안도 밀폐된 공간이야."

아서는 손목시계를 확인했다.

"도착할 시간이 다 됐는데. 아, 도착했군."

때마침 차가 멈추었다. 햇빛이 문에 손을 대기 전 아서가 고개를 저었다.

"레이디는 직접 문을 여는 게 아니지."

아서는 어젯밤처럼 먼저 내리더니 차 뒤를 빙 돌아가서 그녀 쪽의 문을 열어주었다.

"자, 레이디 썬샤인."

아서가 손을 내밀었고, 햇빛은 망설임 없이 손을 잡고 내렸다. 굳은살로 가득하지만 그의 손은 참 따뜻했다.

"여긴 어디……."

햇빛은 주변을 둘러보기 위해 고개를 들었다가 말을 끝맺지 못했다. 바로 보이는 것 때문이었다.

새천년을 기념해서 건축한 관람용 건축물로 밀레니엄 휠(Millennium Wheel)이라고도 불리지만, 런던 아이(London Eye)라는 이름을 갖고 있는 커다란 자전거 모양의 새하얀 관람차.

햇빛이 한국을 떠나 다른 나라를 떠돌다가 영국에 온 지 이제약 1년이었다. 영국 여기저기를 다니다가 런던에 묵은 것도 몇 달이나 되었고, 여러 관광지에 가보았다. 그러나 템즈 강변에 있는 주빌리 가든에 위치한 런던 아이를 탄 적은 없었다. 영국이 워낙해가 늦게 지는지라 런던 아이를 타도 야경을 제대로 볼 수 없어서 가격 대비상 좋지 않다는 말을 들었기 때문이다.

"이걸 타러 온 건가요?"

"맞아."

아서는 씩 웃으며 햇빛의 손을 잡아끌었다. 관람차를 타러 온 건 별거 아닌 행동이지만, 묘하게도 햇빛은 감동을 받았다. 그녀는 기쁜 마음을 미소로 나타냈다. 아서는 그녀의 이마에 쪽 소리가 나도록 가볍게 키스한 뒤 티켓을 구매하지 않고 바로 런던 아이 쪽으로 걸음을 옮겼다.

예약을 미리 했나 보네. 그런데 왜 주변에 다른 관람객은 안 보이지?

햇빛은 운전기사가 몇 걸음 앞서서 걸어가 품속에서 종이를 꺼내 런던 아이 직원들에게 건네주는 것을 보았다. 예약 용지가 분명했다. 직원들이 고개를 끄덕일 때, 햇빛은 운행 시각이 지금 시기에는 오후 8시 30분까지라는 글씨를 발견했다. 지금은 그 시각에서 30분은 더 지난 상황이었다.

늦었는데 괜찮은 건가?

염려와는 달리 캡슐에 바로 탈 수 있었다. 스물다섯 명은 탈 수 있다고 하던데, 그녀와 아서 단둘뿐이었다. 드넓은 공간은 둥글었고 모든 벽은 투명해서 관람차다웠다. 그러나 햇빛의 시선을 잡아끈 것은 중앙에 새하얀 레이스 테이블보가 씌워진 테이블 하나와 두 개의 의자였다.

"자, 레이디 썬샤인."

아서는 의자를 뒤로 끌었고, 햇빛은 고개를 끄덕여 그의 배려를 감사해하며 앉았다. 곧 직원이 카트를 끌고 왔다. 카트 위에는 은색의 둥근 스테인리스 뚜껑이 덮인 그릇이 여러 개, 아이스버킷에 담긴 샴페인과 두 개의 잔이 있었다.

직원은 식탁 위에 수저를 세팅해 주고, 잔에 샴페인을 따른 뒤

둥근 뚜껑을 열어 음식을 오픈한 뒤 좋은 시간을 보내라고 말했다. 직원이 캡슐에서 나가자 문이 닫혔고, 곧 런던 아이가 운행을 시작했다.

햇빛은 잠시 눈을 깜빡거리면서 주변을 둘러보다가 옆 캡슐에는 아무도 타지 않은 것을 발견했다.

"어? 혹시 우리만 탄 건가요?"

"맞아. 자, 식사하지. 로열 오브 로열 호텔의 프렌치 레스토랑이 굉장히 괜찮거든. 거기서 공수해 온 거야. 한식으로 할까 하다가 샴페인이 어울리는 건 프렌치 같아서 말이야. 자, 들지."

아서는 빙긋 웃고는 햇빛 앞에 있는 그릇의 뚜껑을 열었다. 애피타이저인 생굴이었다. 햇빛은 이 상황이 정말 얼떨떨한지라 맛을 잘 못 느낄 줄 알았으나, 신선한 게 정말 맛있었다. 메인요리나 디저트 또한 마찬가지였다.

"정말 맛있어요."

음식은 물론 돔 페리뇽 2003년 빈티지까지, 정말 완벽한 식사였다.

"맛있다니, 기뻐."

아서는 활짝 웃고 있었다. 햇빛의 기쁨이 마치 최대의 즐거움인 것처럼.

"그런데 혹시…… 런던 아이 전체를 다 예약한 거예요?"

햇빛은 다른 캡슐에 사람 그림자도 없는 것을 아까 보았기에 물었다.

"맞아. 한 시간 동안 전체를 다 빌렸어. 두 바퀴를 돌 거래."

햇빛은 방금 마신 샴페인이 목에 걸리는 기분이었다.

전체를 빌렸다고? 더군다나 운행 시각 이후에?

햇빛도 한국의 상류층만 소속될 수 있는 사교계 사람인지라 상당히 부유하게 자랐다. 쇼핑을 좋아하지 않기에 돈을 많이 쓴 적이 없지만, 주변에서 사치스러운 사람들을 꽤 보긴 했었다. 그러나 단순히 식사 한 끼에 이 정도로 돈을 쏟아붓는 사람은 처음 보았다.

"어, 저기, 아서……."

"혹시 부담스러워?"

아서는 바로 알아차렸다. 덕분에 햇빛은 쉽게 고개를 끄덕일 수 있었다.

"네, 상당히 부담스러워요. 저도 부유하게 자랐지만, 이 정도는……."

"알았어. 앞으로는 주의하지."

기분 상해할 줄 알았는데, 아서는 의외로 선선히 약속을 해주었다. 햇빛은 서둘러 덧붙였다.

"날 위해서 이렇게까지 해주다니, 정말 감동했어요. 고마워요."

그녀에게 진심이고, 그녀를 위한 행동이 틀림없으니 감사의 말을 해야 옳았다. 여전히 부담스럽지만.

"진짜 고마워?"

"네, 진짜예요."

"그럼, 내 선물 받아줘."

엄청나게 비싼 건 아니겠지?

아서는 카트 가장 밑에서 네모난 상자 하나를 꺼냈다. 상자는 붉은색과 분홍색이 번갈아가면서 있는 디자인으로, 중앙에는 하얀색으로 이렇게 써 있었다.

VICTORIA'S SECRET.

"내일, 이거 입어줬으면 좋겠어. 나야 못 보겠지만, 적어도 상상할 수는 있으니까."

햇빛은 입술을 달싹거리다가 아무 말도 하지 못한 채 상자의 글씨만 뚫어져라 쳐다보았다.

"열어봐."

아서는 그렇게 말해놓고 직접 상자를 열었다. 안에는 새하얀 색의 깔끔한 디자인의 브래지어와 팬티가 들어 있었다. 야한 디자인이 아니라는 사실이 의외였으나, 자세히 보니 브래지어와 팬티가 꽤나 작다는 것을 알게 되었다.

"마음에 들어?"

아서는 브래지어와 팬티를 손으로 쓸면서 물었다. 그의 손바닥은 돌 같은 굳은살로 그득하지만, 손가락은 길고 우아했다. 그리고 농염했다. 그녀의 육체를 만지고 있는 게 아닌데도 햇빛은 아주 쉽게 그가 속옷만을 걸친 자신을 매만지는 장면을 떠올릴 수 있었다.

온몸이 달아오른다. 아니, 몸은 뜨거워진 지 오래였다. 아서를 만난 순간부터 그랬다. 이제는 열기가 더욱 치솟는 상황.

난 경험도 없는데, 어째서 이 남자에게 이렇게나 강렬하게 끌리는 걸까? 그만큼 아서가 매력적이라 그런 건가?

"……남자 같으니라고."

"응? 뭐라고?"

아서는 낯빛 하나 변하지 않은 상태였다. 여자 속옷을 만지는 게 일상적인 것처럼 보이기도 했다. 햇빛은 살짝 짜증이 난 나머지 톡 내뱉었다.

"마성의 남자라고요."

"아, 내가 좀 그렇지. 자, 나의 썬샤인. 받아."

"저기, 이런 선물은 좀—"

"나의 썬샤인, 얼굴 붉어진 게 진짜 귀엽네. 이 자리에서 잡아먹고 싶을 정도야. 하지만 참아야겠지. 그리고 여기에 아마 CCTV가 있을 거야. 키스라도 하고 싶지만, 어쨌든 밀폐된 공간이니 참도록 하지."

이쯤 되면 햇빛은 더 저항할 수 없었다. 결국 그녀는 런던 아이가 두 번 도는 한 시간 동안의 탑승이 끝나고 아서가 집으로 데려다 줄 때 손에 상자를 들고 내릴 수밖에 없었다.

"잘 자, 나의 썬샤인."

아서는 현관문 앞까지 따라오더니 햇빛의 이마에 다정하게 키스한 뒤 사라졌다. 햇빛은 한 손으로는 후끈거리는 이마를 만지고, 다른 한 손으로는 그가 준 상자를 든 채 집 안으로 들어왔다.

런던 아이를 통째로 빌리고, 속옷 선물을 주는 남자라니.

이전이라면 제정신이 아닌 남자라고 생각했을 터였다. 그러나 막상 그 상황이 되니, 햇빛은 황당하긴 했으나 납득이 되었다. 그리고 아주 이상하지만, 기뻤다.

날 위해 이런 걸 해주다니!

나사가 하나 빠진 여자가 된 기분이었다. 그러나 햇빛은 집으로 돌아온 뒤 기쁨으로 후끈거리는 온몸을 꼭 끌어안았고, 다음날 아서가 사준 속옷을 입었다.

4

"내가 준 것, 입었어?"

아서는 햇빛이 차에 타자마자 물어왔다. 햇빛은 말은 못했지만 얼굴을 새빨갛게 물들였고, 아서는 바로 알아차렸다.

"말을 잘 듣는군."

아서는 손을 뻗어 햇빛의 머리카락을 슥슥 쓰다듬었다. 머리스타일이 흐트러지는데다가 강아지 취급을 받는 기분이었으나 그의 손길이 기분 좋아 햇빛은 불평을 내뱉지 않았다.

이 손으로 다른 곳을 만져 주면, 더 기분이 좋아지겠지?

결코 순진하지 않은 생각이 떠오르자 햇빛은 얼굴이 화끈 달아올랐다. 그녀의 코앞에서 아서가 빙글빙글 웃기 시작했다.

"무슨 생각을 하기에 얼굴이 붉어지지?"

햇빛은 아서가 자신처럼 당황하길 바랐다. 그래서 톡 말했다.

"야한 생각이오."

"구체적으로 말해봐."

"……이 손으로 다른 곳을 만져 주면 기분이 더 좋을 것 같다는 생각."

마치 뜨거운 무언가가 목을 가로막고 있는 느낌이었으나 햇빛은 다 말했다.

"나의 썬샤인, 난 손보다 혀를 더 잘 써. 혀로 만져 주면 손보다 더 기분이 좋을 거야."

아서는 한쪽 입술 끝이 올라가는 농염한 미소를 지었다. 햇빛은 이 남자에겐 말로는 도저히 이길 수 없다는 것을 다시 깨달았다. 아니, 어쩌면 있을지도. 햇빛은 힘을 내서 한마디 던졌다.

"그건 경험 많은 바람둥이라는 뜻이군요."

"그건 경험 많은 바람둥이였다는 뜻이지."

"여자가 많다는 뜻이네요."

"여자가 많았다는 뜻이지."

"난 여자가 많은 남자 싫은데."

"난 여자가 많았던 남자인걸?"

계속된 말꼬리 싸움에 햇빛은 입술을 삐죽 내밀었다.

"어쨌거나, 난 손해 보는 기분이에요. 내가 아서와 사귀게 되어서 사랑을 나누게 되면 내, 내 처녀성을 주게 되는 거잖아요."

순결을 무기로 삼는 건 아니었다. 단지, 그녀는 주는데 똑같은 것을 받지 못한다는 게 기분상 거슬렸다.

"대신 난 사랑을 주잖아."

아서는 햇빛의 두 뺨에 손을 대고는 엄지손가락으로 그녀의 아 랫입술을 매만졌다. 아니, 애무라는 표현이 어울리는 나른한 동작 이었다.

"어떤 여자에게도 주지 않았던 내 진심이 담긴 사랑을 주잖아, 그것도 영원히."

흑진주 같은 새까만 눈동자가 코앞에서 진한 빛을 흘렸다. 햇빛 은 그의 눈빛에 풍덩 빠졌으나, 곧 시선을 떨어뜨려 입술을 바라 보게 되었다. 섹시한 미소를 머금은 더없이 유혹적인 것.

어떻게 남자의 입술이 이렇게나 섹시하지?

처녀긴 해도 스물일곱 해 동안 한 번쯤 사랑을 나누고 싶다고 생각한 남자가 없었던 건 아니었다. 하지만 그건 그냥 호기심이었 지, 실제로 그럴 기회가 됐다고 해도 손을 뻗지는 못했으리라. 그 러나 아서는 달랐다.

햇빛은 아서의 벗은 몸이 보고 싶다. 만지고 싶다.

"아서는…… 아서 왕에서 따온 이름인가요?"

그러나 아직 용기가 나지 않기에 햇빛은 궁금한 다른 것을 질문 했다.

"맞아. 알렉산더, 윌리엄, 아서. 어렸을 때 아버지께 여쭤보니 우리 칼켄트 가문 삼 형제의 이름은 전부 정복왕의 이름에서 따온 거라고 하셨어."

"아버지라면……."

햇빛은 재인에게 들은 이야기를 떠올렸다. 삼 형제의 부모는 23년 전에 교통사고로 사망했다고. 그 뒤로 삼 형제는 여러 고생을 했다고 한다.

햇빛은 본능대로 행동했다. 어젯밤에 그러했던 것처럼, 아서의 손등 위에 손을 얹은 뒤 입술은 물론 양쪽 뺨과 이마에도 따뜻하게 입을 맞추었다.

"어째서…… 아."

아서는 햇빛의 행동에 약간 놀란 기색이었으나 곧 깨달은 표정이었다. 어제처럼 그의 눈동자는 흐릿하면서 초점이 맞지 않았다. 위로를 줄 거라고 전혀 예상하지 못한 것 같았다.

"나의 썬샤인, 당신은 정말…… 다정하군."

아서는 잠시 입을 다물었으나 다시 열어 말했다.

"사랑스러워, 당황스러울 정도로."

당황스러울 정도로?

뭔가 이상한 표현이라는 것을 햇빛이 알아차린 순간, 아서는 고개를 숙여 입 맞추었다.

"안고 싶어……."

처음에는 가벼웠으나 아서가 한숨처럼 속삭인 뒤 입맞춤은 변했다. 입술을 가르고 들어온 혀는 강한 힘으로 그녀의 입안을 한번에 훑었다. 그러나 오래 그러는 대신 그녀의 혀끝을 살짝 건드렸다가 물러나기를 반복했다. 햇빛은 가쁜 전율 속에서도 깨달았다.

쫓아오기를 바라는 건가?

그래서 햇빛은 그렇게 했다. 그러고 싶으니까. 입을 벌려 혀로 그를 쫓아갔다. 아서는 고개를 옆으로 살짝 내리면서 그녀의 목

뒤를 끌어당겨 그녀가 깊게 들어올 수 있게 도왔다. 키스를 정말 잘 아는 남자답다는 생각이 언뜻 들었으나, 곧 햇빛은 생각이란 것을 하지 못하게 되었다.

아주 어렸을 때, 햇빛은 키스가 서로 간의 타액이 섞이는 행위라는 것을 알게 된 뒤 더럽다고 생각했었다. 성인이 된 뒤에는 그런 생각은 사라졌는데, 이렇게 육체적으로 끌리는 대상과 키스하게 되자 타액을 더 많이 마시고 싶다는 충동까지 들었다.

어째서 이렇게나 좋지?

혀는 촉촉하고도 부드럽고, 잇몸 또한 매끈하며 치열은 매우 고르고 반듯했다. 햇빛은 혀끝으로 타인의 입안을 매만지는 것이 이렇게 황홀할 줄 알지 못했었다. 키스라는 게 이렇게나 좋은 것이라는 걸 이제 알았다는 사실이 원통할 지경이었다.

아니다. 키스 자체가 아니라 상대가 이 남자라 그런 것일 터. 그래서 이렇게나 즐거운 것일 터.

햇빛은 아서의 혀를 살짝 깨문 뒤에야 입 밖으로 빠져나갔다. 너무도 아쉽지만, 폐가 공기가 부족하다고 비명을 지르는 통에 어찌할 수가 없었다.

"코로 숨을 내쉬어야지."

아서는 햇빛이 가쁘게 호흡하자 타이르듯 말했다.

"키스하는 방법은 취향에 따라 다른 거니까 따로 가르치진 않을게. 하지만 숨 쉬는 법은 배워둬야 해. 자, 코로 숨을 쉬어봐."

아서는 다시 햇빛을 끌어당겨 입을 맞추었다. 햇빛은 스승의 가르침을 충실하게 따르는 모범생답게 들은 대로 했다. 긴장한 탓인지 처음에는 잘 되지 않았지만, 몇 번 더 반복하자 어느 정도 되었다.

"참 잘하네, 나의 썬샤인."

아서는 다시금 햇빛의 머리카락을 슥슥 만져 주었다. 햇빛은 싫은 건 아니었으나 한마디 안 할 수가 없었다.

"몇 살이나 많기에 어린아이 취급을 하는 거예요?"

"재인과 동갑이지? 스물일곱이겠군. 난 서른하나야."

햇빛은 살짝 놀라고야 말았다. 아서는 워낙 섹시한데다가 퇴폐적인 느낌이 드는지라 나이가 있어 보였기 때문이다. 생각보다 적은 나이였다.

스페인 음식을 잘한다는 레스토랑으로 들어간 뒤, 식사를 하면서 햇빛은 다른 것도 물었다.

"직업은 뭔가요?"

아서는 눈웃음을 보여주었다.

"내게 호기심을 느끼는 건가? 그건 관심이고, 나한테 정신적인 면도 끌린다는 뜻이로군."

"맞아요."

아서는 놀란 표정이었다.

"정말?"

"그럼 정말이죠. 나 이제…… 솔직해질 거예요. 내 감정을 숨기지 않을 거예요."

엄마의 당부대로, 이전처럼 당당하게 행동하리라. 환하게 반짝반짝하게 웃으면서 어깨를 펴고 솔직한 마음을 안고 행동할 것이다.

"아서, 당신에게 관심이 생겼어요. 당신이 궁금해요. 그러니 말해줘요. 직업은 무엇이고, 정확히 어떤 일을 하는지, 뭘 좋아하는지, 취미는 무엇인지. 그런 것들을 알려줘요."

아서는 또다시 예의 그 표정이었다. 예상하지 못했던 것을 대하는 그 멍한 눈빛. 그러나 그건 한순간이었고, 그는 태양처럼 환하게 웃었다.

"정말 나에게 관심이 생긴 거로군. 기뻐. 그런데 나의 썬샤인, 당신의 궁금증보다 내 궁금증이 더 커. 그러니 교환하자."

"교환이오?"

"서로 질문을 교환하자고. 당신이 한 개를 물으면, 나는 두 개를 묻는 거지."

"아서는 한 개, 나는 두 개?"

아서는 고개를 위아래로 끄덕이며 순진한 아이처럼 웃었다. 황홀한 미소만 쳐다보고 있자니 햇빛은 순간 무슨 생각을 했는지 잊었으나 곧 정신을 차렸다.

"불공정하다고 생각하지 않아요?"

"않는데?"

이 남자가!

"불공정하죠! 나는 한 번, 아서는 두 번인데!"

"으음, 그렇군. 그러면 나는 세 번, 당신은 한 번?"

"아서!"

햇빛이 버럭 소리치자 아서가 눈웃음을 쳤다.

"왜 불러?"

이 남자가 진짜!

"어, 썬샤인, 왜 지금 주먹을 불끈 쥔 거야? 설마 날 때리려고?"

"네."

햇빛은 대답하며 주먹 쥔 손으로 옆에 앉아 있는 그의 어깨를 아주 살짝 쳤다. 아서는 피식 웃고는 그녀의 손목을 잡아 눈앞으로 가져오더니 혀를 찼다.

"주먹은 이렇게 쥐면 안 돼. 잘못하면 크게 다쳐. 자, 이걸 봐. 검지부터 약지까지 손가락뼈가 최대한 전면을 향하도록 쥐어야 해. 손목은 주먹과 평행해야 하고. 어깨와 팔, 주먹이 일직선상에 놓여야 하는 거지."

아서는 왼손을 옆으로 뻗어 자세를 보여주었다. 자세가 그럴듯하다 싶었다. 아니, 그 정도가 아니라 언뜻 텔레비전에서 본 복서들 같았다. 그러고 보니 아서의 손등은 매끈하지 않았고 뭔가 험한 일을 한 것처럼 거칠었다.

"복싱할 줄 알아요? 많이 해봤나요?"

"내 취미 중 하나가 복싱이야. 난 스포츠를 좋아하거든. 여러 익스트림 스포츠도 종종 하지. 그래서 몸에 심각한 상처가 좀 많아. 나중에 보고 놀라지 마."

아서의 몸을 볼 때라면……

얼굴이 붉어지자 햇빛은 순간 딴청을 피웠고, 아서는 빙글빙글 웃었다.

"썬샤인, 복싱을 배우고 싶으면 언제든 말해. 가르쳐 줄게. 사실 복싱은 배우기 어려워. 효과적으로 타격하려면 어깨 근육이 중요한데 여자는 근육을 만드는 게 힘들거든. 으음, 확실히 복싱은 호신술로는 안 맞긴 하지. 복싱이 아니라 호신술을 가르쳐 줄게. 호신술은 누구나 다 알아야 해. 꼭 배워둬."

아서의 목소리는 아주 엄격했다. 어린아이에게 매우 중요한 사실을 알려줄 때처럼 진중하기도 했는데, 햇빛은 거부감은 느끼지 못했다.

그새 저 오만함에 익숙해진 건가?

"썬샤인, 당신 취미는 뭐지?"

"딱히 취미랄 건 없어요. 으음, 조깅이라고 해야 하나? 좋아하거든요. 가능하면 매일 해요. 달리면 기분이 정말 좋아져요. 몸이 힘들면 아무 생각이 안 나거든요."

달리는 순간에는 떠나오기 전에 한국에서 어떤 일이 있었는지 완전히 잊을 수 있었다. 그래서 좋았다.

"30분을 달리면 칼로리가 300 정도 소모될 거야."

아서는 나른하게 이어 속삭였다.

"체위마다 다르긴 한데, 섹스가 더 칼로리 소모가 많아. 거기다가 섹스는 환희도 더 크지. 남자의 정액 성분이 여성의 난소암 세포를 줄이는 데 효과가 있다는 연구 결과도 있다는 거 알아?"

어째서 이런 대화로 이어지는 거지?

"섹스로 칼로리 소모를 하고 싶으면 언제든 말해. 새벽이라도 달려갈게. 당신을 위해서라면 언제 어느 때든 협조할 의향이 있어."

아서는 섹스 봉사가 아니라 빈민 구조 봉사를 말하는 것처럼 경건한 어조였다. 햇빛은 정말 어찌할 바를 몰랐다. 얼굴이 붉어졌으나 그녀는 일단 무시하는 방법을 택했다.

"스포츠 말고 다른 취미는 뭐예요? 아참, 직업은 뭔가요?"

재인과 알렉산더의 결혼 파티 때 우연히 어떤 여자들의 대화를 엿들은 바에 의하면, 아서는 어렸을 때는 수학 천재라 불렸지만 지금은 여자나 만나러 다니는 망나니라고 했다. 그래서 직업을 묻는 게 조금 조심스럽긴 했다.

"다른 취미는 없어. 직업은 자, 여기."

아서는 슈트 재킷 안주머니에서 명함케이스를 꺼내더니 한 장 주었다. 질감이 좋은 종이 위에는 아서 칼켄트라는 이름과 휴대전화 번호 그리고 하나의 직위가 써져 있었다.

〈그린(Green)재단 이사장〉

"그린재단은 형이 회장을 맡고 있는 우리 칼켄트 가문의 EC그룹 산하의 재단이야. EC그룹의 세금을 줄이려고 만든 자선단체이지."

아서는 별거 아니라는 듯 손을 휘휘 내저으며 가볍게 말했으나, 햇빛은 그렇게 생각하지 않았다.

"와, 정말 좋은 일을 하는 거네요."

"음, 썬샤인, 지금 눈을 반짝이는 거 보니까 진짜 그렇게 생각하나 봐?"

"네, 물론이에요. 다른 사람 돕는 거, 쉽지 않은 일이잖아요. 한국에 있었을 때 일주일에 한 번씩 노인분들 목욕 돕기 봉사를 나갔었는데, 그것도 조금 힘들었거든요. 자선단체 이사장이면 정말 힘들겠어요."

아서는 조금 곤란한 표정이 되었다.

"썬샤인에게 좋은 이미지로 보였으면 좋겠지만…… 거짓말은 하고 싶지가 않네. 사실, 안 힘들어. 잠깐 출근해서 적당히 사인하면 되는 거거든. 전통적으로 칼켄트 가문의 둘째가 맡는 자리라서 하는 것뿐이야. 난 사실 하고 싶지 않았는데, 윌리엄 형이 없어서 어쩔 수가 없었지. 마땅히 하고 싶은 일이 따로 없기도 하고. 썬샤인, 내가 이렇게 말해서 실망했지?"

햇빛은 고개를 저었다.

"아니요. 솔직하게 말해줘서 고마워요. 그런데 말이죠, 아서, 원치 않는데 떠맡은 일이라고 해도, 사인만 해준다고 해도 아서가 하는 일이 고귀하지 않은 건 아니라고 생각해요. 어떤 형태로든 남을 돕는 건 좋은 일이죠. 도움이 필요한 사람들에게 손을 내미는 건 가치 있는 일이잖아요. 그 작은 도움만으로도 생명을 구하는 사람들이 있을 테고요."

문득 햇빛의 머릿속에 떠오르는 기억이 있었다. 도움을 요청하던 그 손길. 언니가 뻗었던 것.

나는 돕지 못했다.

정신과 상담의가 말하길, 언니가 그렇게 된 건 내 탓이 아니라고 했다. 그러니 죄책감을 가지지 말라고.

갖은 노력 끝에 햇빛은 그 사실을 받아들이긴 했다. 그러지 못했다면 그 늪 같은 우울증에서 헤어나올 수 없었으리라.

내 탓이 아니다.

알고 있다. 하지만…….

"썬샤인?"

걱정이 담뿍 담긴 아서의 목소리가 잠시 다른 생각에 잠겼던 그녀를 불렀다. 햇빛은 생각을 떨치기 위해 고개를 흔들고는 빙긋 웃었다. 아서는 복잡한 표정이었다. 두어 번 보여준 것처럼 눈동자가 흔들리고 있었으나, 동시에 그녀를 염려하는 눈빛이기도 했다.

말하고 싶었다, 1년 전에 무슨 일이 있었는지. 그러나 아직은 입 밖으로 낼 준비가 안 되어 있을뿐더러 지금은 다른 것을 해야 할 때였다. 햇빛은 손을 뻗어 아서가 아까 그녀에게 그랬듯이 그의 머리카락을 쓰다듬어 주었다.

"아서 칼켄트, 정말 잘하고 있는 거예요. 칭찬해 줄게요."

아서의 새까만 머리카락은 언제나 살짝 흐트러져 있어 만지고 픈 충동을 일으켰다. 실제로 만져 보니 촉감이 굉장히 좋았다. 최고급 실크를 매만지는 느낌이랄까.

"썬샤인……."

머리카락을 만지는 데 정신이 팔린 터라 햇빛이 아서의 목소리가 탁해졌다는 사실을 깨달은 건 몇 초 뒤였다. 머리카락에 시선을 고정했던 햇빛은 시선을 내렸다가 아서가 다시 예의 그 멍한 눈빛을 하고 있는 것을 보게 되었다. 그러나 몇 초 뒤, 아서의 새까만 눈동자는 그야말로 활활 불타오르기 시작했다.

감정 때문이리라. 아니, 치솟은 감정으로 인해 일어난 호르몬 때문이었다. 햇빛은 이젠 어렵지 않게 알아보았다.

욕망. 아주 거대한 파도 같은 것.

"날 이렇게나 흥분시키다니. 정말…… 예상 못했지."

으르렁거리는 듯한 목소리에 햇빛은 저도 모르게 시선을 더 밑으로 내렸다. 재킷이 앞에 자리하고 있었으나, 그의 다리 사이가 불룩해졌다는 사실이 가려지진 않았다.

"오늘 데이트는 그만하지. 못 참겠어. 데려다 줄게."

식사는 이미 다 끝났지만 아서는 데이트 종료를 선언하면서 옆으로 움직여서 그녀에게서 떨어졌고, 두 손은 무릎 위에 올려두었다. 햇빛은 그의 손등에 푸른 힘줄이 돋아난 것을 보았다. 그만큼 힘을 주어 충동을 내리누른다는 뜻이리라. 그녀를 위해, 이만큼이나 참는다는 뜻.

참지 말라고 말하면, 아서는 분명…….

"아서."

햇빛이 자신이 무슨 말을 더 할지 모른 채 입을 연 순간이었다. 문자가 오는 소리가 들렸다. 햇빛은 처음에는 자신의 휴대전화에서 난 소리인 줄 알았으나, 아서의 것이었다. 그는 슈트 재킷 주머니에서 휴대전화를 꺼내 확인했다. 아서의 표정이 확 구겨졌다.

"아서? 무슨 일이 있나요?"

"으음. 아니야."

거짓말인 게 분명했으나, 아무래도 말하고 싶지 않은 부분인 듯싶었다. 약간 서운하지만 햇빛은 그럴 수도 있다고 생각했다. 그녀는 알았다는 뜻으로 고개를 끄덕였고, 아서는 잠시 그녀를 쳐다보기만 했다. 여전히 욕망이 느껴졌으나 관찰하는 시선 같기도 했다. 뭔가 망설이고 있는 것 같은 느낌도 들었다.

무슨 일이지? 뭔가 하고 싶은 말이 있나?

"잘 자, 나의 썬샤인. 내일 봐."

햇빛은 기다렸지만, 차가 그녀의 집 앞에 도착하는 게 그가 입을 여는 것보다 더 빨랐다. 아서는 자동차의 문은 열어주었으나 스킨십은 시도하지 않았다.

"잘 가요, 아서."

햇빛은 인사한 뒤 집 안으로 들어갔다. 그녀는 창문에 내려진 커튼의 틈을 통해 아서를 살짝 훔쳐보았다. 차 안으로 돌아가는 그의 표정은 잔뜩 찌푸려진 상태였다.

대체 무슨 일이지? 내일, 물어보면 답을 해주려나?

다음날 저녁, 플라워샵으로 그녀를 데리러 온 아서는 여전히 표정이 좋지 못했다. 햇빛은 기다렸으나 그는 아무 언급도 하지 않았다. 그 뒤로 아서는 데이트 도중에 가끔 어두운 낯빛을 보여주었다.

햇빛은 상대가 말하길 원치 않는 것은 묻지 않는 성격이었다. 그러나 일주일 후에도 아서가 그러자 결국 조심스럽게 질문할 수밖에 없었다. 그녀는 생각지도 못한 이야기를 듣게 되었다.

"범인을 아직 못 잡았다고요?"

"그래."

고개를 끄덕이는 아서의 표정은 그다지 밝지 못했다.

"내가 총에 맞은 지 7주 정도가 흘렀는데 아직 범인의 윤곽선도 안 그려졌대. 사실 일반 강도라도 문제인데, 강도의 정체에 뭔가 있는 것 같다나? 런던에 감시카메라가 매우 많다는 것, 알지?"

"네."

범죄율을 감소시키기 위해 감시카메라를 아주 많이 설치한 곳이 바로 런던이었다. 2005년 런던 테러 당시 용의자 검거에 큰 역할을 하기도 했는데, 그런 긍정적인 면도 있지만 너무도 많은 숫자에 비해 범죄율 감소에 기여하는 경우는 겨우 3퍼센트밖에 안 된다고 한다. 더군다나 카메라만 많을 뿐, 감시할 인력이 부족한 데다가 인권침해의 여지가 크기 때문에 감시카메라의 효용성에 대해서는 항상 말이 많았다.

"내가 총을 맞았던 장소에 감시카메라가 있긴 있었대. 근데 그게 진짜가 아니었던 곳이래. 실제로는 작동을 안 하는 곳이라나. 그래서 경찰에서는 내 사건을 매우 심각하게 생각하고 있대. 강도가 그런 곳에서 범죄를 저지른 게 우연일 수도 있지만, 아니라면 강도가 런던의 감시카메라 중에서 어느 것이 작동을 하는지 안 하는지 안다는 뜻이거든. 그런 정보는 일반인은 알기 어려워. 그러니까 강도가 런던 경찰 출신일 수도 있다는 거야."

뜻하지 않은 이야기가 처음에는 당황스러웠으나 햇빛은 조근조근하게 설명해 주는 아서의 말을 듣고 이해했다.

"경찰 출신의 강도라면 심각한 문제겠어요."

"맞아. 그런데 아직 실마리도 잡지 못했다더군. 당신이 목격한 사람이 전부래. 그런데 당신도 얼굴을 제대로 못 봤지."

햇빛은 고개를 끄덕였다. 그 사고가 일어났을 때 경찰들에게 진술한 그대로였다. 제대로 보지도 못했을뿐더러 워낙 경황이 없었던 터라 금세 잊었다. 나중에 경찰들이 다시 찾아와서 물었을 때도 별달리 해줄 말이 없었다.

"더 본 게 없어요. 그리고 그 사람이 범인이 아닐 수도 있지 않을까요? 총을 들고 있던 것 같진 않던데. 옷 안에 숨긴 건지도 모르겠지만요."

"나도 그렇게 생각해. 하지만 경찰에서는 난리야. 매일 전화하고 내 집으로 찾아오고 있어. 더군다나……."

아서는 고개를 절레절레 젓다가 말을 흐렸다. 햇빛은 그가 묘한 눈빛으로 자신을 쳐다본다는 것을 깨달았다. 문득 이런 생각이 떠올랐다.

"혹시 경찰에서 나에 대해서 뭐라고 하는 건가요?"

"그래. 좀…… 어이가 없는 소리를 하더군."

"뭔데요?"

아서는 긴 한숨을 내쉬더니 한참 만에 내뱉었다.

"그래, 말해줄게. 어차피 당신한테 곧 소식이 들어갈 것 같으니까. 경찰이 말이야, 당신한테 최면을 걸어보자고 하더군."

"최면이오?"

"맞아. 제대로 본 것일 수도 있대. 단지 당시 상황이 그래서 기억이 안 나는 것일 수도 있고. 그리고 뭐더라, 사람의 뇌가 굉장히 똑똑한지라 최면을 통하면 다시 알 수 있다나 뭐라나. 암튼 이상한 소리를 하면서 계속 부탁하더라."

그는 고개를 옆으로 흔들었다.

"경찰의 명예가 걸려 있다면서 난리야. 꼭 도와줘야 한다고 하던데…… 짜증 나게 굴고 있어. 당신은 외국인이잖아. 안 도와주면 최악의 경우에는 체류를 못하게 만들 생각인가 봐."

햇빛의 가슴이 덜컥 내려앉는 말이었다.

"알렉 형이 백작이고 EC그룹의 회장이라 힘이 있긴 하지만, 이 문제에서는 방비가 좀 힘들지도 모르겠어. 경찰이 지금 입에 거품을 물었거든. 당신한테 직접 연락 못하게 막고는 있지만…… 아마 조만간에 찾아올 거야. 아, 또 전화 왔군."

아서의 휴대전화가 크게 진동하기 시작했다. 아서는 왼손에 휴대전화를 꼭 쥐었으나, 그런다고 진동이 멈출 리 없었다. 햇빛은 휴대전화가 아니라 그의 손목을 차지하고 있는 시계를 보았다. 그녀는 짧게 한숨을 내쉰 뒤 입을 열었다.

"할게요."

"진짜?"

"네. 범인을 잡는 데 도움이 된다면 최면이든 뭐든 받을 수 있어요. 잘 모르겠지만, 최면을 받는다고 나한테 문제가 생기진 않겠죠?"

"내가 듣기로도 문제는 없다고 했어. 잘 안 걸릴 수도 있고 말이야."

"내가 전화 받아서 말할게요."

아서는 고개를 저었다.

"아니야. 내가 이야기하지. 이스트맥 백작 가문의 사람인 내가 응대하는 게 나아."

"고마워요, 아서. 그럼 내가 하겠다고 말해줄래요? 단, 최면에 잘 안 걸릴 경우와 걸리더라도 도움이 안 되는 경우에 불이익을 주지 않겠다는 약속을 받았으면 좋겠어요."

아서는 햇빛의 똑 부러지는 말을 의외라고 생각하는 듯싶었으나, 곧 진한 미소를 지었다.

"나의 썬샤인, 똑똑하네. 예쁘고 몸매도 좋고 착하고 똑똑하기까지 하다니."

그의 칭찬에 뺨이 달아올랐다. 햇빛은 생각한 것 한 가지를 더 이야기했다.

"범인을 잡으면, 힘들겠지만 시계를 찾는 데 최선의 노력을 다해줬으면 좋겠다는 말도 전해줘요."

"시계?"

"강도가 강탈해 간 아서의 시계요. 돌아가신 어머님이 선물하신 거라면서요."

햇빛은 손을 뻗어 아서가 왼손에 차고 있는 손목시계를 살짝 건드렸다. 가죽으로 된 매끈한 이 시계는 명품으로 보이긴 했으나, 아무리 비싼 것이라고 해도 그 값어치는 강도가 가져간 것에 비하면 별것 아니리라.

강도가 강탈한 건 어머니의 유품이었다. 아서는 반드시 되찾고 싶으리라.

"그 시계, 꼭 되찾았으면 좋겠어요."

햇빛은 용기를 살짝 내어 아서의 손을 붙잡았다. 휴대전화가 여전히 진동으로 울리고 있는 탓인지 아서의 손이 떨리고 있었다. 곧 햇빛도 손을 떨게 되었다. 휴대전화의 진동 때문이 아니라 아서가 고개를 숙여 그녀의 손등 위에 키스했기 때문이다. 마치 기사가 여왕에게 바치는 것처럼, 아주 경건하게.

"사랑스러운 나의 썬샤인."

아서는 눈웃음을 지어주고는 고개를 들어 햇빛과 시선을 마주했다. 흑진주 같은 농염한 새까만 눈동자가 따스한 빛을 흘렸다.

"정말로 마음이 착하군."

아서의 목소리는 눈빛만큼 따스했으나, 그건 잠시였다.

"그런데 말이야, 착하면 세상 사는 게 힘들어. 그거, 알고 있나?"

아서의 목소리는 갈수록 삐딱해졌다. 못마땅한 것을 보는 것 같기도 하고, 답답함과 짜증을 느끼는 것 같기도 했다. 그는 햇빛이 반응을 보이기 전에 거친 진동을 하는 휴대전화를 귀에 댔다.

"미즈 썬샤인 김이 최면을 받아들이겠다고 합니다. 단, 최면에 잘 안 걸릴 경우와 걸리더라도 도움이 안 되는 경우에 불이익을 주지 않겠다는 약속을 해주셔야겠습니다. 최선을 다해 내 시계도 찾아줘야 하고요."

아서는 휴대전화에 대고 빈정거리고 있었다. 그러나 그의 시선은 햇빛에게 고정되어 있기에, 그녀는 그가 자신에게 그러는 것 같은 느낌을 받았다. 기분이 상한 건 아니지만 이상한 느낌이 들었다.

"그렇게 해준대. 언제 할까?"

"음, 아르바이트를 안 하는 날이오. 내일모레면 되겠네요. 학교도 일찍 끝나거든요. 오후쯤이 괜찮아요."

아서는 휴대전화에 똑같이 말했고, 잠시 입을 다문 채 뭔가를 듣더니 통화를 끝냈다.

"2시에 당신 집으로 온대. 점심에 내가 식사를 가지고 오지. 최면을 받을 때도 내가 옆에 있을 테니 걱정 말고."

"네, 걱정 안 해요."

햇빛은 말해놓고 보니 덜컥 걱정이 되었다. 아서는 그녀의 감정을 눈치챘는지 두 손으로 뺨을 어루만졌다.

"걱정 안 해도 돼. 괜찮을 거야."

"저기, 최면에 걸리면 이상한 말을 막 하는 건 아니죠?"

아서는 눈을 반짝이며 미소 지었다.

"그럴걸?"

"엇, 진짜요?"

"진짜야. 그렇다고 들었어. 왜? 하기 싫어? 다시 전화해서 안 하겠다고 해도 돼. 불이익 같은 건 내가 다 막아줄게."

아서가 유혹하듯 속삭인 말에 솔깃한 건 사실이었다. 하지만 햇빛은 단호하게 고개를 저었다.

"아니에요. 약속한 건 할 거예요. 그리고 범인을 잡아야 하잖아요."

"내 시계 때문에?"

"네. 그리고 아서한테 나쁜 짓을 한 사람이잖아요. 악당은, 대가를 치러야 하는 법이에요."

햇빛은 주먹을 불끈 쥐었다. 아서는 무릎에 팔꿈치를 올려 턱을 괸 채로 잠시 그녀를 바라보았다. 매우 자세하게 뜯어보는 듯한 눈길인지라 햇빛은 시선이 닿는 곳이 따끔거렸다.

"왜 그렇게 쳐다봐요?"

"화가 좀 나. 그렇게 착하면, 이용당하게 마련이거든. 세상은 어둡고 잔인하니까."

햇빛은 아서의 마음을 알 것 같았으나 그의 의견에 동의하는 건 아니었다. 그녀는 딱 잘라서 내뱉었다.

"난 마냥 착하기만 한 사람이 아니에요."

"그래?"

"네, 그래요. 이용당하는 성격도 아니고요."

"마가렛이 당신을 이용해 먹잖아. 착취하는 것 같던데? 일도 많고 퇴근 시각도 늦고. 그런데도 이용당하는 게 아니라고?"

"그걸 어떻게 알아요?"

플라워샵에서 어떤 대우를 받는지 어떻게 아는 거지?

"저번에 마가렛과 대화할 때 눈치챘지. 그런 인간은 뻔해. 그래서 내가 퇴근 시각에 맞춰서 당신을 데리러 가는 거야. 안 그러면 밤새도록 당신을 부려먹을걸."

뭔가 이상하다는 느낌이 들었다. 그러나 햇빛은 아서가 매끄럽게 답을 하자 느낌을 지우고 미소 지었다.

"아서, 마가렛이 날 많이 부려먹는 건 사실이지만, 견디지 못할 만큼 힘들지는 않아요. 더군다나, 오래 일하면 그만큼 배울 수 있거든요. 마가렛은 실력있는 플로리스트예요."

이건 사실이었다. 그러지 않다면, 진작에 다른 아르바이트생들처럼 도망갔으리라.

"난 이용만 당하는 사람이 아니에요. 아서, 배려해 줘서 고마워요."

"고마우면."

"고마우면?"

"키스 한 번할까?"

"아서!"

햇빛이 발간 얼굴로 소리치자 아서는 알겠다는 표정으로 고개를 주억거렸다.

"알았어. 두 번으로 하지."

"무슨— 읍!"

키스의 시작과 끝을 어디서부터 어디까지로 해야 할지 알 수 없었으나, 어쨌거나 햇빛이 그에게서 풀려난 건 한참 뒤였다. 그의 혀가 마음껏 뛰어놀았던 입안이 얼얼했다. 아찔하면서도 몽롱한 느낌. 그리고 또 다른 것도 있었다.

나는, 흥분했구나.

온몸이 희미하게 떨리는 기분이었다. 아니, 그 정도가 아니라 열이 올랐다. 온몸이 달뜬다는 느낌이랄까. 그리고 가슴이 묵직해진 건 물론이거와, 다리 사이가 또다시 이상했다. 무언가가 새어나올 것 같았다.

생경하긴 했으나 더 이상 햇빛은 놀라지 않았다. 아서가 키스할 때면 당연한 반응처럼 느껴졌다. 그녀는 충동을 이기지 못하고 손을 뻗어 코앞에서 그녀를 뜨거운 눈으로 바라보는 아서의 두 뺨을 매만졌다. 투명하고 매끈한 피부는 정말 결이 좋았다.

맛보고 싶다.

햇빛은 고개를 움직여 아서의 뺨에 혀를 댔다. 손가락 끝보다 더 감촉이 좋았다. 좀 더 직접적으로 느껴진다고나 할까.

"……하지 마, 여긴 차 안이라고."

아서가 으르렁거리듯 내뱉고 있었다.

"계속 하면, 여기서 순결을 잃게 될 거야. 다시 말하지만, 첫 경험을 차 안에서 하게 하고 싶진 않아."

그제야 햇빛은 정신이 번쩍 들었다. 그녀는 그의 뺨을 떠밀듯이 밀고는 뒤로 주춤거리며 움직였다. 아서 또한 뒤로 물러났는데, 그는 주먹을 쥐었다 펴면서 한숨을 내쉬고 있었다.

"첫 경험은 많이 아플 거야. 푹신한 침대에서 해야 해. 그래야 덜 아프지. 욕조도 있어야 하고."

욕조는 왜 필요하지?

햇빛은 차마 묻지 못했다.

"당신이 날 원하는 건 알아. 내가 마음만 먹었으면 처음 만나는 날 나와 밤을 보냈을 거야."

아서는 다시 그 오만한 아서 칼켄트로 돌아갔다.

"그때 그러지 않은 건 당신이 재인의 친구이기 때문이지. 최대한 존중해 줘야 하니까. 당신에게 반했다는 것을 깨달은 뒤에 당신을 침대로 바로 데려가지 않은 건, 그것 또한 당신을 존중해서야. 당신은 내게 정신적으로도 끌리는지 답을 찾고 있지. 그런데 답을 찾기 전에 나와 사랑을 나누면 답을 찾기 영영 어려워질 거야."

햇빛은 이해가 가질 않았다.

"그건 무슨 말이죠?"

"내가 정말 섹스를 잘하니까. 나한테 육체적으로 완전히 빠져서 정신적인 건 생각도 못할걸?"

이런 말을 너무도 당연하고 당당하게 내뱉는 남자에게 대체 어떤 말을 해야 할까?

"키스를 하다 보니 더 원하게 돼. 침대로 끌고 가고 싶어져. 하지만 당신이 내게 너무 빠질 수 있으니 앞으로 키스도 안 할게. 아예 여지를 안 주는 게 낫겠어. 섭섭해하지 마. 알았지?"

햇빛은 실망한 마음을 숨기며 톡 내쏘았다.

"누가 섭섭해한다고 그래요?"

"당신 마음 다 알아. 나중에 당신이 결론 내리면 뜨겁게 안아줄게. 뭐, 그전에 기회가 되면 손을 뻗을 거긴 하지만."

"됐어요. 안 섭섭하다니깐요."

"그래, 그래, 안다니까."

아서는 그녀의 마음을 진심으로 이해한다는 듯 고개를 주억거릴 뿐이었다. 햇빛은 치솟은 감정으로 들끓었으나, 부글거리는 감정대로 그를 때릴 수는 없는 노릇이었다.

으, 얄미워!

"왜 그런 표정이야? 당신한테 배려해 주는 나한테 새삼 반했어?"

"때려주고 싶은 거 참고 있거든요."

결국 햇빛이 한마디 했다. 조그맣게. 그러나 아서는 놀라는 대신 방긋 웃었다.

"사실 나도 당신 때려주고 싶어."

"뭐, 뭐라고요?"

"침대에서 말이야, 내 것으로."

"내 것?"

아서의 시선이 밑으로 향했다. 재킷이 가리고 있지만, 불룩해진 부분이 살짝 엿보이는 곳. 햇빛은 벌건 얼굴로 소리 질렀다.

"이, 이 변태!"

아서는 칭찬을 들은 것마냥 씨익 웃으면서 이렇게 말을 받았다.

"그래, 내가 좀 섹시하지."

사내는 고심 끝에 결론을 내렸다.

"진짜인 것 같습니다."

[100퍼센트 확실한가?]

확실하게 답을 할 수가 없었다. 보스가 차디차게 명령 내렸다.

[도청기 설치해.]

"그러겠습니다."

[그리고…… 폭탄도.]

❖ ❖ ❖

정말이지, 이길 수가 없는 남자이다.

오늘도 근사한 레스토랑에서 식사를 하고 집으로 돌아와 현관문을 열면서 햇빛은 열이 오른 얼굴을 톡톡 두드렸다.

어제에 이어서 아서는 그녀가 무슨 말을 하든 섹스 이야기로 끌고 갔다. 물이 위에서 아래로 흐르는 것처럼 너무도 자연스러웠는데, 햇빛은 온몸에 열이 오르는 기분이었다.

일종의 음담패설인 건데 왜 불쾌하지 않을까?

사실, 재미있다는 생각까지 언뜻 들 정도였다. 즐거웠다. 그래서 햇빛은 자신이 이해 가질 않았다.

악의가 없기 때문인 걸까? 아서가 날 진심으로 원하는데다가 존중해 주고 있으니까?

아서는 그녀를 장난감으로 생각하는 게 아니었다. 진정으로 대하고 있다. 아마 그런 덕분이리라. 그리고 그녀가 아서에게 끌리기 때문에…….

「어?」

집 안으로 들어와 불을 켠 뒤 햇빛은 저도 모르게 의문의 말을 내뱉을 수밖에 없었다.

뭔가 이상하다.

나무로 만들어진 낡은 침대와 테이블, 조그만 의자. 몇 달 전에 새로 들여와서 아직도 반짝이는 싱크대와 냉장고, 텔레비전. 때가 약간 탔지만 유행을 타지 않는 무난한 커튼과 침대 시트, 양탄자.

그리고 사이사이에 있는 화기와 꽃 같은 장식, 테이블 위의 컴퓨터. 아침에 나갔을 때와 달라진 건 없다.

그런데 왜 이상한 느낌이 들지?

딱 꼬집어 말할 수 없었으나 뭔가 달라진 것 같았다. 하지만 몇 번을 둘러보아도 아침과 다를 게 없는지라 햇빛은 곧 느낌을 지웠다. 그러나 완전히 잊을 수는 없기에 그녀는 다음날에 아서가 점심거리를 가지고 방문하자 이야기를 꺼냈다. 아서가 그녀에게 사소한 것까지 다 말해달라고 이전에 부탁했기 때문이다. 모든 걸 알고 싶다면서.

"어젯밤에 좀 이상했어요."

"응? 뭐가?"

아서가 아무것도 하지 말고 가만히 앉아 있으라고 말했기에 햇빛은 앉은 채로 그를 지켜보았다. 종이상자에서 두툼한 도시락 두 개를 꺼내는 아서의 손가락은 참 길고 예뻤다. 복싱 때문인지 손등 뼈 부분은 다소 거칠지만, 그래도 햇빛에겐 예뻐 보였다.

"집이 뭔가 이상한 느낌이 들었어요. 아침에 나갔을 때와 똑같았는데 뭔가 달라 보이더라고요."

도시락 뚜껑을 여는 아서의 손짓이 순간 멈칫거렸으나, 그건 찰나의 순간이었다.

"내가 가끔 이상하게 예민할 때가 있는데…… 이상하죠?"

"이상하긴. 그런 느낌이 들 때도 있는 거지. 자, 썬샤인, 오늘의 메뉴는 '돈가스' 입니다!"

아서가 한국어로 '돈가스' 라는 단어를 정확하게 발음한 것도 놀라울 따름인데, 도시락 안에 현미밥과 두툼하면서도 바삭해 보이는 돈가스가 보이자 햇빛은 더 놀랐다. 도시락의 옆 칸에 단무지, 샐러드와 김치, 된장국도 따로 있는 건 물론이었다.

"한국인 요리사에게 부탁했어. 자, 맛있게 먹어."

"우와, 돈가스 정말 오랜만이에요. 고마워요."

햇빛은 인사를 먼저 한 뒤 수저를 들었다. 식사를 맛있게 즐기느라 햇빛은 방금 무슨 대화를 했는지 잊었다. 그리고 식사 후에 뭘 하기로 한 건지도 잠시 머릿속에 떠올리지 않을 수 있었다. 하지만 양치를 끝낸 뒤, 30분 뒤에 겪을 일이 생각났다.

"최면, 걸려본 적 있어요?"

"아니. 걱정되나 봐?"

아서는 마주 앉은 햇빛의 손등에 손을 얹었다. 위로해 주는 손짓이었으나, 햇빛은 엉뚱하게도 그의 손바닥 굳은살이 주는 단단한 감촉에 흥분하는 자신을 발견했다.

"으음. 네, 걱정돼요. 그저께 아서가 그랬잖아요, 이상한 말을 다 한다고."

"아, 그거? 거짓말인데."

"뭐라고요?"

"거짓말이야. 그건 그냥 놀린 거였어."

햇빛은 두 주먹을 불끈 쥐었다. 휘두르고 싶었으나 아서는 빙글빙글 웃기만 할 뿐이었다. 웃는 얼굴에 침 못 뱉는다는 말이 진짜인지, 때릴 수가 없었다.

"미리 설명을 들었는데, 최면이란 건 일반인들의 생각처럼 비밀을 다 실토하고 이상한 짓을 하는 게 아니래. 최면 상태는 고도의 집중 상태라고 하더군. 검사자가 시키는 대로 모든 행동을 다 하는 것도 아니고 말이야. 피검사자, 그러니까 썬샤인이 깨어나고 싶으면 얼마든지 깨어날 수 있대. 걱정하지 않아도 돼."

아서는 손으로 불끈 주먹을 쥔 그녀의 손등을 토닥거렸다. 햇빛은 안도감이 들었으나 주먹을 풀지는 않았다.

"들어보니, 한국에서도 최면수사기법을 쓴다던데? 경황이 없는 강력 사건 현장에서 사건 해결의 중요한 단서가 될 수 있는 부분을 많이 알아낸대. 그리고 똑똑한 사람은 인지능력이 뛰어나니까 집중 능력이 더 높아서 좋은 반응을 보일 수 있대. 당신은 똑똑하니까 좋은 결과가 나오지 않을까?"

아서의 말을 들으니 안도감이 파도처럼 밀려오는 기분이었다. 어젯밤에 돌아와서 이상한 느낌이 들어서 미처 생각을 못했는데, 미리 인터넷으로 검색해 볼걸 싶었다. 그랬다면 오늘 새벽에 깨어난 뒤부터 아서가 오기 전까지 불안에 떨지 않았으리라.

"내가 옆에 있을게. 아참, 중요한 건 말이야, 부담을 가지지 않는 거야. 기억 못해도 되니까 무리하진 마."

아서는 손을 토닥이며 정말 괜찮다는 어조와 표정으로 말했으나 햇빛은 고개를 저을 수밖에 없었다.

"최선을 다할게요. 어제 말했듯이, 악당은 잡아야죠. 나쁜 짓을 하면 그만한 대가를 치러야 한다고 생각해요."

"바람직한 사고방식의 선량한 시민이네."

아서의 말투나 표정은 칭찬이었으나, 순간적으로 햇빛은 칭찬이 아니라는 느낌을 받았다. 뭐랄까, 비꼰 것 같다고나 할까?

"내 사고방식이…… 마음에 안 드나요? 뭔가 느낌이 달라서요."

아서는 살짝 놀란 기색이었다.

"당신은 날…… 잘 읽는군. 조심해야겠어."

조심해야겠다고?

아서는 한순간 고개를 주억거리다가 천천히 말했다.

"당신의 사고방식이 마음에 안 드는 게 아니야. 현실을 생각하니까 답답해서. 나쁜 짓을 한다고 다 대가를 치르는 건 아니잖아. 범죄를 저지르고도 붙잡히지 않는 범죄자들도 있으니까."

아서는 더 이상 햇빛의 손을 어루만지지 않았다. 그는 쥐었다 펴는 자신의 두 손바닥을 바라보고 있었다. 손바닥 안은 텅 비어 있었으나, 아서의 새까만 눈동자는 무언가를 보고 있는 것처럼 선연하게 빛나고 있었다.

무얼 보는 거지? 과거의 기억인가?

어떤 기억인지 몰라도, 좋지 않은 것임은 분명했다. 크게 화가 난 듯 아서의 눈빛은 늦가을 바람처럼 매우 서늘했다. 농염하게 야한 이야기를 하면서 가볍게 그녀를 골릴 때와 많이 달랐다. 그녀를 번뜩거리는 욕망의 눈빛으로 뚫어져라 바라볼 때와도 매우 달랐다.

차갑고 시린 존재. 그래서 더없이 멀게 느껴지는, 아무도 존재하지 않는 허허벌판에 빙석처럼 홀로 존재하는 사람.

햇빛은 의문을 품을 수밖에 없었다.

이렇게나 다른 모습을 보여주다니? 아서는 대체 어떤 남자일까? 내가 모르는 면모가 아주 많은 사람인 걸까?

"……썬샤인? 무슨 생각을 하는 거야?"

생각에 잠겨 있는 동안 그새 시간이 흐른 모양이었다. 햇빛은 아서가 부르자 정신을 차리고 저도 모르게 바닥으로 떨어뜨렸던 고개를 올렸다. 아서는 걱정하는 눈빛이었다. 그녀에게 다정하기 그지없는 남자.

"음, 그냥 이것저것이오. 아, 이제 왔나 봐요."

현관문 벨소리가 났다. 햇빛은 서둘러 의자에서 일어나 현관문으로 갔다. 나이 지긋한 할머니 한 명과 두 명의 경찰이었다. 경찰들은 그동안 그녀가 진술하느라 만났던 사람들이 아니라 새로운 얼굴이었다.

"어서 와요, 경찰관님들."

갑자기 새로운 얼굴이 등장하자 햇빛은 조금 놀랐지만 아서가 아는 사람인 것처럼 인사를 나누자 의심을 거두었다.

"안녕하세요, 미스 썬샤인 김. 전 런던 경찰청의 최면수사전문팀의 닥터 앨리슨 랄프예요. 심리학 박사입니다. 앨리슨이라고 불러줘요."

흰머리가 듬성듬성 난 60대의 할머니 앨리슨은 인상이 아주 푸근했다. 덕분에 햇빛은 마음이 조금 놓였다.

"저도 썬샤인이라고 불러주세요."

"썬샤인, 이건 별일 아니니까 걱정하거나 긴장하지 말아요."

앨리슨의 목소리는 아주 편안했다. 햇빛은 미소를 지은 채 앨리슨의 지시대로 침대에 가서 편하게 앉았다.

"금방 끝내줄게요."

의자를 침대로 가져와 가까이 앉은 앨리슨은 한쪽 눈을 찡긋거렸다. 햇빛은 몇 미터 뒤에 서 있는 경찰들과 아서를 보았다. 아서의 눈매는 대단히 날카로웠다.

걱정하는 건가? 괜찮겠지. 아서를 위해서, 잘 해야지.

"썬샤인, 위틀 컬리지의 학생이라고요? 플로리스트가 꿈이고요. 그 일에 대해서 이야기해 줄래요?"

약간 뜬금없었으나 햇빛은 이런 질문을 하는 이유가 있으리라 짐작하고 입을 열었다.

"언니가 꽃을 좋아했거든요. 예쁘고 사랑스럽게 꾸며진 꽃다발을 보면 참 좋아했어요. 저도 좋아하고요. 그래서 친구 재인의 조언대로 잠깐 배워봤는데, 정말 좋아서 플로리스트 공부를 하고 있어요."

"플로리스트 공부를 정말 좋아하나 봐요. 할 때 집중 잘돼요?"

"네. 지진이 나도 모를 거라고 동기들이 그러더라고요."

앨리슨은 검지를 세워서 오른손을 내밀었다. 햇빛은 자동적으로 손을 쳐다보았고, 앨리슨은 다시 푸근하게 웃었다.

"플로리스트 일에 대해서 더 이야기해 볼래요? 어떤 꽃을 제일 좋아해요?"

"좋아하는 꽃이 참 많아요."

"다 이야기해 봐요."

햇빛은 이야기하면서 시야에서 앨리슨의 손가락을 놓지 않았다. 아주 천천히, 느릿하게 움직였기에 말을 하면서 계속 보는 건 아주 쉬웠다. 앨리슨은 플로리스트 일에 대해서 계속 물었고, 햇빛은 더욱 깊게 집중할 수 있게 되었다.

"아, 그렇군요, 그럼, 썬샤인, 이야기해 볼래요? 7주 전에 아서를 발견했을 때요."

편하게 이야기를 나누다가 앨리슨은 이번엔 이런 질문을 던졌다. 그러자 햇빛은 눈으로는 앨리슨의 손가락을 보고 있었으나 높은 집중력으로 그득한 머릿속으로는 그 당시의 기억을 떠올릴 수 있었다.

영화를 보는 것처럼 아주 선명한 건 아니었다. 그러나 일상적으로 떠올리는 지난 기억보다는 분명하게 보였다. 그래서 햇빛은 쓰러진 아서를 발견했을 당시 얼마나 피를 많이 흘렸는지 기억할 수 있었다. 햇빛은 저도 모르게 몸을 움찔거렸으나, 그건 잠시였다.

"계속 회상해요, 썬샤인. 그 남자, 구급차에 타기 전에 언뜻 보았던 남자를 떠올려 봐요."

앨리슨이 푸근하지만 엄하게 지시를 내리고 있었다. 반발심 같은 건 일지 않았다. 그 말을 따라야겠다는 생각이 들 뿐.

아서를 위해서 그래야 한다.

"어떻게 생겼죠?"

"너무 멀어요. 잘 보이질 않아요…… 그냥, 시커멓게 보여요."

햇빛은 지금 보고 있는 것처럼 이마를 찌푸렸다. 그러나 아무리 눈에 힘을 줘도 잘 보이질 않았다.

"아, 잠깐만요. 잠깐만요! 방금 도로에 차가 지나갔어요. 헤드라이트 때문에 그 남자가 보였어요. 얼굴이 다 보이는 건 아니지만, 실루엣은 보여요."

"그 실루엣에 대해서 말해줄래요?"

"음, 음, 음……. 운동화를 신고 있어서 잘 알 수 없지만, 아서보다 약간 더 작은 것 같아요. 1㎝나 2㎝ 정도? 몸집도 아서보다 약간 더 마른 것 같아요. 호리호리해 보이지만 약해 보이지는 않아요. 잔근육으로 뭉친 것 같은 느낌이랄까요? 아서처럼 오른손의 손등 뼈가 거칠어 보여요. 복서인 걸까요?"

질문을 하고 있었으나 혼잣말에 가까웠다. 누군가가 답을 했다고 한들 듣지 못했으리라. 햇빛은 온 힘을 다해 그 실루엣을 잊지 않기 위해, 내뱉기 위해 집중하고 있었다.

"다리도 아서처럼 길어요. 하지만 좀 더 마른 것 같아요. 청바지와 가죽 재킷을 입고 있는데, 어디서나 볼 수 있는 흔한 타입이에요. 으음, 얼굴도 그런 것 같아요. 잘 보이진 않지만……."

"잘 보이진 않아도, 이야기해 줄래요?"

힘들다. 뭐랄까, 좁은 구멍을 가진 저금통 안에 손을 집어넣고 있는 기분이었다. 안에 든 통에서 동전을 꺼내야 하는데, 손목 부분이 구멍에 걸리는 바람에 안으로 더 들어갈 수 없어서 손이 아프고 손끝은 여전히 동전에 닿지 않는 것 같은 느낌. 하지만 조금만 더 애쓰면 동전을 집어 올릴 수 있을 것 같은 기분이기도 했다.

"헤드라이트가 남자의 등 뒤로 지나갔을 때…… 그때 보인 게 있어요. 근데 말하기가 힘들어요. 또렷하게 떠오르는 게 없어서 그런 게 아니라……."

"그런 게 아니라?"

"평범해서요."

햇빛은 이 말을 내뱉고 나니 목에 걸린 것이 내려간 느낌이었다. 아니, 드디어 좁은 구멍을 뚫고 주먹이 저금통에 들어간 기분.

"그냥 영국 어디서나 흔히 볼 수 있는 평범한 젊은 남자 같아요. 그래서 그런가? 낯익다는 생각이 들어요. 어디서 본 적이 있나? 으음, 약간 각진 턱과 광대뼈, 갈색 머리칼. 그리고 눈은…… 아, 눈은 다른가……."

"어떻게 다르죠?"

"새까만 색인데…… 낯익은 눈빛이에요. 이거, 알아요. 이건."

드디어, 햇빛은 동전을 움켜쥐었다.

"날 걱정하는 아서의 눈빛이에요."

5

기분 나쁘도록 좋은 날씨.

어디선가에서 들은 표현이었다. 하늘이 더없이 화창한데다가 햇살도 따스하고 바람도 적당히 불어서 아주 좋은 날씨지만, 이상하게도 기분이 나쁜 경우가 있다고 했다. 햇빛에게 오늘이 바로 그랬다.

햇빛은 미간을 찌푸리며 드높은 창공을 쳐다보았다가 서둘러 고개를 내렸다. 기분을 좋지 않게 만드는 날씨를 더 오래 쳐다볼 필요는 없으니까.

햇빛은 건물 안으로 들어갔다. 하지만 날씨가 주는 끈끈한 불쾌감은 그녀의 온몸에 달라붙은 뒤였다.

어째서 이렇지? 어째서 기분이 이렇게나 이상하지?

목적지에 가까워질수록 햇빛을 짓누르는 감정은 점점 더 기괴한 것으로 바뀌어갔다. 단순한 불쾌감이 아니라 견딜 수 없는 공포가 되었다.

언니의 집으로 가는 건데 어째서 지옥을 구경하러 가는 것 같은 느낌이 들지?

도저히 이해할 수 없는 감정이었으나, 햇빛은 다시금 무시했다. 언니한테 반찬을 가져다주는 것뿐인데 이런 느낌이 드는 건 있을 수 없으니까.

나, 오늘 컨디션이 나쁜가? 어디가 아픈 건 아닌데…… 으음, 그나저나 언니는 왜 또 전화를 안 받는 거야?

햇빛은 연이어 떠오르는 이상한 생각을 떨치기 위해 언니를 떠올렸다. 어젯밤부터 이상하게 연락이 안 되는 사람. 문자나 카톡도 안 받고 있는데, 언니는 종종 폰을 아예 꺼두는 사람이었으나 오늘은 특히 더 염려가 되었다. 결혼한 뒤부터 내내 그래 왔긴 하지만 언니는 최근 들어 이래저래 컨디션이 나빴으니까.

햇빛은 짧게 한숨을 내쉬면서 걸음을 옮겼다. 한 걸음 한 걸음을 걸을 때마다 기분이 더욱 나빠졌다. 햇빛은 머릿속까지 침범한 불길한 공포를 잊으려고 했지만 그건 쉽지 않았다.

이 기괴한 두려움의 정체를 알게 된 건 몇 분 뒤였다. 이상하게도 언니의 집 현관문이 열려 있었다.

"언니?"

햇빛은 조금 큰 목소리로 불러보았지만 드넓은 아파트 어디에서도 답은 들려오지 않았다. 하지만 뭔가 소리가 들리긴 했다. 햇빛은 귀를 기울였고, 침실 쪽에서 흘러나온다는 것을 깨달았다.

부부의 사생활을 침해하는 기분인지라 평소에는 침실 근처에는 얼씬도 하질 않았었다. 아니, 사실 언니의 집에 방문하는 것 자체가 거의 없는 일이었다. 형부 때문이었다. 존재감이라곤 거의 없는 존재지만, 어쨌든 햇빛은 형부가 매우 불편했다.

햇빛은 침실 쪽으로 걸어가면서 거실에 크게 걸려 있는 결혼식 사진을 흘긋 보았다. 아무리 정략결혼이라고 해도, 신혼부부는 결혼식에서조차 생기라고는 전혀 없는 표정이었다. 웃고는 있었으나 의례적이고 냉정한 미소였다. 특히 언니는 피곤한 기색까지 보이는 눈빛이었다.

햇빛은 속으로 한숨을 삼키고는 침실 앞으로 가서 노크했다. 목소리로 된 답 대신 들리는 건 희미한 물소리였다.

이곳으로 오는 내내 햇빛을 날카롭게 괴롭혔던 원인 모를 두려움이 거대한 갈퀴가 되어 그녀를 다시금 후려쳤다. 햇빛은 눈을 깜빡이면서 무의식이 시키는 대로 침실 문을 열었다.

햇빛의 기억에 의하면, 최고급 장판으로 도배한 바닥은 거실처럼 새하얀 색이어야 했다. 그러나 지금 이 순간, 침실의 바닥은 다른 색이었다. 안쪽에 자리한 욕실에서 흘러나오는 물 때문이었다. 침실 바닥을 흥건하게 지배한 물 표면에는 붉은 기운이 언뜻 보였다. 마치, 새빨간 물감을 물에 푼 것 같았다.

햇빛은 본능적으로 깨달았다. 이 붉은 물감이 무엇인지. 그리고 누구의 것인지. 햇빛은 비명을 질렀다.

"······샤인, 썬샤인!"
내지른 비명에 답이 돌아왔다. 영어이고 남자의 목소리였다. 걱정이 뚝뚝 떨어지는 낯익은 목소리.

햇빛이 상대가 누구인지 알아차린 순간, 거칠고 단단한 손바닥이 이마를 위아래로 다정하게 쓸고는 눈을 가리는 머리카락을 귀 옆으로 넘겨주었다. 시커먼 어둠이 사라지고 새까맣지만 따듯하게 빛나는 흑진주 눈동자가 나타났다.

"나의 썬샤인."

아서는 상냥하게 속삭였다.

"악몽을 꾼 건가?"

햇빛은 대답 대신 눈을 질끈 감았다. 막 마라톤을 끝낸 사람처럼 숨이 가쁘고 온몸이 물 먹은 솜처럼 너무 피곤했다.

쉬고 싶다. 자고 싶다. 그리고 깨어나고 싶지 않…….

"썬샤인."

아서가 불렀다. 염려하는 마음이 물씬 느껴지는 목소리로 속삭였고, 손으로는 머리카락을 부드럽게 쓸어주었다.

"악몽 때문이라면, 잊어. 내가 곁에 있잖아."

아서는 식은땀으로 그득한 햇빛의 이마에 입을 맞추었다. 눈을 감고 있었으나 햇빛은 그녀를 걱정하는 마음을 느낄 수 있었다. 그리고 그가 얼마나 다정한 사람인지도.

그래서 햇빛은 눈을 뜰 수 있었다. 그녀는 목소리만큼이나 상냥한 눈빛으로 자신을 바라보는 남자에게, 사실을 털어놓았다.

"악몽 때문이 아니에요. 기억…… 때문이에요. 영국으로 오기 전의 기억이…… 꿈에 나왔거든요."

"힘들면 더 말하지 마."

햇빛은 고개를 저었다. 이야기하고 싶었다.

"언니가…… 손목을 그어서 자살했어요. 욕탕에 들어가서, 그렇게 했어요. 그 모습을 봤어요."

집 안이었는데도 언니는 '그 남자'가 첫 월급을 받아서 사준 정장을 걸치고 화장을 한 차림이었다. 그 모습 그대로 욕탕에 들어가서 물을 틀어놓은 뒤, 여러 종류의 약을 한 움큼 삼키고 손목을 그었다.

침실을 피가 섞인 물로 채워놓고 세상을 떠난 언니는 밀랍인형처럼 허옇게 질린 얼굴이었다. 그리고 약 때문인지, 지극히 평온한 표정이었다. 마치 영원한 평화를 찾은 것처럼.

그러나 언니의 남은 가족들, 특히 시신을 발견한 햇빛은 평화와 멀어졌다. 아주 멀어졌다. 언제나 밝게 웃고 다니는 성격이었으나 웃음이라는 게 무엇인지 모르는 사람처럼 깊고 어두운 우울증에 시달리다가 상담을 받고 약을 먹은 뒤에야 겨우 나아졌다.

그러나 햇빛은 한국에 있지 못했다. 결국 가출 같은 탈출을 해서 유럽을 떠돌아다니다가 영국으로 와서 플로리스트 공부를 시작하게 되었다. 이제야 겨우 안정을 되찾고 일상을 살아가고 있는 것.

"상담의는, 내 정신과 상담의는 내 잘못이 아니라고 했어요. 나도 그걸 알아요. 그 말이 옳다고 생각해요. 그런데 왜 난 죄책감이 느껴지죠? 왜 아직까지도 이럴까요?"

답을 바라고 내뱉은 질문이 아니었다. 그냥, 아직도 머릿속 깊은 곳에 찌꺼기처럼 남아 있는 의문을 혼잣말을 하듯 소리 낸 것뿐.

그러나 아서는 햇빛의 질문에 답을 주었다.

"인간이니까. 그러니까 그런 거야. 남겨진 자들은 원래 다 그런 거야."

"원래…… 다 그런 거라고요?"

"그래, 다 그런 거야. 다른 이유 없어. 원래 그런 거야."

아서의 발음은 또렷하고 확고했다. 마치 태양이 동쪽에서 떴다가 서쪽에서 지는 것처럼 당연한 사실을 말하듯. 그래서 햇빛은 진심으로 납득할 수 있었다.

"그런 거군요. 그래서…… 그런 거군요."

"그래, 그런 거야. 그러니까."

아서는 햇빛의 이마를 다시 입술로 훔쳤다. 이번에는 조금 거친 몸짓이었다.

"그러니까, 죄책감에 대해서 더 생각하지 마. 원래 그런 거니까, 그냥 그렇게 받아들여. 다른 생각은 하지 말고."

아서는 입술을 미끄러뜨렸다. 그녀의 코끝까지 죽 훑더니, 그녀의 입술에 도착했다. 햇빛은 포근한 솜사탕 같은 그의 입술을 따뜻하게 맞았다. 그의 키스는 처음에는 달콤하고 부드러웠다. 그러나 햇빛이 입술을 벌리고 혀로 그의 입술을 핥자, 아서는 입술을 열면서 먹이를 발견한 매처럼 그녀의 혀를 낚아챘다.

혀를 빨아들이고 누워 있는 햇빛을 온몸으로 힘껏 끌어안는 아서의 두 손은 매우 거칠었다. 햇빛은 꽤나 아팠으나 그 아픔조차 반가웠다.

필요하다. 방금 그녀의 온몸을 뒤덮었던 우울한 회색 먹구름을 쫓아버릴 만한 것이 필요하다.

햇빛은 고민하지 않았다. 그녀는 바로 앞에 있는 것을, 아니, 그녀를 껴안고 있는 것을, 남자를 선택했다. 섹시하기 그지없는 미남자.

데이트를 시작한 지 2주도 되지 않았다. 그러나 떨어져 있을 때면 어서 만나고 싶고, 만나지 않을 때면 자주 생각하고, 생각하다가 실제로 만나면 몸매가 궁금하고, 궁금하다 못해 실제로 손으로 만져 보고 싶고, 손으로 만지는 것 말고 다른 것, 즉 입으로도 육체를 맛보고 싶은 존재.

아서 칼켄트.

"……그만."

아서는 햇빛을 부둥켜안았던 손을 풀고 입술도 놔주었다. 햇빛은 입안이 정말로 얼얼했다. 특히 혀가 그래서 바로 말을 할 수가 없었다.

"그만할게. 당신이 아직 준비되지 않았다는 걸 아는데, 계속 이러게 되는군."

아서는 누워 있는 그녀를 놔두고 일어나 앉았다. 햇빛은 그제야 자신이 침대에 있다는 것을 깨달았고, 다른 것도 기억났다.

몇 시간 전, 닥터 앨리슨에게 최면을 받았었다. 그 목격자에 대해서 진술한 뒤 박사와 경찰들은 철수했고, 자신은 피곤해져서 기절하듯 바로 잠들었었다.

"혹시 내가 깨어날 때까지…… 곁에 있어준 건가요?"

아서가 돌아가는 모습은 기억나지 않았다.

"그냥, 지켜본 거야."

"네?"

"자는 모습이 어떤지 궁금하더라고."

별다른 말이 아닌데도 로맨틱하게 느껴지자 햇빛은 얼굴이 붉어졌다. 그리고 아서는 다시 빙글빙글 웃기 시작했다.

"코는 안 고는지, 이는 안 가는지 궁금했어."

"코 안 골아요! 이도 안 갈아요!"

"그렇더라. 그래서 상상하기에 좋았어."

"무슨 상상이오?"

"사랑을 나눈 뒤 지쳐서 잠들었을 때 어떤 모습인지 상상했어."

얼굴이 더욱 빨개지는 느낌이었다. 아니, 사실일 터. 햇빛은 침대에서 벌떡 일어났다.

"나 깨어났으니까 이만 가봐요."

"나의 썬샤인, 매정하군. 다섯 시간이나 곁을 지켜줬는데."

"다섯 시간? 그렇게나 많이 잤어요?"

"그래. 역시 힘들었나 봐. 괜히 하게 놔뒀어."

아서는 후회하는 듯 한숨을 내쉬었다. 햇빛은 침대를 빙 돌아가서 그의 앞에 섰다.

"아니에요. 하길 잘했다 싶어요, 도움은 안 됐지만."

아서를 기준으로 진술했는데, 그건 구체적인지라 도움이 된다고 했다. 하지만 마지막에 한 말, 그 남자가 아서를 걱정하는 눈빛으로 보았다는 말 때문에 모든 것은 헛수고가 되었다. 범인이 피해자인 아서를 걱정할 리 없으니 그 말인즉, 그 남자는 범인이 아니라는 뜻이니까. 지나가던 또 다른 목격자였으리라. 경찰도 그렇게 말했다.

"미안해요."

바닥을 바라보고 있던 아서는 크게 당황한 눈빛이었다.

"왜?"

"시계, 못 찾을 것 같으니까요."

"썬샤인."

아서는 거기까지 말한 뒤 손을 들어 입을 막았다. 뭔가 후회할 말을 참는 것 같았다. 그는 눈을 질끈 감더니 두 손을 뻗어 품으로 햇빛을 끌어와 껴안았다. 햇빛은 거부하지 않고 순순히 안겼다. 아니, 사실은 그에 그치지 않고 두 팔을 그의 등에 감았다.

아서는 복싱 덕분인 듯 몸이 아주 단단했다. 그러나 온기가 흐르는 몸이었다. 따듯하다. 그리고…….

바싹 껴안고 있는 터라 햇빛은 아서의 그것이 점점 일어나는 것을 복부로 느낄 수 있었다. 곤란하다 못해 매우 당황했지만 그녀는 모른 척하기로 결정했다. 그러나 사실, 호기심이 일긴 했다. 야동을 본 적이 있긴 하지만, 그 야동에서는 그렇게 자세하게 안 나왔고, 실물을 본 적도 없는 건 물론이었다.

어떻게 생겼을까? 손으로 만지면 어떤 느낌일까? 혹시 입술을 대면……. 내가 대체 무슨 생각을 하는 거야?

"썬샤인, 무슨 생각을 하기에 얼굴이 새빨개지지?"

품에 안고 있는데도 낯빛은 보이는 모양이었다. 햇빛은 화들짝 놀라서 손을 풀었다. 아서가 놔주길 바랐으나, 그는 그러지 않았다.

"야한 생각을 한 것 같은데."

"놔줘요!"

"말해주면 놔주지."

"절대 말 못해요!"

"그렇게 완강하게 말하다니, 그냥 야한 생각도 아니고 아주 야한 생각을 한 거로군. 어디 보자, 당신 기준에서 야한 생각이라면…… 혹시, 이게 궁금한 거야?"

아서는 햇빛의 허리 뒤를 눌러서 자신의 복부에 밀착시켰다. 더욱 또렷하게 느껴지자 햇빛은 비명을 지를 뻔했다.

"싫어?"

"싫, 싫어요!"

아서가 손에서 살짝 힘을 풀었다. 햇빛은 살짝 실망하는 자신을 발견해서 깜짝 놀랐다. 그녀는 그의 가슴에 묻은 얼굴을 위로 들었다가 아서가 순수하고도 선량한 어린아이 같은 표정으로 자신을 쳐다보는 것을 발견했다.

"진짜 싫어?"

아서는 눈을 깜빡이기까지 했다. 남자답지 않게 기다랗고 풍성한 속눈썹이 우아하게 펄럭였다.

"진짜 싫은 거야?"

"그, 그게, 진짜 싫은 건 아니고, 낯설어서, 당황스러워서……."

저도 모르게 햇빛은 진심을 털어놓았다. 아서는 싱긋 웃었다.

"그러면 낯설지 않으면 되겠네."

"그, 그게 대체 무슨 말이에요?"

"자주 보면 되잖아."

햇빛은 너무 당황해서 아무 반응도 못했다. 아서는 그녀를 완전히 놓고는, 한 걸음 뒤로 가서 슈트 벨트에 손을 댔다.

"꺅! 지금 뭐 하는 거예요!"

"썬샤인한테 보여주려고."

이 남자가 지금 뭐라고 말하는 거야?

햇빛은 아서가 능글능글 웃으면서 벨트를 빼내는 것을 보았다. 그녀는 다시 비명을 지르며 뒤돌 수밖에 없었다. 너무 황당해서 그런지 심장이 쿵쿵거리며 터질 것처럼 박동했다.

"자, 보여줄게. 손 치워봐."

"싫, 싫어요!"

"좋아할 텐데?"

"누가 그걸 좋아해요?"

"벨트, 좋아하지 않아?"

햇빛은 저도 모르게 손을 치웠다가 눈앞에서 아서를 발견했다.

언제 침대에서 여기까지 온 거지? 소리 없이 움직이네.

햇빛이 깜짝 놀란 가운데 아서의 손에 들린 것을 보았다. 그의 말대로 벨트였고, 그는 슈트 바지를 그대로 입고 있었다.

"벨, 벨트?"

"그래, 벨트 말이야. 내가 이제까지 말한 건 벨트거든. 당신은 다른 걸 생각했나 보지? 뭘 생각한 거야?"

아서는 목소리는 물론이거와 얼굴에서도 장난기가 뚝뚝 흘러넘치고 있었다. 햇빛은 너무도 분했다. 그녀는 주먹을 불끈 쥐고 파르르 떨었다.

정말, 때리고 싶다!

자신에게 폭력적인 충동이 있을 거라고 단 한 번도 생각한 적은 없는데, 이 남자에게 놀림을 받을수록 주먹을 휘두르고 싶었다.

능글거리며 웃는 저 얼굴을 딱 한 대만 때릴 수 있다면!

"나 때리고 싶은 거야?"

"네. 정말, 그러고 싶네요."

햇빛은 불끈 쥔 주먹을 보여주었다. 아서는 농염한 눈웃음을 지을 뿐이었다.

"썬샤인."

"왜 불러요?"

햇빛은 삐친 어린아이처럼 툴툴거렸다. 사실, 약간 삐치긴 했다. 아서는 여전히 웃는 채로 고개를 숙여 그녀의 주먹에 살짝 키스했다.

"씻고 와. 식사 준비 해놓을게. 좀 잤지만 아직도 피곤하지? 먹고 자. 잠자는 거 보고 갈게."

"괜찮아요. 지금 가요. 아서도 피곤할 거 아니에요."

"썬샤인, 난 언제든 힘이 넘쳐. 특히 침대에서는."

햇빛은 아서를 흘끔 노려보다가 조심스럽게 사실을 말했다.

"저기, 나 샤워할 때 욕실 문을 열어놓는단 말이에요. 그때부터 생긴 습관이에요."

그때, 언니를 욕조에서 발견한 뒤 햇빛은 욕조 안에서 목욕도 하지 않는데다가 욕실 문을 활짝 열어놓은 채 샤워를 하게 되었다. 이 습관은 당분간 고쳐질 것 같지가 않았다.

아서가 이유를 물어보면 답을 할 생각이었으나, 그는 그러지 않

고 알겠다는 듯 고개를 끄덕였다. 햇빛은 그 이유를 아서가 알아
차렸다는 것을 깨달았다.

정말 눈치가 빠르고 날카롭구나.

"그렇게 해. 걱정 마, 안 훔쳐볼 테니까."

"그, 그렇지만……."

"식사거리 사가지고 올게. 그동안 샤워하고 있어."

아서는 피식 웃더니 재킷을 입고 사라졌다. 햇빛은 한숨을 내쉬
었다. 그녀는 자신이 안도한 건지, 아니면 아쉬워한 건지 알 수가
없었다.

두 개 다인가?

햇빛은 항상 그랬듯이 욕실 문을 열었으나 샤워커튼은 친 채로
샤워를 시작했다. 악몽을 꾸는 동안 식은땀을 흘려서 그런지 온몸
에 먼지가 붙은지라 물줄기가 반가웠다. 뜨거운 물에 온몸을 깨끗
하게 씻는 건 정말 기분 좋은 일이었다.

사실, 기분이 가라앉지 않은 건 의외이긴 했다. 우울증이 치유
되긴 했으나 언니의 꿈을 꾸고 난 뒤에는 의욕이 없어지고 기분이
바닥을 쳤다. 하지만 지금은 달랐다. 아서가 뜨겁게 키스를 해
준 건 물론이거와 방금 그녀를 놀려먹었기 때문에 머릿속에서 우
울한 기억을 다 날릴 수 있었다.

키스만 해도 정말 황홀했다. 우울증으로 빠져들려던 그녀를 완
전히 깨울 정도로. 키스 이상의 다른 것은 어떨까?

햇빛은 갑자기 샤워기 물의 온도가 덜 따뜻하게 느껴졌다. 온몸
에 열이 올랐기 때문이리라. 그녀는 고개를 휘휘 젓고는 서둘러

다른 생각을 했다. 그러다 보니 이런 게 떠올랐다.

혹시 아서가 일부러 내게 장난을 친 걸까? 내 기분을 풀어주려고?

원래 그녀를 잘 놀려먹긴 하지만, 아무래도 그런 이유인 듯싶었다. 아서는 참 다정한 남자니까.

날…… 정말 깊이 생각하는구나. 그만큼 날 원한다는 뜻이겠지. 감정적으로나 육체적으로나. 나도 육체적으로 원한다. 바란다. 그 몸을 보고 싶고, 만지고 싶고…….

갈수록 샤워기 물의 온도가 더 떨어지는 듯싶자, 결국 햇빛은 온도를 올릴 수밖에 없었다. 그녀가 머리를 다 감았을 때의 일이었다. 현관문이 열리는 소리가 났다. 햇빛은 소스라치게 놀라고 말았다. 미리 말을 해두었으나 욕실 문을 열어둔 게 너무도 당황스러웠다.

문을 닫아야 해!

갑자기 떠오른 생각에 햇빛은 샤워커튼을 옆으로 젖혔다. 그리고 열린 문을 통해 그녀는 손에 갈색 봉투를 들고 부엌으로 가던 아서를 발견했다. 샤워커튼 소리 때문인지, 그는 걸음을 멈추고 욕실 안을 쳐다보았다.

그리고 눈이 마주쳤다. 햇빛은 똑똑히 보았다. 조용한 해수면 같았던 아서의 새까만 눈동자가 풍랑을 만난 파도처럼 거세게 뒤흔들리며 치솟았다.

툭.

아서의 손에 들려 있던 갈색 봉투가 바닥으로 떨어지는 소리가 울렸다. 봉투가 벌어지면서 네모난 용기가 언뜻 보였으나, 햇빛은 자세히 볼 정신이 없었다. 몇 걸음 되지 않지만 그녀는 눈 깜짝할 사이에 아서가 달려오는 것을 보았다.

이 남자, 정말 빠르구나.

소리 없이 움직이는데다가 아주 빠르다는 사실을 다시금 떠올릴 때, 아서는 어느새 코앞에 도착해서 그녀 앞에서 가쁜 숨을 내쉬고 있었다. 뛰어왔기 때문이 아니었다. 그는, 흥분했다.

햇빛은 눈을 깜빡였고, 보았다. 아서는 거친 숨을 내쉬면서 형형한 눈빛으로 그녀를 내려다보고 있었다. 그의 눈빛은 정말로 강렬했다. 햇빛은 시선이 꽂힌 얼굴이 홧홧하게 달아올랐다. 아니, 나체 전체가 열기로 들끓었다. 그뿐만이 아니었다. 봉긋한 가슴이 묵직해졌고, 다리 사이에서 뭔가가 흘러내리는 느낌이었다.

그래. 나도, 흥분한 거구나.

"아서."

그의 이름을 내뱉은 뒤, 햇빛은 자신도 그만큼이나 호흡이 가쁘다는 것을 깨달았다. 그녀는 사실을 말했다.

"나, 흥분했어요."

감정적인 것이 어쩌느니, 그런 건 다 잊었다. 지금 이 순간, 햇빛은 다른 것으로 머릿속을 꽉 메웠다.

원한다. 아서 칼켄트를, 갈구한다!

"정신적인 거, 그런 거 아직 잘 모르겠어요. 하지만 나 정말……
흥분했어요. 그러니 아서—"

햇빛은 더는 말하지 못했다. 아서가 그녀의 두 뺨을 세게 쥐더니 강탈하듯 입술을 빼앗았기 때문이다.

아서는 너무도 빠르고 거칠었으나 햇빛은 반갑게 그의 혀를 맞이했다. 아서는 한 번에 그녀의 입안으로 들어왔고, 마치 자기 소유에 도장을 찍는 것처럼 마음껏 뛰놀았다.

햇빛은 숨이 막혔다. 아서에게 거친 키스는 이전에도 받았으나 지금처럼 피가 끓어오르고 머리가 띵해질 만큼 흥분한 적은 없었다. 어쩌면, 단순히 강렬한 키스 때문이 아닐지도 몰랐다. 아서의 양손이 그녀의 목을 매만지고 어깨를 긁다가 가슴을 덥석 쥐었기 때문인지도. 무엇이 원인이든, 햇빛은 그가 자신을 만지는 게 좋았다.

더 원한다. 더! 더!

햇빛은 아서의 목을 두 팔로 끌어안고 더 당겼다. 그러자 아서는 그녀의 두 손목을 낚아채듯 붙잡고는 뒤로 밀었다. 균형을 잃은 햇빛은 가쁜 숨을 내쉬며 벽에 기대게 되었다. 아서는 고개를 삐딱하게 내렸으나 시선은 그녀에게 고정한 상태였다.

시선만으로 햇빛은 너무도 흥분했다. 아서의 새까만 눈동자는 그 어느 때보다 더 강렬한 욕망으로 불타오르고 있으니까. 그래서 알몸이라는 사실이 부끄럽지 않았다. 아니, 오히려 알몸인 게 더 좋았다. 그래서 그가 저런 눈빛으로 쳐다보고 있는 것이니까.

부끄러움 따윈 던져 버린 채, 햇빛은 아서를 보았다. 샤워기를 켜둔 상태이기에 물은 소리를 내며 계속 쏟아지고 있었다. 물줄기 중 일부는 아서의 왼쪽 머리카락에 닿아 뺨을 지나 턱으로 흘러내리고 있었다. 목을 지나쳐서 내려가는 물은 슈트 재킷 약간과 재킷 아래의 셔츠를 점점 더 젖게 만들었다. 재킷에 가려진 상태지만, 셔츠가 그의 대흉근에 달라붙는 게 살짝 보였다.

미치도록, 섹시하다.

"재킷…… 벗어봐요."

아서는 여전히 그녀에게 시선을 못 박은 채로 행동했다. 재킷을 벗어서 문 쪽으로 아무렇게나 던졌다. 곧 햇빛은 왼쪽이 거의 젖은 셔츠와 셔츠가 달라붙어서 점점 더 또렷하게 드러나는 대흉근과 복근을 보게 되었다.

남자도 이렇게나 섹시할 수 있구나.

"아서……."

햇빛은 불렀다. 갈구하듯 부를 수밖에 없었다. 그리고 아서는 미소를 지었다. 그동안 보여주었던, 재미있는 장난기나 다정한 즐거움 같은 건 보이지 않는 삐딱한 종류였다. 한쪽 입술 끝만 올라가는 것이니까.

비웃음은 아니지만 다정함과는 거리가 꽤 먼 종류였다. 그러나 햇빛은 아서의 미소가 어떻든 그저 반가웠다. 웃는 건 즐겁다는 뜻이니, 다 좋을 따름이었다.

"썬샤인, 이제 말하지 마."

아서는 경고하듯 내뱉은 뒤 샤워기로 손을 뻗었다. 여전히 그녀에게 시선을 고정한 상태였으나 그는 정확하게 샤워기의 꼭지를 붙들었다. 햇빛은 그가 샤워기를 끌 거라고 예상했으나, 아니었다. 아서는 물을 가장 세게 틀었다. 거센 물줄기가 욕조 바닥에 닿으면서 더 큰 소리가 났다. 대화 소리도 잘 안 들릴 것 같았다.

뭔가 이상하다 싶었다. 그러나 햇빛이 질문을 하기 전 아서가 한쪽 입술 끝이 올라가는 미소를 더욱 깊이 지은 채 말했다.

"당신이 이제부터 내뱉어야 되는 건 말이 아니라 신음이니까."

그런데 왜 샤워기는 켜둔 거지? 내 신음을 잘 못 들을 텐데?

햇빛의 머릿속에 떠오른 질문은 곧 먼지처럼 스러졌다. 아서가 더 벗기 시작했기 때문이다. 넥타이는 물론 반쯤 물로 젖은 셔츠의 단추를 풀었다. 그는 급한 게 분명했으나, 손을 떨거나 단추를 잘못 끄르지도 않았다.

아서는 키가 큰데다가 팔과 다리가 길어서 우아하면서도 근사한 몸매의 소유자였다. 슈트를 입으면 정말로 멋져 보이는 남자인데, 햇빛은 생각을 바꿨다. 그의 상체 근육은 슈트를 입은 것보다 벗은 게 더 환상적이었다.

언뜻 늘씬하면서도 호리호리해 보였으나, 허리까지 완벽한 역삼각형을 그리는 아서의 어깨는 드넓어서 굉장히 멋졌다. 강건한 쇄골 아래로 대흉근은 근육으로 탄탄했는데, 밑으로 펼쳐진 복근은 복싱을 오래 해서 그런지 여섯 조각으로 선명하게 나뉘어져 있었다. 거부감이 들 정도로 근육이 과한 게 아니라 슬림해서 마치 조각상처럼 멋졌다.

이걸 잔근육이라고 하던가?

아서의 상체는 근육이 크지 않고 잘게 나뉜 것 같은 모양이었다. 어디선가에서 언뜻 듣기로 이런 식으로 잔근육을 만드는 건 굉장히 힘들다던데, 저번에 아서가 말한 대로 복싱만 하는 게 아니라 여러 종류의 스포츠를 많이 한 덕분인 듯싶었다. 그 부분은 약간 걱정되었다. 익스트림 스포츠를 많이 해서 흉터가 많다더니, 정말로 그렇기 때문이다.

아서의 상체는 매끈하지 않고 여러 흉터가 보였다. 날카로운 것에 찔리거나 아주 깊게 긁힌 흔적도 있는데, 뭔가 범상치 않아 보이기도 했다. 그러나 여러 상처들 가운데 지금 햇빛의 마음을 가장 아프게 하는 건 복부 왼쪽에 선명하게 남아 있는 구멍 같은 조그만 흔적이었다.

7주 전의 그 총상.

상처 자체는 다행히 장기를 교묘하게 비켜갔기에 큰 문제가 아니었다고 한다. 그러나 과다 출혈 때문에 아서는 죽음 근처까지 갔었다.

햇빛은 누구인지 알지 못하는 강도에게 분노가 치밀었다. 죽도록 때려주고픈 과격한 충동까지 치밀 정도였다. 그러나 지금 그녀가 할 수 있는 건, 희미하게 떨리는 손끝으로 그곳을 건드리는 것뿐이었다. 아니다, 더 있다.

햇빛은 충동대로 행동했다. 두 무릎을 비스듬하게 꿇고 앉아서 상처에 입술을 댔다. 그녀는 아서가 순간 석상처럼 얼어붙는 것을 느낄 수 있었다. 그는 그녀가 혀로 상처를 부드럽게 쓸자, 펄쩍 뛰어오르듯 놀랐다.

"젠장!"

아서는 거칠게 욕설을 내뱉고는 햇빛의 어깨를 붙들었다. 어찌나 세게 쥐었는지 상당히 아팠으나 햇빛은 저항하지 않았다. 햇빛은 아서가 이끄는 대로 비스듬한 경사의 욕조 벽에 등을 대고 누웠다. 아서의 거친 손짓 때문에 욕조에 뒤통수를 부딪치자 이번에도 꽤나 아팠다. 그러나 곧바로 이어진 것은 더 거대한 고통을 가지고 왔다. 어느새 슈트 바지를 벗어 던지고 팬티를 밑으로 내린 아서가 미친 사람처럼 덤벼들었기 때문이다.

햇빛이 통증 때문에 한 손으로 뒤통수를 매만지고 있을 때, 그녀의 다리 사이에 무릎을 꿇고 앉은 아서는 그녀의 가는 허리를 안더니 그대로 그의 것을 안으로 찔러 넣었다.

"악!"

햇빛은 고통으로 그득한 비명을 내질렀다. 그럴 수밖에 없었다. 아서가 나타난 이후 흥분한 상태였으나, 갑작스러운 진입은 난폭한 침입에 불과했다.

"젠장! 젠장! 젠장!"

아서는 다시 욕설을 내뱉더니 뒤로 물러났다. 거대한 몽둥이 같은 뜨거운 이물질이 사라지자 햇빛은 기쁠 뿐이었다. 그러나 다리 사이는 불길에 화상을 입은 것처럼 날카롭고도 따가운 느낌이 여전했다.

"미치겠군, 미치겠어……. 젠장, 미안해, 썬샤인, 미안해. 이성을 잃었어. 미안해……."

샤워기의 물은 반쯤은 아서의 머리와 등으로 떨어지고 있었으나, 나머지 반은 바닥으로 내려오면서 물소리가 시끄러웠다. 아서의 목소리는 크지 않았기에 알아듣기 어려울 정도였다. 그러나 햇빛은 그의 말을 다 들었고, 목소리에서 생생하게 뿜어져 나오는 진심을 분명하게 읽었다.

"아니, 아니에요. 괜찮아요."

"내가 괜찮지 않아!"

아서는 샤워실 전체가 터져 나갈 정도로 크게 고함을 질렀다가, 마치 실수를 한 것처럼 눈을 질끈 감고 한 손으로 이마를 크게 탁 소리가 나게 쳤다.

"진짜 내가 미쳤군. 생전 안 하던 이런 개 같은 실수를……."

아서는 이번에는 혼잣말처럼 중얼거리다가 눈을 떴다. 그의 새까만 눈동자는 여전히 뜨거웠으나, 뭔가 달라 보였다. 여러 감정으로 복잡해 보인다고나 할까.

"썬샤인, 미안해. 내가 너무 흥분해서, 실수했어."

아서는 나직한 목소리로 작게 내뱉었다. 미안한 감정이 절절하게 느껴졌다. 여전히 다리 사이가 뜨겁게 욱신거렸으나 햇빛은 반사적으로 내뱉었다.

"괜찮—"

"괜찮을 리가 없어. 그리고 내가 괜찮지 않아. 미안해. 정말 미안해. 첫 경험을 이따위로 망치다니……. 보상해 줄게. 이번만이 아니라 나중에도 계속 보상해 줄게. 약속해. 아니, 맹세해."

아서는 한 손을 그의 심장 부분에 대고 말했다. 장난기나 웃음기 같은 건 전혀 없는, 진지하고도 경건한 맹세였다. 햇빛은 서둘러 고개를 끄덕였다. 아서가 너무도 미안해하는 게 눈에 보이기 때문이었다.

"내 맹세, 받아들인 거지?"

"네."

"그럼, 다시 하자. 천천히 제대로 해줄게. 부드럽게, 황홀하게."

아서는 미소 지었다. 예의 그 삐딱한 종류였으나 햇빛은 한순간 스스로에게 분노를 뿜었던 그가 웃는 게 기뻤다. 하지만 그의 말은 당황스러웠다.

"저기, 나 사실 조금 아프거든요."

조금이 아니라 꽤 아팠다. 거친 손길에 붙잡힌 어깨나 욕조에 부딪힌 뒤통수는 이젠 괜찮았으나 다리 사이는 상당히 얼얼했다. 고통이라는 표현이 어울릴 정도였다. 그 때문에 방금까지 햇빛의 온몸에 들끓었던 욕망은 이제 많이 가라앉은 상태였다. 하지만 완전히 없어진 건 아니었다. 샤워기 물에 젖은 아서의 머리카락은 평소보다 더 퇴폐적으로 보이는지라 더욱 섹시하니까. 더군다나 바로 앞에 보이는 그의 상체 근육은 그야말로 엄청나게 멋졌다.

하지만 아프다. 그리고 뭐랄까, 분위기가 깨진 것 같았다. 섹시함으로 불타오르던 그 공기가 사라진 것 같았다.

"나중에 하면 안 될까요?"

"안 돼. 첫 경험을 이런 식으로 망치면, 다음 섹스도 두려울 거야. 그래선 안 돼. 썬샤인, 내가 황홀하게 해줄게. 이미 크게 실수했지만."

아서는 이맛살을 찌푸리며 눈을 내렸다. 햇빛은 그가 자신의 다리 사이를 쳐다본다는 것을 깨닫고 속으로 비명을 질렀다. 다리를 오므리려고 했으나 다리 사이에 아서가 무릎을 꿇고 앉았기에 그게 될 리가 없었다. 어찌할 바를 몰라 하던 햇빛은 다시 속으로 비명을 지르다가, 똑똑하게 보았다. 그의 것을.

사실 보이긴 아까부터 보였다. 아서가 그녀에게 막무가내로 덤벼들었다가 물러난 뒤부터. 하지만 의식적으로 외면했다. 너무도 부끄러우니까, 아니, 민망하니까.

"자, 썬샤인, 긴장을 풀고 즐겨. 부드럽게 해줄게. 기분, 아주 좋을 거야."

아서는 유혹하듯 속삭였으나 바로 앞에서 까닥이는 두꺼운 것은 너무 커 보였다. 저게 몸 안으로 들어왔으니 이렇게나 아픈 게 당연할 터.

"싫, 싫어요! 너무 커요!"

햇빛은 저도 모르게 비명을 질렀다. 아서는 입술을 깨물었는데, 웃음을 참기 위한 게 분명했다. 그는 기침으로 목을 가다듬은 뒤에 입을 열었다.

"걱정 마. 오늘은 이건 안 할게. 다른 방식으로, 기분 좋게 해줄게. 아프지 않을 거야."

다른 방식?

순간 호기심이 일었으나 왠지 햇빛은 주사를 맞기 전의 상황인 것 같은 느낌이 들었다. 곧 따끔할 게 뻔한데 간호사가 거짓말을 하는 것 같았다.

햇빛이 싫다고 거부하기 전, 아서가 그녀의 두 뺨 위에 손을 올리고 시선을 마주한 채 어느 때보다 다정하게 속삭였다.

"믿어줘. 부탁해, 나의 썬샤인. 나만의 썬샤인."

상냥하고 보드라우면서도 절실한 목소리가 햇빛에게도 당도했다. 그녀는 저도 모르게 고개를 위아래로 살짝 끄덕였고, 아서는 안도한 듯 짧게 한숨을 내쉬고는 다시 말했다.

"후회 안 할 거야. 너무 힘들지 않게, 가볍게 해줄게. 기분 좋게 잠들 수 있을 거야."

아서는 몸을 일으켜서 흠뻑 젖은 팬티를 벗어 옆으로 아무렇게나 던졌다. 햇빛은 그의 것이 눈앞에서 다시 까닥거리자 화들짝 놀라 고개를 돌렸다. 웃음소리가 희미하게 들리는 가운데, 아서가 부탁해 왔다.

"썬샤인, 뒤돌아 앉아주겠어?"

엉거주춤한 자세로 누워 있던 햇빛은 그가 시키는 대로 했다.

"고마워."

아서는 감사의 말을 속삭이고는 그녀의 등 뒤에 앉았다. 햇빛은 등을 찔러오는 그의 것의 노골적인 촉감에 온몸을 뻣뻣하게 만들면서 웅크리고야 말았다.

"익숙해져야 해. 하지만 오늘은 다시 안 할 테니까 걱정 마. 내 말을 믿어, 썬샤인. 그런 거짓말은 안 해."

그런 거짓말은 안 한다고? 그렇다면 다른 거짓말은 한다는 건가?

문득 그런 의문이 떠올랐으나 햇빛은 오래 생각할 수가 없었다. 등 뒤에서 아서가 그녀의 어깨에 키스하더니, 다른 두 손으로는 그녀의 가슴을 움켜쥐었기 때문이다.

아서의 손은 매우 컸다. 그녀의 봉긋하고도 순결한 가슴을 한 번에 쥐었다. 그러나 우악스러운 건 절대 아니었다. 소중한 도자기를 쥔 것처럼, 아주 조심스럽고 부드러웠다. 하지만 그의 손바닥은 복싱 때문인지 매우 거칠고 단단하기에 마찰력이 컸다. 그가 손가락을 슬슬 움직이자 마찰력은 더 커졌다. 그리고 순간 찌릿했던 감정은 더욱 거대하게 불어났다.

그녀는 저도 모르게 고개를 살짝 숙여 보게 되었다. 아서가 자신을 어떻게 만지는지. 거칠지만 동시에 우아하고 긴 손가락은 마치 값비싼 악기를 느릿하게 연주하듯 그녀의 가슴을 꼼꼼하게 매만지고 있었다. 그러면서도 교묘하게 가슴의 정점, 유두는 건드리지 않는 상황이었다.

햇빛은 이유를 물어보고 싶었지만 아무리 알몸으로 그에게 안겨 있는 상황이라고 해도 차마 그럴 용기는 없었다. 더군다나 머리가 어지러웠다. 지독히도 달콤한 술에 빠르게 취하는 느낌이었다. 흥분의 기운이 혈관 속을 빠르게 내달리고 있기 때문이었다. 그녀는 저도 모르게 속눈썹을 파르르 떨면서 고개를 뒤로 젖혔다.

아서는 그런 반응을 기다린 모양이었다. 햇빛의 목을 입으로 덥석 깨물고는 혀끝으로 길게 핥는 동시에 빨았다. 물론 그러면서 그녀의 가슴을 쉼 없이 양손으로 매만진 건 물론이었다. 그러다가 엄지와 검지로 유두를 세게 튕겼다. 햇빛은 깜짝 놀랐으나, 곧 더 강한 자극을 원하게 되었다. 아서는 그녀를 실망시키지 않았다. 손끝으로 힘주어 붙잡고는 잡아당기고 비틀어서 강하게 자극했다.

통증도 쾌감이 될 수 있구나.

쾌감은 유두에서 파도처럼 일어나더니 온몸으로 빠르게 퍼져 나갔다. 햇빛은 더 원했다. 더 많은 쾌감을 바랐다.

"아서."

그의 이름은 흐트러진 숨결과 함께 흘러나왔다. 아서가 답했다.

"썬샤인."

그녀의 목을 탐닉하던 아서는 그녀의 귓바퀴를 깨물었다. 후욱하는 소리와 함께 뜨거운 숨결이 햇빛의 귀 안으로 들어왔다. 이번에 햇빛은 감전당하는 기분이었고, 뜨뜻한 무언가를 다리 사이에서 느꼈다. 흘러서 밖으로 나올 것 같았다.

알몸을 아서에게 보여준 뒤부터 몸을 가릴 생각은 하지 않았었다. 그러나 지금, 햇빛은 본능적으로 손으로 다리 사이를 가리게 되었다. 하지만 아서는 그걸 그대로 놔둘 남자가 아니었다. 그는 가슴을 마음껏 매만지던 두 손을 내려 햇빛의 손목을 붙들었다.

"안, 안 돼요!"

햇빛은 저도 모르게 소리쳤다. 아서는 그녀의 귓가를 혀로 핥으면서 물었다.

"왜 안 돼?"

그녀의 귓속으로 다시 뜨거운 숨을 불어넣는 아서의 목소리는 잔뜩 쉰 상태였다.

"응? 왜 안 되는데?"

"그, 그게, 그게 그러니까— 앗! 안 돼요!"

햇빛은 비명을 지르고 손을 휘저으며 저항했으나, 아서를 막을 순 없었다. 그는 왼손 하나만으로 그녀의 두 손목을 붙잡았다. 큰 근육을 가진 게 아닌데도, 아서는 보기보다 훨씬 더 힘이 셌다. 햇빛은 손을 봉쇄당한 채 아서가 오른손 끝으로 자신의 까만 숲을 쓰다듬는 것을 볼 수밖에 없었다.

"머리카락처럼 부드럽군."

여전히 샤워기에서 물이 흘러내리는데다가 아서의 목소리는 아주 작았으나, 그가 그녀의 귓가에 밀착한 채 말하고 있었기에 햇빛은 분명히 들을 수 있었다. 그녀는 그저 부끄러웠다.

"하, 하지 말아요!"

"뭘 하지 마?"

햇빛은 제대로 답을 할 수가 없었다. 그녀는 미세하게 떨리는 두 허벅지를 붙이는 것으로 저항했다. 그러나 아서는 영리했다. 그는 그녀의 유두를 꼬집는 것으로 계속 쾌락을 선사했고, 햇빛은 소리 없이 신음하며 움찔거릴 수밖에 없었다. 자동적으로 허벅지가 벌어지자 아서는 그 틈을 놓치지 않고 재빠르게 손을 다리 사이에 끼워 넣었다.

"하, 하지……."

그녀는 말을 이을 수가 없었다. 아서는 엄지와 중지로 그녀의 그곳을 벌리더니, 검지로 드러난 곳을 정확하게 눌렀다. 전기에 찌르르 감전당하는 느낌이 머리끝부터 발끝까지 몰아닥쳤다. 쾌감이라는 이름의 차가운 물을 뒤집어쓴 느낌.

"아, 아흣……."

햇빛은 신음을 흘릴 수밖에 없었다. 아서는 아주 능숙했다. 검지 하나만으로 그녀의 조그마한 클리토리스를 완벽하게 조종했다. 위아래로, 양옆으로 천천히 살짝, 끊임없이 누르면서 매만졌다.

아주 조그만 부위를 애무받는 것뿐인데, 어째서 이렇게나 좋지?

"으응, 웅……. 아……."

햇빛은 입으로 한숨 같은 신음을 여럿 흘리면서 다시 고개를 위로 들었다. 천장이 제대로 보이질 않았다. 김이 유리창에 낀 것처럼, 시야가 흐릿했다. 시력이 낮아진 가운데 대신 다른 감각이 고조되었다.

들린다. 좁은 욕조 안을 가득 메운 샤워기의 물소리 그리고 신음 소리. 자신의 것이 대부분이었으나, 희미하게 아서의 가쁜 호흡 소리가 또 하나의 신음처럼 들린다.

느껴진다. 등 뒤로 자신을 껴안은 수컷의 육체. 돌처럼 단단하고 불처럼 뜨거운 것. 특히 수컷의 상징이 도드라지게 존재감을 주장하면서 등 아래쪽을 찌르는 것이 너무도 선명하게 느껴진다.

그리고 수컷, 아서 칼켄트.

"아서, 아서……."

햇빛은 끊어질 듯한 신음을 뱉으면서 그의 이름을 불렀다. 그녀의 귀를 먹듯이 입안에 물고 빨던 아서는 말은 하지 않았다. 그러나 마치 답하듯, 움켜쥐고 있던 그녀의 두 손목을 놓고는 오른손으로 그녀의 허리를 감고 위로 살짝 들어 올려 옆으로 몸을 틀게 해서 그의 한쪽 허벅지 위에 걸터앉게 만들었다.

햇빛이 자신의 엉덩이에 닿은 아서의 허벅지가 마치 강철처럼 두껍고 단단하다는 것을 깨달았고, 저도 모르게 그와 마주 보게끔 몸을 더 돌린 뒤 두 손으로 그의 어깨를 꼭 쥐었다. 아서는 그녀에게 웃어주었다. 새하얀 이가 드러나고, 두 눈동자가 새까맣게 번뜩이는 사악한 미소.

아서는 햇빛이 미처 반응하기도 전에 행동했다. 그는 왼손으로 다시 그녀의 클리토리스를 공략했다. 아까보다 더 뜨겁고, 더 거친 손길이었다. 그리고 그만큼의 흥분을, 아니, 쾌락을 그녀의 온몸에 꽂아주었다.

"아, 앗!"

이제 햇빛은 신음이 아니라 비명을 내지르고 있었다. 아니, 신음이든 비명이든 아무래도 좋았다. 그녀는 붙들고 있는 그의 어깨를 꼭 틀어쥐면서 손톱을 박아 넣었다. 고조되다 못해 치솟아서 폭탄처럼 터질 것 같은 이 부글거리는 환희를 어찌할지 몰랐다. 햇빛은 고개를 뒤로 젖히면서, 신음과 비명을 끊임없이 내뱉으며 눈을 꼭 감았다. 어두운 그곳으로도 아서의 손가락은 따라왔고, 클리토리스를 끝없이 애무했다.

잘 알 수 없었다. 그러나 조그마한 클리토리스가 마치 몇 배로 거대하게 변한 것 같았다. 온몸 전체를 조종하고 있었다. 환희로 터져 나가고, 강렬하게 불타고 있었다.

"아서!"

그녀는 그의 이름을 외치며, 그가 주는 불길에 타버렸다.

"썬샤인, 썬샤인."

잠시 동안은 아무것도 할 수가 없었다. 방금 생전 처음으로 온몸을 후려치고 간 것 때문에 햇빛은 생각조차 할 수 없었다. 그리고 귀찮았다. 바닥에 사지를 쭉 뻗은 채 쓰러져서, 그냥 깊고 깊은 잠에 빠져들고 싶었다. 하지만 그녀를 부르는 이 목소리는 분명 아서의 것이었다.

"아서?"

"응, 그래."

시야가 흐릿하고 온몸에 힘이 하나도 없었으나, 아서의 답을 듣는 순간 햇빛은 정신이 번쩍 들었다. 억눌린 목소리는 어딘가 아픈 사람의 것이기 때문이었다.

햇빛은 고개를 들었고, 자신이 그에게 몸을 기댄 채 앉아 있다는 것을 깨달았다. 쓰러질 것 같은 자신을 지탱하고 있는 건 역시 아서였다. 그는 샤워기에서 여전히 흘러내리고 있는 물줄기에 젖은 탓인지 머리카락이 밑으로 늘어진 상태였다. 그러나 새까만 머리카락이 이마를 가리고 눈 위까지 내려온 모습은 더없이 섹시할 뿐이었다. 물을 밑으로 흘리는 벗은 상체의 잔근육 또한 여전히 끝내주게 멋있었다.

햇빛은 갑자기 목이 말랐고, 물이 마시고 싶었다. 아서의 몸에 잠시 달라붙어 있다가 밑으로 떨어지는 저 물줄기를, 혀로 핥아 먹고 싶었다. 아니, 솔직하게 말하자면 아서의 육체가 탐이 났다.

"썬샤인, 나를 만져 주겠어?"

아서는 그녀의 턱에 한쪽 손을 댔다. 햇빛은 밑으로 내려가는 시선을 들어 그와 눈을 마주했다. 아서의 새까만 눈동자는 아까보다 형형하게 빛나고 있었다. 힘이 넘쳐흐르는 것 같은 눈빛. 그러나 억눌린 듯한 목소리처럼 묘하게 아파 보이는 안색이었다.

"괴로워서 말이야. 그런데 내가 처리하고 싶지 않군."

아서의 시선이 밑으로 향했고, 햇빛은 그제야 그가 어느 부분을 아파하는지 깨달았다.

"도와주겠어?"

평소에는 오만하기 그지없던 존재가 정중하게 부탁하고 있었다. 그래서 햇빛은 거절할 수 없었다. 아니, 근본적으로 호기심 때문이었다.

어떤 감촉일까?

아서의 것이 눈에 들어오자, 지쳐서 해파리처럼 흐느적거리는 듯한 햇빛의 온몸에 힘이 솟았다. 그녀는 어느새 바싹 마른 입술을 혀로 축인 뒤, 행동했다. 조심스럽게 살짝 뒤로 움직여 공간을 확보한 뒤 눈에 띄게 떨리는 두 손으로 그의 것을 움켜쥐었다.

뜨겁다는 건 이미 알고 있었다. 단단하지만 부드럽다는 것도 안다. 아까 그녀의 등 뒤에서 분명하게 존재감을 발휘했기 때문이다. 그러나 직접 만지는 건 또 달랐다. 벨벳처럼 최고급 천이 손끝에 감기는 황홀한 느낌이었다. 하지만 생각보다 큰데다가 아까 몸이 찢어지는 듯한 날카로운 고통을 선사했던 것이라 그런지 흉기처럼 느껴지기도 했다.

"이, 이걸 어떻게 해요?"

햇빛은 두 손으로 움켜쥔 채 어찌할 바를 몰라 하다가 물었다. 순진하기 그지없는 행동을 싫어할 줄 알았으나 아서의 두 눈동자는 더욱 이글이글 타오르기 시작했다.

"위, 아래로 쓸어봐. 이렇게."

아서는 햇빛의 손목을 살짝 붙들고 위아래로 움직이게 했다. 햇빛은 뿌리 부분부터 끈적한 액체가 맺혀 있는 기둥의 끝까지 쓰다듬었다. 처음에는 아주 천천히, 부드럽게 했지만 두어 번 하다 보니 세게, 빠르게 하고픈 충동이 일어서 그렇게 했다. 그러자 신기한 현상이 일어났다. 손안에 든 그의 것이 좀 더 커졌다.

햇빛이 깜짝 놀라 잠시 주춤거리자, 아서가 손을 뻗어 그녀의 어깨를 틀어잡았다. 그의 손아귀 힘은 상당히 강해서 아플 정도였으나 신경 쓸 수가 없었다.

「햇빛.」

아서가 아주 정확하게 그녀의 한국 이름을 발음했기 때문이다. 그리고 그는 고개를 숙이더니 입을 한껏 벌려 그녀의 목을 깨물었다. 따끔하다 못해 살짝 아픈 가운데 햇빛은 더욱 손을 빠르게 움직였다.

얼마 뒤, 햇빛은 손안에 든 것의 변화를 느꼈다. 더없이 뜨거운 열기를 발하던 두꺼운 그것이 액체를 뿜어내기 시작했다. 그리고 아서는 온몸을 파르르 떨더니, 그녀의 어깨에 기대듯이 이마를 묻으며 길고 긴 숨을 내쉬었다.

「햇빛, 햇빛…….」

환희의 숨결에는 그녀의 이름으로 그득했다. 햇빛은 그 사실에 또 다른 쾌락을 느꼈다.

내가 이 남자를 흥분시켰다. 절정을 안겨주었다, 내가!

햇빛은 두 팔을 벌려 아서를 꼭 끌어안았다. 벌거벗은 육체는 뜨겁지만 동시에 미끈거렸다. 샤워기에서 떨어지는 물을 계속 맞고 있기 때문이었다.

물소리는 시끄러웠다. 그러나 햇빛은 침묵의 기쁨을 누리게 되었다. 정석적으로 하나가 된 건 아니지만, 서로 환희를 주고받은 사람들만이 그 직후에 나눌 수 있는 것.

평화.

악몽을 쫓을 수 있는 것. 생생한 쾌감은 주지 않지만, 또 다른 종류의 기쁨. 행복하고도 나른한 느낌.

평화롭다. 이대로 계속 있고 싶다. 계속, 머무르고 싶다. 곁에 있고 싶다. 이 남자, 아서 칼켄트 옆에.

"아서."

햇빛은 품속의 남자의 이름을 불렀다. 혼잣말처럼 아주 조그맣게.

「내가, 당신을 사랑하는 걸까요?」

질문은 했으나 답은 들리지 않았다. 한국어로 내뱉었으니 당연했다.

「아직은 모르겠어요. 그런데…… 이렇게 있는 게 정말 좋네요. 평화로워요. 어쩌면…… 앞으로 악몽을 꾸지 않을 것 같아요.」

영원히 그런 건 아니리라. 어쩌면 이 순간뿐인 건지도. 그러나 분명한 건, 아서 칼켄트가 그녀에게 평온을 가져다주었다는 사실이었다.

"난, 한국어를 몰라."

아서가 마침내 입을 열었다. 내내 이마를 대고 있던 그녀의 어깨에서 고개를 들었다. 그의 새하얀 얼굴에는 붉은 기가 약간 남아 있고 눈동자는 살짝 풀린 상태였다. 쾌락의 여운이리라.

내 얼굴도 저럴까?

"내가 모르는 언어로 말하지 마."

아서는 명령하듯 내뱉었다. 이제 햇빛은 오만한 태도는 그러려니 했으나 그냥 넘어가지는 않았다.

"싫어요."

"그래? 그렇게 하고 싶으면, 그렇게 해."

이렇게 쉽게 받아들일 남자가 아닌데.

햇빛은 의심쩍은 눈빛으로 쳐다보았다가 아서가 예의 그 사악한 미소를 짓는 것을 발견했다.

"당신이 한국어를 할 때마다, 고문할 거야."

"고, 고문이오?"

"그래, 섹스 고문."

말을 잃은 햇빛이 입을 연 건 십여 초가 흐른 뒤의 일이었다.

"뭘, 뭘 어쩌겠다고요?"

"절정에 오르기 직전에 중단하면, 진짜 괴로울걸? 그것도 여러 번 말이야. 그걸 섹스 고문이라고 하지. 아, 썬샤인. 얼굴이 붉으락푸르락 변하네. 우와, 색깔 변화가 정말 신기하군."

햇빛은 주먹을 꼭 쥐고 아서의 어깨를 후려쳤다. 그러나 아픈 건 그녀였다.

"썬샤인, 내가 주먹을 제대로 쥐라고 했잖아. 그렇게 어설프게 주먹을 쥐고 때리면 당신이 아파."

햇빛은 아서가 걱정하는 투로 말하자 더 약이 올랐다. 하지만 할 수 있는 게 없었다. 그녀는 벌떡 일어나는 것을 택했다. 갑자기 일어나서 그런지 순간적으로 현기증이 일었고, 다리에서 힘이 풀렸다. 햇빛이 비틀거리기도 전, 따라서 일어난 아서가 재빨리 그녀의 허리를 팔로 감고 끌어당겼다.

"역시, 힘들어하는군."

아서의 목소리에 장난기 어린 웃음기가 느껴졌기에 햇빛은 약간 짜증이 났지만, 그런 감정은 소리 소문 없이 스러졌다. 그가 다정하게 그녀의 정수리에 키스했기 때문이다. 그런 뒤 샤워기를 내려서 그녀의 몸을 간단하게 물로 적셔주었다. 다리 사이를 비누로 묻혀서 씻겨준 건 물론이었다.

아서가 그렇게 해주는 동안 햇빛은 붉어진 얼굴로, 아니, 붉어진 몸으로 그의 어깨를 붙든 채 있었다. 뭔가 말을 하고 싶었으나 그의 상냥한 손길이 상당히 기분이 좋은지라 신음이 나올 것 같아서 입술을 꼭 닫고만 있었다.

아서는 본인도 간단하게 씻은 뒤, 샤워기를 끄고 그녀를 변기로 데려가 뚜껑을 닫고 위에 앉혔다. 침대에서 쉬고 싶었던 햇빛은 다시 일어나려고 했지만 그는 벽에 걸려 있는 수건으로 물기가 묻은 그녀의 머리카락은 물론 얼굴과 나머지 몸을 정성스럽게 닦아주었다.

정말 상냥한 남자.

햇빛은 심장이 뭉클거렸고 온몸이 다시 홧홧해졌다. 다정하게 몸을 어루만지는 아서의 손길에 더욱 흥분했기 때문이다.

"오늘은 더 이상 안 돼."

아서는 마치 햇빛의 마음을 읽은 것처럼 말했다.

"지금은 괜찮은 것 같아도 그게 아니야. 자고 일어나면 근육통에 시달릴걸? 더 했다간 내일은 걸어 다니지도 못할 거야. 그러니까 오늘은 이만하자. 알았지? 섭섭해하지 마."

"누, 누가 섭섭해한다고 그래요?"

"그래, 그래, 그 마음 다 알아."

말로 이길 수가 없다는 건 잘 알았다. 햇빛은 그를 흘겨보면서 입술을 닫았고, 아서는 빙긋 웃더니 무릎 아래에 손을 넣어 그녀를 번쩍 안아 들었다. 햇빛은 비명을 지르는 대신 그의 목을 꼭 끌어안았다. 아서가 웃자 그의 가슴이 울리는 느낌이 상당히 기분 좋았다. 웃음소리는 조금 약 오르지만.

집이 좁은지라 욕실과 침대까진 멀지 않았으나, 아서는 48kg의 여자가 아니라 솜베개라도 든 것처럼 가볍게 그녀를 들고 다녔다. 그는 그녀를 침대에 눕혀주며 물었다.

"속옷은 어디에 있지? 입혀줄게."

"됐, 됐어요!"

햇빛은 고개를 휙 돌리고는 바닥에 일어섰다. 다행히 이번에는 현기증이 없었다. 그녀는 등을 돌린 채로 옷장에서 속옷과 잠옷을 꺼내 입었다.

"아쉽네. 알몸이 좋은데."

아서가 등 뒤에서 아쉽다는 듯 이야기했다. 햇빛은 부끄러움의 폭탄이 얼굴에서 터지는 기분이었다.

갑자기 내가 왜 이러지? 아까 알몸으로 그와 몸을 맞댔을 때도 괜찮았는데.

햇빛이 화끈거리는 뺨을 손으로 만지작거릴 때 아서는 욕실로 가더니 문 근처에 떨어져 있는 바지를 입고 나왔다. 물기가 묻었긴 하지만 축축하진 않은 모양이었다.

"옷, 다림질해 줄까요?"

"아니야. 운전기사더러 새 옷을 가져오라고 하면 돼. 자, 썬샤인. 식사하자. 식사를 하고 자야 해. 안 그러면 내일 아침에 허기가 져서 힘들 거야."

아서는 운전기사에게 휴대전화로 문자를 보내더니 바닥에 떨어진 갈색 봉투를 들고 식탁으로 왔다. 수건으로 어느 정도 닦았지만 머리카락은 물기에 아직 젖은 상태인데다가 벗은 상체에는 군데군데 물방울이 묻어 있기에 아서는 더없이 섹시했다.

햇빛은 넋이 나간 눈빛을 들키지 않기 위해 아서가 사온 수프를 먹을 때도 고개를 들지 않았다. 아서는 그녀의 감정을 눈치챘는지 빙글빙글 웃고만 있었다.

"자, 양치하고 와. 재워줄게."

아서는 어린아이를 타이르듯 말하면서 햇빛의 머리카락을 슥슥 쓰다듬었다. 햇빛은 양치를 한 뒤에도, 침대에 가서 누울 때도 계속 그를 흘겨보았다. 아서는 여전히 웃고 있을 따름이었다.

"나의 썬샤인, 자장가 불러줄까?"

"됐어요!"

"그럼 어서 코, 하고 자."

햇빛은 이번에는 그를 정말로 노려보았으나, 아서는 전혀 신경 쓰지 않았다. 결국 햇빛이 두 손을 들고야 말았다. 그녀는 툴툴거리면서 눈을 감았다.

쉽게 잠들지 못할 줄 알았다. 최면에다가 악몽, 거기다가 아서와……. 그러나 예상치 못한 큰일을 여럿 겪어서 그런지, 한순간에 햇빛은 깊고 깊은 수면 속으로 미끄러지듯 들어가게 되었다.

햇빛이 고르게 호흡을 하면서 악몽이 없는 세상으로 들어가고 얼마 뒤였다. 그녀를 쳐다보고 있는 남자, 아서는 언제 웃었냐는 듯 얼굴에서 미소를 완전히 지웠다. 이제 그는 섹시한 바람둥이이자 망나니인 이스트맥 백작 가문의 아서 칼켄트가 아니라 더없이 냉정하고 진중한 또 다른 존재가 된 상태였다.

그런 아서의 얼굴에 시니컬하고 냉혹한 미소가 떠올랐다. 그는 다시금 맹세했다.

잡아낼 것이다. 그럴 것이다. 수단과 방법을 가리지 않고 그럴 것이다, 반드시!

현관문에 노크 소리가 울렸다. 아서는 손등에 푸른 힘줄이 보일 만큼 주먹을 꽉 쥔 그대로 자리에서 일어났다. 운전기사이자 파트너인 조지가 봉투를 건네주었다. 조지가 어떤 표정일지 뻔하기 때문에 아서는 친구의 얼굴을 쳐다보지도 않았다.

아서는 봉투만 받아서 다시 집으로 들어가 말없이 슈트를 입은 뒤, 물에 젖은 옷을 봉투에 구겨 넣었다. 몇 분 뒤 집 밖으로 나가면서 그는 침대에 평화롭게 잠들어 있는 햇빛을 돌아보지 않았다. 아니, 아예 머릿속으로도 생각하지 않으려고 노력했다. 아서는 그럴 수밖에 없었다.

아서의 말은 옳았다.

다음날 새벽, 평소처럼 여섯 시에 눈을 뜬 햇빛은 처음에는 기분이 좋았다. 악몽을 꾸지 않고 아주 깊게 잔 터라 상쾌하기 그지없었기 때문이다. 그러나 일어난 그 순간, 근육통이 장대비처럼 온몸에 꽂혔다.

「헉!」

햇빛은 짧게 신음을 내지를 수밖에 없었다. 조깅을 처음 시작한 날, 달리는 게 예상보다 훨씬 기분 좋아서 무리해서 많이 뛰었다가 다음날 아침에 근육통의 습격을 받았었다. 하지만 지금과 비교하자면 그때의 것은 아무것도 아니었다.

「아우, 아우.」

햇빛은 앓는 소리를 줄줄 내뱉었다. 그러면서 가만히 앉아 있자 서서히 근육통은 가셨다. 한참 뒤, 햇빛은 조심스럽게 움직여 보았다. 참을 만하다 싶은 마음이 들었으나 다리 사이는 정말 아팠다.

대체 왜 이러지? 아.

햇빛은 바로 기억해 냈다. 온몸의 체온이 달아오르면서 어젯밤의 기억이 빠르게 시야를 메웠다. 욕망으로 타오르던 뜨거운 눈빛. 그녀의 맨가슴을 자기 것인 양 당연하게, 그러나 너무 거칠지 않게 애무하던 아름다운 손. 그녀의 숲을 보드랍게 매만지다가 능숙하고 정확하게 쾌락을 선사한 손가락.

더없이 좋았다.

뭇 사람들이 섹스를 중요하게 여기는 이유를 햇빛은 그제야 확실하게 이해할 수 있었다. 처음에 그가 급하게 들어왔을 때를 제외하고, 그 뒤부터는 전부 좋았다.

그게 오르가즘이었나?

온몸이 끝없이 간지럽기도 하고, 빠르게 뜨거워져서 불꽃이 되는 느낌이었다. 그러다가 버튼을 누른 것처럼 한 번에 뭔가가 폭발했었다.

아니, 이 묘사는 정확한 게 아닐 것이다. 잘 기억나지 않으니까. 세상 전체가 유리창에 성에가 낀 것처럼 뿌연 느낌이었다. 정확하게 다 보인 건 아니었다. 분명한 건, 대단히 환상적이었다는 것. 지금 당장에라도 다시 겪고 싶을 만큼.

그건 다 아서 덕분이리라. 아무리 정석적으로 하나가 된 게 아니라지만, 경험도 없는 그녀가 그 정도로 큰 쾌감을 느낄 수 있었던 건 그가 배려해 줬기 때문이니까.

정말 다정한 남자.

갈수록 좋아졌다. 그만큼 매력적이었다. 단순히 그녀를 매만져서 쾌락을 안겨다 주었다는 사실만이 아니라, 햇빛은 아서의 다른 부분도 좋았다. 잔근육으로 그득한 그의 알몸. 대단히 보기 좋았다. 그러나 더 환상적인 건, 그녀의 알몸에 닿은 그 느낌 자체였다. 돌처럼 단단한 것이 안전하게 보호해 주는 듯한 그 황홀한 기분.

아서와 영원을 약속한다면, 남은 평생 동안 그런 느낌 속에 살게 되는 걸까?

「으윽, 나 대체 무슨 생각을 하는 거야?」

햇빛은 발간 두 뺨을 살짝 때렸다. 겨우 하룻밤을 보내고 나서 결혼을 떠올리다니? 물론 아서가 결혼을 전제로 만나자고 했지만,

지금 생각하기엔 너무도 일렀다.

「다른 생각, 다른 생각을 하자. 으음, 오늘은 조깅을 쉬고……
파스가 있던가? 아냐, 타이레놀을 먹을까?」

햇빛은 결혼을 상상하는 스스로가 너무 황당해서 평소와는 달
리 혼잣말을 크게 중얼거리면서 천천히 바닥에 내려섰다. 욱신거
리는 근육통이 다시금 온몸을 습격했지만 햇빛은 신음을 참으며
움직였다.

책상 위에는 한국에서 가져온 약상자가 있었다. 햇빛은 가지런
하게 정돈되어 있는 여러 종류의 약 중에서 타이레놀을 선택했다.
다리 사이의 통증을 가라앉히기 위해서였다.

햇빛은 알약을 들고 냉장고로 걸음을 옮겼다가 다시 통증이 확
일자 실수로 약을 놓쳤다. 약은 데굴데굴 굴러가서 침대 밑으로
사라졌고, 햇빛은 통증과 실수 때문에 미간을 찌푸리며 몸을 숙였
다. 약이 어디로 갔는지 잘 보이질 않자 햇빛은 짧게 한숨을 내쉬
고는 몸을 더 숙여서 얼굴을 바닥에 가깝게 댔다. 약은 언제 저렇
게 굴러갔는지, 깊은 안쪽에 있었다.

햇빛은 손을 쭉 뻗어서 약을 잡았다. 막 꺼낼 때 무언가가 손끝
에 닿았다. 침대 밑에 붙어 있었던 어떤 것이었다.

손톱만 하게 작은 크기로, 검은색의 동그란 것이었다. 처음에는
자석인 줄 알았으나 눈앞으로 가져와서 자세히 살펴보니 한쪽 면
은 접착제가 발린 것처럼 살짝 끈적거리지만 반대편 면은 마치 마
이크처럼 보였다.

이건 뭐지?

햇빛은 잠시 쳐다보았으나 떠오르는 게 없었다. 아니, 뭔가 머릿속에 생각나기 전이었다. 휴대전화가 울렸다.

「꿍.」

햇빛은 저도 모르게 앓는 소리를 내며 휴대전화가 있는 테이블로 움직였다. 액정에는 아서의 번호가 떠 있었다. 햇빛은 목기침을 한 뒤 발그랗게 변한 얼굴로 통화 버튼을 눌렀다.

[안녕, 썬샤인. 잘 잤어?]

"네. 아서는요?"

[물론 난 잘 잤지. 썬샤인이 나오는 야한 꿈을 꿨거든.]

아서가 쾌활하게 웃는 소리가 이어서 들렸다. 햇빛은 열이 오른 얼굴을 식히기 위해 다른 손으로 부채를 만들어서 부쳤으나 소용없었다.

[몸은 좀 어때? 진통제를 먹어야 하지 않나?]

"음, 안 그래도 먹으려고요."

[사가지고 갈게.]

"아니에요. 집에 있어요."

말하고 나서 햇빛은 후회했다. 없다고 거짓말을 했다면, 아서를 빨리 볼 수 있었을 텐데.

[꼭 먹어. 알았지? 그리고 오늘 아르바이트도 무리하지 말고 쉬엄쉬엄 해. 그렇게 할 수 있지?]

다정하고 달콤한 목소리.

"네, 그렇게 할게요."

[말 잘 듣네. 귀여워라.]

아이 취급을 받는 기분이라 햇빛이 한마디 하려는 찰나, 아서가 빠르게 말을 꺼냈다.

[아참, 썬샤인, 오늘 저녁 데이트 때 잠깐 방해받을 것 같아. 경찰한테 말이야.]

"방해요? 경찰한테요?"

[맞아. 경찰한테 또 전화가 왔는데, 그 새로운 목격자에 대해서 몽타주를 작성하고 싶대. 우리가 식사할 때 잠깐 방문하겠대. 짜증 나지만, 부탁을 안 들어주면 계속 괴롭힐 것 같아서 일단 승낙했어. 괜찮지?]

아서는 짜증 난다는 티를 풀풀 내고 있었다. 햇빛은 그가 데이트를 방해받는다는 사실을 화내는 것 같아서, 그게 기뻤다.

"네, 괜찮아요."

[그래. 그럼 이따 봐. 수업 중에 내 생각하지 말고, 집중해. 알았지?]

그가 능글거리며 웃는 게 보였다. 햇빛은 알았다고 대답하며 통화를 끝냈다. 종료 버튼을 누르는 게 아쉬웠으나 아침부터 그의 목소리를 들었다는 사실이 기뻤다.

나, 이 남자를 정말 좋아하는구나.

햇빛은 점점 더 달아오르는 뺨을 만지작거리다가 다리 사이에 다시 통증을 느꼈다. 그녀는 부엌으로 갔고, 아까 침대 밑에서 발견한 것을 아직 손에 쥐고 있다는 사실을 알아차리고 식탁 위에 내려놓고는 서둘러 물과 약을 삼켰다.

약 기운이 돌려면 시간이 좀 걸릴 테지만 일단 먹고 나니 마음이 조금 놓였다. 햇빛은 천천히 욕실로 가서 뜨거운 물을 틀었다. 어젯밤의 기억이 생각나자 열이 오르는 가운데 샤워를 끝냈다. 그제야 몸이 좀 풀리는 기분이었다.

어제 아서가 식사를 챙겨줬음에도 상당히 허기가 졌다. 햇빛은 평소보다 더 아침 식사를 잘 챙겨 먹고 학교에 갈 준비를 서둘렀다. 현관문을 닫기 전, 그녀는 문이 잘 닫히는지 확인하기 위해 뒤돌아보았다. 닫히는 문틈 사이로 테이블 위에 있는 것이 보였다. 아까 침대 밑에서 꺼냈던 까맣고 조그만 것.

그러고 보니 저건 뭐지?

다시 생각해 보았으나 떠오르는 건 없었다. 몇 초 뒤, 햇빛은 '저것'의 존재를 까맣게 잊고 학교로 갔다. 다시는 이 집으로 돌아올 수 없다는 사실을 모른 채.

6

진통제 덕분에 근육통은 거의 가라앉았으나 다리 사이는 여전히 불편했다. 그렇다고 움직이는 게 힘들 정도는 아니지만, 햇빛은 수업에 집중하기 어려웠다.

아서가 떠올랐기 때문이다. 지금 불편한 그 부분을 능숙하게 애무했던…….

햇빛은 이맛살을 찌푸릴 수밖에 없었다.

대체 여자가 얼마나 많았기에, 얼마나 많은 여자와 잤기에 그렇게나 잘하는 걸까?

다른 여자에게도 똑같은 미소를 보여줬을 거라고 생각하니 갑자기 가슴속에서 열불이 치솟았다. 아니, 그 정도가 아니라 살의가 치밀 정도였다. 아서의 지난 여자들에게 그리고 아서에게.

"……썬샤인?"

옆자리의 동기가 어깨를 살짝 건드리자, 햇빛은 그제야 이상한 곳으로 치닫던 생각 속에서 깨어났다. 햇빛은 정신을 차리면서 동기의 얼굴을 쳐다보았다가 동기가 손끝으로 가리키는 대로 강의실의 앞문 쪽을 보았다.

열려 있는 문 앞에 두 명의 경찰관이 서 있었다. 그들의 이름은 떠오르지 않았으나 햇빛은 얼굴은 기억했다. 바로 어제, 닥터 앨리슨이 최면을 걸 때 같이 왔던 경찰들이었다.

"미즈 김, 짐을 가지고 나와주십시오."

두 명의 경찰 중 검은 머리의 풍채 좋은 경찰이 아주 정중하게 부탁했다. 연행하는 분위기는 아니었다. 오히려 그녀를 발견해서 기뻐하고 안도하는 느낌이랄까, 그런 게 느껴졌다. 하지만 당황스럽긴 매한가지였다.

햇빛은 동기들과 교수의 걱정하는 시선 속에서 일단 가방을 챙겨 뒷문을 통해 강의실 밖으로 나갔다. 경찰 두 명은 서둘러 달려와 보호하듯 햇빛의 앞과 옆에 섰다. 햇빛은 여전히 당황스러웠다.

"저기, 무슨 일인가요?"

"일단 가면서 이야기를 하겠습니다."

햇빛은 고개를 저었다. 주변을 지나가는 십여 명의 학생들이 그녀와 경찰들을 의아하게 쳐다보고 있는 상황이었으나, 그녀는 가방을 꼭 쥔 채 걸음을 멈추고 물었다.

"무슨 일인지 말해주세요."

경찰 두 명은 서로 시선을 교환했고, 약간 망설이다가 검은 머리가 말했다.

"집이 폭발했습니다."

햇빛은 처음에는 잘못 들은 줄 알았다. 그녀는 잠시 동안 눈만 깜빡였다가 물었다.

"뭐라고요? 뭐가 폭발해요?"

"미즈 김의 집이 약 20분 전에 폭발했습니다. 동네 주민이 신고 했고, 확인되었습니다. 그래서 저희가 미즈 김을 모시러 온 겁니다."

집이 폭발했다고? 집이? 내가 가스밸브를 안 잠갔나? 아니야, 인덕션 레인지니까 가스가 없지? 그럼 대체 왜지? 대체 왜?

갑자기 품속의 가방이 돌덩이로 변하기라도 한 듯 무거워졌다. 아니, 온몸에서 힘이 빠진 탓이리라. 햇빛은 가방이든 뭐든 집어 던지고 집으로 달려가고 싶었다. 하지만 집은 이제 없다.

폭발했다. 폭발해 버렸다.

"대체 왜 그런 거죠? 왜?"

"저희도 알 수 없습니다만, 아무래도…….."

경찰은 곤란한 듯 다 말하지 않고 끝을 흐렸다. 순간 햇빛의 머릿속을 화살처럼 꿰뚫고 지나가는 게 있었다.

"설마…… 내가 목격자라서 그런 건가요? 그런 건가요?"

경찰들은 말은 하지 않았으나 표정을 보고 햇빛은 답을 알 수 있었다. 그때였다.

"썬샤인!"

낯익은 목소리와 함께 누군가가 헐레벌떡 뛰어오는 소리가 들렸다. 온몸이 충격으로 떨리고 있었으나 햇빛은 자석에 이끌리듯 즉각 고개를 돌렸다. 아서가 다급한 표정으로 달려오고 있었다.

햇빛이 가방을 떨어뜨린 그 순간, 아서는 그녀를 온몸으로 끌어안았다. 빠르게 달려온 가속도 때문에 순간 온몸이 흔들렸고 아팠으나 그 충격이 젤리처럼 흐물거리던 햇빛의 정신을 일깨웠다.

아서가 내 곁으로 왔다!

"썬샤인, 나의 썬샤인."

아서는 그녀를 품에 꼭 껴안은 채 손으로 등을 위아래로 연신 쓸었다. 귓가에 와 닿는 목소리는 더없이 보드라웠다. 안도감이 햇빛의 온몸을 단단하게 감쌌다.

"계속 수업을 듣고 있었던 거지?"

햇빛은 안긴 채로 고개만 끄덕거렸다.

"안 다쳐서 다행이야. 썬샤인, 혹시 집에 중요한 게 있었어?"

"모, 모르겠어요. 기억이 잘 안 나요."

안도감은 너무도 커서 아찔할 정도였다. 아서의 품은 너무도 따듯하고, 돌처럼 단단한 근육 덕분에 강력했다. 안전하게 보호받는 기분. 그래서 햇빛은 사악한 누군가가 자신을 노린다는 사실 때문에 파도처럼 일어난 두려움을 한순간 흘려 버릴 수 있었다.

"일단, 내 집으로 가지."

"네?"

"썬샤인의 집이 정리가 되려면 시간이 걸릴 거야. 정리가 될지…… 사실 잘 모르겠지만, 일단 내 집으로 가자."

"안, 안 돼요!"

아서는 끌어안았던 손을 그제야 풀고 그녀를 내려다보았다.

"어째서?"

"날, 날 노리는 거라고 했어요. 나랑 있으면 아서도……."

아서의 눈이 순간 크게 뒤흔들렸다. 생전 상상도 못한 말을 들은 양 얼굴이 멍하게 변한 건 물론이었다. 햇빛은 조심스럽게 손을 올려 그의 뺨에 댔다.

"아서?"

"당신은, 썬샤인, 당신은 정말……."

아서는 말을 더 하지 못하고 입을 다문 뒤 그녀를 다시 끌어안았다. 아까보다 더 거센 힘이었다. 숨이 턱 막힐 정도로 아주 강했으나 햇빛은 그 사실이 반가웠다. 그의 품에 안겨 있는 건 안전하게 보호받는 느낌이니까. 하지만 아서의 품에 얼굴을 묻은지라 그의 표정을 보지 못하는 건 싫었다.

"……썬샤인, 난 괜찮아. 내 집으로 가지. 안전할 거야."

아서는 잠시 햇빛을 끌어안은 채 침묵을 지키더니, 한참 뒤에 입을 다시 열고 그녀를 풀어주었다. 햇빛이 싫다고 다시 말하기 전 아서는 단호하게 고개를 저었다.

"우리 가문 경호원들이 있으니까 걱정 안 해도 돼. 그리고 내 집은 좀 특별하거든. 안심할 수 있어."

그냥 하는 말일 수도 있지만 거짓말 같지도 않았다. 그러나 햇빛은 망설일 수밖에 없었다. 그러자 아서가 그녀의 손을 꼭 잡고 깍지를 끼더니 경찰들에게 통보했다.

"내가 데려가지요."

아주 냉정하고도 오만한, 아니, 거만한 목소리였다. 유서 깊은 백작 가문의 일원다운 힘이 뿜어져 나왔다. 경찰들은 고개를 끄덕이더니 정중하게 이런 말을 꺼냈다.

"범인을 잡으려면 몽타주를 작성해야 합니다."

"썬샤인, 경찰서에 먼저 들르는 게 어때? 그러고 나서 쉬자. 그게 좋지?"

햇빛은 아서가 상냥한 목소리대로 내뱉은 제안에 고개를 끄덕였다. 곧 그녀는 아서의 차를 타고 경찰서로 가게 되었다. 그 뒤로도 정신이 없었다. 경찰서에 간 것도 그렇고, 가서 몽타주 전문가라는 사람과 계속 대화를 나누면서 목격자로 추정되는 사람의 얼굴을 대략적으로 완성하는 것도 생전 처음이라 힘들기 그지없었다.

몽타주 전문가의 솜씨가 워낙 뛰어난지라 협조하는 게 어려운 건 아니었다. 그러나 햇빛은 소란스러우면서도 번잡한 경찰서에 머무르는 것 자체가 짜증 나고 지쳤다. 아니, 누군가 사악한 사람에 의해 집이 폭발됐다는 소식을 들은 것부터가 견딜 수 없는 일이었다. 갈수록 더 힘들었다.

"수고했어."

잠시 경찰들과 이야기를 나누는 것 같았으나 내내 햇빛의 시야 안에 서 있던 아서는 몽타주 작성이 끝나자마자 햇빛을 꼭 끌어안고는 이마에 입술을 눌렀다. 다정하기 그지없는 남자의 품속에서 햇빛은 길고 긴 한숨을 내쉬었다. 아서는 그녀의 양쪽 뺨에 입을 맞춘 뒤 밖으로 데려가 차에 다시 태웠다.

"피곤하지? 자."

아서는 햇빛의 머리를 허벅지 위에 올렸다. 그의 허벅지는 단단
하고 두꺼웠으나 아서가 슈트 재킷을 뭉쳐서 밑에 깔아준 덕분에
햇빛은 목이 아프지 않았다. 상냥한 배려에 햇빛은 눈을 감았다.
긴장감과 피로로 뻣뻣해진 몸이 노곤해지면서 그녀는 꿈 없는 잠
속에 빠졌다. 아서가 참을 수 없는 분노 때문에 주먹을 부르르 떠
는 것을 알지 못한 채.

"썬샤인."

실크처럼 매끄럽고 장미처럼 유혹적인 목소리였다. 햇빛은 속
눈썹을 파르르 떨면서 깨어났다. 아서가 미소 지은 채 그녀를 내
려다보고 있었다. 그의 눈웃음은 보는 이가 녹아내릴 것처럼 환상
적이었다.

깨어나자마자 이런 걸 보게 되다니.

순간 햇빛은 자신이 행운아라는 생각을 했다. 이렇게나 잘생기
고 매력적인 남자에게 사랑받고 있다니.

"고마워요."

"응?"

"날 발견해 주고, 이렇게 잘해줘서요."

아서의 환상적인 미소가 찰나의 순간 얼어붙은 것 같았다. 그러
나 그가 곧 그녀에게 뜨겁게 키스를 퍼부었기에 햇빛은 자신이 잘
못 봤다고 생각하게 되었다.

"썬샤인, 난 당신한테 별로 잘해주지 못했어."

긴 키스가 끝난 뒤, 아서가 코앞에서 속삭였다. 햇빛은 그의 매끈한 뺨을 매만졌다.

"아니에요. 충분히, 아니, 넘치도록 잘해주고 있는걸요."

아서는 그의 오른쪽 뺨과 그녀의 왼쪽 뺨을 맞댔다. 그래서 햇빛은 그의 표정을 보지 못했다. 아서가 그녀의 귀에 대고 사악하게 속삭였다.

"아니야. 아직 혀로 안 해줬는걸?"

햇빛이 얼굴을 새빨갛게 물들이자 아서는 고개를 들었다. 그녀는 그가 사랑스러운 것을 보는 눈빛으로 자신을 바라본다는 것을 알아차렸다.

"내가 그렇게 예뻐요?"

햇빛은 귀로 들은 다음에야 자신이 무슨 말을 했는지 깨달았다. 부끄럽기 그지없는 발언이라는 사실을 깨닫기 전, 아서는 빙그러니 웃으며 고개를 끄덕였다.

"정말 예뻐."

"거, 거짓말. 여자 많았다면서요. 나보다 훨씬 예쁘고 몸매 좋고, 집안 좋은 여자들도 만났을 거 아니에요?"

"맞아. 그런 여자들을 많이 만났어. 그 사실을 부정하진 않겠어."

햇빛이 거대한 질투심의 칼날에 꿰뚫리기 전 아서가 빠르게 이어 말했다.

"하지만 그들은 지금의 내가 후회하는 과거일 뿐이고, 그들 가운데 내가 특별하게 생각한 여자는 없어. 그 여자들도 나를 진심으로 생각하지 않았지. 그들에게 나는 그저 백작의 후계자이자 부자이고 섹스만 잘하는 남자일 뿐이니까. 당신은 내가 결혼을 전제로 만나자고 하자 바로 승낙하지 않았지. 다른 여자들이라면 즉각 날 시청으로 끌고 가서 결혼한 뒤, 그다음부터 내 돈을 펑펑 썼을 거야. 그리고 백작부인이 되고자 온갖 수작을 부렸겠지. 그러나 당신은 아니야. 그런 여자들과 달라. 이스트맥 백작 가문의 후계자가 아니라 아서 칼켄트 자체로만 나를 바라봐. 당신처럼 나를 한 인간 자체로만 보는 여자는 없었어. 진심으로 나를 걱정하고, 진정으로 나를 생각하는 여자는 앞으로도 없을 거야."

그의 길고 긴 말은 가을날의 쓸쓸함으로 그득했다. 그러나 햇빛에게 고정되어 있는 눈빛은 여름날의 태양처럼 더없이 강렬했다.

"그래서…… 후회하고 있어. 당신은 특별하니까. 내 인생에서 유일한 여자니까. 당신을 다르게 만났어야 했는데……. 그런 식으로는 아닌데……."

아서는 한 손을 심장 위에 올리더니 눈을 질끈 감았다. 마치, 해서는 안 되는 짓을 한 사람처럼 보였다. 돌이킬 수 없는 실수를 저질러 놓고, 해결책을 찾지 못한 채 뒤늦게 후회하는 것 같기도 했다.

햇빛은 뭔가 이상하다는 생각이 들었다. 하지만 그가 괴로워하는 모습은 더 보고 싶지 않았다. 그녀는 서둘러 위로하듯 말했다.

"첫 만남도 아주 나쁘진 않았어요."

적당히 놀고먹는 바람둥이로 보였고, 갑작스러운 키스와 오만한 태도가 거슬리긴 했다. 그러나 최악은 아니었다.

"내겐, 나빴어. 하지만 이미 지나간 일이지……."

아서는 아주 작은 목소리로 읊조리고는 눈을 떴다. 그는 언제 후회의 말을 내뱉었냐는 듯 다정하게 미소 지으며 농염하게 속삭였다.

"당신은 특별해. 내게, 유일해. 진심이야."

햇빛은 여름의 뜨거운 태양에 노출된 눈사람처럼 그대로 녹아내릴 것 같았다. 아니, 흐물거리던 온몸에 순식간에 다른 것이 들어찼다.

흥분.

햇빛은 아서의 어깨를 잡고 밀었다. 아서는 순순히 그녀의 뜻대로 움직여 침대에 누웠다. 그리고 그녀는 그의 허리에 걸터앉아 내려다보았다.

새하얀 침대에 누워 있는 새까만 머리카락과 눈동자의 남자는 더없이 섹시했다. 한꺼번에 잡아먹고 싶을 정도로.

내가 이 남자를 가질 수 있을까?

햇빛은 그의 다리 사이에 엉덩이를 대고는 옆으로 살짝 문질러보았다. 그러자 그의 그것이 꿈틀거리며 깨어나기 시작했다. 그녀는 그것이 힘차게 존재감을 발휘하는 모습을 다시 보고 싶었다. 만지고픈 건 물론이었다. 하지만 이 순간 차오른 욕망을 그대로 풀어놓을 수는 없을 듯싶었다. 제대로 된 방법을 알지 못하기 때문이었다. 더군다나…….

꼬르륵.

눈을 뜬 순간부터 심한 공복기가 느껴졌는데, 복부에서 소리까지 났다. 햇빛은 화들짝 놀라 서둘러 아서의 몸 위에서 내려왔다. 아서의 웃음소리가 등 뒤에 짧게 울렸다.

"그래, 식사가 우선이야. 힘이 있어야 섹스를 하지."

어째서 사랑을 나눈다고 표현하지 않고 섹스라고 하지?

순간 그 사실이 불만이었으나 햇빛은 다시금 꼬르륵 소리가 울리자 거기에 집중했다. 그녀는 두 손으로 복부를 누르고는 방 밖으로 일단 나갔다.

온통 새하얀 공간은 최고급 호텔의 스위트룸 분위기였다. 거실과 부엌에 여섯 개의 방이 딸려 있는데, 언뜻 보기에도 크기가 상당해 보였다. 언뜻 하얀색으로 보이는 연한 아이보리색의 벽지는 물론 사이사이에 배치되어 있는 짙은 갈색의 여러 가구는 단순하면서도 매끄러운 느낌이 났다. 그림이나 화병 같은 장식은 일체 없었는데, 그렇다고 삭막해 보이는 건 결코 아니었다. 침실에서 나오면 바로 보이는 한 면의 벽 대부분이 투명한 유리창이기 때문이었다.

햇빛은 저도 모르게 감탄의 뜻으로 입을 살짝 벌리며 벽으로 다가갔다. 가까이에서 보니, 단순히 유리창인 것 같지는 않았다. 언뜻 푸르스름한 느낌이 들기 때문이었다. 그러나 외부에 펼쳐진 바다는 선명하게 보였다.

바다는 연한 푸른색의 하늘보다 더 진한 푸른색이었다. 함께 움직이는 새하얀 색의 파도 덕분에 광대한 아름다움이 드러나는 빛깔. 실내는 조용했으나 햇빛은 두 귀에 파도 소리가 직접 울리는 것 같은 착각이 들었다.

저도 모르게 느슨한 미소를 지으며 창문 코앞까지 다가간 햇빛은 밑을 내려다보았다가 깜짝 놀라고야 말았다. 몇 미터 너머에 절벽이 펼쳐져 있었기 때문이다. 바다를 위에서 아래로 내려다보는 느낌이 든 건 이런 이유가 있었다.

　"아서, 여긴 어디예요?"

　"도버(Dover) 해협이야."

　아서는 지평선이 있어야 할 자리에 있는 것을 가리켰다. 저 멀리에 자리한 긴 육지.

　"저긴 프랑스 칼레(Calais)이고."

　"어떻게 여기까지 왔어요?"

　"차로 왔지."

　아서는 햇빛의 입술에 쪽 소리나게 키스하고는 의자를 가져와 창문 앞에 두었다.

　"아직 피곤할 텐데 앉아서 구경해. 잠깐만 기다려. 곧 식사 만들어줄게."

　"네, 고마워요."

　햇빛은 아서의 배려에 감사해하며 앉아서 바다를 바라보았다. 끝없이 펼쳐진 바다는 사실 무서웠다. 이전에는 안 그랬으나, 언니의 일이 있은 뒤로는 물이 너무 많은 장소는 싫었다. 그래서 한국을 떠난 뒤로 바다는 일부러 피했었다.

　그러나 끝이 아니라 대륙이 보이는 이 장소는 마음에 쏙 들었다. 완전한 종결이 아니라 새로운 시작을 의미하는 것 같다고나 할까. 그렇다고 나가서 바다 특유의 짠 냄새를 맡거나 발을 담그

고픈 건 아니지만.

"썬샤인, 준비 다 됐어."

햇빛은 아서가 부르자 일어나서 부엌으로 갔다. 부엌은 심플하고 깔끔한 느낌의 거실과 같았다. 냉장고가 굉장히 크다는 점을 제외하면 다른 부엌과 다른 건 없었는데, 관리가 잘되는지 어디든 반짝반짝한 느낌이 드는 건 깨끗해서 좋아 보였다.

"간단하게 만들어봤어."

엷은 갈색의 식탁 위에는 오렌지주스와 블루치즈가 첨가된 버섯샐러드, 마늘과 베이컨이 들어간 오일스파게티가 있었다. 모두 상당히 그럴듯해 보였다.

"와, 맛있어요."

모양이나 냄새만큼이나 맛도 아주 좋았다. 식사 후 햇빛은 활짝 웃으며 칭찬했고, 아서는 빙그러니 웃었다.

"요리, 정말 잘하네요."

"배웠어."

"정말요?"

아서가 앞치마를 두른 채 누군가에게 교육받는 모습은 상상이 잘 가질 않았다.

"본가, 그러니까 칼켄트 저택에 메이라고, 가족 같은 사람이 있는데 어렸을 때 내가 밤에 잠을 못 자니까 요리를 가르쳐 줬어."

햇빛은 메이라는 사람이 궁금했으나 다른 부분이 마음에 걸렸다.

"아서, 밤에 잘 못 자요?"

"잠이 좀 적은 편이야. 하루에 다섯 시간도 안 자."

"힘들지 않나요?"

"괜찮아. 이게 익숙해서 말이야."

햇빛은 걱정이 안 되는 건 아니었으나 아서가 정말 아무렇지도 않게 말했기에 고개를 끄덕이며 넘겼다.

"아서, 여긴 어딘가요? 아서의 별장인가요?"

최고급 호텔 같은 분위기였으나 바다가 보이는 절벽 위라는 점을 생각하면 별장에 더 가까운 것 같았다.

"아니. 모르는 사람의 별장이야. 안전가옥으로 쓴다고 하더라고."

"안전가옥이오?"

생각하고 싶지 않아서 미뤄놓았던 것이 수면 위로 구체화되었다. 악당이 집을 폭발시켰다는 사실. 아마도 그녀의 목숨을 노리기 때문이라는 것. 햇빛은 온몸을 살짝 떨었다.

"내 집으로 데려가려고 했는데, 경찰 말로는 범인을 잡기 전까지 안전가옥에 있는 게 좋을 거라고 했어. 아무도 모르는 곳이기도 하고 방비도 철저하대. 폭탄이 떨어져도 끄떡없다고 하더라. 지하실에는 몇 달 치 음식은 물론 총기도 있대."

"총, 총기요?"

"걱정 마. 사용할 일은 없을 테니까. 만약 누군가가 반경 1㎞ 안에 접근한다면 5분 내에 무장 헬기가 올 거야. 그리고 총기를 사용할 일이 생기더라도 걱정 마. 내가 쓸 줄 알아. 군대에 다녀왔거든."

햇빛이 알기로 영국은 모병제인 터라 본인의 지원이 있어야 했다. 섹시하고도 나른한 분위기의 아서는 군대에 자원할 타입으로 보이지 않는지라 햇빛은 약간 놀랐다. 아서는 그녀에게 씩 웃어주더니 어쩔 수 없이 갔다는 투로 말했다.

"안 어울리지? 우리 가문은 후계자를 제외한 다른 남자는 군대에 3년간 봉사해야 하거든. 그래서 다녀왔어."

"역시 책임감이 강하네요."

"이런 말을 하면 내 이미지가 나빠지겠지만, 사실을 말할게. 해야 되는 일이라서 한 것뿐이야."

햇빛은 고개를 저었다.

"해야 되는 일이라서 하는 것 자체가 책임감이 강하다는 뜻이에요. 아무리 가문의 관례라지만 3년이나 복무하다니, 그건 보통 일이 아니잖아요. 일반 부대였어요?"

아서는 잠깐 망설였으나 답을 주었다.

"아니, 해병대였어."

"영국은 섬나라니까 해병대가 가장 주력인 거죠? 다른 부대보다 힘들다는 뜻이고요. 그런 곳에서 3년이나 복무하는 건 진짜 힘들었을 텐데…… 대단해요."

아서는 묘한 눈빛으로 햇빛을 바라보았다.

"당신 말을 들으면 난 정말 대단한 존재 같아. 다른 사람도 잘 돕고 책임감도 강하고. 뭐, 그런 사람 말이야. 아무도 그렇게 보지 않는데 말이야. 난 망나니거든."

아서는 '망나니'라는 말을 아무렇지도 않게 내뱉었으나, 햇빛은 순간 그가 미간을 찌푸리는 것을 목격했다. 사실은 아주 싫어하는 게 분명했다.

아서를 처음 만났던 날, 화장실에서 본의 아니게 엿들은 두 여자의 대화에 의하면 그는 확실히 망나니로 보이게끔 행동하는 모양이었다. 하지만 햇빛이 생각하기엔 그렇지 않았다.

정말로 망나니라면 의무 따윈 모른 척하리라. 그러나 아서 칼켄트는 겉으로는 엉망으로 보일지 몰라도, 실제로는 모든 의무를 수행하는 사람이었다.

이 남자는 망나니가 아니다. 햇빛은 확신했다.

"그건 사실이잖아요. 우리가 만난 지 얼마 되지 않았고 내가 아서를 잘 아는 건 아니지만, 난 아서가 그런 사람이라고 생각해요. 용감하기도 하고요. 지금 상황만 해도 그 증거잖아요."

"지금 상황?"

"내가 목격자라는 사실 때문에…… 그래서 집이 그렇게 된 거…… 맞죠?"

아서는 차가운 표정으로 천천히 고개를 끄덕였다. 집을 다시 떠올리니 온몸이 차가워지는 기분이었으나 햇빛은 냉기를 떨치며 부드럽게 말했다.

"아서는 내게 진심이라고 했지만, 마음과는 상관없이 아서가 용기가 없거나 무책임한 성격이라면 날 이리로 데려와서 보호해주진 않았을 거예요."

햇빛은 손을 뻗어 아서의 손등 위에 얹었다. 손등 뼈가 거칠지만 그의 손등은 매끄럽고 따뜻했다. 그녀는 활짝 웃으면서 진심을 다해 말했다.

"정말 고마워요."

"당신은……."

아서는 예상 밖의 눈빛으로 그녀를 바라보았다. 열렬한 사랑을 고백하는 것 같기도 하고, 더없이 미안한 마음을 어쩔 줄 몰라 하는 것 같기도 했다.

어째서 이런 복잡한 눈빛일까? 그냥, 내가 잘못 읽은 걸까?

"정말 다정한 여자야. 특별해."

아서는 한참 뒤에야 기침으로 목을 가다듬고는 말을 이었다.

"당신과 함께 있다 보면 세상이 밝아 보여. 그래서……."

햇빛은 기다렸다. 아서는 한참 뒤에, 혼잣말을 하듯 조용하게 내뱉었다.

"행복해."

내뱉은 뒤, 아서는 눈을 감았다. 그의 입술에서 길고 긴 한숨이 흘러나온 건 물론이었다. 햇빛은 뭔가 이상하다는 것을 확실하게 깨달았다. 그러자 아서는 이런 말을 했다.

"그런 느낌 알아? 너무 행복해서, 이 행복이 유리처럼 산산이 부서질지도 모른다는 불안감 말이야. 그런 느낌이 가끔 들어."

그런 걸 느낀 적은 없으나, 햇빛은 그의 말뜻이 무엇인지 알 수 있었다.

그 악당 때문에 날 잃을까 봐 두려운 거구나.

햇빛은 아서가 왜 이상한 반응을 보이는지 그제야 이해했다. 그녀는 고개를 끄덕였고, 아서는 복잡한 감정을 털어내듯 한숨을 쉬더니 눈을 떴다.

"썬샤인, 안전을 위해 당분간 이곳에 있어야 해."

"범인을 잡을 때까지 그래야 하는 거죠?"

"맞아. 하지만 너무 걱정하지 않아도 돼. 오래 걸리진 않을 거야. 몽타주도 만들어졌으니까."

햇빛은 경찰서에서 전문가의 도움을 받아 완성한 몽타주를 떠올렸다. 전문가는 역시 전문가인지, 그녀가 최면에 걸렸을 때 본 것을 똑같이 그렸었다.

턱과 광대뼈는 약간 각이 졌고, 갈색의 짧은 머리카락과 까만 눈동자를 가진 사람. 영국 어디서나 흔히 볼 수 있는 남자였다.

"그 사람을 찾을 수 있을까요? 별다른 특징은 없던데……. 그리고 그 사람은 목격자잖아요."

아서는 잠시 고민하는 눈치였으나 말을 해주었다.

"경찰은 목격자가 아니라 범인으로 생각하는 모양이더라고."

"내가 최면에 걸렸을 때는…… 아서를 걱정하는 것 같았는데요?"

"그건 잘못 봤을 수도 있으니까. 경찰은 그렇게 생각하더군. 처음에는 당신 생각처럼 목격자로 취급했지만, 생각이 달라진 모양이야. 어쨌든 썬샤인, 사건에 대해서 너무 자세하게 생각하지 마. 그건 경찰이 처리할 일이지. 더군다나 아직 충격이 가라앉지 않았잖아."

"하지만 알고 싶어요. 누가 내 집을 그렇게 했는지……. 그런데 날 노린 건데 어째서 내가 없을 때 집을 폭파한 걸까요?"

내가 집에 머물렀을 때 폭파했다면…….

상상만 해도 소름 끼치긴 했다. 햇빛은 저도 모르게 몸을 움츠렸고, 아서는 그녀의 손을 꼭 틀어쥐었다.

"실수로 내가 없을 때 폭파한 걸까요?"

"그건 모르지. 내가 아는 건 말이야, 당신이 무사하다는 것. 그거 하나야. 정말 다행이지. 썬샤인, 더 생각하지 마. 난 당신이…… 그렇게 떠나 버릴 수도 있었다는 걸 생각만 하면 끔찍해."

아서는 간절한 표정으로 부탁하고 있었다. 햇빛은 결국 더 생각하지 않겠다는 뜻으로 고개를 끄덕일 수밖에 없었다. 그러나 뭔가 모르게 명쾌하지 않은 기분이었다. 책을 다 읽지 않고 중간에 덮은 느낌.

"썬샤인."

아서는 엄지로 그녀의 손등을 천천히 쓸기 시작했다. 어두운 생각은 사라지고, 짜릿한 감촉이 시작되었다.

"배 다 채웠지?"

햇빛은 고개를 끄덕였으나, 곧 서둘러 말했다.

"저기, 양, 양치 좀요."

"그래, 양치해. 누가 뭐래?"

아서는 방긋 웃었고, 햇빛은 다시 그가 자신을 놀린다는 것을 깨달았다. 그녀는 잽싸게 일어나서 근처의 문을 열었다.

"거긴 서재야."

"욕실은 어디— 꺅!"

아서가 뒤에서 그녀를 안아 들었다. 햇빛은 반사적으로 그의 목에 두 팔을 감았고, 아서는 고개를 살짝 움직여 그녀의 뺨에 쪽 소리가 나게 뽀뽀했다.

"데려다 줄게."

"괜찮은데……."

햇빛은 말은 그렇게 했지만 아서가 안아주는 게 대단히 기분 좋았다. 안전하게 보호받는 느낌이 드니까. 물론 아서는 그녀를 보호해 주고 있긴 했다.

"아서, 괜찮아요? 일해야 하잖아요."

그녀의 경우도 문제긴 했다. 학교생활에다가 아르바이트를 해야 되는데 당분간 아무것도 못하게 된 것이니까. 하지만 아르바이트는 다시 구하면 되고, 학교는 재수강하면 될 터. 그런 그녀와 아서는 다를 것이다.

"비서에게 부탁해 놨어. 일을 아주 잘하는 사람이니까 걱정 마."

아서는 정말 괜찮다는 어조였으나 햇빛은 그저 미안할 뿐이었다. 고마운 마음도 컸다.

"아참, 마가렛에게 전화해야 해요. 아르바이트를 못 간다고요."

"이미 내가 연락해 놨어. 걱정하지 마."

정말 다정하고 섬세한 사람다웠다. 햇빛은 그에게 감사의 미소를 보여주었고, 아서는 사람이 아니라 깃털을 들고 있는 것처럼 전혀 힘들지 않은 표정으로 그녀를 욕실 안으로 데려갔다. 그는 그녀를 세면대 앞에 내려놓은 뒤, 칫솔에 치약을 묻혀서 건네주었다.

"나 어린아이 아니에요."

아서가 뜨거운 눈빛으로 그녀를 머리끝부터 발끝까지 훑어보며
답했다.

"알아. 그렇지. 잘 알아."

햇빛은 갑자기 더워졌다.

"나, 양치할 거니까 이만 나가줘요."

"나도 양치해야지."

아서는 옆으로 움직였다. 햇빛은 세면대 두 개가 연결되어 있는
것을 보고 깜짝 놀랐다. 영화에서나 보던 그런 시설이었다.

아서는 치약을 짜더니 양치를 시작했다. 그의 태도는 아주 자연
스러웠다. 햇빛도 양치를 시작했으나 약간 어색했다. 정석으로 하
나가 된 건 아니지만, 어쨌든 알몸으로 사랑까지 나눈 사이이긴
했다. 그러나 일상을 함께하는 건 뭐랄까, 연인이 아니라 그 이상
의 사이인 것 같았다. 예를 들어, 부부라든가.

"무슨 생각을 하기에 얼굴이 빨개질까?"

"내 얼굴, 안 빨개요!"

"누가 얼굴 빨개진 게 당신이래?"

아서는 오늘도 빙글빙글 웃을 따름이었고, 햇빛은 그를 흘겨보
았다.

"짓궂어요, 정말."

햇빛은 몸을 빙글 돌려 욕실에서 나갔다. 발걸음을 옮긴 곳은
바다를 볼 수 있는 창문 앞이었다. 그녀는 창문에 눈을 바싹 대고
안전가옥 옆을 살펴보았다. 절벽은 그야말로 까마득했는데, 특이
하게도 하얀색으로 보였다.

"신기하지? 석회암이야."

아서는 천천히 다가와 그녀의 등 뒤에 바싹 섰다. 햇빛은 아주 가까이 느껴지는 수컷의 존재감에 숨을 들이켰다.

"하얀 절벽(White Cliffs)이라고 불려. 사실 석회암 위에 집을 짓기 힘든데, 뭔가 특수한 방법으로 만들었다고 하더라."

약간 푸르스름한 유리창은 등 뒤에 있는 아서를 살짝 비추었다. 햇빛은 그가 고개를 숙여 자신의 목덜미에 숨을 훅 내쉬는 것을 본 뒤에야 인식했다. 뜨거운 숨결에 점령당하자, 목 뒤의 털이 오소소 곤두섰다. 햇빛은 저도 모르게 두 손바닥을 창가에 댔고, 아서는 뒤에서 그녀의 허리를 껴안은 손을 슬슬 위로 올렸다.

"이 안전가옥은 지하실도 있는데, 어떤 특수한 공법으로 지었는지 모르겠지만 대단해."

아서는 햇빛의 귓불을 살짝 깨물고는 귓속에 축축한 혀를 집어넣었다. 햇빛은 간지럽기도 했으나 갑자기 치솟은 흥분이 더 컸다.

"그렇지?"

아서가 무슨 말을 한 거지? 그래, 특수 공법 어쩌고.

"네, 그래요."

햇빛이 대충 고개를 끄덕이며 답하자 아서는 재미난 이야기를 들은 것처럼 웃더니 손을 더 올려 그녀의 두 가슴을 양손에 움켜쥐었다.

"특이하게도 이 절벽엔 울타리 같은 안전장치가 없어. 한마디로, 잘못하면 떨어지는 거야. 아주 위험해."

아서는 공포를 자아내려는 듯 음산하게 말했으나, 햇빛이 느끼는 감정은 공포와는 거리가 멀었다. 그는 공을 만지듯 옷 위로 햇빛의 가슴을 주물럭거리더니 곧 손을 옷 안으로 집어넣었다.

"그러니 본인이 주의해야 해."

아서는 아주 능숙했다. 햇빛이 눈을 한 번 깜빡하는 사이, 브래지어 등 뒤의 후크를 풀어버렸다. 곧 그의 거친 손바닥이 그녀의 벗은 가슴 전체를 쥐고 주무르기 시작했다. 마치 밀가루 반죽을 매만지는 것처럼, 아주 셌다.

"절벽 아래로 떨어지지 않으려면 말이야."

아서는 엄지와 검지로 뾰족하게 일어선 유두를 잡았다. 꼬집고 당기는 등, 여러 자극을 가하는 손짓은 그야말로 능수능란했다. 햇빛은 갈수록 호흡이 가빠졌을 뿐만 아니라 다리 사이가 젖어들었다. 아니, 너무도 흥분해서 그런지 단순히 젖는 게 아니라 고이는 느낌까지 들었다.

고였다가 흘러내리면 어쩌지? 아니, 팬티와 바지가 젖으면 어쩌지?

햇빛은 덜컥 걱정이 되었다. 그녀는 다급하게 부탁하듯 입을 열었다.

"아, 아서."

"말해."

햇빛은 다급하게, 부탁하듯 입을 열었다. 아서는 아무렇지도 않게 답하고는 역시 아무렇지도 않게 오른손을 내려서 그녀가 걸치고 있는 청바지의 단추를 풀었다. 햇빛은 화들짝 놀라고 말았으나, 눈 깜짝할 사이에 청바지는 엉덩이 밑으로 내려가고 아서의 손가락이 팬티 안으로 들어와 숲을 어루만지기 시작했다.

"아서!"

"말하라니깐."

아서는 이번에도 한 번에 햇빛의 클리토리스를 찾아냈다. 그의 중지는 조그만 그 부분을 톡 건드려서 햇빛을 감전시키더니, 좀 더 밑으로 움직였다. 흥건하게 고인 그녀의 안쪽에 깊게 넣었다가 바로 빼더니 미끌거리는 그 애액으로 클리토리스를 다시 매만졌다.

"아, 저기, 아서."

"그래, 말하라니깐."

아서는 햇빛의 새하얀 목덜미를 한껏 깨물고는 혀로 길게 핥았다. 그러면서도 손가락을 능숙하게 놀리는 건 물론이었다.

쾌락은 점점 커지고, 반대로 온몸에서 기운은 빠졌다. 햇빛은 창문에 대고 있는 손에 힘을 주었으나 다리가 갈수록 더 후들거리는지라 이제 서 있을 수가 없을 것 같았다.

"아서, 나, 나 못 서 있겠어요."

햇빛은 가쁜 호흡 속에서 간신히 한마디를 내뱉었다. 그러자 아서는 그녀의 허리를 붙잡아 그대로 그의 어깨에 짊어졌다.

아까까지 그렇게 탐스럽게 보였던 바다가 희뿌옇게 보일 정도로, 아니, 시야에 안 들어올 정도로 아서의 애무에 깊이 빠진 상황이었으나 햇빛은 짐짝처럼 그의 어깨에 얹히자 정신이 들었다.

"아서!"

"응, 그래."

아서는 평상시처럼 대답하고 있었으나 침대로 가는 걸음은 아주 빨랐다. 그러면서도 걷는 게 약간 불편한 것 같았는데, 햇빛은 처음에는 자신의 무게 때문인 줄 알았으나 그가 던지듯, 그러나 부드럽게 침대에 자신을 내려놓자 곧 정확한 이유를 알게 되었다. 아서의 걸음이 이상한 건 슈트 바지 앞부분에 불룩한 것 때문이었다.

그녀를 원한다는 분명한 증거.

아서는 하나씩 옷을 벗기 시작했다. 잔근육으로 그득한 그의 알몸이 드러날수록 햇빛은 온몸의 온도가 점점 더 끓어오르는 기분이었다. 특히 하늘로 우뚝 솟은 굵은 그것이 위용을 드러내자, 햇빛은 순간 아찔했다.

"레이디 썬샤인."

아서는 햇빛의 표정을 통해 느낌을 읽었는지, 이전보다 더욱 뜨거운 눈빛으로 침대로 다가왔다.

"옷을 너무 많이 입고 있군요. 제가 벗겨 드리지요."

햇빛은 아서의 손길을 거부하지 못했다. 아니, 받아들이다 못해 협조해 주었다. 아서가 셔츠와 풀어져서 헐렁거리는 브래지어를 빼낼 때 팔을 올렸고, 청바지와 팬티를 벗겨낼 때는 엉덩이도 들었다.

"레이디, 잊지 않으셨겠지요?"

아서는 그녀의 어깨를 붙잡아 침대에 등을 대고 눕게 만들었다. 그는 마치 하인이 귀족 가문의 레이디를 대하듯 말했으나, 눈빛은 가장 맛있는 초식동물을 코앞에 둔 육식동물의 그것이었다. 세상에서 가장 맛있는 먹잇감을 머리끝부터 발끝까지 뼈째 아작아작 씹어 먹고 싶어 하는 짐승.

"저는 손이 아니라 혀를 잘 쓴다는걸요."

아서는 햇빛의 온몸을 덮듯이 올라왔다. 그러나 무게를 느끼지 않도록 양쪽 손을 침대에 댄 채 그녀의 이마에 입술을 가볍게 댔다. 그의 입술은 그녀의 코끝까지 쭉 내려가더니 입술에 쪽 소리가 나게 키스할 때까지는 부드러웠다. 그러나 햇빛의 새하얀 목덜미를 길게 핥는 혀는 분명 탐욕스러웠다. 그녀의 둥근 어깨에 또렷한 자국이 남을 만큼 세게 깨무는 치아 또한 거칠었다.

그리고 아서는 말한 그대로였다. 그녀의 어깨를 핥았다가 쇄골 쪽으로 미끄러지는 혀는 그야말로 섬세하게 햇빛의 쾌감을 고조시켰다. 물론 그의 축축하고도 뜨거운 혀가 매만지는 건 단순히 그 부분만이 아니었다. 두 쇄골 중앙의 움푹 파인 부분을 핥더니, 위로 한껏 솟아오른 그녀의 분홍빛 유두를 톡 건드렸다.

그저 건드린 것에 불과했다. 그러나 햇빛에겐 너무도 자극적이었고, 그녀는 소리 없이 신음을 토하면서 고개를 뒤로 젖힐 수밖에 없었다. 온몸을 들썩거린 건 물론이었다.

"내 손 아래에서 이렇게 새하얀 알몸을 뒤트는 당신은."

아서는 그녀의 유두 바로 위에서 뜨거운 숨을 내쉬면서 나른하게, 그러나 짙은 목소리로 이어 말했다.

"정말로 자극적이야. 아, 내 손이 아니라 혀로군. 바로 이것 말이야."

아서는 혀로 햇빛의 유두를 다시 건드리고는, 그건 전초전에 불과했다는 듯 한입 가득 가슴 전체를 삼키고는 어린아이가 침을 흘렸던 사탕을 입에 문 것처럼 열심히 빨기 시작했다.

강한 힘으로 가슴을 빨아 먹는 소리가 생생하게 울렸다. 그러나 햇빛은 소리 자체보다는 그의 입이 선사하는 아플 정도로 강렬한 쾌감에 온몸이 욱신거릴 지경이었다. 머리끝부터 발끝까지 전기가 불꽃처럼 튀는 느낌.

"아, 미안."

오른쪽 가슴이 벌겋게 될 정도까지 빤 아서는 고개를 올리더니, 손끝으로 살살 가슴을 어루만져 주었다.

"아팠어? 확인해 봐."

햇빛이 미처 답하기 전, 아서는 그녀의 오른손을 들어 가슴을 매만지게 했다. 햇빛은 손끝으로 자신의 유두를 건드렸다가 찌릿하는 감각을 느꼈다.

좋다.

"안 아프고 좋지? 계속 만져."

아서는 마치 그녀의 감정을 읽은 듯, 기분 좋게 명령했다. 말투는 가벼웠으나 새까만 눈동자가 얼마나 거대한 욕망으로 진득하게 불타오르고 있는지, 햇빛은 너무도 잘 볼 수 있었다.

"썬샤인, 나는 차별을 모르는 남자야."

아서는 입맛을 다시고는 고개를 다시 숙였다. 그의 이번 목표는 다른 쪽 가슴이었다. 쭉쭉 빨아서 새빨갛게 변한 오른쪽 가슴에 비해 아직 혀가 닿지 않아서 새하얗기만 한 순결한 왼쪽 가슴. 그는 그것까지 빨아 먹고 또 빨아 먹었다. 그러면서 두 손으로는 그녀의 잘록한 허리와 엉덩이를 한껏 쥐었다가 허벅지 안쪽을 매만진 건 물론이었다.

"여기도 만져서 확인해. 계속, 만져."

아서는 그녀의 왼손을 들어 오른쪽처럼 빨갛게 변한 왼쪽 가슴 위에 올려두었다. 햇빛은 그의 지시를 따라 손으로 자신의 유두를 붙잡고 문질러 보았다. 꼬집고 당기면서 더 강한 자극을 가하자, 입술 사이로 신음이 마구 튀어나왔다. 그런 그녀에게 시선을 고정한 채 아서는 두 손을 바삐 움직여서 베개를 움직여 햇빛의 엉덩이 밑에 끼워 넣었다.

아서의 혀가 복부를 핥다가 허벅지 안쪽의 말랑한 부분으로 내려가자, 햇빛은 자신의 가슴을 애무하던 손길을 순간 멈추고 말았다. 떠오른 생각 때문이었다.

설마?

아서는 왼손으로 햇빛의 허벅지를 강하게 붙잡아서 움직이지 못하게 한 뒤, 오른손의 검지를 그녀의 안에 깊숙하게 넣었다. 햇빛은 깜짝 놀랐으나, 아까 손가락이 잠깐 들어왔던 것에 비해 이물감은 크게 느끼지 못했다. 흥건하다 못해 흘러내릴 것처럼 그득 솟구친 애액 덕분이었다.

아서는 확실히 손가락을 잘 사용했다. 손가락 하나가 깊게 들어와 꼼꼼하게 내부를 어루만지기 시작했다. 조심스러운 동시에 부드러운 손길이지만 아주 능숙해서 햇빛은 더없이 흥분하고 말았다.

"앗!"

아서가 어느 지점을 건드리고 지나가자, 햇빛은 전기에 감전된 것처럼 짧게 비명을 지르며 온몸을 들썩였다.

"여기로군."

아서는 알겠다는 듯 고개를 주억거리고는 손을 빼내더니 손가락에 묻은 애액을 그녀의 클리토리스에 바른 뒤 씩 웃었다. 그의 섹시한 입술이 더없는 만족감으로 휘어졌으나 햇빛은 찰나의 순간 자신을 치고 지나간 거대한 쾌감 때문에 몸을 부르르 떠는 데 바빠서 보지 못했다.

"레이디, 그럼 본게임을 즐겨주세요."

정신없이 가쁜 호흡을 내뱉는 와중에서도 햇빛은 아서가 곧 키스해 오리라 짐작했다. 그가 언급한 부분은 혀니까. 그러나 예상과는 달랐다.

아서는 양손으로 햇빛의 각 허벅지를 강하게 붙들듯이 눌러서 움직이지 못하게 한 다음, 다리 사이로 고개를 숙였다. 크게 당황한 햇빛은 본능적으로 소리쳤다.

"아서! 하지 말아요!"

"싫어."

아서는 단호하게 거절하고는, 그녀의 숲으로 고개를 더 숙였다. 햇빛이 비명을 지르기 전, 그는 애액으로 반짝이는 그녀의 클리토리스를 혀로 건드렸다.

"아서!"

처음에는 의식하지 못했다. 그러나 곧 축축하고 뜨거운 혀가 예민하기 그지없는 부위를 톡톡 건드리면서 강하게 누르듯 핥자, 햇빛은 비명을 참지 못했다. 아니, 신음이다. 비명처럼 내지르는 신음.

아서가 단단하게 붙들었던 그녀의 허벅지를 놓고 오른손의 검지와 중지를 깊숙한 곳에 다시금 쑥 넣자, 햇빛의 소리는 더욱 커졌다. 두 개의 손가락은 이물감이 들었으나 그 이물감조차 쾌락이 되었다. 그리고 무엇보다, 쾌락의 중추인 클리토리스를 노골적으로 공략하는 아서의 혀는 엄청난 흥분을 일으켰다.

바다. 햇빛은 너무도 흥분한 자신이 끝없이 흘리는 애액이 마치 바다 같다고 생각했다. 아니, 생각을 제대로 할 수 없는 상황인지라 그냥 그렇게 느꼈다. 그리고 아서의 두 손가락이 바다에서 헤엄치다 못해 들어왔다가 나가는 것을 반복하면서 환희의 이물감을 연달아 선사하자, 그녀의 온몸은 감각의 결정체가 되었다.

"아서어어어!"

그리고 아서가 클리토리스를 혀로 다시금 핥다가 빨아들이는 순간, 햇빛의 결정체는 산산이 부서지면서 폭발했다.

"썬샤인, 불편해도 조금만 참아."

새하얀 여진으로 온몸을 떨던 햇빛이 정신을 조금이나마 차린 건 아서가 귓가에 숨결을 불어넣으며 속삭인 뒤였다. 본능적으로 햇빛은 깨달았다. 그의 목소리는 들끓고 있었다.

"몇 번 하다 보면 넓어질 거야."

무슨 말을 하는 거지?

햇빛은 곧 깨달았다. 아서의 그것이 조심스럽게 진입하기 시작했으니까. 손가락과는 비교할 수 없는 굵기인지라 이물감과 존재감은 너무도 확연했다. 피임도구를 착용했는지 저번과는 느낌이 좀 달랐다.

햇빛은 지난번에 그가 성급하게 침범했을 때를 떠올리고 저도 모르게 본능적으로 온몸을 움츠리고야 말았다. 그러나 아서가 긴장을 풀라고 속삭이면서 다정하게 그녀의 양쪽 뺨에 키스하자 마음이 조금 놓였다. 더군다나, 햇빛은 보았다.

아서의 머리카락은 평소보다 더 흐트러진 상태였다. 땀에 젖었기 때문이다. 그녀를 천천히 보드랍게 애무하느라 그런 것일 터. 그의 욕망은 뒤로 미뤄놓은 채, 그녀에게 환희를 안겨다 주기 위해서 노력하느라 그런 것이었다.

나를 위해.

햇빛은 힘이 다 빠져서 흐느적거리는 두 손을 간신히 움직여 아서의 어깨를 만졌다. 뜨겁고 단단한 근육은 역시 땀으로 미끌거렸다.

"아서."

햇빛은 미소 지었다.

"사랑해요."

말한 뒤에야 햇빛은 깨달았다.

그래. 정말로 사랑한다. 첫눈에 반했고, 다정하고 따스하며 부드러운 태도에 홀딱 빠져 버렸다. 순식간에 사랑하게 되었다. 정말로, 사랑한다.

"사랑해요, 아서."

다시 말한 뒤, 그녀는 기다렸다, 그 또한 같은 말을 해주기를. 그러나 아서는 예의 그 표정이 되었다. 생전 처음 보는 것을 눈앞에 둔 것처럼, 멍하기 그지없는 그 얼굴.

"썬샤인, 아니, '햇빛'."

아서는 몇 초 뒤에나 그 표정을 지우고, 그녀의 이름을 불렀다. 그러나 그것뿐이었다. 더 말하지 않고, 행동했다. 한 번에 아주 깊게 파고들었다.

"하아아……."

저번과는 느낌이 확연히 달랐다. 그때는 애무도 없이 바로 들어와서 그저 고통뿐이었으나, 이제는 아프지 않았다. 불편한 느낌은 있지만, 그 두껍고 뜨거운 것이 자신을 완벽하게 채운다는 그 느낌 자체가 경이로웠다. 아니, 채우다 못해 끼는 느낌이긴 했다. 자신은 좁고 그는 크니까.

"아서, 커, 커요."

햇빛은 저도 모르게 그렇게 말했고, 아서는 눈을 깜빡이더니 이를 악물었다. 곧 그의 이마에 맺혀 있던 땀이 그녀의 얼굴로 떨어졌으나 햇빛은 알아차리지 못했다. 하나로 연결된 감각에 집중하느라 그런 것도 있지만, 그의 그것이 좀 더 커지는 느낌이기 때문이었다. 햇빛은 깜짝 놀라 나무라고야 말았다.

"더 커지면 어떻게 해요?"

"썬샤인, 썬샤인."

아서는 악문 잇새로 웃음기 어린 목소리를 냈다.

"당신은 정말, 내 이성을 날려 버려. 저번에도 날 여자 경험이라고는 일천한 남자로 만들더니……."

아서는 움직이기 시작했다. 내부를 비집고 들어온 굵은 것이 빠져나가는 건, 시원하기도 했으나 사실 대단히 아쉬웠다. 그러나 햇빛이 아쉬움을 느낄 시간은 몇 초도 안 되었다. 그는 다시 들어왔다.

아서는 처음에는 천천히, 부드럽게 행동했다. 그러나 몇 번 움직인 뒤부터는 다르게 행동했다. 갈수록 더 빠르고 거칠어졌다. 햇빛은 그대로 떠밀려서 침대 헤드에 부딪히는 줄 알았으나 그건 아니었다. 아서가 그녀의 오른쪽 다리를 붙잡아서 그의 어깨에 걸치게 한 뒤, 한 자리에 고정시킨 채 더 깊이 들어왔다.

이물감 같은 건 이제 없었다. 그가 한 방울의 땀을 흘릴 때마다, 햇빛은 한 음절의 신음을 내뱉었다. 아니, 어쩌면 짧고 작은 신음 정도가 아니라 길고 큰 비명을 내질렀는지도 몰랐다. 그러나 아무래도 상관없었다. 아서 칼켄트의 남성을 깊숙하게 받아들일수록, 햇빛은 그와 더욱 일체화하는 느낌이었다.

하나.

하나가 된다.

하나가 되었다.

햇빛은 진정으로 그 말의 의미를 깨달았다. 그래서 그녀는 다시 말했다.

"사랑해요, 아서."

아서는 아주 깊게 들어왔다. 순간 아플 정도였으나, 햇빛은 그를 떠미는 대신 그의 어깨를 붙든 손에 힘을 주어 끌어당겼다. 그리고 아서는 그녀의 귀에 대고 속삭였다.

"……주겠어."

아서는 거친 숨결 속에서, 다시 내뱉었다.

"보호해 주겠어, 나의 '햇빛'."

마침내 아서는 환희의 끝에 다다랐고, 햇빛은 자신에게 침몰하는 그를 환영하며 꼭 껴안아주었다. 사랑하는 남자에게 완벽하게 보호받는다는 행복 속에서 더더욱 큰 쾌감을 느끼며.

그 시각, 햇빛이 느낀 안도감과는 거리가 매우 먼 대화가 어디선가에서 진행되고 있었다. 사람들이 활기찬 표정으로 바쁘게 오가는 런던의 어느 거리에 있는 밝은 카페였다. 그러나 카페 가장자리에 앉은 채 휴대전화를 들고 있는 남자는 사악한 기운을 내뿜고 있었다.

"죄송합니다."

남자가 내뱉을 수 있는 말은 그것뿐이었다. 정말, 그것뿐이었다.

"정말 죄송합니다. 죽을죄를 지었습니다."

그리고 휴대전화를 통해 이런 반응이 돌아왔다.

[죽을죄라는 걸 알고 있군.]

건조하기 그지없는 목소리였다. 고저는커녕 말하는 이의 억양

조차 알 수 없을 만큼 평면적인 목소리.

휴대전화 너머의 사내는 원래 그렇긴 했다. 목소리만이 아니라 실제 성격과 능력도 그러해서, 무(無) 감정을 바탕으로 언제나 소리 없이 모든 일을 깔끔하게 그리고 철저하게 처리했다. 덕분에 보스의 신뢰를 받아 불과 몇 달 만에 조직의 2인자로 올라선, 대단히 유능한 존재.

보스를 제외하고, 조직의 모든 이들이 이 사내를 더없이 무서워했다. 보스가 명령만 내리면 감정을 배제한 채 어떤 명령이든 수행했으니까. 그게 얼마나 잔혹한 것이든.

그 사실을 잘 알기에 사내와 통화 중인 남자는 더없이 소름이 끼쳤다. 내용 때문이었다.

저렇게 직접적으로 죽음을 언급하다니.

[너는 실수를 너무 많이 저질렀어.]

"하지만, 하지만—"

[닥쳐.]

감정은 드러내지 않은 채 언제나 냉정하게 내뱉던 사내의 목소리가 순간 거칠어졌다. 남자는 거대한 공포감에 짓눌려 버렸다. 괴물의 손아귀에 사로잡힌 느낌.

[너는 아서 칼켄트를 죽이지 못했고, 시간을 넉넉하게 줬는데도 목격자가 누구인지도 제대로 파악하지 못했지. 그 목격자, 한국인 계집년을 찾아낸 건, 그래, 그건 칭찬해 주지. 하지만 어제의 실수는 대체 뭐지? 도청이야 제대로 했지만, 계집이 없을 때 집을 폭발시키다니. 내가 준 폭탄은 그럴 때 쓰라고 준 게 아니야! 지금 경찰

들이나 GCHQ들이 미쳐 날뛰고 있잖아! 더군다나 미행도 놓쳐서 아서 칼켄트가 지금 어디로 갔는지 알지도 못하면서!]

휴대전화 속의 사내는 길길이 날뛰고 있었다. 분노로 미친 것 같았다. 너무도 무서워진 남자는 얼어붙은 채 듣고 있었으나, 기력을 끌어모아 입을 열었다.

"저는, 저는 아서 칼켄트를—"

[죽어.]

사내는 재빠르게 남자의 말을 잘라 버리더니 짐승처럼 으르렁거리며 그 한마디를 내뱉었다. 휴대전화가 폭발했고, 남자의 머리도 따라서 날아가 버렸다.

아서 칼켄트를 쏜 건 내가 아니야. 당신이 그런 거잖아? 당신이 실수해 놓고, 어째서 내게 잘못을 떠미는 거지? 폭탄이 여자가 없는 그 시각에 터진 것도 당신이 실수한 거잖아?

그동안 수없이 저지른 사악한 죄의 대가로 지옥으로 가기 직전, 남자는 마지막으로 떠올린 생각은 바로 그것이었다.

7

햇빛은 마치 연인과 밀월여행을 온 것 같았다.

"좋은 아침, 썬샤인."

아침에 일어나면 옆자리에 누워 있는 아서가 농염한 눈웃음을 보여주며 키스해 왔기 때문이다. 키스가 뜨거운 애무와 격렬한 섹스로 이어지는 건 당연한 수순이었다.

간단하게 샤워를 한 뒤, 아서가 만들어주는 음식을 느긋하게 먹고는 서재에 산더미처럼 쌓여 있는 책이나 영화를 보고는 다시 식사 그리고 섹스를 했다. 아니, 사랑을 나누었다.

연인끼리의 뜨거운 밀월여행. 그 표현이 딱 맞았다. 그래서 햇빛은 행복했으나, 마음 한구석에는 희미한 불안감이 똬리를 틀고 있었다.

그건 당연한 일이긴 했다. 5일이나 지났음에도 범인을 아직 못

잡았으니까. 범인을 붙잡으면 경찰들이 데리러 온다고 하던데, 아직까지는 방문자가 없었다. 더군다나 내부에 전화기가 없을뿐더러 그녀의 휴대전화는 경찰서에서 나오자마자 아서의 운전기사에게 넘겨줬던지라 바깥과 연락을 할 수는 없었다.

그렇다고 답답한 건 아니었다. 아서가 그녀의 곁에 있기 때문이었다. 덕분에 지루하지 않을뿐더러, 사실 위험한 상황이라는 생각은 들지 않았다. 그러나 현실적으로 위험한 건 맞았다. 그 분명한 사실 때문에 디디고 서 있는 바닥이 단단한 대지가 아니라 출렁이는 파도 같다는 느낌이 들었다. 언제고 거대한 파도에 휩싸여 깊고 어두운 심해 속의 절벽 아래로 추락할 것 같았다.

아니, 절벽이 아니다. 아서가 나를 보호해 주고 있다. 절벽은, 저곳이다.

햇빛은 창문을 통해 안전가옥 옆의 새하얀 절벽을 보았다. 절벽의 단면에는 녹색의 식물이 곳곳에 자란 상태였다. 절벽이라면 생명이 살 수 없는 공간처럼 생각되지만, 이곳은 달랐다. 그래서 햇빛은 이 장소가 마음에 들었다. 기쁨이 살아 숨 쉬는 곳처럼 느껴졌다.

물론 아서가 대단한 기쁨을 주고 있긴 했다. 침대에서, 아니, 욕실과 거실, 서재 등에서도 그는 대단히 열정적으로 행동해서 그녀에게 환희를 선사했다. 더없이 황홀한 일. 그러나 약간 아쉬운 부분이 있었다. 아서가 사랑 고백을 하지 않는다는 사실.

혹시 쑥스러운 건가?

햇빛은 눈으로는 절벽을 보았으나 머릿속으로는 아서가 직접적으로 사랑을 입에 담지 않는 이유에 대해서 골똘하게 생각했다. 직접 물어보면 간단한 일이긴 했다. 하지만 그럴 수가 없었다. 쑥스러운 건 둘째치고, 아서를 의심하는 것 같은 느낌이 들기 때문이다.

아서는 나를 사랑한다.

사랑한다는 직접적인 고백은 듣지 못했으나 이전에 아서는 사랑에 빠진 것 같다고 말했다. 영원한 약속인 결혼을 언급하기도 했고, 이 만남 자체가 결혼을 전제로 하는 것이었다. 더군다나 아서가 아무리 책임감이 강한 남자라고 해도, 그녀를 사랑하지 않는다면 이렇게 안전가옥에 자청해서 같이 들어올 리 없었다.

단순히, 입으로 소리 내어 말하기 쑥스러운 것이리라. 다정한 행동, 따듯한 손길, 진심으로 빛나는 눈빛……. 때때로 감정이 복잡해 보이긴 하지만, 분명 아서는 나를 사랑한다.

햇빛은 미소를 지으며 고개를 돌려 거실 소파에 앉아 텔레비전을 보고 있는 아서를 바라보았다. 안전가옥에는 옷이나 속옷도 전부 갖춰져 있는데, 새롭게 하얀 셔츠와 갈색의 면바지로 갈아입은 그는 슈트를 쫙 빼입었을 때만큼이나 멋졌다. 아니, 신이 내린 외모의 소유자이니 뭐든 환상적인 게 당연했다. 알몸일 때도 멋진 건 마찬가지였다. 아니야, 알몸일 때가 더 잘생겨 보이던가?

햇빛은 의자에서 일어나 소파로 다가갔다. 아서는 미소 지으며 그녀를 다리 사이에 앉히고 허리에 손을 감았다. 햇빛은 자연스럽게 그에게 등을 기댔다. 집에 온 것처럼 따스했다.

그래, 아서가 내 새로운 집이구나. 비록 이전 집은 그렇게 됐지만…….

폭발한 그곳에 중요한 건 없어서 다행이었다. 화장품이나 옷 등은 소멸했지만, 그런 건 다시 구입하면 되는 일이었다. 통장 같은 사라진 서류는 아서의 말에 따르면 안전가옥에서 나오는 즉시 영국 정부에서 처리해 준다고 했다. 이제까지 공부한 수업 기록은 매일 온라인상에 백업을 해뒀을뿐더러, 중요한 공책은 가방에 넣은 채 가지고 다녔기에 큰 타격은 없었다. 열심히 모은 플로리스트 관련 책이나 잡지 등은 안타깝지만 아서가 도와준다고 했으니, 크게 걱정하지 않았다.

그러나 덩그러니 혼자 서 있는 것 같은 느낌은 여전하긴 했다. 물론 아서가 곁에 있지만, 가지고 있던 익숙한 것을 전부 잃은 후유증은 쉽게 사라지지 않았다. 시간이 좀 더 지나야 마음이 안정되리라.

"아서."

텔레비전에 못 박혀 있던 아서의 시선이 햇빛에게 내려왔다. 그는 그녀의 얼굴을 가만히 관찰하다가 물었다.

"썬샤인, 혹시 답답해?"

"아니요."

"그게 아니라면 내 썬샤인의 표정이 왜 이렇지?"

"그냥, 여러 가지 생각이 들어서요. 빨리 범인이 잡혔으면 좋겠어요."

"나도 그랬으면 좋겠어. 하지만 아직 경찰이 오지 않은 건 안 잡혔다는 뜻이겠지."

아서는 잘생긴 미간을 살짝 찌푸렸다. 그는 위로하듯 햇빛의 허벅지를 톡톡 두드리더니 텔레비전으로 시선을 주었다. BBC 뉴스였는데, 햇빛은 그가 이 채널을 참 좋아한다고 생각했다. 수면을 취하거나 사랑을 나눌 때, 식사나 샤워할 때를 제외하고 거의 항상 틀어놓기 때문이었다.

좋아하는 게 아니라 혹시 답답해서 그런 건가?

문득 그런 생각이 들었다. 햇빛은 조심스럽게 물었다.

"아서, 아서야말로 답답한 건가요?"

"아니, 당신과 함께 있는데 답답할 리 없지."

아서는 씨익 웃고는 햇빛의 뺨에 쪽 소리가 나게 키스했다.

"뉴스를 자주 봐서 질문하는 거지? 좋아해서 그런 거야. 세계 곳곳의 소식을 알 수 있어서 뉴스를 좋아해."

"그렇군요."

"그리고 이유가 하나 더 있지. 아나운서가 예쁘거든."

햇빛이 순간 얼굴을 찌푸리자, 아서는 크게 웃어버렸다. 햇빛은 그제야 그가 자신을 놀리느라 농담했다는 것을 알아차렸다.

햇빛이 입술을 삐죽 내밀자 아서는 그녀에게 시선을 고정한 채 잠시 묘한 눈빛을 했다. 또한 고민하는 낯빛이기도 했으나, 결국 입을 열었다.

"썬샤인, 내가 저번에 말했지? 당신만큼 사랑스러운 여자는 없다고 말이야. 그건 거짓이 아니야. 썬샤인, 내 과거에 대해서 들으면 기분 나빠하겠지만, 이 말은 하고 싶어. 내가 수많은 여자들을 만나본 건 사실이야. 그래서 그런지 난 여자의 외모는 그냥 겉가

죽이라고 생각해. 벗기면 다 똑같거든."

　불쾌하게 생각하는 게 당연할 만큼 직설적인 말이지만, 햇빛은 그런 감정을 느끼기보다 크게 놀라고야 말았다. 그녀가 아는 다정한 아서 칼켄트답지 않은, 너무도 시니컬한 말이니까.

　"외모는 중요하지 않아. 확실하게 말할 수 있어. 그렇다고 썬샤인, 당신이 못생겼다는 말은 절대 아니니 오해하지 마. 객관적으로, 당신은 매우 귀여워. 밝게 빛나는 아름다움이 있지. 나처럼 어두운 사람에겐 정말 그 점이 매력적이지. 처음 만났을 때, 딱 보자마자 바로 그 점이 날 자극했어. 잡아먹고 싶었거든."

　어둡다고? 이렇게나 상냥한 아서가?

　햇빛이 의문을 품었을 때, 아서의 입술 한쪽 끝이 호선을 그렸다.

　"그래서 결국 잡아먹었지. 만족스럽지는 않지만. 이상하게도 당신하고는 섹스를 얼마나 많이 하든 질리지가 않아. 당신의 애액을 계속 마시고 싶고, 나를 계속 당신 안으로 박아 넣고 싶어."

　천박할 정도로 노골적인 표현이었다. 이성적으로 거부감을 느껴야 마땅하리라. 그러나 그의 손길이 어떤 것인지 알고 있는 햇빛은 그 장면 자체를 자동적으로 상상할 수 있기에 젖고야 말았다. 아서는 그 사실을 눈치챘는지 눈을 번뜩이면서 그녀의 허벅지를 붙잡은 손을 움직여 다리 사이 부분을 툭툭 건드렸다. 햇빛의 온몸으로 짜릿함이 퍼졌다.

　"당신의 가장 큰 매력은 말이야, 내가 가장 탐내는 부분은."

　아서는 눈 깜짝할 사이에 햇빛을 소파에 눕히고는 이마에 입을 맞추었다. 눈동자에서 빛나는 정염과는 거리가 먼 경건하기 그지없는 태도였다.

"당신의 영혼이야."

"영혼이오?"

"그래, 영혼."

아서는 몸을 반쯤 일으켜 세워서 누워 있는 햇빛과 시선을 마주했다.

"믿을지 모르겠지만, 우리 칼켄트 가문 사람들은 사람을 보는 눈을 타고나. 그래서 첫눈에 당신이 어떤 사람인지 알았어. 밝고 상냥하며, 맑고 투명한 여자. 어떤 일에서든 성실하고, 예의 바르게 행동하는 여자. 그렇다고 너무 얌전하거나 수줍음을 타는 건 아니라서, 답답한 면모는 전혀 없는 여자. 농담도 잘하고, 재미있게 대화할 줄 아는 여자. 환하게 웃으면 주변 사람들의 기분까지 밝게 만들어주는 여자."

아서는 잠시 말을 멈추었다.

"그런데 처음 만났을 때, 결혼 파티 때 생각보다 잘 웃지 않더라. 그게 아쉬웠어."

"그 이유는……."

"말하지 않아도 돼."

아서는 고개를 숙여 햇빛의 이마에 입을 맞추었다. 위로의 의미이리라.

"아니에요. 말하고 싶어요. 언니가 왜 그런 선택을 했는지……."

흥분이 살짝 가라앉다. 햇빛은 꾹꾹 눌러놓았던 당시의 기억을 풀어내기 시작했다.

"우리 아버지는 대법관이에요. 대단히 높은 직위인 거죠. 집도 잘살았어요. 칼켄트 가문처럼 어마어마한 부자는 아니지만, 난 어려서부터 부유하게 자랐어요. 내가 속한 한국의 사교계는 다들 그랬죠. 그렇게 많은 돈과 명예를 가지고 있으면서 더 많은 것을 갈구해요. 그래서 더 가지려고, 혹은 가진 것을 잃지 않으려고 정략결혼을 하죠."

이건 아마도 영국도 마찬가지이리라. 작위가 있고 계급이 확실하게 나뉘는 영국이 더 심할 것이다.

아서는 그 사실을 누구보다도 잘 알 테지만, 그녀의 말을 경청하느라 입을 열지 않았다.

"태어나기 전부터 사교계에 속했던지라 나도 그대로 있었다면 부모님이 정해주시는 대로 적당한 남자와 정략결혼을 했을 거예요. 언니가 그랬듯이요. 언니는…… 사랑하는 남자가 따로 있었어요. 하지만 아버지의 뜻을 거스르지 못하고 그대로 정략결혼을 했죠. 그리고…… 말 그대로 영혼이 말라 죽어갔어요."

영혼이 말라 죽다.

햇빛은 그 표현이 가장 명확하게 어울린다고 생각했다. 실제로 그러했으니까.

"당시에 언니가 좀 힘들어한다는 건 알았는데…… 그렇게 영혼이 죽어가고 있는 줄은 몰랐어요. 우울증에 걸렸다는 걸 알고 상담을 받아보라고 했어요. 그런데 아버지가 그걸 알고 집안에 정신병자가 있다고 소문난다며 못 가게 했어요."

그래서 햇빛은 아버지를 아직도 용서할 수가 없었다. 아버지가 상담해 보라고 말했다면, 아니, 싫다는 언니를 억압해서 정략결혼을 시키지 않았다면? 그랬다면 언니는 아직 살아 있을까?

상담사는 알 수 없는 일이라고 했다. 이성적으로 햇빛은 그 말에 동의했다. 그러나 감정적으로는 아버지를 완전하게 용서할 수 없었다.

"그래서 언니가 더 힘들어했는데…… 그러다가 사실을 알게 됐어요."

생각만 해도 분노가 차오르는 부분이었다. 상담을 받으면서 많이 풀었지만, 그래도 그 분노는 햇빛의 영혼에 또렷한 못으로 박혀 있었다.

"언니가 사랑했던 남자는 알고 보니 돈이 목적이었더라고요. 언니를 속이고 이용해 먹은 거였어요. 언니는 기만당했다는 사실을 알고…… 그런 선택을 했죠."

"썬샤인."

아서는 햇빛을 일으켜서 앉힌 뒤 두 뺨에 번갈아가면서 부드럽게 키스해 주었다. 시야가 흐릿해지자, 햇빛은 그제야 자신이 눈물을 흘리고 있다는 사실을 알게 되었다.

"아직도 아버지를 용서할 수 없어?"

아서의 질문은 날카로웠다.

"네. 감정이 많이 가라앉았지만…… 그래도 미워요. 당분간은, 최소 몇 년간은 뵙고 싶지가 않아요."

"그래. 원하는 대로 해. 그런데 말이야, 당신은?"

"네?"

"당신은 당신 자신을 용서할 수 있어?"

햇빛은 아서의 질문을 듣자마자 망치로 뒤통수를 얻어맞는 기분이었다. 그의 의문은 상담사가 한 말과 거의 같았다.

"언니를 구하지 못했다고 생각하는 건가요? 그래서 스스로를 용서할 수 없는 건가요?"

"상담사도…… 같은 말을 했어요."

"당신은 뭐라고 답했지?"

"……그럴 수가 없다고…… 했어요."

햇빛이 흐느끼면서 간신히 한마디를 내놓자, 아서는 고개를 좀 더 숙이고는 그녀의 눈에서 흘러나오는 눈물에 입을 맞추었다. 그의 혀가 눈물을 핥기 시작했다. 세상에서 가장 다정했다.

"상담사는 그런 당신에게 뭐라고 했지?"

햇빛은 마른침을 삼킨 채 답했다.

"내 탓이…… 아니라고요."

"그래, 당신 탓이 아니야. 나의 '햇빛', 당신 탓이 아니야."

아서는 그녀의 눈물을 계속 빨아들이며 다시 말했다.

"그건 당신 언니의 선택이었어. 당신이 어쩔 수 없는, 불가항력의 일이었어. 당신 탓이 아니야. 당신 탓이 아니야."

아서는 주문을 외우는 것처럼, 세뇌를 시키려는 것처럼 계속 말했다. 그래서 햇빛은 그의 계속되는 말을 믿을 수 있었다.

내 탓이 아니다. 내 탓이 아니야.

햇빛은 두 팔을 올려 아서를 꼭 끌어안으며 품으로 파고들었다. 오늘도 그녀에게 완벽한 위로를 건네주는 남자.

"썬샤인, 당신과 언니는 사이가 좋았어?"

아서는 그녀의 귓가에 자그맣게 속삭였다. 햇빛은 고개를 살짝 끄덕였다.

"네. 결혼한 뒤로는 잘 만나지 못했지만…… 그래도 사이는 좋았어요."

"썬샤인, 난 당신 언니에 대해 잘 몰라. 하지만 이것 하나는 장담할 수 있어. 당신의 언니에게 당신은 '햇빛', 즉 썬샤인이었을 거야. 당신 덕분에 당신 언니는 좀 더 숨 쉴 수 있었을 거야. 결국 그런 선택을 했지만, 적어도 당신 덕분에 삶이 덜 괴로웠을 거야. 당신은 그런 존재니까."

아서의 말을 옳았다. 그 비극이 있기 얼마 전 언니가 같은 말을 했으니까.

"우리 햇빛이 덕분에 내가 그나마 웃어. 숨 쉬는 것 같아. 햇빛 아, 언니는 네가 참 고마운 거 있지? 우리 햇빛이, 앞으로도 이렇게 예쁘고 밝게 웃어야 할 텐데."

분명 언니는 그랬다. 체중을 잃은 얼굴과 흐려진 눈빛으로 그런 말을 해왔다. 당시에는 이 말이 이상하다는 건 몰랐으나 돌이켜 생각해 보면, 그게 바로 유언이자 부탁이었다.

　항상 예쁘고 밝게 웃을 것.

　언니가 바란 건 그것이리라. 자책하지 말고, 스스로를 그리고 아버지를 미워하지 말라는 뜻이기도 했다.

　그런데 언니, 그게 너무 힘들어. 하지만…… 이제는 벗어나야겠지? 그래야겠지? 그래, 그럴게. 그럴게…….

　다짐한 순간부터 햇빛은 더 이상 참을 수가 없었다. 더없이 단단하고 따스한 그의 품에 안긴 채 그녀는 구슬픈 흐느낌을 넘어 목 놓아 울기 시작했다.

　혈육을 잃은 깊고 깊은 슬픔, 그런 선택을 할 수밖에 없었던 언니에 대한 원망과 안타까움, 아버지에 대한 분노 그리고…… 죽음을 막지 못한 스스로에 대한 수많은 고통.

　햇빛은 모든 감정을 눈물로 전부 쏟아내었다. 그러나 끊임없이 계속되는 이 눈물이 아프기만 한 건 아니었다. 후련했다. 갈수록, 그런 마음이 더 들었다.

　출구를 찾았기 때문이리라. 우울증에서 헤어 나오긴 했으나, 언니가 그렇게 되기 전의 몸담았던 밝은 세상으로 가는 방법은 몰랐다. 아니, 자신에게 그곳으로 갈 자격이 없다고 생각했기 때문에 아예 생각하질 않았다.

　하지만 그녀가 사랑하는, 그녀를 사랑하는 남자가 이제는 괜찮다고 말해주고 있었다. 그러니 밝은 세상으로 돌아가도 되리라. 그렇게 하자. 그렇게, 하자.

　"……아서."

셀 수 없는 시간이 흘렀다. 햇빛은 그의 셔츠를 자신이 흥건하게 적셨다는 것을 깨달았다. 눈물만이 아니라 침까지 묻은 게 분명했다. 비명을 지르고 싶었으나 그녀는 사과부터 했다.

"저기, 미안해요."

물론 고개를 아서의 품에 묻은 채였다. 눈이 잔뜩 부은 게 확연하게 느껴질 정도였다. 이런 모습을 절대 보여줄 순 없었다.

"내 얼굴 보지 말아요. 알았죠? 셔츠도 벗어주고요. 빨아야 해요."

햇빛은 아서가 알았다고 말하거나, 아니면 장난기가 잔뜩 실린 목소리로 놀릴 거라고 생각했다. 그러나 예상외로 아서는 그러지 않았다. 위로하기 위해 그녀의 등을 매만지고 허리에 감은 손을 그대로 둔 채 꼼짝도 하질 않았다.

장난치는 건가?

"아서?"

"썬샤인, 아니, '햇빛' ……."

아서는 한탄하듯 내뱉었다. 문득, 햇빛은 그가 왜 썬샤인과 햇빛으로 나누어서 부르는지 궁금해졌다.

무슨 차이가 있는 거지? 단순히 한국 이름을 발음하는 것 같지 않은데…… 아니, 잠깐.

순간, 햇빛의 머릿속을 화살처럼 꿰뚫고 지나가듯 떠오르는 질문이 있었다.

그러고 보니, 내 한국 이름이 '햇빛'이라는 걸 아서가 어떻게 아는 거지? 재인이 말해준 건가?

"당신은…… 내게 정말로 특별해."

마치 사랑 고백 같기도 했으나, 이상하게도 아서는 한탄하듯 내뱉고 있었다.

"모든 걸 말하고픈 충동이 치밀어. 결코 나답지 않은 일이지."

어떤 관계라도 모든 걸 말하지는 않는다. 부모 자식 관계에서도, 부부 사이에서도 비밀은 있는 법이니까.

그러나 지금 아서는 그런 부분을 언급하는 게 아닌 것 같았다. 순간 두려웠으나 햇빛은 물었다.

"모든 걸 말하고픈 충동이라는 게 무슨 뜻이죠? 나한테…… 숨긴 게 많다는 뜻인가요?"

아서는 답하지 않았다. 입을 한일자로 굳게 다문 채 가만히 햇빛을 쳐다볼 뿐이었다. 그녀를 바라볼 때, 그의 흑진주 같은 까만 눈동자는 언제나 다정하고도 따스했었다. 때때로 장난기를 뿜거나 욕망으로 번뜩일 때도 있었으나 눈동자는 온기를 놓친 적이 없었다.

지금의 아서가 차가운 건 아니었다. 그냥 잘 모르는 사람을 보듯 쳐다볼 뿐. 그러나 따뜻함이 보이지 않는다는 사실만으로 햇빛은 온몸에 한기가 돌았다.

"아서?"

햇빛은 손을 뻗어 그의 양쪽 뺨에 댔다. 아침에 깨어나면 면도부터 하는 사람인지라, 살결은 매끄럽기 그지없었다.

"내게…… 거짓말을 해도 돼요."

햇빛은 잠깐 생각하다가 미간을 살짝 찌푸렸다.

"기분 좋은 건 아니에요. 아니, 나쁘죠. 사랑하는 남자가 거짓말을 하면 당연히 불쾌하고 너무도 화가 나겠죠. 하지만 말할 수 없는 사정이 있는 거라면, 이해해 줄게요. 모른 척해줄게요."

"당신은…… 왜 그렇게 마음이 넓지?"

"난 마음이 넓은 게 아니에요. 나, 속 좁아요. 그저, 믿을 뿐이에요. 내가 사랑하는 남자를 믿는 거예요. 아서, 허락해 줄게요. 내게 거짓말, 해도 돼요. 하지만 말이에요."

햇빛은 더없이 진중한 눈빛과 목소리로 이어 말했다.

"나를 기만하진 말아요."

그녀는 손가락 끝으로 아서의 뺨을 조심스럽게 매만졌다. 따스한 살결은 매끈했다. 어쩌면 지나치게 매끈한 걸지도 몰랐다. 하지만 햇빛은 외모가 어떻든, 아서를 사랑했다.

"그러면 돼요. 언니가 그렇게 간 뒤…… 평생 결혼을 하지 않겠다고, 남자를 믿지 않겠다고 결심한 건 아니에요."

결혼이든 사랑이든 연애든 그저 분노만 치민 적이 있긴 했다. 그러나 아주 잠깐이었다. 언니는 동생이 그 모든 것을 놓는 걸 원하지 않을 테니까. 행복하길 바랄 것이다.

"하지만 말이에요. 기만당하지 않겠다고 결심했어요. 그러니나를 기만하지 말아요."

아서는 햇빛으로서는 알 수 없는 감정 여러 개가 복잡하게 섞인 눈빛이었다. 그는 다시 한일자로 입을 다문 채 한참 동안 그녀를 쳐다보기만 했다. 그런 뒤 눈을 가늘게 뜨고 이런 질문을 내놓았다.

"거짓말과 기만의 차이는 뭐지?"

"거짓말은 거짓말이고요. 기만은…… 언니가 당한 것, 말이에요."

햇빛은 저도 모르게 노려보듯 그의 눈동자를 쳐다보았다. 그렇게 하면, 갑자기 알 수 없는 모습을 보여주는 남자의 영혼을 꿰뚫어 볼 수 있는 것처럼.

"언니가 사랑했던 남자는 다른 목적 때문에 언니를 사랑하는 척 가장했던 것뿐이에요. 그게 바로 기만이에요. 언니의 영혼을 말려 죽인 직접적인 원인, 바로 그거요. 나는 그런 건 용서할 수 없어요."

"용서할 수 없다고? 그렇다면, 용서할 수 없다면 어쩔 거지?"

어째서 아서는 이런 질문을 하는 걸까?

햇빛은 불길한 무언가가 온몸 전체를 기어다니는 느낌이었다. 이건, 벌레이다. 의혹과 의심이라는 이름의 벌레.

햇빛은 벌레 따윈 딱 질색이었다. 그러나 그녀는 벌레가 나타나면 비명 지르며 도망치는 그런 종류의 여자가 아니었다. 바로 때려잡아서 없애는 성격. 적어도 언니의 일이 있기 전에는 그랬다.

이제 이전으로 돌아갈 때였다. 밝게 웃으며 할 말이 있다면 예의 바르게 하는 이전의 김햇빛이 되어야 했다.

그래서 햇빛은 물었다.

"아서, 나를 기만하고 있나요?"

"아니."

아서의 답은 빨랐다. 지나치게 빨랐다. 그런 질문을 들으리라는 것을 미리 예측하고 대답을 준비한 사람처럼.

햇빛은 심장이 두근거렸다. 기분이 좋아서가 아니라 불길한 느낌이 한층 커졌기 때문이다. 심장이 아프게 흔들거렸다.

"다시 물어볼게요. 아서, 나를 기만하고 있나요? 그런 거예요?"

햇빛은 너무도 초조해서 미쳐 버릴 것 같았다. 당장 답을 듣지 못한다면 뇌가 터져 나갈 것 같은 느낌까지 들었다.

"대답해요!"

"썬샤인."

아서는 난처한 듯, 그러면서 동시에 달래듯 이름을 불렀다. 햇빛은 그래서 더 참을 수가 없었다.

"왜 구분해서 부르는 거죠? 왜 썬샤인과 '햇빛'을 구분해서 부르는 거예요? 나를 기만하는 중이라서 그런 거예요? 나를, 나를 사랑하지 않는 건가요? 뭔가 다른 목적 때문에 나를 사랑하는 척하는 거예요?"

햇빛은 따지듯 빠르게 쏘아붙였다. 그의 뺨에 대고 있는 손이 사시나무처럼 덜덜 떨렸다. 실체 없는 거대한 공포가 세상에 실제로 강림하는 느낌이니까.

언니처럼, 나도 기만당하고 있는 건가? 그런 건가? 내가 사랑하는 남자가 나를 사랑하지 않는 건가? 그런 거야?

"대답하란 말이에요!"

햇빛은 두 주먹을 불끈 쥔 채 절규하듯 소리 질렀다. 비명은 드넓은 거실을 때리듯 흔들다가 금세 소멸해 버렸다. 마치 아무 말도 내뱉지 않은 것처럼.

그러나 햇빛이 그런 질문을 한 건 사실이었다. 그리고 아서가 한일자로 입을 다문 채 아무 말도 하지 않은 것도 사실이었다.

아니, 못하는 것이다.

햇빛은 직감했다. 대답을 못하는 것이다. 양심에 걸려서, 더 이상은 거짓을 말하지 못하는 것이었다.

기만당하고 있다. 나는, 기만당하고 있다!

햇빛은 불끈 쥔 두 주먹을 내뻗었다. 그러나 아서에게 두 손목을 바로 붙들렸다.

"이거, 놔요! 놓으란 말이야!"

"안 돼. '햇빛', 진정해."

"지금, 내가, 진정하게 됐어?"

햇빛은 악문 잇새로 띄엄띄엄 내뱉으면서 발버둥 쳤지만, 아서에겐 소용이 없었다. 결국 그녀는 소파에 엎드린 채 수갑을 찬 것처럼 그에게 손목을 붙들려서 꼼짝하지 못하게 되었다.

"불편하지? 잠깐만 이렇게 있으면서 마음을 가라앉혀 봐."

"당신 같으면, 그럴 수 있어?"

꼭 호신술을 배워야지!

쉽게 제압당한 게 너무도 분했다. 그러나 기만당했다는 충격이 더욱 컸다. 아니, 충격 정도가 아니라 상처였다. 바다처럼 깊고 끝없이 드넓은 상처.

절벽에서 떨어지는 기분이었다. 그래서 산산조각으로 깨지는 느낌.

「햇빛.」

아서는 햇빛이 완전히 먼지로 변하기 전, 귓가에 부드럽게 속삭였다.

"분명한 건, 당신은 정말 특별한 여자라는 거야. 내 평생을 통틀어, 당신만큼 나를 뒤흔들어놓는 여자는 없었어. 나를 행복하게 해주는 여자도 없어. 당신의 존재 자체가 나를 행복하게 만들어."

말의 내용 자체는 달콤하기 그지없기에 심장이 이번에는 아프지 않고 황홀하게 두근거렸으나, 햇빛은 속지 않았다. 아서가 짜증 내듯 말하고 있기 때문이었다.

"그래서 화가 나. 당신은 나를 망치고 있으니까."

"내가, 당신을 망치고 있다고요?"

햇빛은 아서의 얼굴이 보고 싶었다. 표정을 보고 싶었다. 그러나 소파에 배를 대고 누운 상태라, 아니, 아서에 의해 제압당한 상태라서 그건 불가능했다. 곁눈질을 해서라도 보고 싶었지만 아서는 얼굴을 옆으로 틀어서 철저하게 숨기고 있었다.

"그래, 당신은 나를 망쳤어. 이래선 안 되는데 말이야. 겨우 여자 하나 때문에 흔들리다니, 이런 초보적인 멍청한 실수를 저지를 줄이야. 하, 천하의 아서 칼켄트가 이러다니, 누가 믿을까?"

한탄인 동시에 혼잣말에 가까웠고, 햇빛은 그가 경악하다 못해 기막혀한다는 것을 깨달았다. 그녀는 이해할 수가 없었다.

이게 대체 무슨 말이지?

햇빛은 묻고 싶었으나, 그가 답을 해주지 않을 게 뻔했다. 순간 분노가 치솟았지만 그건 잠시였다. 그리고 매우 이상했다. 기만을 당하는 것 같은데, 이상하게도 햇빛은 더는 마음이 아프지 않았다.

아서가…… 진짜 마음을 드러내는 것 같기 때문일까?

여러 겹의 포장지 안에 고이 숨겨져 있던 아서 칼켄트의 원석을 보는 느낌이었다. 그녀와 처음으로 사랑을 나누었을 때, 감정을 이기지 못하고 그녀에게 바로 진입했던, 그 사내를 대하는 느낌.

여전히 궁금하긴 했다. 무슨 수를 써서라도, 아서가 왜 그녀를 사랑하는 척한 건지 알아내고 싶었다. 하지만…….

아니다, 아니야.

한순간 끓어올랐던 분노가 갑자기 식은 이 순간, 햇빛은 확실하게 알 수 있었다.

"아서."

"그래."

"당신은 날 사랑해요."

등 뒤의 아서가 얼어붙는 것을 느낄 수 있었다.

"정말로 날 사랑하는 척만 한 거라면, 이렇게 빈틈을 보여서 내가 이상하다는 생각을 하게 놔두지 않았을 거예요. 날 사랑하기 때문에 흔들리는 거죠. 그렇지 않나요?"

아서는 대답하지 않았다. 그는 그의 몸으로 그녀를 누르듯 덮었다. 무게 때문에 햇빛이 숨을 턱 내쉴 때, 아서는 그녀의 귓속에 뜨거운 숨을 훅 불어넣었다. 이 심각한 대화에 어울리지 않는 흥분의 기운이 온몸으로 퍼지자 햇빛은 화들짝 놀라 몸을 움찔거렸다.

"섹스할까?"

노골적인 욕망을 담은 목소리. 햇빛은 저항했다.

"섹스는 이제 안 해요."

"안 한다고?"

아서는 비웃고 있었다. 그런 그에게 햇빛은 무형의 펀치를 날렸다.

"사랑을 나누는 것만 할 거예요."

아서는 다시 침묵을 지켰다. 잠시 후 짧게 비웃음 같은 소리를 내더니, 그녀의 귓불을 깨물었다. 햇빛은 따가운 감촉보다 짜릿한 흥분을 느꼈다. 반사적으로 다리 사이가 젖기 시작했으나 그녀는 저항했다.

"하려면 해요. 하지만."

"하지만?"

"이제까지는 사랑을 나누는 거라고 생각했지만 이번부터는 섹스로 취급할 거예요. 길 가다가 만난 남자 아무나와 할 수 있는, 욕구 충족을 위한 섹스요."

아서는 어이가 없는 듯 잠시 아무 말도 하지 못했다. 햇빛은 그에게 한 방 먹였다는 사실이 기쁠 뿐이었다. 곧 아서는 대놓고 으르렁거렸다.

"길 가다가 만난 남자 아무나?"

"그래요. 섹스란 그런 거죠. 아무나 하고 하는 것. 사랑하지 않는 사람하고 할 수 있는 것."

"당신은 사랑하지 않는 남자와 못해. 당신은 그런 여자가 아니야."

아서는 단정을 내렸고, 그게 짜증 난 햇빛은 톡 쏘았다.

"그걸 당신이 어떻게 알아요?"

"안다면 아는 줄 알아!"

처음으로 아서가 고함을 내질렀다. 너무 열받아서 내지르는 소리였다. 마치 몸 위에서 육식동물이 으르렁거리는 느낌이 들었지만, 햇빛은 사실 이 상황이……

재미있다.

"뭐야? 지금, 웃는 거야? 웃는 거야?"

햇빛이 저도 모르게 웃음소리를 내자 아서가 더 높은 톤의 목소리로 고함질렀다.

"왜 웃는 거지?"

"글쎄요, 왜 웃을까? 뭐, 어쨌든 간에, 섹스할까요?"

햇빛은 커피를 마시지 않겠냐는 질문을 하는 것처럼 아주 가볍게 제안했다. 등 뒤에서 아서가 파르르 떠는 것이 느껴졌다. 씩씩거리는 소리까지 들리는 걸 보아하니 어지간히 열받은 게 분명했다.

재미있고 기분도 매우 좋았다. 아서의 진심을 알았기 때문이다. 단순히 그녀를 기만하는 거라면, 섹스하자는 말에 저렇게나 열을 낼 리 없으니까.

"망할 여자!"

아서는 결국 내씹듯이 그 한마디를 내던진 채 햇빛의 몸을 누르던 몸을 일으켰다. 햇빛이 일어나 앉자 그는 손을 휘휘 저었다.

"들어가."

아주 불량하고도 무례한 태도였으나 햇빛의 기쁨은 더욱 커질 뿐이었다. 다리 사이가 불룩하게 일어날 만큼 흥분했는데도 그녀를 안지 않는 건, 섹스를 하고 싶지 않다는 뜻이니까. 아서가 바라는 건 사랑을 나누는 것.

나를 사랑한다.

"아서."

아서는 대답도 않은 채 심통이 그득한 얼굴로 텔레비전만 바라볼 뿐이었다. 햇빛은 싱긋 웃고는 그에게 가까이 가서 허벅지를 베고 누웠다. 아서가 버럭거렸다.

"뭐 하는 거야?"

"낮잠 자려고요."

햇빛은 천연덕스럽게 답하고는 눈을 감았다. 보지 않아도 아서의 얼굴이 붉으락푸르락 거리는 걸 알 수 있었다. 햇빛은 빙그러니 웃고는 텔레비전 쪽으로 몸을 돌렸다. 사실, 다리 사이의 부푼 부분을 가까이에서 보는 건 부담스럽기 때문이었다.

"마냥 착한 줄 알았는데 못됐군."

아서의 혼잣말이 들렸다. 햇빛은 못 들은 척했으나 눈을 뜨고 텔레비전을 보았다. 화면에서는 중후한 멋이 있는 남자 아나운서가 이런저런 뉴스를 방영하고 있었다.

"멋지네요."

햇빛은 저도 모르게 한마디 했고, 아서가 짜증 내듯 내뱉었다.

"뭐라고? 지금 카페에서 갑자기 휴대전화 폭발 사고가 나서 사망자가 한 명이 생겼다는데 뭐가 멋있어?"

"내가 멋지다고 말한 건 아나운서예요. 사망 사고는 안타깝네요."

사망 이야기에 깜짝 놀라 햇빛은 화면을 유심히 보았다. 사망자인 휴대전화의 주인을 제외하고 더 다친 사람은 없다고 하지만, 그래도 휴대전화의 폭발 때문에 누군가가 사망한 건 상당히 심각해 보였다.

[……사망자가 정품이 아닌 불량 배터리를 사용했다는 기록이 나왔고…….]

햇빛은 기자의 말에 귀를 기울였다.

불량 배터리 때문이구나.

[……따라서 경찰청은 수사를 마무리했습니다.]

허벅지를 베고 있는지라 햇빛은 아서의 몸의 변화를 바로 느낄 수 있었다. 그가 순간 움찔거리자, 햇빛은 고개를 돌려 누운 채로 그의 얼굴을 올려다보았다. 잘생긴 얼굴은 이 순간 냉정하기 그지없었다. 특히, 가늘게 뜬 눈은 대체 어떤 생각을 하는지 잘 벼려진 칼날처럼 날카로워 보였다.

"무슨 생각을 하는 거예요?"

아서는 그녀를 흘긋 내려다보니 차가운 표정을 지우고 이죽거렸다.

"비밀."

햇빛이 노려보는 가운데, 아서는 그녀의 어깨를 손가락으로 꾹 눌렀다.

"들어가서 자."

"싫어요."

"들어가서 자라니까."

"싫다니까요."

아서가 결국 버럭거렸다.

"이 여자가 진짜!"

"이 남자가 진짜!"

햇빛이 똑같이 따라 하자 아서는 대놓고 이를 갈았다. 약간 신경질적인 모습은 색다르게 다가왔다. 사실, 귀여웠다.

햇빛은 까르르 웃고 싶었지만, 더 자극하면 안 될 것 같아 이쯤에서 일어났다. 침실로 들어간 그녀는 침대에 몸을 뉘었다. 혼자만 침대에 눕자 허전했지만, 햇빛은 눈을 감았다. 잠들지 못할 거라고 생각했으나 피곤함이 밀려왔다.

상황이 이상하긴 했다. 기만당했을 수도 있으니까. 그러나 아서는 그녀를 사랑한다. 어찌 된 일인지, 제대로 말도 안 하고 설명도 피하는 느낌이지만……

어째서 그런 걸까? 무슨 사정이 있는 걸까? 대체 무슨 일일까?

생각할수록 의문이 떠올랐지만, 동시에 짙은 피로감이 햇빛을 수면 속으로 끌고 내려갔다. 햇빛은 무의식 속으로 천천히 미끄러져 내려가며 생각했다.

조금만 자고 일어나서 물어보자. 정말로 답을 받아내야지.

그러나 낮잠에서 깨어난 뒤, 안전가옥에 그녀와 함께 있는 남자는 아서가 아니었다. 침실 밖으로 나간 햇빛은 예상치 못한 사람이 소파에 앉아 있자 소스라치게 놀랐다.

"아, 놀라지 마세요, 미즈 김."

낯익은 얼굴이긴 했다. 평범하기 그지없는 얼굴이지만 사람 좋은 미소를 지을 줄 아는 남자. 아서와 데이트를 할 때마다 봤던 아서의 운전기사였다.

조지라고 했던가?

"저 기억하죠? 조지 존스입니다. 미스터 칼켄트의 운전기사 겸 경호원이죠. 미스터 칼켄트는 잠시 외출했습니다."

"외, 외출이오? 안 나가기로 했는데……."

상대가 경찰이 아닌데다가 이 상황이 뜬금없는지라 햇빛은 잔뜩 경계할 수밖에 없었다. 조지는 푸근하게 웃고는 들고 있는 휴대전화를 내밀었다. 안전가옥에 오기 전에 맡겼던 그녀의 것이었다.

"통화해 보세요."

햇빛은 경계심을 풀 수가 없었다. 조지는 그 사실을 알아차렸는지 휴대전화를 소파 위에 올려둔 채 반대편으로 성큼성큼 걸어가서 햇빛과 거리를 벌렸다. 햇빛은 쭈뼛거리는 동시에 빠르게 움직여서 휴대전화를 움켜쥐고는 침실 안으로 들어가 문을 잠그고 아서에게 전화를 걸었다. 아서는 바로 받았다.

[일어났어?]

아서의 목소리는 평소처럼 나른하고도 느긋했다. 햇빛은 그제야 안도의 한숨을 내쉴 수 있었다.

"네. 저기, 어디 간 거예요? 깜짝 놀랐어요."

[미안. 나가서 직접 확인할 게 있어서 나 대신 조지를 불렀어.

조지는 내 경호원이기도 해. 실력이 아주 좋아. 내 목숨을 걸 수 있을 만큼 신뢰하는 친구니까 믿어도 돼.]

햇빛은 그가 어디에 갔는지 답하지 않았다는 걸 알아차렸으나 묻지 않았다.

"아, 미안해지네요."

[응?]

"잔뜩 경계했거든요. 지금도 도망치다시피 침실 안으로 들어와서 문을 잠갔어요."

휴대전화 너머로 아서의 웃음소리가 들렸다.

[썬샤인, 문은 잠가도 소용없어. 그런 건 아주 쉽게 부술 수 있다고. 다른 방법을 알려줄게. 위험하다 싶으면, 그냥 다리 사이를 걷어차. 아주 세게, 여러 번. 그게 최고의 호신술이야.]

마음에 들지 않았다. 햇빛은 저도 모르게 미간을 찌푸리며 요구했다.

"썬샤인 말고, '햇빛'이라고 불러줘요."

[……한 시간만 기다려. 확인만 끝내고 바로 갈게.]

아서는 통화를 끝냈다. 햇빛은 잠시 찌푸린 얼굴 그대로 휴대전화를 쳐다보았다가 천천히 침실 밖으로 나갔다. 조지가 소파에 앉아서 BBC 뉴스를 보고 있었다.

목숨을 걸 정도로 믿을 수 있는 친구라더니, 뉴스를 좋아하는 것도 똑같네.

"통화 다 했죠?"

"네. 저기, 미안해요."

조지는 씩 웃으며 고개를 저었다.

"아니요. 당연한 거죠. 그런데 말이에요, 그렇게 문 잠그는 건 소용없어요. 그냥 다리 사이를 냅다 걷어차요. 그게 효과적이에요."

햇빛은 웃을 수밖에 없었고, 조지는 영문을 모른다는 표정을 지었다가 자신의 말이 웃기기 때문이라고 생각했는지 따라 웃었다.

"아참, 이거 드세요. 아서가 사오라고 하더라고요."

조지는 종이봉투에서 도시락을 꺼내어 뚜껑을 열었다. 예쁘게 썬 김밥 두 줄이 들어 있었다.

"우와! 고마워요!"

햇빛은 반짝반짝하게 변한 눈으로 도시락을 받았다. 조지는 빙긋 웃더니 맛있게 먹으라고 이야기했다.

"같이 들어요."

"전 다른 나라 음식은 잘 못 먹어서요. 아서 생각하지 말고 다 드세요. 아서는 알아서 식사하고 올 거예요."

조지는 말은 그렇게 했지만 햇빛이 식탁에서 김밥을 먹을 때 맞은편에 앉아서 대화 상대가 되어주었다. 햇빛은 주스를 꺼내 건넸다.

"고마워요."

햇빛은 조지가 마음에 들었다. 조지는 얼굴이나 몸집은 평범하기 그지없어서 군중 속에 섞이면 알아보기 힘들 것 같았으나, 인상이 워낙 좋은데다가 괜찮은 대화 상대였다.

"군대 동기예요."

아서와 어떻게 만났는지 묻자 조지는 쉽게 답을 주었다.

"그 자식, 재수 없었어요. 너무 잘났으니까요. 돈 많은 귀족이죠, 잘생겼죠, 똑똑하죠. 질투가 나서 괴롭히면서 치고받았는데, 다들 우리를 엄청 친한 친구로 알더라고요. 그래서 친구 먹었죠, 뭐."

조지는 아주 경쾌한 말투로 솔직하게 이야기했다. 맛있게 김밥을 전부 해치운 햇빛은 빙그러니 미소 짓다가 저도 모르게 하품을 했다.

"앗, 미안해요."

"아니에요."

"음, 이상하네. 낮잠을 많이 잤는데……."

너무 졸렸다. 길을 걷다가 깊은 하수구에 갑자기 추락한 느낌이었다. 햇빛은 말을 하는 것도 힘들어졌고, 맞은편에 앉아 있는 조지가 여러 명으로 보였다.

대체 왜……?

햇빛은 취한 사람처럼 비틀거리다가 결국 식탁 위로 쓰러졌다. 얼굴이 식탁 위에 부딪히듯 떨어지자 쿵 하는 소리와 함께 약간의 둔통이 일어나 수면 속으로 납치당하던 햇빛의 의식을 약간 붙들었다.

뿌연 안개가 낀 것처럼 시야가 흐릿했지만, 햇빛은 텅 빈 도시락 통을 다시 보게 되었다. 방금까지 그녀가 먹은 김밥이 들어 있던 것.

설마…… 김밥에……? 그렇다면…….

온몸에 기운이 모래알처럼 빠져나가고 있었으나 햇빛은 가까스로 눈을 움직여 맞은편에 앉아 있는 사람을 보았다. 김밥을 가져와 그녀에게 권한 존재.

아서가 생명을 걸고 믿는다는 친구, 조지는 여전히 웃고 있었다. 하지만 이 사람이……

버티고 싶었으나 더는 저항할 수 없었다. 햇빛은 쩍 벌리고 있는 수면제의 아가리 속으로 떨어지면서 눈을 감았다. 지독히도 차갑고 새까만 세상이 펼쳐졌다.

햇빛이 눈을 뜬 건 셀 수 없는 시간이 흐른 뒤였다. 그러나 세상이 온통 까맣게 보일 뿐, 시야가 명확하질 않았다. 햇빛은 눈을 여러 번 깜빡인 뒤에야 자신이 빛 한 점 없는 공간에 있다는 것을 깨달았다.

아니, 빛이 전혀 없는 건 아니었다. 집중해서 살펴보니 뒤쪽 벽의 위쪽에 손바닥만 한 창문이 있긴 했다. 그러나 그곳을 통해 들어오는 건 빛이라고 지칭하기에는 부끄러울 만큼 희미한 달빛과 별빛뿐이었다. 맞은편 벽이 어디쯤에 있는지 식별하는 것도 어려울 정도였다.

여긴 어디지? 내가 왜 이곳에 있는 거지?

질문이 떠오르기 무섭게 답이 돌처럼 무겁게 머리 위를 짓눌렀다.

아서의 운전기사이자 경호원인 동시에 친구인 조지가 내게 수면제를 먹였다. 그리고…… 납치한 건가?

숙취를 겪는 것처럼 머리가 울리는 느낌이 들지만, 그래도 몸을 가눌 수는 있었다. 햇빛은 벌벌 떨리기 시작한 몸을 천천히 일으켜 웅크리고 앉았다. 잠시 가만히 그러고 있자, 약간이지만 진정이 되는 느낌이었다. 햇빛은 차근히 생각해 보았다.

조지가 악당이었던 건가? 아서가 이 사실을 알면 얼마나 큰 충격을 받을까? 얼마나 슬퍼할까?

순간 햇빛은 웃음이 나왔다.

납치당해서 무슨 일을 당할지 알 수 없는데 아서를 걱정하다니. 내가 정말 아서를 사랑하는구나…….

그러나 지금은 그런 걸 생각할 때가 아니었다. 다치지 않고 몸 성히 아서의 품으로 다시 돌아갈 수 있는 방법을 고민하는 게 맞았다.

하지만 호신술 하나 제대로 모르는 내가 어떻게 탈출한단 말인가?

현실적인 깨달음은 추위로 변해서 햇빛의 온몸으로 파고들어 지독한 냉기로 변했다. 햇빛은 다시금 파르르 떨었다. 그녀가 할 수 있는 건 그것뿐이었다.

아니야. 그렇지 않아. 할 수 있는 게 더 있을지도…….

"위험하다 싶으면, 그냥 다리 사이를 걷어차. 아주 세게, 여러 번. 그게 최고의 호신술이야."

호신술이라는 단어를 생각하자, 몇 시간 전에 아서가 해준 말이

꼬리를 잇듯 떠올랐다.

그래, 만약의 상황이 닥치면 그렇게 하자. 탈출할 수 있을지 모르겠지만……. 아니야, 희망을 품자! 아서가 날 구하러 올지도 몰라! 통화할 때 한 시간 내에 온다고 했으니깐, 내가 없어졌다는 사실을 바로 알았을 거야.

대체 아서는 무슨 일을 확인하러 간 거지? 조지는 대체 왜 날 납치한 거지? 내가 목격자라서? 하지만 그건 이상해. 난 이미 경찰한테 몽타주를 건네줬는데. 경찰들도 그 악당의 얼굴을 아니까 이제 와 날 없애봤자 소용없는 것 아닌가?

정신이 좀 더 명확해지자 꼬리에 꼬리를 잇듯이 여러 생각이 마구 떠올랐다. 두통이 일어나자 햇빛은 두 손으로 미간을 내리눌렀다. 그때였다.

철컹.

육중한 쇳소리는 물론 밝은 빛이 눈을 찌르듯 등장했다. 햇빛은 저도 모르게 눈을 질끈 감으며 두 손으로 가렸다.

더 이상 소리는 나지 않았다. 그러나 햇빛은 누군가가 문을 열고 이 공간으로 한 걸음 내디뎠다는 것을 알아차렸다. 눈을 약간 뜨자 바닥에 드리워진 그림자가 보였기 때문이다. 사시나무처럼 덜덜 떨면서도 햇빛은 손을 내리면서 눈을 완전히 떴다. 몇 미터 앞에 문이 있고, 그 문을 열고 들어온 한 사람이 존재했다.

남자가 빛을 등지고 있는지라 처음에는 제대로 보이질 않았다. 그러나 남자가 웅크리고 앉아 있는 그녀를 관찰하기 위해서인지 고개를 살짝 옆으로 꺾자, 햇빛은 볼 수 있었다.

어디에서나 볼 수 있는 청바지와 티셔츠를 걸친 남자는 깔끔해 보였다. 아서처럼 다리가 길고, 아서보다 1, 2㎝ 작은 키에, 아서에 비해 약간 마른 몸집의 소유자. 그리고 약간 각진 턱과 광대뼈, 갈색 머리칼, 새까만 눈동자를 가진 남자. 어디에서나 흔히 볼 수 있는 평범한 외모 그 자체.

　햇빛은 알아보았다.

　약 8주 전 총에 맞은 아서를 구급차로 옮길 때 목격했던 그 사내였다.

8

아서!

질식할 것 같은 공포감에 사로잡힌 햇빛은 속으로 비명을 내질렀다.

아서, 아서! 어디에 있어요? 날, 구하러 오고 있나요? 보호해 준다면서요! 날 보호해 준다면서요!

그러나 아서의 답은 없었고, 사내의 목소리만 들려왔다.

"미즈 김."

사내는 안으로 들어온 뒤 문을 닫았고, 쿵 하는 소리는 햇빛의 온몸을 거칠게 뒤흔들었다. 그녀는 본능대로 움직였다. 소리 없이 비명을 지르며 벌떡 일어나 다가오는 사내의 가슴을 머리로 받아 버렸다.

어디서 이런 용기가 샘솟았는지 알 수 없었으나, 어쨌든 햇빛은 머리에 둔탁한 통증을 느꼈다. 남자의 몸이 아서처럼 아주 단단하다는 사실을 깨달은 즉시 그녀는 사내에게 어깨를 붙들렸다. 그러고는 눈 깜짝할 사이에 바닥에 얼굴을 대고 쓰러지게 되었다. 두 손목도 잡혔는데, 아서에게 몇 시간 전에 당했던 것과 같은 상황이었다.

예상과는 달리 사내의 손짓은 그다지 거칠지 않았다. 그러나 손목을 붙든 손길이나 무릎으로 그녀의 등을 짓누르는 몸짓은 상당히 강력했다. 눈물이 나올 만큼 고통스러운 건 아니지만, 숨 쉬기가 어려울 정도였다.

"난 여자와 어린아이에겐 친절한 편이지, 상대가 반항하지 않는다면."

사내는 담담하게 말을 이었다.

"그러니 얌전히 행동해. 알아들었나?"

사내가 화를 냈다면 그것도 그것 나름대로 무서웠겠지만, 사내가 감정의 고저가 없는 목소리를 내뱉은 이 상황도 그저 공포스러웠다. 햇빛이 아무 말도 못한 채 벌벌 떨고만 있자, 사내는 그것을 답으로 받아들였는지 천천히 그녀의 손을 풀고 등을 억누르던 무릎도 치웠다.

햇빛은 계속 몸을 떨면서 도망치듯 반대편 벽으로 뛰어가 조심스럽게 고개를 돌려 사내를 바라보았다. 사내는 문 옆에 있는 버튼을 눌렀다.

딸각 하는 소리와 함께 천장 중앙에 딱 하나 매달려 있던 작은 전구가 켜졌다. 창고 내부가 햇빛의 눈에 들어왔다. 십여 명의 사람들이 들어올 수 있는 넓이로 다른 물건은 아무것도 없었다. 아까 문이 열릴 때처럼 눈이 부셨지만 햇빛은 눈을 찌푸리지 않은 채 사내를 쳐다보았다. 사내는 문에 등을 기댄 채 팔짱을 끼고 그녀를 바라보았다. 관찰하는 시선이었다.

"……나를 왜 납치한 거죠?"

사내가 계속 쳐다보고만 있자, 그 적막한 공포를 이기지 못하고 햇빛은 물었다. 몽타주를 이미 경찰에게 넘겼다는 말은 하지 않았다. 만약 사내가 그 사실을 모른다면, 그건 죽여달라는 청원이나 다를 바 없으니까.

"몽타주가 나왔으니 목격자로서 쓸모가 없긴 하지."

사내는 마치 햇빛의 생각을 읽은 것처럼 말했다.

"그 사실을 말하지 않다니, 똑똑하군. 충격받았을 텐데 그런 계산도 하다니…… 이 정도면 침착하기도 하고. 마음에 들어."

사내는 칭찬을 하는 듯싶었으나 햇빛은 그저 소름이 끼쳤다.

"그 요원이 빠질 만해."

이게 무슨 말이야?

"뭐라고요? 요원? 누굴 말하는 거예요?"

"아, 모르지? 아서 칼켄트 말이야. 최고의 GCHQ 요원 중 하나이지."

햇빛은 무슨 말인지 알아들을 수가 없었다. 그녀의 표정을 보고 생각을 읽었는지, 사내는 이어 말했다.

"영국 정부통신본부(Government Communications Headquarters:영국 자국 내 정보를 담당하는 보안국이자 다양한 정보를 수집하고 암호

분석을 하는 감청기구) 말이야. 대외적으로 귀족가의 바람둥이이자 망나니인 아서 칼켄트의 진짜 정체는 GCHQ의 인재지."

이유는 알 수 없지만 사내가 유치원생을 가르치듯 설명해 주고 있었다. 그러나 이 상황 자체가 너무도 무서운지라 햇빛은 잘 이해하질 못했다. 하지만 하나는 알아들었다.

"그러니까, 아서가 비밀요원이라는 건가요?"

"그래, 그것도 매우 유능한. 그래서 보스가 아서 칼켄트를 노리고 있지. 대략 8개월 전에 보스의 다른 쪽 조직이 아서 칼켄트의 활약 때문에 괴멸당했거든. 그때 아서 칼켄트에게 부상을 입히긴 했지만, 죽이지는 못했지."

8개월 전이라면, 재인과 알렉산더의 결혼 파티가 거행됐을 즈음이었다. 문득 햇빛의 머릿속에 떠오르는 게 있었다. 당시 아서는 형인 알렉산더가 어깨를 살짝 건드렸을 때 상당한 통증을 느꼈었다.

아서는 자작부인을 유혹하다가 맞았다고 했지만…… 혹시 그게 아니라 이 사내에게 부상을 입었던 건가?

"내 얼굴을 보고 놀랐지? 아서 칼켄트를 발견했을 때 본 얼굴이니까. 그런데 아서 칼켄트를 쏜 건 내가 아니야. 비슷한 얼굴을 가진 그놈은 이미 죽었지. 혹시 뉴스 봤나? 휴대전화 폭발로 죽었다던 인간 말이야."

햇빛이 그 뉴스를 떠올린 순간, 사내는 고저 없는 목소리로 계속 말했다.

"아서 칼켄트는 그 시신이 자기를 쏜 사람이 맞는지 확인하기 위해 안전가옥에서 나온 거야. 대신 파트너인 조지에게 당신을 부탁했지. 조지가 내게 거액을 받고 정보를 주던 두더지(조직의 배신자를 의미하는 은어)인지도 모른 채. 조지는 이번에도 당신을 넘겨주고, 엄청난 돈을 받아갔지."

왜 이런 걸 일일이 설명해 주는 거지?

햇빛은 물어보지 않을 수 없었다.

"왜…… 설명을 해주는 거죠?"

"아까도 말했지만, 난 여자와 어린아이에게 친절하거든. 이유는 알고 죽어야지. 안 그래?"

주어는 없었으나 햇빛은 사내가 누구를 지칭하는지 알아차렸다. 모를 수가 없었다. 그녀는 숨이 막혔고 세상이 빙글빙글 돌았다.

"기절할 것 같나? 두 다리 사이에 얼굴을 대고 심호흡을 해. 그러면 나아져."

사내가 하는 말은 내용 자체는 친절하기 그지없었다. 그러나 목소리가 워낙 고저가 없는지라 소름이 끼칠 뿐이었다.

"친절한 사람으로서 몇 가지 더 알려주지. 당신은 목격자라서 이곳에 와 있는 게 아니야. 당신은 인질이지."

햇빛은 어쩔 수 없이 사내가 알려준 대로 무릎을 꿇은 채 다리에 얼굴을 대고 깊게 숨을 들이쉬고 내쉬었다. 그럼에도 독주를 연거푸 마신 것처럼 머리가 어지러웠다.

"아서 칼켄트를 미행하고, 당신 집에 도청기를 달았지. 진짜 아서 칼켄트와 사귀는지 궁금해서. 도청기로 들려오는 소리를 들으니 사귀는 건 맞더군."

사내의 목소리는 건조하기 그지없었으나 햇빛은 그가 낯 뜨거운 이야기를 하고 있다는 건 잘 알았다. 하지만 그녀는 얼굴을 붉힐 수조차 없었다.

"궁금해. 아서 칼켄트가 과연 당신을 구하러 올까?"

"무슨…… 그게 무슨 말이죠?"

"메모를 남겼어. 당신을 멀쩡한 채로 다시 보려면, 보스가 원하는 GCHQ의 기밀을 가지고 오라고 했지. 아서 칼켄트가 과연 올까? 미즈 김, 말해봐. 아서 칼켄트가 올 것 같아?"

햇빛은 아무 말도 할 수 없었다. 떨리는 입술은 더 이상 아무 소리도 낼 수 없을뿐더러, 무엇보다 머릿속이 새하얗게 탈색된 느낌이었다.

생각, 생각을 하자.

햇빛은 엎드린 상태 그대로 눈을 꾹 감으며 얼어버린 머리를 가동시키려 노력했다. 하지만 그런다고 잔혹한 현실이 달라질 리 없었다.

나는 납치당했다. 죽을 것이다.

그게 현실.

"미즈 김, 당신은 아서 칼켄트가 오길 바라야 해. 그게 아니라면 당신은 결코 편하게 죽지 못할 테니까. 내 보스는 그런 사람이거든. 난 그런 보스의 명령은 무엇이든 듣는 충실한 개이고."

스스로를 개라고 일컫는 사내의 목소리는 뭔가 다르게 들렸으나 햇빛은 정확히 생각할 수가 없었다. 언제 다가왔는지, 사내의 왼손이 그녀의 어깨를 붙잡았기 때문이다.

"보스가 내게 명령을 내렸지."

사내의 오른손이 햇빛의 턱을 잡고 위로 들어 올리더니 시선을 마주했다. 햇빛은 사내와 눈을 마주하게 되었다. 새까만 눈동자는 빛 한 점 없는 블랙홀 같았다. 그 어떤 감정도 들어 있지 않은 무심함과 냉정함의 극치. 그러나 햇빛은 이 순간 사내의 존재 자체가, 사내가 무슨 행동을 할지 더없이 두려웠다.

사내가 입을 열어 말했다.

"당신을 강간하라고."

GCHQ 현 국장의 이름은 이언 플레밍이었다. 007 시리즈의 제임스 본드를 탄생시킨 원작자와 같은 이름인지라 다들 가명으로 생각했지만, 사실 본명이었다.

정보 단체의 수장으로서 이언이 가장 중요하게 생각하는 건 바로 조국에 대한 충성심, 즉 애국심과 정보요원으로서 뛰어난 능력이었다. 정보가 생명인 국가 조직인 만큼, 두 가지 모두는 똑같이 중요했다.

당시 부국장이었던 이언이 열다섯 살의 아서 칼켄트를 GCHQ로 직접 스카웃한 것도 바로 애국심과 능력 때문이었다. 알려지지는 않았으나, 칼켄트 가문은 아주 오래전부터 한 대(代)에 한 명 이상은 국가를 위해 비밀 정보요원으로 활동해 왔다. 그들 가운데 가장 큰 활약을 펼친 사람이 아서 칼켄트의 조부였다.

히틀러 치하 당시, 독일은 '애니그마'라는 암호를 사용해서 명령과 정보를 주고받았는데, 세계적인 수학자 앨런 튜링이 애니그마를 해독할 수 있는 해독기를 개발해서 연합군의 승리를 이끌었다. 당시 앨런 튜링을 비밀리에 도운 또 다른 수학 천재가 바로 아서의 조부였다.

칼켄트 가문을 주시하고 있던 정보국에서는 아서에게서 조부와 같은 능력을 보았다. 어렸을 때부터 조부처럼 수학에 천재성을 보인 것이었다. 더군다나 아서는 컴퓨터 관련 부분에서도 뛰어난 재능을 보였고, 칼켄트 가문의 일원답게 나라에 대한 충성심이 매우 강했다. 따라서 정보국은 열다섯 살의 나이에 이튼스쿨을 졸업하고 옥스퍼드 수학과에 입학이 결정된 아서에게 접근해서 GCHQ의 비밀요원으로 스카웃했다.

그 뒤부터 아서 칼켄트는 공부와 가문에 대한 의무 따윈 질색하고, 노는 것과 여자에 환장한 귀족가의 망나니가 되었다. 가문이 워낙 유명한데다가 외모가 특출난지라, 타인들의 시선에 노출될 수밖에 없기 때문이었다. 대외적인 이미지가 그렇게 정해진 아서의 진짜 정체는 GCHQ의 중추 요원이자 M16 요원이었다. 아서의 형이자 칼켄트 가문의 수장인 알렉산더 칼켄트, 그리고 같은 팀원들과 기타 몇몇 고위급을 제외하고 누구도 아서의 진짜 신분에 대해서 알지 못했다.

GCHQ는 정보 분석 및 암호 정보국이기 때문에 육체의 무력적인 능력보다는 두뇌의 수학적 능력이 우선되었다. 그러나 아서가 가문의 관례대로 군복무를 하면서 빼어난 육체 능력도 과시하자, M16(영국의 비밀 정보국)에서도 아서를 매우 탐냈다. GCHQ와 M16이 한참 신경전을 벌인 끝에, 아서는 GCHQ가 중심이되 무력적인 면이 필요한 M16의 작전에 투입되는 특수요원으로 낙찰되었다. 테러 단체 '보스'의 사건이 바로 그런 사건이었다.

미국을 지지하고 지원하는지라 여러 테러 단체가 영국을 노리고 있었다. 그중에 '보스'는 여러 갈래로 나뉘어져 변종된 단체 중 하나로 인종 차별에 강성을 보였다. 백인우월주의를 내세우며 다른 작은 단체를 삼켜서 몸집을 불렸고, 유럽 여러 나라에서 테러를 자행하다가 영국으로 들어온 상황이었다.

M16은 오래전부터 이 단체의 위험성을 예견했기에 최정예 요원을 투입시켰으나, '보스'의 모든 테러를 계획, 지시하는 보스의 정체를 아직도 밝혀내지 못한 상황이었다. 그러는 와중에 GCHQ는 보스가 다른 단체들과 함께 거대한 테러를 실행할 거라는 정보를 입수했고, M16은 아주 빠른 속도로 다른 테러 단체들을 해제시키기 시작했다.

M16의 최정예 요원은 보스의 바로 밑 자리까지 올라가서 '보스' 단체의 주요 인사들을 제거하는 데 성공했다. 그러나 시간이 흘러가는데도 '보스'의 보스만은 여전히 얼굴 사진조차 입수하질 못한 상황이었다. 그런 상황에서 아서가 알아낸 정보로 보스의 다른 쪽 조직을 궤멸시키는 성과를 올렸는데, 그때 불행하게도 아서의 정체가 노출되었다.

보스가 노골적으로 아서에게 복수심을 보이자, M16과 GCHQ는 보스의 타겟이 된 아서를 활용하기로 결정하고, 실행했다. 애국심으로 똘똘 뭉친 사람답게 아서는 두 기관의 명령에 복종했다.

이언이 보기에 아서 칼켄트는 그야말로 완벽한 요원이었다. 애국심은 물론이거와 능력적인 면에서도 나무랄 데가 없으니까. 이번 일만 봐도 그랬다. '로미오'가 되는 작전은 까다롭고 어려운데도 훌륭하게 수행했으며, 극단적인 방향으로 바꾼 또다른 작전도 받아들였고, 지금 이 순간에도 냉철하기 그지없는 표정으로 상황을 제어하고 있었다.

[미즈 김, 당신은 아서 칼켄트가 오길 바라야 해. 그게 아니라면, 당신은 결코 편하게 죽지 못할 테니까. 내 보스는 그런 사람이거든. 난 그런 보스의 명령은 무엇이든 듣는 충실한 개이고.]

창고 내에 장착된 도청기를 통해 '보스'의 제2인자, B의 말은 아지트에 모여 있는 십여 명의 M16과 GCHQ의 요원들에게 깨끗하게 전달되었다.

이언은 헤드폰에 손을 대면서 아지트의 내부를 다시 한 번 점검했다. 김햇빛이 납치되어 있는 장소에서 아주 가까운 이곳은 넓지는 않으나 이번 작전에 필요한 모든 장비가 구비되어 있었다. 감시 기능을 완벽하게 수행 중인 이곳에 GCHQ 소속은 세 명이었다. 국장인 이언, 이번 작전을 직접적으로 수행한 아서. 그리고…… 조지는 어디로 갔지?

아서의 파트너이자 몇 시간 전에 중요한 역할을 수행한 조지는 아까 잠시 아서와 함께 나가더니 아직까지 돌아오질 않았다.

조지의 위치를 알아볼 찰나 아지트의 문이 열리더니 조지가 돌아왔다. 고개를 숙인 채 움츠러든 모습이 약간 이상했는데, 이언은 곧 이유를 알 수 있었다. 조지의 코가 부러져서 옆으로 비틀렸기 때문이다. 분명, 누군가에게 한 방 맞은 것이었다.

도청을 듣는 중이었기에 이언은 입 모양으로 무슨 일이냐고 물었다. 조지는 입을 다물었으나 복잡한 감정을 담은 눈으로 이언의 옆자리에 앉아서 도청에 집중한 아서를 쳐다보았다. 이언은 깨달았다.

아서가 어째서 조지를?

[보스가 내게 명령을 내렸지.]

이언은 뛰어난 멀티태스커였다. 귀로는 도청기를 통해 들려오는 B가 하는 말을 듣는 가운데, 상황을 파악하기 시작했다.

단순한 싸움이라면 신경 쓸 필요가 없을 터였다. 그러나 지금은 중대한 작전을 수행하는 중이었다. 이럴 때 평소에 합이 잘 맞는 파트너끼리 싸움을 벌였다면, 굉장히 심각한 일이었다. 아니, 싸움이 아니라 아무래도 아서가 조지에게 일방적으로 주먹을 사용한 것이었다.

아서가 조지를 때릴 만한 일이라면…….

곧 이언은 깨달았다. 보았기 때문이다.

[당신을 강간하라고.]

B의 말이 울리자마자 아서가 어떤 반응을 보였는지, 이언은 확실하게 보았다. 언제나 냉철하기 그지없던 아서의 얼굴이 일그러졌을뿐더러, 어찌나 세게 쥐었는지 꽉 쥔 손등에 푸른 힘줄이 돋아났다. 또한 숨이 막히는지 한 손으로는 목까지 붙들었다.

분노하고 괴로워하는 건가? 저 말 때문에? 그렇다면 아서가 조지를 때린 이유는…….

'보스' 조직에 조지는 돈 때문에 나라를 배신하고 김햇빛을 넘겨준 두더지라고 알려졌으나, 그건 작전을 수행한 결과일 뿐이었다. GCHQ와 M16의 합동작전에 따라 일부러 그렇게 행동한 것이었다.

아서는 그런 사실을 누구보다도 잘 알았다. 그런데도 조지에게 주먹을 휘두른데다가 지금 냉정을 잃고 김햇빛을 저리도 걱정하는 것을 보면…….

이언은 속으로 짙은 한숨을 삼켰다.

정말 큰일 났군.

사내의 말을 듣자마자 햇빛은 저도 모르게 본능대로 행동했다. 귀가 찢어져라 비명을 지르며 자리에서 벌떡 일어났다. 의외로 사내는 햇빛이 그를 뿌리치게 놔두었고, 그녀를 끌어당기는 등의 행동을 하지 않은 채 그냥 따라서 일어날 뿐이었다. 햇빛은 그 틈에 행동했다. 그녀는 무릎을 올려 사내의 다리 사이를 힘껏 걷어찼다.

정확하게 얻어맞은 게 분명한데도 사내는 신음을 내지르지 않았다. 그래서 로봇인 줄 한순간 착각했으나, 허리를 접은 채 꼼짝도 못하는 것을 보고 햇빛은 상대가 인간이라는 것을 체감했다.

이렇게 쳐다보고 있을 틈이 없어!

햇빛은 사내를 옆으로 피하면서 문으로 달려갔다. 쇠로 된 문은 너무도 두꺼워서 평소라면 여는 게 불가능했으리라. 그러나 젖 먹던 힘을 내는 지금은 가능했다. 몇 초 만에 문을 연 햇빛은 기쁨의 미소를 함박 지었으나, 곧 얼어붙고 말았다.

문밖에는 커다랗고 무시무시한 총을 든 남자가 네 명이나 더 있었다. 그들은 낡고 지저분한 옷을 걸쳤을뿐더러, 수염이 난 얼굴은 더럽고도 냉혹해 보였다. 창고 안에 있는 사내보다 훨씬 더 위험해 보이는 건 물론이었다.

"B, 지금 저 조그만 계집년에게 당한 겁니까? 낄낄."

"으와, 대단한 여자네. 나도 맛 좀 볼까?"

"비명은 들리던데, 뽕 가지 못한 거야? 내가 해줄게. 이리 와."

가장 수염이 길고 더러운 한 명은 성큼 다가오기까지 했다. 햇빛이 공포에 얼어붙었을 때, B라고 불린 사내가 어느새 그녀 앞에 방패처럼 섰다.

"닥쳐."

B는 딱 그 한마디만 했다. B의 등 뒤에 있는 햇빛은 B의 표정은 보지 못했다. 그러나 세 명의 거친 남자들이 움츠리는 것은 알 수 있었다. 가장 길고 더러운 수염을 가진 남자 하나만이 주눅이 든 다른 남자들과는 달리 그냥 좀 짜증 난다는 표정을 지었을 때, 햇빛은 B에게 어깨를 붙잡혀서 다시 창고로 돌아가게 되었다.

쿵.

두꺼운 문이 닫히면서 햇빛은 온몸이 다시 얼어붙었다. 그녀는 애걸이라도 해야 한다는 것을 이성적으로는 알았다. 그러나 입이 덜덜 떨려서 아무 말도 나오질 않았다. 그런 그녀를 B는 여전히 무심한 표정 그대로 쳐다보았다.

"놀랐나? 하지만 안심해도 좋아. 그러지 않을 테니까. 동양인 여자는 내 취향이 아니라서."

여전히 B의 목소리는 고저가 없어서 차가웠으나 햇빛에게 순간 거대한 안도감을 심어주었다.

"다른 이들에게는 내가 너를 강간하지 않았다는 사실을 언급하지 않는 게 좋아. 내가 안 그랬다는 사실을 알게 되면 밖에 있는 저 쓰레기들이 한꺼번에 달려들 테니까."

B는 햇빛의 어깨를 끌어서 오른쪽 구석으로 떠밀었다.

"조용하게 입 닫은 채 쪼그리고 앉아 있어. 알았지? 보스가 30분 이내로 올 거야. 죽어도 곱게 죽어야지."

햇빛은 사시나무처럼 덜덜 떨면서 주저앉았다. 전구 덕분에 내부가 잘 보였으나 지금 햇빛의 눈에 보이는 건 없었다. B는 선 채로 잠시 창고 내부를 살펴보는 눈치였다. 십여 분에 달하는 그 시간 동안 햇빛은 미쳐 버릴 것 같았다. 언제 B가 돌변해서 달려들지 알 수 없기 때문이었다.

천만다행으로 B는 아무 짓도 하지 않았고, 어느 정도 시간이 흐르자 문을 열었다. 문이 닫히기 전, 밖에 있는 거친 사내들의 낄낄거림이 들려왔다.

"빨리 끝났네? 맛이 어땠어? 좋아?"

곧 쿵 하는 무거운 소리와 함께 문이 닫혔다. 좁은 창고에 갇힌 햇빛에게 남은 것은 전구의 희미한 빛뿐이었다.

이언은 아지트의 요원들에게 말했다.

"30분 남았다."

방금 B가 한 말은 깊게 분석할 필요도 없었다. 말 그대로, '보스'의 정체 모를 보스가 등장하기까지 30분이 남았다는 뜻.

보스가 등장하면 바로 창고의 벽 한 면을 폭발시켜서 진입한 뒤, 김햇빛을 구하고 보스를 제외한 인간들을 사살하는 것.

그게 계획이었다. 중간에 변수가 발생하지 않는 이상 그렇게 되리라. 문제는 변수 자체지만.

이언은 아서에게 시선을 주었다. 현재 아지트에 있는 다른 요원들도 아서를 의아하게 생각하는 눈치이긴 했다. 작전을 수행할 때 언제나 냉철한 모습을 보여줬기 때문이었다. 그러나 지금은 달랐다. 아서는 강간 이야기가 나오면서부터 눈에 띄게 감정을 드러냈다.

이언은 정말이지 놀랄 수밖에 없었다. 아서는 강간 이야기를 꺼낸 B의 정체를 알고 있기 때문이었다.

B는 '보스' 조직에 침투한 M16의 최정예 요원이었다. 보스의 명령에 무조건적으로 따르는 척 행동하면서 넘버 2의 자리까지 성공적으로 올라간, 매우 유능한 존재. 실제로는 보이지 않게 여러 방해 작업을 수행한 건 물론이었다. 아서를 살해하라는 보스의

명령에 따르긴 했으나, 의도적으로 생명에 지장이 가지 않는 정도로만 총상을 입혀서 GCHQ와 M16에 경고를 해주었으며, 도청기를 우연히 발견한 김햇빛을 즉시 죽이라는 보스의 명령을 듣고 김햇빛이 집에 없을 때 폭탄을 터뜨리기도 했다. 그리고 그런 임무 실패를 보스가 신뢰하는 다른 부하가 저지른 것으로 포장했다. 분노한 보스는 그런 부하 여럿을 살해하라는 지시를 내렸고, 그건 곧 세력 약화로 이어졌다.

B는 그야말로 아주 뛰어난 요원이었다. 아서는 B 요원의 인적 사항에 대해서는 알지 못하고 따로 만난 적도 없었지만, 능력적인 면은 브리핑을 받았기에 아주 잘 알 터였다. 또한, 아서는 지금 B가 햇빛에게 극명하게 겁을 주는 것도 작전의 과정이라는 것도 잘 알리라. 햇빛을 위로하기 위해 진짜 정체를 드러냈다간 작전 자체가 날아갈 위험이 있기 때문이었다.

그런데 그 모든 걸 아는데도 아서는 지금 분노로 그득한 상태였다. 손등에 푸른 힘줄이 올라올 정도로 주먹을 거세게 쥔 것을 보고, 이언은 아서의 감정이 위험한 선까지 올라갔다는 것을 알았다.

"칼켄트 요원."

이언은 더 말하지 않고 공식적인 직위만 불렀다. 아서는 바로 알아들었고, 눈을 질끈 감았다가 떴다. 새까만 눈동자에 치솟았던 불길은 그 짧은 시간 뒤 사라졌다. 이언은 만족하며 고개를 끄덕였고, 기다리기 시작했다. 보스가 나타나기를. 그래서 계획대로 사로잡을 수 있기를.

그러나 변수가 생겼다.

❖　❖　❖

처음에는 그저 멍했다. 망치로 뒤통수를 후려 맞은 느낌. 그 고통과 진동이 온몸에 아직도 남아 있는 느낌.

그러나 시간이 점차 흐를수록 햇빛은 정신을 차리게 되었다. 그것 이외에는 할 수 있는 게 없기 때문이었다. 아니, 기절하거나 정신줄을 놓은 채 멍청하게 벌벌 떨 수도 있긴 했다.

하지만 그럴 순 없다. 아서에게 돌아가야 하니까. 그리고 어머니와 아버지에게…… 건강하게 돌아가야 하니까.

이런 상황이 되자 햇빛은 한국을 떠난 뒤로 거의 생각하지 않았던 부모님이 떠올랐다. 따스하지만 아버지를 거역하지 못하는 어머니 그리고 권위적이며 냉정하기 그지없는 아버지.

아버지가 미웠다. 언니 때문에 아직도 원망스러웠다. 하지만 언니의 장례식 때 한없이 슬픈 눈빛으로 입을 꽉 다물고만 있던 아버지가 이 순간 떠올랐다.

당시엔 당신 때문에 자식이 죽었는데 눈물 한 방울 내비치지 않았던 아버지를 증오했었다. 그러나 지금은 그저,

「보고 싶다…….」

햇빛은 저도 모르게 혼잣말로 중얼거렸다가 바로 입을 닫았다. 두꺼운 철문 밖으로 새어 나가지는 않겠지만, 그래도 찍소리도 낼 순 없었다. 소리를 냈다간 밖의 남자들이 들어올 수도 있으니까.

믿음을…… 가지자.

아무리 생각해도 암울하기 그지없었으나, 햇빛은 용기를 박박 긁어모았다.

여기서 무사히 빠져나갈 수 있을 거라는 걸 믿자. 부모님을 다시 만날 수 있을 거라고, 아서를 다시 안을 수 있을 거라는 걸 믿자. 그런데…… 아서는 기밀문서를 가지고 날 구하러 올까?

공포와 두려움을 잊기 위해 필사적으로 이런저런 생각에 빠진 햇빛은 눈을 더욱 꾹 감았다. 현실에서 도망칠 수 없다는 사실을 다시금 깨달았으나, 할 수 있는 건 그것뿐. 아니, 한 가지 더 있었다. 시간이 가기를 기다리는 것.

햇빛의 소원대로 시간이 흘렀다. 그리고 몇십 분인지 혹은 몇 시간인지 알 수 없는 시간이 흐른 뒤, 장벽같이 느껴지는 두꺼운 문이 열렸다.

그 보스가 온 건가? 날 죽이려고?

"안녕, 예쁜이?"

보스가 아니라 아까 문밖에 있던 네 명 가운데 한 명이었다. 영국에서 흔히 볼 수 있는 전형적인 백인으로, 새까만 턱수염의 지저분한 남자였다. 들고 있는 총은 크고 두꺼워서 아주 무시무시해보였으나 더 두려운 건 더러운 욕구로 그득한 눈빛이었다.

햇빛은 벌떡 일어났다. 갑작스러운 행동에 온몸이 욱신거렸지만 그런 걸 느끼고 있을 틈이 없었다. 그녀는 저도 모르게 비명을 질렀다. 그러자 문이 거칠게 열리더니 B가 등장했다. B는 여전히 감정이라고는 한 점도 보이지 않는 차디찬 얼굴이었다.

"뭐 하는 거지?"

"뭐 하긴, 나도 맛 좀 보려고."

남자는 기다란 총을 어깨에 메고는 두 손으로 허리춤의 벨트를 매만졌다.

"B, 너만 재미 보냐? 나도 재미 보고 싶거든?"

"보스는 내게만 강간 명령을 내렸지."

B의 목소리에는 고저라고는 전혀 없었다. 그러나 햇빛은 묵직한 무게감을 느꼈다. 아니, 그녀는 동아줄을 발견한 느낌이었다. 그녀와는 반대로 남자는 얼굴을 찌그러뜨리더니 이를 갈았다.

"한 명이 그러나 두 명이 그러나 무슨 상관이라고?"

"보스의 명령이니 상관있지."

"나 여자 맛본 지 오래됐어. 보스가 오려면 아직 시간이 좀 걸릴 것 같은데 잠깐만 눈감아봐!"

B가 버럭 소리를 지르자, 문 쪽으로 두 명의 남자가 더 다가왔다.

"B, 우리가 뭘 하든 보스가 어떻게 알겠어요?"

남자들은 마치 맛난 사탕을 눈앞에 둔 아이들처럼 B를 조르기 시작했다. 약간이지만 B를 두려워하는 기색도 보였으나, 햇빛에게 꽂힌 더러운 시선은 집요하기 그지없었다.

"빌어먹을 아서 칼켄트 때문에 우리도 고생 존나게 했는데, 보상은 좀 받아야 하지 않겠어?"

"보스의 명령을 어길 순 없다."

B가 강경하게 내뱉은 순간이었다. 네 명 중에 모습이 안 보였던

나머지 한 명이 갑자기 나타났다. 가장 길고 더러운 수염을 기르고 있는데다가 아까 B에게 유일하게 주눅 들지 않았던 검은 머리칼의 남자였다. 남자는 손에 들고 있는 총구를 B의 관자놀이에 댔다.

"보스가 이미 허락했다면?"

B는 천천히 고개를 돌려 검은 머리의 남자와 마주했다. 총구가 미간 사이를 똑바로 가리키고 있었으나 B는 여전히 고저 없는 목소리로 답했다.

"보스는 내게만 명령을 내리지."

"그건 네가 보스의 명령을 계속해서 충실하게 따랐을 경우에만이지. 너는 보스의 명령에 불복종했어. 왜 저년을 강간하지 않았지?"

욕정으로 번뜩였던 나머지 세 명의 남자가 어리둥절한 표정이 되었다. 검은 머리의 남자는 그들에게 설명하듯 말했다.

"이놈은 저년을 강간하지 않았어. 그래, 동양인 여자가 네 취향이 아니라니 그럴 수도 있겠다 싶긴 해."

녹음도 됐고, 녹화도 된 건가?

차라리 벽의 일부가 되고픈 충동 때문에 구석에 바싹 붙어 서 있었던 햇빛은 잘 벼려진 시퍼런 칼날처럼 살벌하기 그지없는 이 분위기가 너무도 무서웠다. 그러나 생존 본능 때문에 어느 때보다 상황 판단을 정확하게 할 수 있었다.

그 보스가 여길 감시하는 거야? 그리고 저 B라는 사내는…… 왠지 나를 보호해 주는 느낌인데…….

"그런데 지금 우리가 저년을 따먹는 걸 왜 막는 거지? 보스가 저년을 강간하라고 지시했잖아? 니놈이 취향 때문에 못한다면, 우리가 해야겠어."

"그래, 마음대로 해. 단, 내가 먼저 하겠어."

B는 몸을 돌려 햇빛에게 다가왔다. 햇빛이 그야말로 얼어붙었을 때, 검은 머리 남자가 그제야 총구를 내리더니 비웃었다.

"네 취향이 아니라면서?"

"내 충성심을 의심받으니 어쩔 수 없지. 너, 이리 와."

B는 한 손으로는 햇빛의 손목을 붙잡고, 바로 옆에 서 있는 다른 남자에게 가까이 오라고 손짓했다. 다음 차례라고 생각했는지 남자는 희희낙락하게 웃고는 총을 어깨에 메고 다가왔다. B는 남자의 목을 붙잡아 억센 힘으로 뒤돌려서 그와 햇빛 앞에 세웠다. 마치 방패처럼. 그리고 이렇게 말했다.

"폭파."

쾅!

B의 말이 짧게 울리자마자 햇빛이 서 있던 옆의 벽이 폭탄을 맞은 것처럼 터져 나갔다. 콘크리트 덩어리가 여기저기로 솟구치면서 날아다녔고 먼지도 자욱하게 일어났다. 위험하기 짝이 없는 상황이었으나 남자를 방패막이로 삼은 B가 햇빛을 등 뒤에 둬서 거의 완벽하게 보호한 터라 햇빛은 고막이 윙 하고 울리는 것 이외에 다른 육체적인 고통은 느끼지 못했다.

폭발의 충격으로 서 있던 세 명의 남자는 전부 쓰러진 상황이었다. 콘크리트를 얻어맞아 누군가는 신음을 흘렸고, 또 다른 누군가는 먼지 때문에 콜록거렸다. 그리고 또 다른 누군가는 총을 쏘았다. 맞은 건 B가 방패로 삼은 남자였다.

방패막이가 된 남자가 비명을 지를 때, 햇빛은 B가 어느새 허리춤에서 빼 든 총을 마주 쏘는 것을 보았다. 세 방의 총알을 맞은 남자는 비명도 못 지르고 축 늘어졌다. B는 쓰러져 있는 두 명의 남자에게 총구를 겨누었고, 남자들은 총을 손에 제대로 쥐지도 못하고 항복의 의미로 빈손을 하늘로 들었다. 그때, 인기척이 들리더니 뻥 뚫린 구멍을 통해 사람들이 빠르게 나타났다.

액션 영화에서 본 것처럼 방탄복과 고글, 마스크 등의 장비를 갖춘 십여 명의 남자들이었다. 한 손에 총을 든 그들 가운데 두 명이 가장 빠르게 햇빛에게 다가왔다. 그리고 나머지는 총을 맞고 쓰러진 두 명의 생사를 확인했으며, 아직 살아 있는 두 명에게 총을 겨누었다. 그와 반대로 B에게는 잘했다는 듯 고개를 끄덕여 주었다.

햇빛은 먼지 때문에 입을 가로막았다. 손이 희미하게 떨리고 있다.

어째서 B에게는 총을 안 겨누지? 물론 B는 방금 마치 날 보호하는 것처럼 행동했다. 그렇다면…… B는 악당이 아니라는 건가? 특수요원인 건가? 특수요원이 날 납치한 상태 그대로 놔두고, 날 강간할 것처럼 위협했던 거야?

「햇빛.」

가장 빠르게 햇빛 앞으로 다가온 남자는 마스크를 벗으며 정확히 한국어로 그녀의 이름을 불렀다. 사시나무처럼 덜덜 떨면서 B를 바라보고 있던 햇빛은 조용히 고개를 움직여 눈앞의 남자를 바라보았다.

퇴폐적인 새까만 머리카락과 아름다운 이목구비, 멋진 몸을 가지고 있는 남자. 처음 본 순간 그녀의 시선을 앗아갔고, 결국 사랑에 빠지게끔 만든 존재.

"아서."

"그래."

아서는 들고 있던 총을 총집에 넣고는 장갑도 벗은 뒤 맨손으로 햇빛의 뺨을 만졌다. 온몸이 점점 더 떨리기 시작한 상황인데다가 머릿속이 갈가리 찢어진 종잇조각 같기에 햇빛은 반응하지 못했다. 그녀는 멍하니 아서와 눈을 마주했다. 여러 복잡한 감정이 그의 까만 눈 속에서 휘몰아치고 있었으나 햇빛은 그 감정의 이름이 무엇인지 지금은 알 수가 없었다. 지금은 그저, 강간과 죽음 앞에서 구원받게 된 이 상황이 믿기지가 않을 뿐이었다.

"웨인, 아까 넌 5분간 자리를 비웠지. 그동안 보스와 연락했나? 어떻게 연락했지? 지금 보스는 어디에 있지?"

B가 여전히 고저가 없는 목소리로 검은 머리 남자, 웨인에게 다가가 캐묻는 게 들렸다. 요원들에게 제압당한 웨인은 입에 거품을 물고 고함질렀다.

"개새끼! 위장요원이었던 거냐! 저 여자를 미끼로 삼아 보스를 끌어낼 계획이었나?"

웨인이 내뱉는 외침 가운데 한 단어가 멍하니 서 있는 햇빛을 두들겼다.

나를 미끼로 삼아? 미끼? 미끼라고?

"일단, 나가죠."

낯익은 목소리가 옆에서 울렸다. 멍하니 소리를 따라 아서의 옆을 본 햇빛은 생각지도 못한 사람을 발견했다. 그녀를 악당, 아니, 위장요원인 B에게 팔아넘긴 조지였다.

"조지는 명령을 받고 그런 거야. 악당이 아니야."

햇빛이 비명을 지르기 전 아서가 재빨리 말을 이었다. 악당이 아니라는 말이 귀에 들어오자 햇빛은 이해했다. 다행이라는 생각이 아주 크게 들었으나 동시에 또 다른 의문이 들었다.

명령을 받고? 그러니까…… 작전이었단 말인가? 내가 납치당한 게? 설마, 설마?

떠오른 사실 때문에 순간 시야가 허옇게 변했다. 거대한 안도감은 물론 또 다른 충격이 그녀를 사정없이 덮쳤기 때문이었다.

「햇빛!」

아서는 휘청거리는 햇빛을 안아 들었다. 방탄복의 두껍고 단단한 재질 때문에 처음에 햇빛은 냉기만 접할 뿐이었다. 그러나 곧 그녀는 자신의 온몸을 보호하듯 감싸는 아서의 행동에 온기를 느낄 수 있었다. 하지만…….

"나가고 싶어요."

이 답답한 공간에서 어서 벗어나고 싶었다.

"그래, 가자. 안심해. 이제 끝났어."

아서는 위로하듯 말을 이으며 햇빛을 안은 채로 움직였다. 사방에 위험하게 널려 있는 콘크리트 조각 때문에 구멍이 뚫린 벽이 아니라 계단으로 가던 아서는 아주 잠시 걸음을 멈추었다. 웨인이 다시 입을 열었기 때문이다.

"끝났다고? 이게 끝인 것 같아? 아서 칼켄트! 보스가 널 가만 놔둘 것 같아? 킥!"

B 요원이 발로 목을 짓밟자 웨인은 고통의 비명을 토했다.

"정보를 내놓지 못하면, 죽음을 구걸하게 될 거야."

B 요원의 목소리는 여전히 감정의 고저가 없었다. 햇빛이 변조한 컴퓨터 음성 같다는 생각을 언뜻 떠올렸을 때, 아서는 성큼성큼 계단으로 올라갔다.

건물 밖에는 방탄복 등을 걸친 요원들로 그득했다. 그들을 보자 햇빛은 다시금 눈앞이 안도감으로 아찔해졌다. 아서는 햇빛을 구급차로 데려갔다. 대기 중이던 의사는 햇빛을 앉힌 뒤 진찰했다.

"큰 문제는 없지만 입원해서 정밀 검사를 받는 게 좋을 것 같습니다."

햇빛은 병원에 가기 싫다고 말하고 싶었으나 힘이 없었다. 의사는 그녀가 탈진했다는 사실을 알아차리고는 즉시 팔에 수액 링거를 연결했다. 아서는 옆에 있는 담요를 그녀의 어깨에 둘러주었다.

담요는 제법 두꺼웠으나 햇빛은 그저 추울 뿐이었다. 그녀는 저도 모르게 윗니와 아랫니를 부딪쳐서 딱딱 소리를 내었다. 아서는 안타까운 표정으로 그녀를 꼭 끌어안았다. 그의 단단한 가슴에 얼굴을 묻은 햇빛은 눈을 질끈 감았다. 그러나 눈을 감은 세상 속에도 어둠은 있었다. 그래서 햇빛은 눈을 뜰 수밖에 없었고, 고개를 옆으로 돌렸다가 계단 위로 요원들이 줄지어 나오는 것을 보았다.

몇몇 요원들은 시체가 든 것으로 보이는 두 개의 검은색 자루를 들고 있었다. 나머지 요원들은 죽지 않은 나머지 두 명의 악당을 삼엄하게 둘러싼 상태로 걸음을 옮기고 있었는데, 그 두 명의 얼굴 위에는 시야를 완전하게 틀어막는 검은색의 커다란 안대가, 손목에는 두꺼운 수갑이 채워져 있었다.

요원들은 두 개의 자루를 왼쪽 차에, 두 명은 오른쪽의 다른 차 두 대에 각각 한 명씩 던지듯 태우고는 양옆에 탔다. 앞뒤로 두 대의 차까지 포함해서 총 다섯 대의 차가 출발했고, 가장 커다란 차 한 대만 남은 가운데 주변에는 몇몇 요원들이 이래저래 바쁘게 뛰어다녔다.

이제 정말로 안전하다. 강간도 당하지 않을 것이고, 죽임도 당하지 않을 것이다. 안전하다. 안전할 것이다.

햇빛은 몸을 벌벌 떨기 시작했다. 심상치 않은 것을 느꼈는지 아서는 운전석에 있는 구급대원에게 빠르게 말했다.

"병원으로!"

"아니, 싫, 싫어요. 안 다쳤어요. 욕조, 욕조에 들어가고 싶어요. 뜨거운 물에 들어가고 싶어요."

언니가 그렇게 된 뒤 한 번도 사용하지 않은 욕조에 갑자기 들어가고 싶었다.

햇빛은 서둘러 내뱉었고, 아서는 로열 오브 로열 호텔이 가깝다면서 그곳으로 가자고 말했다. 구급차가 쏜살같이 달리기 시작하는 가운데, 햇빛은 멍하게 아서가 걸친 방탄복만 쳐다보면서 입을 다물었다. 아서는 호텔에 전화해서 이름을 대고 스위트룸과 욕조 안에 뜨거운 물을 준비하라고 지시 내린 뒤, 침묵을 지켰다.

20여 분 만에 차는 호텔의 뒷문에 도착했다. 의사가 링거를 빼 주자 아서는 햇빛을 안아 든 채 엘리베이터를 타고 빠르게 올라갔 다. 그는 햇빛을 욕조 가장자리에 앉히고는 부드럽게, 그리고 동 시에 빠르게 옷을 벗겨주었다. 햇빛은 곧 알몸으로 욕조에 몸을 묻게 되었다.

김이 피어오를 만큼 뜨거운 물에 들어가자마자 햇빛은 온몸에 소름이 돌았다. 그제야 손안에 분명하게 잡히는 것처럼 실감이 났 다.

죽지 않았다! 죽지 않았어! 살아 있어!

깨달음과 더불어 무언가 뭉쳐 있는 것이 목구멍을 타고 꾸역꾸 역 치솟았다. 눈물이었다. 아니, 통곡이었다. 그리고 동시에 비명 을 지르고 있었다.

"괜찮아."

지금 이 세상에 존재하는 소리는 날카로운 비명과 구슬픈 통곡 뿐인 줄 알았다. 그러나 아니었다. 뜨거운 물속에서 온몸을 웅크 린 채 발작하듯 떨던 햇빛의 귓속에 필사적으로 달래는 목소리가 흘러들어 왔다.

아서 칼켄트. 여자를 좋아하는 귀족가의 망나니가 아니라, GCHQ라는 이름도 어려운 영국 정보기관의 요원인 남자.

그녀에게 결혼을 전제로 만남을 가지자면서 유혹한 남자. 그녀 가 사랑하는 남자. 사랑하는…… 하지만…….

"이제 안전해. 괜찮아."

아서는 부드럽게 속삭이고 있었다. 언제 욕조에 들어왔는지 알 수 없었으나, 그는 그녀를 꼭 끌어안은 상태였다. 어지간히 급했는지 방탄복만 벗고 나머지 옷은 그대로 걸친 상태였다.

"다시는 이런 일이 없을 거야."

햇빛은 입을 열었지만, 목이 쉬도록 통곡한지라 말소리가 나오질 않았다. 더군다나 갑자기 눈앞이 핑 돌았다. 그녀는 아서의 어깨에 머리를 떨어뜨리듯 댄 채 눈을 감았다. 세상은 여전히 까맣지만, 눈을 뜨면 밝아진다는 것을 잘 안다. 더없이 안도감이 드는 사실.

햇빛은 벼랑에서 추락하는 것처럼 휴식 같은 수면 속으로 떨어졌다. 오래 쉴 수 없다는 사실은 잘 알지만…….

햇빛은 눈을 뜨기도 전에 통증을 먼저 인식했다. 전날에 대체 뭘 한 건지, 전신 근육이 비명을 질렀다. 햇빛은 입술을 깨물어 간신히 비명을 참고는 몸을 일으켰다.

커튼 사이로 들어오는 정오의 햇살을 받고 있는 드넓은 침실은 호화로우면서도 정결했다. 일반 가정집과는 달리 지나치게 반듯하면서도 깔끔한 면이 보이자 햇빛은 호텔이라는 것을 곧 깨달았다.

내가 왜 호텔이 있지?

옷이 내려가는 느낌이 들어서 내려다보니 자신은 새하얗고 푹신하며 긴 가운을 걸치고 있었다. 안에 아무것도 안 걸친 건 물론이었다.

내가 왜…… 아.

버튼을 켠 것처럼 기억이 한 번에 밀려왔다. 아니, 잠금장치가
고장 난 수도꼭지에서 터지는 물처럼 콸콸 쏟아졌다.

조지가 가져다준 김밥을 먹고 잠에 빠졌다가 납치당했던 것. 목
소리에 고저가 없던 사내 B와의 만남. 떠올리는 것 자체가 구역질
이 날 정도로 두려운 강간 위협과 살해 위기. 벽이 폭파되고 총을
맞고 쓰러진 나쁜 악당들 그리고…….

아서는 어디로 갔지?

아서를 생각하자마자 동시에 떠오르는 생각이 있었으나, 햇빛
은 일단 미뤄놓은 채 입을 다물면서 바닥에 발을 디디고 섰다. 욱
신거리는 근육통이 상당히 심했지만 그녀는 천천히 걸음을 옮겨
서 문을 열고 침실 밖으로 나갔다.

맛있는 냄새가 햇빛을 환영했다. 햇빛은 거실 테이블 위에 나열
되어 있는 다양한 음식이 아니라 그녀를 보자마자 소파에서 일어
나는 아서를 눈에 먼저 담았다. 그는 미소를 지었으나, 이전처럼
환하고 따스하지 않았다. 차갑고 희미하다고나 할까.

"깨어났군."

아서는 햇빛을 거실 소파로 데려와 앉히고는 식사부터 하라고
말했다. 이전과는 달리 포크를 손에 쥐어주지도 않았고, 그렇게
다정한 어투도 아니었다.

아니, 아주 차갑다, 이전과는 달리.

그 사실을 잘 알고 있었으나 햇빛은 아무 말도 않은 채 조용히

식사했다. 냄새가 그녀를 유혹하는데다가 허기가 졌지만, 사실은 먹고 싶지 않았다. 그러나 기운이 있어야 했다.

햇빛은 꼭꼭 씹으면서 천천히 식사했고, 디저트와 커피까지 다 먹었다. 배가 부르자 온몸에 힘이 솟았다. 식사하길 잘했다고 생각하며 햇빛은 잔을 테이블 위에 내려놓았고, 맞은편에 앉아 있는 아서를 똑바로 쳐다보았다.

"할 말, 있지?"

아서는 조용하게 질문했고, 햇빛은 꼭 쥔 주먹을 무릎 위에 올렸다.

"네."

"나가면서 이야기하지. 난 지금 나가야 해."

"아서."

"옷 입어."

냉기가 깔려 있는 목소리였다. 아서는 일어나기까지 했고, 햇빛은 울컥 눈물이 치솟았으나 아서가 가리킨 곳에 있는 종이가방을 들고 침실로 들어가서 갈아입고 나왔다. 아서는 벌써 문가에 있었다. 그는 햇빛이 다가오자 말도 없이 나갔다.

당황한 햇빛은 한 손에 룸의 카드키를 든 채 서둘러 따라서 나갔다. 기다릴 생각이 전혀 없는지 아서는 복도를 걸어서 엘리베이터 쪽으로 가고 있었다.

"아서!"

복도에 두어 명의 사람이 서 있었으나 햇빛은 순간 예의도 잊고 저도 모르게 비명처럼 크게 소리를 지르고야 말았다. 아서는 우뚝 멈추고는 짜증이 섞인 얼굴로 뒤돌아 날카롭게 내뱉었다.

"목소리 낮춰."

윗사람이 아랫사람을 야단치는 어투였다. 굴욕적인 느낌 속에서 햇빛은 걸음을 우뚝 멈추고야 말았다. 아서는 엘리베이터를 탄 뒤 턱짓을 했다.

"안 타고 뭐 해?"

햇빛이 움직이질 않자 아서는 그녀의 손목을 우악스럽게 움켜쥐고 안으로 끌어당겼다. 햇빛은 손길을 뿌리치고 싶었으나 아서의 힘이 워낙 강했다. 등 뒤로 엘리베이터의 문이 닫힌 가운데, 햇빛은 아서의 얼굴을 올려다보았다.

이렇게나 시리도록 냉정한 표정은 처음이었다. 강렬한 끌림을 느꼈던 첫 만남 때부터 뜨겁게 사랑을 나누었던 그 뒤의 데이트, 그리고 납치에서 돌아와서 울부짖던 그녀를 위로해 준 어젯밤을 비롯해서, 아서가 이렇게까지 냉정한 눈빛으로 그녀를 쳐다보는 건 처음이었다.

소름이 끼친다.

"나를 기만한 거죠?"

햇빛은 물었다. 어제인지 아니면 그제인지 알 수 없지만 얼마 전에 내뱉은 질문이었다. 그때 아서는 즉각 답했었다. 아니라고.

"그래."

지금의 아서는 그렇게 답했다. 햇빛은 잘못 들은 줄 알았다. 아니길 바라는 마음이 너무도 컸기 때문이었다. 구출되면서부터 웨인이라는 이름의 악당이 미끼라는 단어를 내뱉은 순간부터 사실이었으나, 그가 부정해 주길 너무도 바랐다. 그러나 아서는 햇빛의 갈망을 짓밟으며 이렇게 이어 말했다.

"보통 일개 요원에게 복수하진 않는데, 내가 하부 조직을 궤멸시켜서 그런지 그 보스는 그러려고 하더군. 내게 원한이 많다는 뜻이지. 그래서 그 점을 이용해서 얼굴도 알 수 없는 보스를 이끌어내기로 결정했어. 보스의 복수심을 충족시키기 위해 내가 사랑하는 여자를 미끼로 내세우기로 했지. 마침 당신이 내 주변에 나타난데다 총상을 입은 날 발견했기에 당신을 미끼로 쓰기로 결정했어. 사랑하는 척하는 건, 쉬웠지. 우린 그걸 '로미오' 작전이라고 해."

아서는 얼음장 같은 목소리와는 달리 너무도 친절하게 설명하고 있었다.

"보스가 당신이 진짜인지 의심하기에, 당신 집에 설치한 도청기를 그대로 놔뒀어. 아무리 나라도 엿듣는다는 걸 잘 아는 상황에서 섹스를 하는 건 힘들긴 했지. 하지만 처녀인 당신을 유혹하는 건 정말 재밌는지라 어렵진 않았어."

아서는 싱긋 웃었다. 즐거운 기억을 떠올리듯.

"당신을 보스에게 넘겨준 것도 계획의 일부야. 그래야 보스가 모습을 드러낼 거라고 생각했으니까. 하지만 실패했어. B가 당신을 강간했더라면 나타났겠지만, B는 그러지 않았지. 이해가 가는 행동이지만……."

아서는 말을 흐리고는 얼굴을 살짝 찡그렸다. 햇빛은 그가 아쉬워한다는 것을 알아차렸다.

내가 강간당하길…… 그렇게 해서라도 보스를 잡기를 바랐다는 건가?

"그렇게나 주변을 수색했는데도 보스를 결국 잡지 못했어. 더군다나 보스는 내가 당신을 일부러 미끼로 던져 줬다는 사실도 알아차린 것 같더군."

"……러니까."

말이 잘 나오질 않았다. 햇빛은 짧은 기침으로 목을 가다듬었다. 그러나 목에서 피가 나는 것 같은 통증은 사라지질 않았다. 아니, 온몸에서 피가 뿜어져 나오는 것 같았다. 아서의 몸짓과 표정, 눈빛과 말의 내용, 어투 자체가 시퍼렇게 벼려진 칼날처럼 변해서 그녀의 온몸을 난도질하는 것 같았다. 아니, 하고 있다.

아서가 나를 버리고 있다. 쓸모를 다했다면서, 잔인하게 내던지고 있다.

"그러니까."

햇빛에게 솟구친 여러 가지의 충동 중에 가장 큰 것은 바로 붙잡고픈 절실함이었다. 바짓가랑이를 붙들고픈 그 마음.

그러나 그럴 순 없다.

"그러니까, 정말로 나를 기만했다는 거로군요."

"썬샤인."

아서는 환하게 웃었다. 그야말로 태양같이 빛나는 미소를 지은 채, 이어 말했다.

"그동안 고맙고 즐거웠어. 처녀와 섹스한 건 처음이었는데―"

짝!

햇빛은 큰 소리를 듣고서야 자신이 아서의 **뺨**을 때렸다는 사실을 알아차렸다. 등 뒤에서 몇몇 사람들이 크게 놀라 숨을 들이켜는 소리가 났다. 엘리베이터가 언제 1층에 도착해서 문이 열렸는지 햇빛은 알 수 없었다. 웅성거리는 소리를 들으니, 엘리베이터 밖에 몇 명이 서 있는 것 같았다. 그들 모두 그녀가 아서의 **뺨**을 때리는 걸 목격했으리라. 그러나 햇빛은 그 사실을 신경 쓸 수가 없었다.

"손이 맵네?"

고개가 옆으로 돌아갔던 아서는 다시 얼굴을 마주하고는 핏 비웃었다. 햇빛은 그 웃음 자체를 참을 수 없었다. 그녀는 다시 손을 뻗어 그의 다른 쪽 **뺨**을 후려쳤다.

다시금 큰 소리가 났다. 어찌나 세게 때렸는지, 햇빛은 손바닥이 얼얼할 정도였다. 그러나 그녀는 멈추지 않고 한 대 더 때렸다.

"세 대."

아서의 입술이 터졌고, 핏방울이 배어 나왔다. 하지만 그는 여전히 빙글빙글 웃고 있었다.

"이 정도면 값은 치른 거야. 아, 물질적으로 피해 본 것도 좀 많지? 조지가 알아서 해줄 거야. 더 필요하면 말해."

아서는 턱짓으로 햇빛의 뒤를 가리켰다. 햇빛은 시야가 흐릿해지자 눈물이 고였다는 것을 깨달았으나 눈물이 **뺨**으로 흐르게 놔둘 생각은 전혀 없었다. 그녀가 손등으로 거칠게 눈물을 닦아낼 때 아서가 다시 말했다.

"그동안 즐거웠어, 미즈 김."

아서는 고개를 숙여 아주 가볍게 햇빛의 입술을 훔쳤다. 어떤 감정도 깃들어 있지 않은 냉담한 키스였다. 햇빛이 너무도 기가 막혀 어찌할 바를 몰라 우두커니 서 있기만 할 때, 그는 능글거리며 속삭였다.

"섹스가 고프면 와. 한 번은 자줄게."

"아서!"

소리를 내지른 건 햇빛의 등 뒤에 있는 사람이었다. 햇빛은 조지라는 것을 깨달았으나, 아무래도 상관없었다. 아서는 다시 핏비웃더니 걷기 시작했다. 아서의 어깨가 그녀의 어깨를 스쳤다. 그게 마지막이었다. 그는 사라졌다.

햇빛은 파르르 떨리는 두 주먹을 꾹 쥔 채 사력을 다해 뒤돌지 않았다. 사랑하는 남자가 아니라 쓰레기가 사라졌다는 사실을 후련하게 생각하는 것처럼 보이고 싶었다. 그러나 눈가에 끊임없이 고이는 눈물 때문에, 누구도 그렇게 보지 않으리라.

"미즈 김."

안타까워하는 목소리가 앞에서 울렸다. 조지가 목소리에서 흘러나오는 감정을 얼굴에 드러낸 채 그녀를 바라보고 있었다. 그는 그녀의 어깨를 아주 살짝 잡고는 엘리베이터 구석으로 가게 했고, 앞을 가로막음으로써 타인들의 시선을 차단했다. 또한 햇빛이 어느 사이엔가 바닥에 떨어뜨린 카드키를 주워들었다.

"이야기할 게 있습니다. 묵고 있는 룸으로 가요."

조지는 위로하듯 다정하게 속삭이고는 10층에 엘리베이터가 멈추자 햇빛의 어깨를 부드럽게 잡은 채로 움직여서 카드키에 표시

된 룸으로 데려갔다. 안으로 들어가자마자 햇빛은 침실로 혼자 뛰어 들어갔다.

등 뒤로 문을 닫자마자 바닥에 쓰러지듯 미끄러진 햇빛은 한동안은 그냥 가만히 주저앉아 있었다. 그러나 어느 순간, 고여 있던 눈물이 폭포수처럼 흘러나오기 시작했다. 눈물, 아니, 통곡이었다. 어제 구출된 뒤 아서의 품속에서 깊고 깊은 안도감과 함께 쏟아냈던 것.

그때 비명과 통곡을 멈추게 도와준 건 아서였다. 그러나 이제 아서는 없다. 이용 가치를 다한 그녀를 내다 버리고, 걸어가 버렸다.

가버렸다.

9

햇빛이 언니의 비극을 겪었을 때 알게 된 사실이 있다.

내게 무슨 일이 벌어지더라도 세상은 흘러간다는 것. 내가 차라리 죽고 싶을 정도로 아프든 말든, 세상은 언제나 그렇듯이 돌아가고 돌아간다는 것.

그리고 한 가지가 더 있다.

이 또한 지나갈 거라는 것.

인간은 신에게 망각(忘却)을 선물 받은 존재였다. 어떤 고통이든 시간이 흐를수록 엷어지게 마련이었다. 언니를 그렇게 잃었을 당시에는 하늘이 무너져 내리는 것 같았으나, 정신과 치료 등의 노력을 하는 동시에 시간이 흐르자 조금씩 상처가 흐려졌다.

그러니 지금의 이 고통도 언젠가는 흐려질 것이다. 이런 일이 있었다는 사실도 까맣게 잊게 될 것이다.

언젠가 그럴 것이다. 언젠가⋯⋯. 그 언젠가가 대체 언제일까?

햇빛은 칼로 꽃을 다듬는 행동을 멍하니 반복하다가, 오늘 날짜를 떠올렸다. 아서가 떠난 건 오늘로부터 딱 한 달 전의 일이었다. 그동안 아주 멀쩡하게 살았다, 당일을 제외하곤.

당일에는 울고 또 울었다. 결국 조지가 그녀와 이야기하지 못하고 그냥 돌아갔을 정도였다. 그리고 다음날 조지는 다시 찾아왔고, 햇빛은 눈이 퉁퉁 부은데다가 말을 하기 힘든 상황이었으나 설명을 들었다.

영국 정부는 이번 사건의 피해자이자 비자발적 협력자인 햇빛에게 졸업 전까지 학교 근처에 굴뚝까지 있는 시설 좋은 큰 주택을 무상으로 빌려주는데다가 학비와 생활비 전액을 아주 넉넉하게 지원해 주기로 했다. 잿더미가 되어 사라진 옷이나 책 등을 몇 배로 산출한 거액이 담긴 통장은 물론, 플로리스트 관련 자료도 제공해 주기로 한 건 기본이었다. 또한 영국 정부는 학교 측에 요청해서 그동안의 결석 기록을 없애주었고, 원한다면 그동안 듣지 못했던 수업을 나중에 다시 들을 수 있도록 조치를 취해주었다.

그게 끝이 아니었다. 만약 졸업 후에 영국에서 취직한다면, 정부 차원에서 추천장까지 써주기로 했다. 영주권을 제공하는 건 물론이거와 원한다면 시민권도 주겠다고 했다. 물론 그 모든 건 아서의 정체와 사건에 관해 발설하지 않으며, 만약 발설할 시 감옥에 간다는 각서에 사인한 뒤에 제시받은 부분이지만.

어쨌거나 말 그대로 햇빛은 금전적인 이득을 얻은 건 물론 장기적으로도 큰 도움을 받은 것이었다. 현실적인 불편함이 완전히 사라진 것. 일주일 동안 호텔에서 머무르다가 정부가 구해준 집으로 옮겼는데, 굴뚝이 있는 주택은 아주 예쁘고 시설도 훌륭하며 학교가 코앞이라 위치도 매우 좋았다. 또한 학교에서도 그녀를 배려해주어서 공부하기 편했다.

교수들과 동기들의 따스한 시선 속에서 햇빛은 평소와 다를 바 없이 행동했다. 아침에 일어나서 운동을 하고, 열심히 공부하다가 플라워샵에 가서 아르바이트를 하는 것. 정말 똑같았다. 집과 물건이 달라졌고, 아침에 운동을 좀 더 열심히 한다는 것 이외에는 다른 게 없었다. 겉보기에는 그랬다.

그러나 사실 그건, 발버둥의 일환이었다. 오리가 수면 위에 고요하게 떠 있기 위해서는 수면 아래에서 열심히 발짓을 해야 하는 것처럼, 햇빛은 정상적인 생활을 영위하기 위해서 필사적으로 나름의 대응을 취하고 있었다.

아예 생각을 하질 않는 것. 아예 아서를 떠올리지 않는 것.

물론 말은 쉬웠다. 제대로 만남을 가진 건 한 달도 안 되는 짧은 기간이었으나 생전 처음 사랑하고, 육체적인 사랑도 나눈 남자인 만큼 기억에서 완전히 지울 수 있을 리 만무했다. 더군다나 납치에다가 강간 위협, 죽음의 코앞까지 갔던 충격적인 경험과 얽혀 있는지라 잊을 수가 없었다.

아니, 잊는다는 말도 사실은 맞지 않았다.

엄밀하게 말하자면, 아서를 생각하질 않으니까. 그러나 아서는 공기 중에 존재했다. 아무리 내쉰다 한들 들이마실 수밖에 없었다. 때때로 햇빛은 숨을 멈춰보았으나 사람인 이상 살기 위해 호흡을 할 수밖에 없었다. 아서에게 기만당한 것을 생각하면, 죽고 싶을 정도로 고통스럽지만.

아프다. 너무도 아프다. 아서를 바라보았던 눈이, 아서의 목소리를 들었던 귀가, 아서와 뜨겁게 키스했던 입이, 아서의 온몸을 어루만지고 하나가 되었던 육체 전부가 미칠 정도로 아프다.

그래서 햇빛은 언니가 이해가 될 정도였다. 왜 고통으로 그득한 세상을 등질 수밖에 없었는지…….

"썬샤인!"

햇빛은 소리가 들린 곳으로 고개를 돌렸고, 플라워샵의 주인인 필립이 놀란 얼굴로 달려오는 것을 발견했다. 필립은 서둘러 옆에 있는 깨끗한 휴지를 뽑아 가위의 뾰족한 끝에 찔린 햇빛의 손바닥 아래쪽을 눌렀다. 따끔한 통증이 일어났다.

"괜찮아?"

"네. 별거 아니에요. 그냥 좀 따가운 정도인걸요."

"잠깐만. 약상자 가져올게."

필립은 서둘러 상자를 가져와서 출혈이 멎은 것을 확인한 뒤 소독약을 바르고 밴드를 붙여주었다. 다정하고 배려심 넘치는 사람다웠다.

30대 중반인 필립은 학교 근처 플라워샵의 주인으로, 햇빛이 이전에 아르바이트를 했던 샵의 주인인 마가렛에 비하면 그야말로 천사였다. 아르바이트비는 적은 편이지만 인간적으로 대우해 줄뿐더러 플로리스트로서 도움이 되는 말을 자주 해주었다.

"고마워요."

"아니야. 이건 아무 것도 아닌걸."

필립은 고개를 젓더니 햇빛을 지그시 바라보았다. 필립의 편안한 갈색 눈동자가 깊게 물들자 햇빛은 상대의 감정을 깨달았다. 그녀는 본능적으로 필립을 외면하듯 고개를 젓고는 자리에서 벌떡 일어나고야 말았다.

"저…… 오늘은 이만 들어가. 퇴근 시각도 얼마 안 남았고, 이 손으론 무리야."

몇 초의 어색한 시간이 흐른 뒤 필립은 목기침을 한 뒤 말했다. 햇빛은 처음에는 거절했지만, 결국 평소보다 이르게 플라워샵을 나서게 되었다.

집까지는 걸어서 10분도 안 걸리는 거리였다. 빠르게 걷는다면 5분 정도로 가능했지만 햇빛은 집에 들어가고 싶지 않기에 아주 천천히 걸었다. 그러나 결국에는 집에 도착했다.

저번 집보다 두 배는 넓을뿐더러 커다란 굴뚝도 있고 현대적인 설비도 잘 되어 있으며, 인테리어나 가구 모두 깔끔하면서도 푸근한 느낌이라 아주 좋은 공간이었다. 그러나 햇빛은 정을 느끼질 못했다. 이곳으로 오게 된 이유가 떠오르기 때문이었다.

아서, 나를 기만하고 버린 남자.

그런데 어째서 난 아직도 이렇게나 생생하게 그를 기억하는 걸까? 더군다나, 난 누가 봐도 좋은 남자인 필립을 아예 외면하고 있었다.

아르바이트를 시작한 지 3주 남짓이지만 필립은 정말 좋은 사람이었다. 다정한 척 가장했던 아서와는 달리 정말로 상냥한 존재.

그런데도 필립은 눈에 들어오질 않았다. 오로지 아서뿐.

왜 그렇게나 비참하게 당했는데도 난 아서를 그리워하는 거지? 분노하고 죽도록 미워하는 게 정상이 아닐까?

물론 밉긴 했다. 폭력적인 성향이 없는 자신이 저도 모르게 뺨을 세 대나 때렸을 정도였다. 더군다나 다른 사람들이 지켜보고 있는 상황에서 그랬다. 외양을 극도로 중요시 여기는 영국 귀족에게 공개적으로 망신을 준 것.

그 점을 후회하는 건 아니었다. 더 큰 망신을 주지 못한 게 아쉬울 따름이었다. 그러나…….

햇빛은 이런 상황에서는 그를 더 증오해야 한다는 걸 잘 알았다. 그게 정상이다. 그렇게 잔인한 일에 이용당하다가 버림받아 놓고 그리워하는 건, 자존심이라고는 전혀 없는 멍청한 여자나 할 짓이다. 죽도록 미워하다가, 결국엔 잊어야 한다. 그게 정상이다. 그게 나 자신을 지키는 짓이다.

햇빛은 그 사실을 잘 알았다. 그러나 때때로 '햇빛'이라고 속삭이던 그 다정한 목소리가, 특별한 여자라고 외치던 그 깊은 눈빛이, 열정을 다해 뜨겁게 사랑해 주던 그 강렬한 몸짓이 그림자처럼 언제나 그녀를 따라다녔다.

고통의 그림자를 지우는 방법은 여러 가지가 있다. 암흑 속으로 자진해서 추락하는 것도 그 방법 중 하나이다. 그게 바로…… 언니가 택했던 것.

아니다. 나는 그러지 않을 것이다. 언니처럼 나를 사랑하는 사람들을 슬프게 만드는 선택은 하지 않을 것이다.

얼마나 아프든, 나는 이겨낼 것이다.

시간이 흐르면 자연스럽게 잊게 되리라. 햇빛은 경험상 그 사실을 잘 알았다. 하지만 좀 더 시간을 단축시키고 싶었다.

그렇다면…… 뭔가 좀 다른 걸 해볼까? 운동을 더 열심히 해볼까?

몸이 힘들면 생각을 거의 못하곤 했다. 햇빛은 몸을 좀 더 바쁘게 놀리기 위해 운동을 하기로 결정했다.

햇빛은 매일 아침에 하는 런닝과 연결되는 마라톤을 떠올렸으나 다른 것을 택하게 되었다. 다음날, 학교로 가다가 길가에서 낯선 간판을 발견했기 때문이다.

복싱?

반사적으로 아서가 다시금 떠올랐다. 햇빛은 단번에 고개를 저었으나, 학교에서 집으로 돌아오는 길에는 간판 근처에서 기웃거리면서 내부를 몰래 살펴보게 되었다. 창문이 투명하질 않아서 잘 보이질 않았다.

"이보쇼."

한참을 그러고 있자, 문이 벌컥 열리더니 건장한 체격의 40대 흑인 남자가 손짓을 했다.

"들어오쇼."

"네? 저기, 전 그냥 구경만……."

"들어오라니깐."

사내가 안으로 쏙 돌아가자 햇빛은 쭈뼛거리다가 따라 들어갔다. 외부는 허름했으나 내부는 상당히 크고 환할뿐더러 시설도 깨끗했으며 십여 명이 줄넘기를 하거나 샌드백을 치고 있었다. 몇 명은 링 위에서 스파링도 주고받고 있었는데, 퍽퍽 하는 소리가 심상치 않았다. 하지만 무겁거나 잔인하게 보이지 않고, 시원한 느낌이 들었다.

"다 구경했으면, 한번 해보쇼."

존이라고 이름을 밝힌 관장은 햇빛이 내부 구경을 끝내자 줄넘기를 던졌다. 햇빛은 엉겁결에 받았고, 잠시 망설였지만 줄넘기를 하기 시작했다. 존은 감탄하듯 한쪽 눈썹을 치켜들었다.

"기초 체력은 없진 않네."

"매일 아침마다 달려요."

거기다가 3D 직업인 플로리스트 아르바이트를 하고 있으니 체력이 없을 리가 없었다.

"음, 그럼 스텝을 알려주지."

햇빛은 이날부터 매일 저녁마다 아르바이트가 끝난 뒤 이 체육관에 다니기 시작했다. 아무리 기초 체력이 있다지만, 처음 며칠 동안에는 근육통이 상당했을뿐더러 꽤나 힘들었다. 그러다 보니 집에 오면 지쳐서 자느라 바빴다.

햇빛은 그게 마음에 들었다. 아서를 덜 생각하게 됐으니까. 그래서 햇빛은 복싱에 더 관심을 가지게 되었고, 더 열심히 하게 되었다. 사실 꽤나 재미있었다. 샌드백에 주먹을 꽂을수록 아서에 대한 미련이 없어지는 것 같았기 때문이다. 분노가 풀리는 것 같기도 했다.

언젠가 완전히 잊게 되리라.

시간이 더 흐르면, 그렇게 될 것이다. 상처 또한 흐려졌다가 언젠가 완전히 기억 너머로 사라지리라.

햇빛은 그렇게 생각했고, 믿었다. 다른 방법이 없으니 그럴 수밖에 없었다. 그러나 한 달도 되기 전, 믿음은 산산이 부서졌다.

햇빛이 아르바이트를 하는 플라워샵의 주인, 필립은 굉장히 유능한 플로리스트였다. 주로 혼자 일하긴 하지만, 특별한 때면 런던에서 손꼽히는 플라워 업체에서 그를 프리랜서로 고용할 정도였다.

올해도 필립은 런던에서 최고라 불리는 로열 오브 로열 호텔의 개관 100주년 행사에 불려간 상황이었다. 필립이 자리를 비우면서 다른 직원들을 대타로 불렀으나, 근처에 야간 축제가 열린 덕분에 손님들이 몰려서 이날 하루 종일 햇빛은 눈코 뜰 새 없이 바빴다.

머릿속이 새하얗게 될 정도로 온몸이 녹초가 된 가운데 햇빛은 직원들과 수고했다는 말을 나누면서 퇴근 준비를 했다. 그때 필립에게서 전화가 왔다. 그는 매우 다급한 목소리였다.

[썬샤인, 많이 피곤하지?]

그건 사실이었으나 햇빛은 아니라고 답했다. 중요한 호텔 일을 하러 간 사람이 이 늦은 시각에 전화를 할 이유는 하나뿐이기 때문이었다.

[하얀 금낭화와 시계초의 재고가 얼마나 있어? 좀 모자라는데 지금 이 시각에 구할 수가 없어. 네 시간 내에 장식을 다 끝내야 되는데…….]

햇빛은 창고로 가서 확인한 뒤 답을 주었다. 필립은 몇 가지 꽃의 재고를 더 물었고, 햇빛이 대부분 넉넉하다고 답하자 반색했다.

[아, 그런데 지금 일손이 없는데, 썬샤인, 부탁 좀 할 수 있을까? 바로 트럭 보낼게.]

"네, 준비하고 있을게요. 근데 휴대전화 배터리가 거의 없거든 요. 일단 꺼놨다가 도착하기 전에 다시 전화할게요. 이따 봐요."

[그래, 고마워!]

보이지 않아도 필립이 환하게 웃는다는 것을 알 수 있었다. 햇 빛은 빙긋 웃고는 서둘러 움직였다.

여전히 몸이 곤죽이 된 것마냥 피곤하긴 했으나 상황을 생각하 니 갑자기 힘이 솟았다. 최고의 전문가들이 최고급 호텔을 꾸미는 것을 가까이에서 구경하고 공부할 절호의 찬스이기 때문이었다. 물론, 필립에게 도움을 준다는 사실도 좀 기뻤다.

필립은 한 달 전에 햇빛에게 깊은 눈빛을 보냈긴 했지만 더 이 상은 접근하지 않았다. 그녀에게 거절당했다는 것을 깨닫고는 입 장을 정리한 것이었다. 햇빛은 자신이 그에게 잘못한 게 아니라는 걸 이성적으로는 알지만, 워낙 그가 자신을 잘 배려해 주는지라 감정적으로는 상당히 미안했다.

이런 거라도 도움을 줘야지.

햇빛은 트럭이 도착하자 꽃을 싣고 빠르게 호텔로 향했다. 자정 에 가까운 늦은 시각이라 그런지 도로는 막히지 않았다. 그녀는 후문으로 들어가면서 필립을 호출했다. 다행히 휴대전화의 배터 리가 완전히 고갈된 건 통화를 끝낸 뒤였다.

"썬샤인! 정말 고마워!"

쏜살같이 튀어나온 필립과 다른 플로리스트들은 환호성을 지르 며 꽃을 옮기기 시작했다. 햇빛이 방긋 웃자 필립은 고갯짓으로 안을 가리켰다.

"구경하고 싶어?"

"네!"

"들어와."

햇빛은 구경만 할 참이었다. 아직 장식할 수 있는 급이 아니니까. 하지만 워낙 일손이 모자란지라, 어느새 정신을 차려보니 다른 플로리스트들의 독촉을 받아 참여하고 있었다. 그리고 예정된 시각인 새벽 3시가 되기 5분 전, 마지막으로 1층 로비 중앙을 '다이아몬드 릴리'라는 별명을 가진 네리네(Nerine) 화환으로 장식하는 것으로 모든 준비를 끝냈다.

"끝났다!"

새벽인데다가 호텔인지라 모여 있던 열 명의 플로리스트들은 크게는 소리 지르지 못했으나, 충만하다 못해 넘쳐흐르는 보람 속에서 작게 중얼거리면서 두 팔을 번쩍 들어 올렸다. 햇빛도 저도 모르게 따라 한 건 물론이었다. 필립이 환하게 웃으며 격려했다.

"정말 수고했어. 일당 넉넉하게 줄게."

"네? 아니에요. 전 오늘 이렇게 참여한 것만으로도 영광이에요."

햇빛은 손을 내저었으나 필립은 물론 다른 플로리스트들도 고개를 저었다.

"일을 했으면 그만한 대가를 받아야지."

"맞아. 더군다나 오늘 잘하던데? 위를 컬리지에 다닌다고 했지? 졸업하면 내 가게로 와."

"어딜 오라고 해? 내 가게로 와. 잘 해줄게."

다른 플로리스트들이 서로 제안하자 햇빛은 비행기를 타고 하늘 저 높은 곳으로 올라가는 기분이었다. 십여 분 뒤, 후문으로 향하는 햇빛의 손에는 그들에게 받은 여러 장의 명함이 들려 있었다.

"데려다 줄게. 오늘 정말 고마워. 내일은 샵에 나오지 말고 푹 쉬어. 알았지?"

햇빛은 괜찮다고 말하고 싶었으나, 이내 알겠다는 뜻으로 고개를 끄덕였다. 필립은 미소를 지은 채 잠시 동안 그녀를 지그시 바라보기만 했다. 그가 무슨 말을 하고 싶어 하는지 햇빛이 깨달았을 때였다.

"여기 스위트룸의 침대가 진짜 끝내줘."

햇빛의 고개가 버튼을 누른 것처럼 즉각 돌아갔다. 소리가 들린 곳으로 고개를 돌린 그녀는 막 후문에 주차된 차에서 내리는 남자를 발견했다. 거나하게 취했는지 살짝 비틀거리고 있었는데, 아무리 여름이라고 해도 노출이 매우 심한 옷을 걸친 굉장한 미인을 한 손에 끼고 있는 상태였다.

"우리 형이 이 호텔 소유주인데 말이야—"

아서는 알코올 때문인지 잘 알아듣기 힘들 만큼 흐리멍덩하게 말하고 있었다. 그러나 그의 말은 몇 걸음 앞에 얼어붙은 것처럼 서 있는 햇빛을 발견한 순간, 멈춤 버튼을 누른 것처럼 끊어졌다.

그러나 아서가 얼어붙은 건 찰나의 순간이었다. 그는 얼굴 가득 웃음을 지었다. 기뻐서 그런 게 아니라, 비열한 이죽거림으로 그득한 것이었다.

"이 새벽에 남자와 호텔에 있네? 썬샤인, 두 달 전까지만 해도 처녀였는데 대단하네?"

상상도 못한 말이었다. 그래서 햇빛은 아서의 몸이 내뿜는 지독한 알코올 냄새에 비해 그의 발음이 매우 정확하다는 것을 알지 못했다.

"내가 순진하기 그지없었던 처녀를 타락시킨 건가? 응? 엄청 미안하네. 그런데 말이야, 엄청 궁금하네. 썬샤인, 저 남자는 혀를 얼마나 잘 쓰는—"

아서는 말을 잇지 못했다. 필립이 그대로 주먹을 날렸기 때문이다. 아서는 턱을 얻어맞고 뒤로 날아갔고, 그가 한 손에 끼고 있던 여자가 비명을 질렀다.

"아서!"

"아서."

여자와는 달리 햇빛은 조용하게 그를 부른 뒤, 쓰러진 채 얼굴을 찌푸리고 있는 그에게 천천히 다가갔다. 그녀는 선 채로, 고개만 숙여서 그와 시선을 마주했다. 아서의 새까만 눈동자는 격렬한 분노로 활활 불타고 있었다.

나한테는 그따위로 말해놓고, 한 대 얻어맞은 게 그렇게나 화나는 걸까?

바로 그 사실이 햇빛에게 힘을 주었다.

"내가 당신을 사랑했었다는 사실이."

이보다 더한 말을 할 수도 있다. 이보다 더한 행동을 할 수도 있다. 온갖 저주와 쌍욕을 퍼부을 수도 있고, 그동안 열심히 배운 복싱 솜씨를 발휘하거나 아니면 얼굴을 걷어찰 수도 있다.

"부끄러워요."

그러나 햇빛이 택한 건 이 말이었다. 아서가 저지른 짓에 비하면 그야말로 아무것도 아닌 말. 하지만 지금 이 순간, 햇빛의 감정 전체를 뜻했다.

부끄럽다. 이따위 저질을 사랑했었다는 사실 자체가. 그래서 지난 두 달간 그렇게나 아파하고 힘들었던 게 부끄럽다. 너무도 부끄럽다.

그러니, 완전히 지워 버릴 것이다. 말로만 그치지 않고 정말로 그럴 것이다.

「……햇빛.」

햇빛이 몸을 돌린 그때였다. 아서가 아주 조용한 목소리로 그녀를 불렀다. 그러나 햇빛은 다시 돌아보지 않은 채 필립에게 걸어갔다.

"손, 괜찮아요?"

햇빛이 알고 있는 필립은 폭력과는 아주 거리가 먼 사람이었다. 아서를 정말 세게 때렸으니, 손이 안 아플 리 만무했다. 더군다나 그는 어제 정오부터 쉴 새 없이 꽃을 만진 상태였다.

"괜찮아."

"안 괜찮은 것 같은데……."

이래선 안 된다는 건 알았다. 그러나 햇빛은 충동을 참지 못하고 조용히 이어 말했다.

"우리 집으로 가요. 찜질해 줄게요."

"……그래."

필립의 대답은 몇 초 뒤에 흘러나왔다. 그는 미소를 짓더니, 한 손을 햇빛의 허리에 감고는 자신의 차로 이끌었다. 햇빛은 그가 신사처럼 문을 열어주자 조수석에 탔다. 필립은 곧바로 차를 출발시켰고, 햇빛은 한 번도 뒤돌아보지 않았다. 그래서 그녀는 여전히 쓰러져 있던 아서가 휴대전화를 받고 벌떡 일어나는 것을 보지 못했고, 그가 필립의 차를 쫓아 뛰어오면서 절규하듯 그녀의 이름을 부르짖는 것도 듣지 못했다.

"저, 필립."

침묵을 지킨 채 가만히 앉아 있기만 하던 햇빛이 입을 연 건 그녀의 집에 가까이 왔을 때였다. 그녀는 아주 조심스럽게 입을 열었다.

"아까 말한 거……."

"그래. 진짜 초대한 게 아니라는 것, 알아. 그 새…… 아니, 그 남자한테 우리가 연인인 척 보이고 싶었던 거지?"

필립은 상황을 이해하고 맞춰준 모양이었다. 고맙기도 했으나 햇빛은 부끄러움에 얼굴이 달아올랐다.

"미안해요."

"아니야. 괜찮아. 아, 이거 누구지?"

필립은 휴대전화가 울리자 액정을 확인하고는 중얼거리듯 한마디했다. 햇빛은 각도상 액정에 뜬 번호를 볼 수 없었다.

"배터리가 없는데……."

필립의 말이 끝나기도 전에 그의 휴대전화는 전원이 꺼졌다. 필립은 한숨을 내쉬더니, 조심스럽게 햇빛에게 말했다.

"도울 수 있어서 다행이라고 생각해."

햇빛은 다른 마음을 담아서 말했다. 그녀의 진심을.

"미안해요."

필립은 이번에는 괜찮다는 말을 하지 않았다. 확실한 거절이라는 걸, 깨달은 모양이었다. 필립은 조용하게 운전만 했고, 그녀를 집 앞까지 데려다 주었다.

"오늘 정말 수고했어. 푹 쉬어."

"고마워요. 그리고 다시 사과할게요. 정말 미안해요."

햇빛은 고개를 푹 숙여서 다시 인사했다.

"괜찮아…… 질 거야. 내일모레 만날 때 아무 일도 없었던 것처럼 웃자."

"네, 정말 고마워요."

필립은 아주 잠깐 쓰린 미소를 지은 뒤 사라졌다. 그리고 햇빛은 길고 긴 한숨을 내쉬었다. 온몸이 이제는 갈기갈기 찢어진 것처럼 느껴졌다. 너무도 피곤했다. 육체적으로, 그리고 정신적으로.

내가 그따위 남자를 사랑했었다니…….

믿을 수 없는 사실이었다. 그러나 더 믿을 수 없는 건, 그 질 낮은 발언을 들은 지 30분이 채 안 되었는데도, 그리고 사랑했던 과거를 분명히 부끄럽게 생각하는데도……

보고 싶다.

그래서 햇빛은 스스로를 더 용서할 수가 없었다.

가장 부끄러운 건 나 자신이다. 기만당했고 그런 모욕을 당했음에도 그 남자를 여전히 그리워하는 나 자신이 가장 부끄럽다.

워낙 사람이 적은 동네인데다가 늦은 시각이라 밖에는 아무도 없었다. 그러나 햇빛은 얼굴을 한 손으로 가린 채, 기계적으로 문을 열고 도망치듯 현관문으로 다가갔다. 근처에 사고라도 났는지 사이렌 소리가 먼 곳에서부터 희미하게 들리는 가운데, 햇빛은 서둘러 문을 열고 들어갔다.

전등을 켜기 전이었다. 딱딱하고 차가운 것이 현관문을 열고 들어온 그녀의 오른쪽 관자놀이를 쿡 찔렀다.

"썬샤인 김."

어디선가에서 들어본 목소리였다. 햇빛은 정말이지, 이 목소리를 다시 들을 거라고는 상상도 하지 못했다.

너무도 공포스럽고 너무도 두렵기 때문이었다. 두 달 전에 그녀를 납치했던 그 잔인한 남자들 가운데 한 명이니까.

"불, 켜."

남자는 으르렁거리며 명령했고, 햇빛은 사시나무처럼 벌벌 떨면서 지시를 수행했다. 전등이 켜지자, 햇빛은 확실하게 볼 수 있었다.

가장 더럽고 긴 수염을 기르고 있던 검은 머리 남자. 그 '보스' 라는 조직의 보스와 따로 연락을 주고받았고, B 요원이 그녀를 강간하지 않은 사실을 알아차리고 B 요원의 관자놀이에 총을 겨누었던 악당.

그 남자가 지금은 그녀에게 총구를 대고 있다.

"감옥으로 간 것, 아니었나요?"

생각과는 달리 질문이 입 밖으로 나왔다. 세상이 뒤흔들리는 것처럼 온몸을 떨고 있는데도 햇빛이 듣기로 자신의 목소리는 아주 침착했다.

믿기지가 않기 때문이다. 강간과 죽음의 위기 속에 빠졌다가 헤어 나온 지 두 달이 흐른 상태였다. 때때로 잠을 설치게 만드는 악몽이 점차 스러지기 시작한 때.

그런데 다시 위기를 겪게 되었다. 남자가 손가락 하나만 까딱하면 그대로 총알에 꿰뚫려 살해당할 터.

햇빛은 현실을 깨닫자마자 망치가 뒤통수를 있는 힘껏 후려치는 느낌이었다. 머리부터 발끝까지 산산이 깨져 버리는 느낌. 육체는 물론 정신이 먼지가 되는 기분.

그러나 햇빛은 혼신의 힘을 끌어모아 기절하지 않았다. 이 순간 의식을 놓아버리는 건 너무도 손쉽고 편안한 일이었다. 하지만 그건 도피다. 그럴 순 없다.

포기하지 말자. 버티자. 용기를 내자.

햇빛은 조용히 심호흡을 하면서 눈앞의 남자를 주시했다. 검은 머리 남자는 그동안 상당히 고생했는지 얼굴은 광대뼈가 움푹 드러날 만큼 체중을 잃었고, 눈 밑이 짙은 피로로 꺼멓게 질려 있었다. 걸친 옷은 깔끔하지만 사이즈가 어울리지 않게 큰 것을 보니 어디선가에서 훔쳐 입은 것 같았다. 입가와 수염에는 빵 조각이 묻어 있는데, 냉장고가 열려 있는 것으로 보아 허기를 못 이기고 이것저것 마구 집어먹은 것 같았다.

순간, 햇빛은 기억했다. B 요원은 이 남자를 웨인이라고 불렀다.

"간신히 탈출했지."

웨인이 회한이 서린 짧은 한마디를 할 때, 햇빛은 문밖에서 희미하게 느껴지던 사이렌 소리가 점점 커지는 것을 들었다.

"빌어먹을!"

웨인이 욕설을 거칠게 내뱉었고, 햇빛은 곧 이유를 깨달았다. 창문 저 너머로 경찰차가 이곳으로 몰려들고 있는 게 보였다.

"가만히 있어!"

희망이 어둠에 짓눌린 햇빛의 심장을 깨울 때, 웨인은 날카롭게 협박하고는 그녀에게 총구를 겨눈 채로 집 안을 돌아다니기 시작했다. 모든 창문을 커튼으로 가릴뿐더러 불도 끄더니 고장이 나서 희미한 빛을 뿌리는 스탠드만 켰다. 소파와 의자를 현관문으로 밀어서 바리케이드처럼 설치한 건 물론이었다.

도망갈까?

순간적으로 그런 유혹이 치밀었으나 햇빛은 이성을 붙잡았다. 도망친다고 해도 집 안이고, 집 안의 어떤 문이든 이 덩치 큰 남자가 힘으로 밀어붙이거나 혹은 총을 한두 발만 쏘면 열릴 터였다.

자극하지 말고 명령에 복종할 것. 좋은 인상을 줄 것.

다시 납치될 거라고는 상상도 하지 못했다. 그러나 햇빛은 귀환한 지 얼마 안 됐을 때, 납치당했을 때 살아남는 법에 대해서 인터넷으로 검색해 보았고, 바로 외웠다.

그대로 실행하자.

저번에 납치되었을 때와는 달리 이번에는 머리가 마냥 돌처럼 굳어 있지는 않았다. 햇빛은 떠오른 것을 그대로 하고자 마음먹었다. 살아남는 또 다른 방법도 아주 잘 기억하기 때문이었다.

포기하지 말고 희망을 가질 것.

햇빛은 가슴속에 피어난 희망을 꼭 품은 채 웨인의 지시에 복종해서 가만히 있었다. 주변을 정리한 웨인이 거칠게 물었다.

"휴대전화, 내놔!"

"죄송해요. 배터리가 다됐어요."

온몸이 다시 떨리기 시작했으나 햇빛은 정말 미안한 태도로 전원이 꺼진 휴대전화를 보여주었다.

"충전이 된 새 배터리는 저기에 있어요. 가져올게요."

햇빛은 손끝으로 책상을 가리켰다. 웨인은 못마땅한 표정을 지었으나 고개를 끄덕였고, 햇빛은 웨인을 자극하지 않도록 아주 천천히 움직였다. 책상으로 걸어가서 배터리를 교체한 뒤 전원을 켰다. 부팅이 되자마자 휴대전화는 사정없이 몸을 떨면서 수많은 문자와 부재중 통화가 왔음을 알렸다. 또한 누군가가 전화를 걸어왔다.

주소록에서 지워 버린 번호이기에 누구인지 이름은 뜨지 않았다. 그러나 전화번호의 주인은 햇빛의 기억 속에 아직 생생하게 살아 있었다.

"아서 칼켄트의 번호로군. 받아. 볼륨 높이고."

햇빛은 웨인의 명령에 복종해서 통화 버튼을 눌렀다.

['햇빛' ! 집으로 가면 절대 안 돼! 내 말 들어!]

통화 연결이 되자마자 아서는 비명 같은 외침을 토해냈다. 그러자 웨인은 휴대전화를 가로채 간 뒤 낄낄거렸다.

"이미 왔는데?"

잠시 휴대전화의 저편은 얼어붙은 것처럼 침묵으로 그득했다. 그리고 몇 초 후, 아주 조용하게 아서가 질문했다.

[썬샤인은 살아 있나?]

"그럼, 살아 있지."

[증거가 필요해.]

웨인은 한 손으로는 햇빛에게 총구를 겨눈 채 다른 한 손으로는 휴대전화를 내밀었다. 말을 하라는 뜻임을 알아들은 햇빛은 입술을 벌렸으나 아무 소리도 낼 수 없었다. 그러자 웨인은 스피커폰 기능을 켜더니 총구를 겨눈 손으로 그녀의 뺨을 후려쳤다.

"악!"

햇빛은 저도 모르게 비명을 지르며 옆으로 쓰러졌다. 웨인은 비릿한 웃음을 지은 채 휴대전화를 귀 옆에 댔다.

"증거가 더 필요해?"

[그 여자는 내가 이용한 것뿐이다. 내 여자가 아니야.]

스피커폰 기능을 통해 햇빛은 아서의 목소리를 생생하게 들을 수 있었다. 알고 있는 사실이다. 너무도 잘 알고 있다. 그러나 다시금 듣는 건 방금 맞은 뺨만큼이나 아팠다.

아니다. 태풍 앞의 촛불처럼 생명이 위태로운 이 순간, 그런 과거 따윈 중요하지 않다.

[그러니 풀어줘라.]

"그렇게는 안 되겠는데? 내가 다시 잡힐 것 같은 위기 상황인데도 여기까지 왜 왔을 것 같아?"

웨인은 햇빛에게 고정한 총구를 위로 까닥거렸다. 일어나라는 뜻임을 알아듣고 햇빛은 천천히 몸을 일으켰다.

"니 여자인 거 알아서 잡으려고 온 거야. 그래야 많이 얻어낼 수 있으니까."

[내 여자가 아니다.]

아서는 같은 말을 다시금 읊었고, 웨인은 낄낄거렸다.

"아니라고? 날 회유하려다가 나한테 맞아 죽은 맬슨 요원이란 놈이 손가락 잘리니까 다 털어놓던데? 네놈이 진심인 것 같다고 말이야."

하나의 단어가 햇빛의 귀를, 온몸을, 영혼을 꿰뚫었다.

진심.

진심?

"이 여자를 미끼로 쓰긴 했지만, 강간 이야기가 나오니까 네놈이 이성을 잃었다던데? 그리고 다른 요원들이 보스를 끌어내기 위한 미끼로 이 여자를 다시 쓰자고 했는데, 그렇게 하면 그만두겠다고 항명했다지?"

웨인은 철저하게 비웃으면서, 한마디 더 내뱉었다.

"네놈 곁에 계속 있다간 다시 위험해질까 봐 여자를 일부러 험하게 버린 것 같다고 하더군."

뭐라고? 지금, 이 남자가 무슨 말을 하는 거지?

물론 알아듣긴 했다. 그러나 햇빛은 이성적으로는 들었으나 감정적으로는 소화할 수가 없었다.

내가 정말로 싫은 게 아니라, 상황이 위험해서 일부러 그렇게 차갑게 버린 거라고?

"그리고 보스를 잡아서 작전에 성공한 것도 아닌데 이 여자에게 돈도 많이 주고 말이야. 그거 다 니놈 주머니에서 나온 거라던데? 그 뭐더라, 이 여자가 이전에 아르바이트를 했던 플라워샵을 사버려서 편하게 일할 수 있도록 한 것도 너라던데? 맞지?"

햇빛은 덜덜 떨리는 손끝을 바로잡기 위해 주먹을 쥐면서 두 달 전에 조지가 주고 간 통장을 떠올렸다. 폭발로 사라진 옷이나 책, 기기 등을 몇 배로 산출한 금액이라던데, 굉장한 금액이 들어 있었다. 또한 매달 그 통장으로 영국 정부로부터 상당한 액수의 생활비도 지원받고 있었다.

당시엔 아서에게 버림받은 충격이 너무 커서 그다지 금액에 관심이 없었는데, 근래 가계부를 정리하다가 굉장히 큰돈이라는 생각을 한 적이 있었다.

영국 정부가 피해자를 잘 배려해 준다고 생각했는데…… 그게 아니었던 건가? 아서의 조치였어?

더군다나, 이전에 아르바이트를 했던 플라워샵이라면 수전노이자 알바생을 부려먹는 마가렛이 주인이었던 장소였다. 아서가 나타난 뒤로 묘하게 친절해졌었는데…… 그게 아서가 플라워샵을 매입한 영향이었던 걸까?

그렇다면 정말로, 아서는 내가 싫어진 게 아닌 건가? 사실은 날…… 사랑하는 건가?

"그런데도 니 여자가 아니라고? 개소리 집어치우고, 당장 니 여자 집으로 달려와!"

[이미 도착해 있다. 커튼을 젖혀봐.]

햇빛은 고개를 돌려 창가를 바라보았다. 커튼을 친 상황임에도 사이렌 불빛 여러 개가 희미하게 보이는 것으로 보아, 경찰차가 아주 많이 몰려온 게 분명했다. 사이렌 소리도 상당히 요란했다.

"내가 창문으로 얼굴을 디밀면 저격수가 날려 버리겠지? 너, 커튼을 젖혀. 약간만."

웨인은 햇빛에게 총구를 들이대면서 명령했다. 햇빛은 후들거리는 다리를 움직여 바로 앞의 창문으로 다가가서 명령대로 커튼을 손바닥만 한 크기로 젖혔다. 그러자마자 햇빛은 볼 수 있었다.

십여 대의 경찰차와 두 달 전에 본 검은색의 거대한 차 여러 대가 집 주변을 포위하듯 둘러싸고 있었다. 경찰들과 특수부대원들이 각자 총을 들고 차를 방패막으로 삼은 것과는 달리, 아서는 방패막 하나 없이 중앙 부분의 가장 앞에 서 있었다.

30여 분 전에 아서는 제대로 걷지도 못할 만큼 술에 잔뜩 취한 것 같았다. 그러나 그건 위장이었는지, 셔츠 위에 재킷 대신 방탄복을 걸친 그는 똑바로 서 있을 뿐만 아니라 표정 또한 냉정하기 그지없었다.

그러나 햇빛과 시선을 마주한 순간, 아서의 새까만 눈동자는 지진이라도 겪는 듯 뒤흔들렸다. 10미터도 안 되는 거리였기에 그녀는 정확하게 보았다. 눈을 한 번 깜빡이는 찰나 동안, 그의 잘생긴 얼굴이 짓밟힌 캔처럼 일그러졌다. 세상에서 가장 고귀한 보물을 잃기 직전인 것처럼, 겁에 질렸기 때문.

다른 때라면 보지 못했을 수도 있었다. 그야말로 찰나니까. 그러나 지금 햇빛은 생존을 위해 모든 정신을 집중하고 있는 상태이기에 아서의 얼굴이 진실한 감정을 내뿜는 것을 볼 수 있었다.

1초 뒤, 아서는 다시금 냉정을 되찾은 매끈한 얼굴이 되었다. 그러나 이미 햇빛이 본 뒤였다.

"고개를 옆으로 움직여! 내가 밖을 볼 수 있어야 할 거 아니야!"

등 뒤에서 웨인이 짜증을 내더니 휴대전화를 볼륨을 최대로 높여서 창가에 놓고는 햇빛의 어깨를 거칠게 붙잡아 뒤로 당겼다. 웨인은 등 뒤에서 한 손으로는 햇빛의 목을 감고 다른 한 손으로는 총구를 그녀의 관자놀이에 꾹 눌렀다. 목을 감은 손이 워낙 억센지라 햇빛은 숨이 막혔다. 더군다나 웨인이 그녀에게 밀착한지라 구역질도 났다.

"아서 칼켄트! 니 애인을 이렇게 내가 안고 있는 게 싫지? 그런데 이걸 어쩌냐? 저격수를 피하려면 이렇게 바싹 달라붙어 있을 수밖에 없는데! 그 빌어먹을 B도 이런 상황에서는 못맞힐걸?"

웨인은 휴대전화를 향해 한참 낄낄거렸다. 햇빛은 온몸에 소름이 끼쳤지만 꾹 눌러 참고는 아서에게 시선을 고정했다. 한 손에는 총을, 다른 한 손에는 휴대전화를 들고 있는 그는 냉정하기 그지없었다.

이럴 때 난 어떻게 해야 할까? 어떤 행동을 해야 할까?

그동안 열심히 배운 복싱이 떠올랐으나 자신은 겨우 초보자에 지나지 않는데다가 상대는 총을 관자놀이에 대고 있었다. 잘못 반항했다가 실패하면 죽음으로 직행하게 되리라.

"내 요구 사항을 알려주지! 감옥에 들어간 해리를 2인용 헬기에 태워서 이리로 데려와! 천만 유로도 함께!"

햇빛은 처음에는 해리가 누구인지 알지 못했으나 곧 깨달았다. 두 달 전에 웨인과 함께 요원들에게 체포된 남자인 것 같았다.

악당이면서, 동료 의식이 높은 건가?

햇빛은 멍하니 생각했다. 휴대전화 너머로 아서는 잠시 침묵을 지켰다가 말했다.

[해리는 웨일스에 있다. 시간이 좀 걸릴 거다.]

"세 시간을 주지."

[나도 요구 사항이 있다.]

"뭐라고?"

[무기 없이, 방탄복을 벗고 내가 들어가겠다. 대신 그 여자를 풀어줘.]

아서는 방탄복까지 벗으며 말했다. 웨인은 기가 막힌지 코웃음을 쳤다.

"아무것도 모르는 계집년이 아니라 GCHQ 요원을 인질로 삼으라고? 내가 미쳤냐?"

[이 조건을 들어주지 않는다면, 네 조건도 들어줄 수 없다.]

"뭐가 어쩌고 어째? 이 여자가 죽는 꼴을 보고 싶어?"

웨인은 햇빛의 관자놀이를 총구로 짓이기듯 눌렀다. 상당히 고통스러웠지만 햇빛은 입술을 꼭 다문 채 아무 소리도 내지 않았다.

"개소리는 집어치우고 당장 내가 하라는 대로 해!"

[거절한다.]

웨인은 어지간히 열받았는지, 짐승이 울부짖는 것 같은 고함을 내질렀다.

"이 여자를 강간해 줄까? 응? 고문하다 죽여줄까?"

[네가 그 여자를.]

아서는 아주 잠깐, 말을 멈추었다.

[강간하거나, 고문하거나, 죽인다면 너도 죽는다. 또한 지금 호송 중인 해리도 죽는다.]

아서의 목소리는 아주 침착하고 담담해서 마치 내일의 날씨를 읊는 것 같았다. 그러자 웨인은 기가 막혀했다.

"이 새끼야, 인질을 데리고 있는 건 나야!"

[그 여자는 이 사건과 관계없는 일반인일 뿐이지. 그래서 내가 인질이 되겠다는 거다. 그 여자는 체력이 약해서 네가 먼 곳으로 데려갈 수도 없어. 제대로 뛰지도 못할 거다.]

웨인은 대체 무슨 생각을 하는지, 고함을 잠시 멈추었다. 사악한 침묵이 계속되자 햇빛은 자신의 온몸을 짓누르는 불길함이 더욱 커지는 것 같았다. 그리고 마침내, 웨인이 환하게 웃으며 입을 열었다.

"그래, 이 여자는 제대로 못 뛰겠지. 네놈이 더 잘 뛰겠어. 그러니까 말이야. 이건 어때? 네놈, 오른손잡이지?"

[그렇다.]

설마.

햇빛이 불현듯 떠오른 생각 때문에 얼어붙은 그 순간이었다.

"오른쪽 어깨를 쏴. 그 정도의 페널티를 안고 온다면, 이 여자 대신 인질로 삼아주지."

웨인의 말이 끝나자마자 아서는 휴대전화를 뒤쪽 경찰차 앞 보닛 위에 내려놓고 왼손으로 총을 옮겨 쥔 뒤, 자신의 오른쪽 어깨에 대고 쏘았다.

탕!

아서는 총의 반탄력에 의해 한 걸음 뒤로 밀려났고, 앞 보닛 위에 쓰러지듯 주저앉았다.

[아서! 이 미친놈아!]

커다란 검은색 차 옆에 서 있던 조지가 아서에게 달려오며 비명 같은 고함을 내지르는 게 햇빛의 휴대전화로도 들렸다. 대기 중인 구급차에서 의사와 간호사도 빠르게 달려왔다.

햇빛은 목격한 것을 믿을 수가 없었다.

스스로에게 총을 쏘다니? 그것도, 대신 인질이 되겠다는 것 때문에? 겨우 그깟 일 때문에?

총에 맞은 고통이 어느 정도인지 햇빛은 전혀 알지 못했다. 그러나 대신 인질이 되겠다는 정신 나간 이유 때문에 스스로에게 총을 쏘는 사람의 정신력이 얼마나 강한지, 그것 하나는 잘 알 수 있었다. 그리고 그가 그녀를 풀어주고 대신 인질이 되기를 얼마나 갈망하는지도.

[이제…… 들어가겠다.]

대략의 응급조치는 십여 분 뒤에 끝났다. 아서는 조지가 휴대전화를 귀에 대주자, 거친 호흡 속에서 한마디 했다. 햇빛은 그의 얼굴이 어떤 고통도 느끼지 않는 것처럼 무표정한 것을 보았다. 그러나 안색은 몇 분 전과는 달리 허옇게 질려 있는데다가 이를 악물고 있었다.

그나마 다행인 건, 달려온 의료진이 재빨리 지혈하며 어깨를 붕대로 압박한 덕분인지 출혈은 그렇게 크지 않다는 점이었다. 셔츠를 흥건하게 적실 정도는 아니었다. 그러나 새하얀 셔츠의 어깨

부분은 새빨간 피로 그득했으며, 셔츠 여기저기에는 핏자국이 도장처럼 찍혀 있어서 아주 기괴했다.

"드, 들어오려면 빨리 오시지!"

웨인은 아서에게 질렸는지, 말까지 더듬으며 소리 질렀다. 아서는 천천히 고개를 끄덕이고는 보닛에서 일어나 바닥에 섰다. 순간 그가 휘청거리자 조지가 앞을 가로막았다. 아서는 고개를 저었고, 결국 조지가 옆으로 비켜났다. 아서는 요원들과 경찰들의 걱정스러운 눈빛을 받으면서 걸어오기 시작했다.

"다른 인간들이 접근하면 둘 다 죽일 거다!"

웨인은 휴대전화 쪽으로 고개를 돌리며 크게 고함지르고는 창문에서 물러섰다. 커튼이 다시 창문을 가린 가운데 웨인은 총을 든 손이 아니라 다른 손으로 소파와 의자를 바리케이드처럼 쳐둔 현관문 쪽으로 햇빛을 떠밀었다.

"통화 종료하고, 저거 치워."

어제 아침부터 오늘 새벽까지 끝없는 일을 한데다가 또다시 인질이 되어 바리케이드까지 치우게 되자 온몸이 비명을 지르기 시작했다. 그래서 그런지 이 상황에 어울리지 않는데도 잠기운이 솔솔 햇빛을 끌어당기고 있었다.

아서는 본인에게 총까지 쏘았는데, 나는 졸음을 느끼다니?

햇빛은 스스로를 거칠게 나무라며 젖 먹던 힘을 쥐어짜서 소파까지 전부 치웠다. 아서는 서 있는 것도 힘들 텐데, 1초라도 더 세워둘 순 없었다.

"이리 와."

웨인은 다시 총구로 위협하며 명령했다. 죽을 만큼 싫었으나 햇빛은 천천히 다가갔고, 웨인은 그녀의 목을 낚아채면서 아까처럼 뒤에서 껴안은 뒤 관자놀이를 총으로 짓눌렀다. 햇빛이 느끼는 아픔은 아까보다는 덜했다. 갑자기 짙어진 졸음 기운 때문이었다.

대체 왜 이러지?

"들어와라!"

웨인이 바로 귀 옆에서 소리를 지르고 아서가 마침내 집 안으로 들어오자, 햇빛을 더욱 거세게 끌어당기던 수면 욕구가 잠시 먼 곳으로 달아났다.

"아서."

햇빛은 조용하게 속삭였다. 바로 앞에서 보이는 아서는 훨씬 처참했다. 총상의 충격과 계속되는 고통 때문에 얼굴은 허옇게 질린 상황으로, 식은땀이 이마에 송골송골 솟아나 관자놀이로 흘러내리는 게 똑똑히 보였다. 입술이 보랏빛으로 질린 건 물론이었다.

피비린내도 코를 찌를 정도로 났다. 새하얀 셔츠 여기저기에 그득한 핏자국은 마를 기색이라고는 전혀 없어 보였다. 더군다나 임시로 감아서 압박해 놓은 어깨의 하얀 붕대는 상당히 두꺼워 보이는데도 붉은 피가 번져 나오고 있었다.

햇빛의 눈가에 눈물이 샘솟았다. 시야가 뿌옇게 흐려지면서 아서가 제대로 보이질 않자 눈물을 멈추고 싶었으나, 아무리 애써도 그럴 수가 없었다. 그녀는 폭풍 앞의 풀잎처럼 파들파들 떨리는 몸을 추스르려고 노력하면서, 눈을 연신 깜박여 눈물을 밑으로 흘려보냈다.

"……아서."

햇빛은 겨우 한마디 했다. 하지만 듣지 못했는지 아서는 아무 답도 하지 않았다. 그는 무표정을 유지하면서 입매를 굳게 다물 뿐이었다. 또한 그녀가 아니라 그녀의 등 뒤에 있는 웨인에게 시선을 고정하고 있었다.

햇빛은 깨달았다. 아서가 아무 답도 하지 않는 건, 그녀의 말을 듣지 못해서가 아니라 듣는 것을 원치 않는다는 뜻이라는 걸. 또한 저렇게 웨인만 바라보는 건 뭔가 이유가 있으리라. 집중력이 흐트러진다거나, 아니면 웨인과 대화를 나누면서 뭔가 조치를 취하는 게 목적이라는 뜻.

정신 똑바로 차리자. 이 자리에서 아서와 함께 무사히 살아서 나가는 것만 생각하자. 그러기 위해선 정신을 차려야……. 그런데 왜 이렇게 졸린 거지? 아서를 코앞에서 보자 안도감이 치솟은 탓인 건가?

햇빛은 의지력이 미약한 스스로를 크게 탓하며 입술을 있는 힘껏 깨물었다. 이 상황에 전혀 어울리지 않는 졸음을 쫓기 위해서였다. 핏방울이 일어나면서 따끔한 통증이 일어나자 약간이나마 정신이 들면서 눈앞이 맑아졌다.

준비하자. 아서가 뭔가를 지시하면 바로 따를 수 있게끔 정신을 똑바로 차리고 있자!

"대단해, 정말."

웨인은 대놓고 비아냥거리기 시작했다.

"네가 니 여자 머리에 총구만 안 대고 있다면, 두 손으로 열렬하게 박수를 치고 싶을 정도로 눈물겨운 사랑이야."

"여자를 풀어줘라."

아서는 조용하게 요구했다. 웨인은 햇빛의 관자놀이에 세게 눌렀던 총구를 느슨하게 풀었다. 여전히 총구의 촉감은 소름 끼칠 정도로 차갑고 딱딱했으나 문득, 햇빛은 뭔가 다른 것을 느꼈다. 총구가 살짝 흔들리고 있다. 마치 알코올 중독자가 술병을 들고 있는 것처럼.

그뿐만이 아니었다. 이제까지 몰랐으나 그녀의 목을 감아쥔 손 또한 아까보다 훨씬 헐거워진 상태였다.

왜 이러는 거지? 피곤해서 그런 걸까?

웨인은 조금씩 뒤로 움직였다. 햇빛은 저항하고 싶었으나 꾹 참고 순순히 같이 움직였다. 웨인의 뒷걸음질은 거실과 침실을 구분하는 벽까지 이어졌다. 웨인은 등이 벽에 닿자 멈추었다.

햇빛은 웨인이 벽에 몸을 기대고 있다는 것을 알아차렸다. 숨소리가 거친 건, 기력이 달려서가 분명했다.

햇빛은 희망적으로 뛰는 심장을 가만히 안고 주변을 둘러보았다. 양옆으로는 큰 창문이 있는 위치인지라 저격수가 대기하고 있다면 웨인을 쏠 수 있을 것 같았다.

아니야. 커튼으로 가려져 있고, 실내가 어두운 편이라 그건 불가능한 걸까?

더군다나 웨인은 그녀와 밀착한 상황이고, 총구는 그녀의 관자놀이에 고정되어 있었다. 저격수가 용케 총을 쏴서 웨인을 맞힌다고 해도, 웨인은 숨이 넘어갈 때 마지막 힘으로 손가락을 살짝 까닥이는 것으로 총을 발사할 수도 있었다. 그러면 그녀는 즉시 사망할 터.

"여자를 풀어줘."

햇빛이 빠르게 상황을 생각할 때 아서가 분명하게 요구했다. 웨인이 이죽거렸다.

"싫은데?"

햇빛은 심장이 쿵 내려앉는 기분이었다. 자신이 아니라 아서가 더없이 걱정됐기 때문이다.

설마, 아서를 죽이려고 끌어들인 건가?

"약속했잖아? 여자를 풀어주고 대신 날 인질로 삼겠다고."

햇빛의 심장이 불규칙적으로 쿵쾅거리기 시작한 것과는 달리 아서의 목소리는 침착했다. 눈빛 또한 그저 담담할 따름이었다.

"눈물겨운 사랑을 목격하니 짜증이 나서 말이야."

"왜 짜증이 나지? 너도 커플 아닌가?"

아서는 담담하게 한마디 이어 말했다.

"해리가 네 파트너잖아? 그래서 해리의 석방을 요구하는 거잖아?"

웨인은 잠시 아무 말도 하지 않았다. 햇빛은 웨인의 얼굴은 볼 수 없었으나 그의 온몸에 힘이 들어가는 건 느낄 수 있었다. 숨소리도 더욱 거칠어졌다.

"해리는 언제 도착하는 거야!"

웨인은 갑자기 버럭 고함을 내질렀다.

"이 여자가 네 눈앞에서 죽는 꼴을 보고 싶어?"

"도착하기까지 대략 2시간 40분쯤 남았지. 그동안 이야기를 좀 할까?"

아서는 이번에는 부드럽게, 달래듯 말을 이었다.

"너희 조직의 보스에 대해서 말이야. 웨인, 정보를 줘. 보스에 대한 확실한 정보를 주면 너는 물론 해리도 10년 정도로 감형시켜 주겠어. 내게 그 정도의 권한은 있어."

"그 빌어먹을 B놈의 고문도 이겨냈는데, 내가 그따위 10년형 정도로 넘어갈 것 같아?"

"B는 고문을 다 한 게 아니야. 맬슨 요원이 널 회유시키게 하려고 적당히 한 거라고 하더군. 결국 맬슨 요원이 살해당했지만. 요원이 살해당했기에 10년형 이하는 불가능해. 네가 택할 수 있는 건 10년형 그리고 또 다른 고문뿐이야. 본격적인 고문기술자들이 뼈 마디마디를 부러뜨리고, 세포 단위로 살을 찢어버리는 고문 말이야."

아서는 아주 덤덤하게 말했으나, 햇빛은 온몸에 순간 소름이 돋았다. 아서의 새까만 눈동자가 내뿜는 보이지 않는 강력한 기운에 짓눌린 탓이었다. 웨인 또한 마찬가지인지 순간 온몸을 더욱 빳빳하게 만들었다.

"너는 견디지 못해. 아니, 견딜 수 있을지도 모르지. 하지만 네 파트너인 해리가 참을 수 있을까? 사실 말이야, 내가 해리를 약간 손봤어. 손톱 하나를 뽑았지. 그랬더니 어린 계집아이처럼 펑펑 울던데?"

아서의 목소리는 여전히 담담하기 그지없었으나, 기묘하게도 조롱하는 말의 내용을 더욱 강조하는 것 같았다. 웨인이 온몸을 부들부들 떨기 시작했다.

대체 아서는 어쩌자고 저러는 거지?

햇빛은 덜컥 겁을 먹었지만, 곧 아서의 생각을 알아차렸다. 도발하는 게 목표인 듯싶었다. 웨인의 관심을 그에게 집중시키는 것. 지금 분노와 모멸감으로 거칠게 떠는 총구를 그녀가 아니라 그에게로 돌리는 것.

"닥, 닥쳐!"

웨인은 결국 집 안이 터져 나갈 것 같은 큰 소리로 고함을 내질렀다. 아서는 웃었다. 한쪽 입술 끝이 위로 치솟는 명백한 비웃음이었다.

"해리가 징징 울면서 무슨 말을 했는지, 알려줄까? 모든 죄는 네가 저지른 거라더군. 자기는 아무것도 모르고 그냥 시키는 대로 한 것이니 죄가 없다고. 고문당하고 사형당해야 하는 건 웨인 너라고!"

"거짓말! 거짓말!"

웨인은 온몸을 아까 햇빛이 그런 것처럼 부들부들 떨고 있었다. 아무리 아서가 도발하고 있다지만, 햇빛은 웨인이 필요 이상으로 흥분하고 있다는 사실을 알아차렸다. 그러나 뭔가 흥분되는 건 그녀도 마찬가지였다. 그리고 여전히 졸렸다.

대체 왜 이런 거지?

"웨인, 해리가 한 그 말은 그게 끝이 아니야."

아서는 눈을 번뜩이며 이어 말했다. 거동이 가능한 왼손으로 웨인을 똑바로 가리켰다.

"바로 네가 '보스' 조직의 보스라고 하더군."

"아니야!"

웨인이 반사적으로 소리친 가운데, 아서는 대놓고 비웃었다.

"거짓말을 해도 소용없어. 이미 다 알고 있으니까. 우리는 그동안 보스의 정체를 알아내기 위해 오랫동안 노력했지만, 이상하게 아무것도 알아낼 수 없더군. 이번에 너를 잡고 나서야 보스가 실체가 없는 존재일 수도 있다는 것을 깨달았지. 반경 100㎞까지 감시했건만 보스는 오지 않았고, 네가 자리를 비웠던 동안에 넌 누구하고도 연락을 주고 받지 않았으니까. 더군다나 그동안 B 요원이 보스와 연락을 주고받은 시간을 분석해 보니, 너와 해리가 자리를 비웠을 때더군. 보스는 바로 너라는 결론이 나오지."

"보스는, 해리야!"

웨인은 발작하듯 소리쳤다.

"내가 아니라고!"

"해리는 네가 보스라고 했어! 바로 네가!"

"시끄러워! 닥쳐! 닥치란 말이야!"

웨인이 격렬하게 고함을 내질렀음에도 아서는 말을 멈추지 않았다.

"해리가 말한 보스는 바로 너야! 너라고!"

아서는 웨인과 햇빛 앞으로 한 걸음 걸어오기까지 했다. 엄청난 분노로 몸을 떨던 웨인이 덜컥 움직임을 멈춘 건 그때였다.

"뭐 하는 거야? 멈춰!"

아서는 듣지 못한 것처럼 한 걸음 더 걸어왔다.

"멈추라고!"

웨인은 이제 고함을 내지르다 못해 악을 썼다. 그러나 아서는 한 걸음을 더 걸어서 3미터 간격으로 거리를 좁혔다.

"멈춰! 오지 마!"

아서는 말을 하는 대신 멀쩡한 왼팔을 옆으로 벌렸다. 마치, 어서 쏘라는 듯.

그제야 햇빛은 아서의 목적을 아주 명확하게 알아차렸다. 그리고 그 순간, 웨인이 거칠게 욕설을 내뱉었다.

"이 미친 새끼!"

웨인은 햇빛의 관자놀이에 짓누르고 있던 총구를 떼고 아서를 향해 내밀었다. 햇빛이 몸을 날린 건 바로 그때였다.

탕!

총성이 울렸다.

10

관자놀이에서 총구가 사라진 즉시, 햇빛이 목표로 삼은 건 총을 들고 있는 웨인의 손이었다. 웨인은 분명 아서를 쏘려고 손을 앞으로 뻗을 터였다.

온몸이 근육인 남자에게 제대로 된 타격을 가할 수 있을 리 만무했다. 그 사실을 잘 아는 만큼, 햇빛은 젖 먹던 힘을 한곳에 집중했다. 앞으로 향하는 웨인의 팔을 온몸의 힘을 다해 밖으로 쳐내는 것. 그래서 총알이 아서를 빗나가게 하는 것.

아서를 살려야 한다!

햇빛은 그 일념 하나만 가지고 행동했다. 그러나 탕 소리와 함께 총알은 발사되었다. 귀를 거슬리게 하는 잔인한 소리였다. 그리고 슉 하는 작은 소리도 울린 것 같았다.

"아서!"

몸을 날려 웨인의 팔을 쳤던 햇빛은 바닥에 쓰러지면서 비명을 질렀다. 각도상 그를 볼 수 없었던 그녀는 즉각 몸을 돌려 아서를 바라보았다. 아서는 그대로 서 있었다. 그건 웨인도 마찬가지였다.

아서와 웨인은 똑같이 우뚝 선 채로 서로를 노려보면서 대치하고 있었다. 웨인은 그녀가 그렇게나 몸을 날려서 세게 쳤는데도 손에서 총을 놓지 않은 상태였다. 그러나 총을 들었던 손은 뒤로 꺾이듯 밀렸다. 웨인은 손을 다시 올려서 아서에게 똑바로 겨누었으나 손끝은 부들부들 떨고 있었다.

햇빛은 웨인이 이를 악무는 것을 보았다. 무슨 수를 쓰더라도 반드시 총을 쏘고야 말겠다는, 아서를 죽여 버리고 말겠다는 결사적인 의지가 눈에 번뜩였다.

슉! 슉!

햇빛은 소리를 들었다. 아주 작은 것이 창문을 뚫고 들어와 어딘가에 깊숙하게 박히는 소리가 두 번 울렸다. 아까 웨인의 총이 발사될 때 들은 것과 같은 소리였다. 햇빛은 이게 무슨 소리인지, 어디에 박혔는지 깨닫기 전 보게 되었다.

총을 쥐고 있는 웨인의 어깨에서 분수같이 피가 샘솟았다. 또한 웨인의 관자놀이에 조그만 구멍이 나더니 몇 방울의 피가 보이기 시작했다. 햇빛은 그의 이마 안쪽에도 구멍이 하나 더 있다는 것을 알아차렸다.

쿵!

웨인은 눈을 부릅뜬 그대로 바닥으로 고꾸라지면서 무거운 소리를 터뜨렸다. 그의 손에서 총이 떨어져 햇빛의 앞까지 굴러왔다. 햇빛은 멍하니 총을 보았다가 창문을 바라보았다. 커튼에는 세 개의 총알 구멍이 나 있었다. 창문에도 아마 똑같은 구멍이 있으리라.

저격수인 건가?

밤중이고 집 내부에 빛은 스탠드 하나뿐인데도 맞히다니, 대단하다는 생각이 들었다. 그러나 마냥 감탄만 하고 있을 틈이 없었다. 햇빛은 스프링이 튕기듯 바닥을 박차고 일어났다.

"아서!"

너무도 긴장한데다가 깊은 두려움과 걱정 때문에 기절하기 직전까지 몰린 터라, 목이 바싹 마른 상황이었다. 햇빛은 두 음절만 내뱉었을 뿐인데 목에서 피가 배어 나오는 것 같았다. 하지만 그녀는 우뚝 서 있는 아서의 바로 앞까지 달려가며 다시 외쳤다.

"아서!"

그는 대답하지 않았다. 웨인이 절명해서 쓰러지자 여러 격렬한 감정으로 번뜩이던 새까만 눈동자에 안도감이 떠오른 상황이었다. 하지만 아서는 아무 말도 하지 않았다. 아니, 할 수 없었다. 입술이 약간 열렸지만 소리를 내뱉지 못했다. 대신 그가 내놓은 것은 새빨간 피였다.

푹.

액체가 가득 들어 있는 비닐 봉투에 칼을 꽂았다가 뽑은 것처럼, 그의 오른쪽 허벅지에서 피가 뿜어져 나왔다. 그리고 아서는 옆으로 쓰러졌다.

햇빛은 두 손을 뻗어 아서가 바닥으로 고꾸라져서 큰 충격을 받기 전에 받아 들었다. 무게가 상당해서 그대로 짓눌릴 것 같았으나 햇빛은 놓지 않고 최대한 부드럽게 잡아서 눕혔다. 그녀는 즉각 피가 흥건하게 나오는 허벅지 부분을 두 손으로 있는 힘껏 짓누르며 목이 터져라 소리쳤다.

"구급차! 도와주세요! 의사! 의사!"

외침이 끝나기도 전에 현관문이 박살 나더니 경찰들과 요원들이 진입했다. 그중에 조지도 있었다. 조지는 목소리를 드높여 의사를 불렀고, 의사는 즉시 아서 앞으로 달려왔다.

"손 놔요!"

조지는 햇빛이 움직이기를 기다리지 않고 그녀의 손을 억세게 붙들어 허벅지에서 치웠다. 의사는 지혈대로 지혈하면서 명령했다.

"당장 헬기 호출하세요! 동맥이 손상됐습니다. 안 그래도 출혈이 심했는데 봉합 수술이 늦어지면 사망합니다!"

사망.

사망. 아서가, 죽는다. 아서가. 아서가!

"아서! 아서! 내 말 들려요? 죽으면 안 돼요! 절대 안 돼요!"

햇빛은 소리를 내질렀다. 아서가 듣고 있는지는 알 수 없었다. 과다 출혈로 쇼크가 왔는지 아서의 눈은 초점이 없는 상태이기 때문이었다. 그러나 적어도, 눈은 감기지 않았다. 완전히 의식을 잃은 건 아닐 터.

눈을 감으면 안 된다. 깨어 있어야 한다.

의학적인 지식은 없었으나 햇빛은 이 순간 직감했다.

의식을 잃으면, 죽어버린다. 아서가 영영 떠나 버린다.

"눈 감지 말아요! 정신 잃지 말아요! 내 말, 들어요! 계속 호흡하고 눈 뜨고 있어요!"

햇빛이 계속 말할 때, 의사가 간호사를 시켜서 구급차에서 가져온 수혈팩 여러 개를 아서의 팔에 아주 빠르게 꽂았다. 햇빛은 조지에게 캐물었다.

"헬기는 언제 오죠?"

"5분 후에요."

조지는 초조하게 손목시계를 확인하더니 아서의 눈앞에 손을 흔들어 보였다. 아서의 눈동자는 반응이 없었다.

"젠장! 이 미친 자식아! 죽지 마! 죽지 말라고!"

조지는 두 주먹을 불끈 쥐고 부르르 떨었다. 햇빛은 그의 심정을 이해했다. 아니, 이해하고도 남았다.

"아서! 정신 차려요! 의식 잃지 말아요!"

햇빛은 조심스럽게 손을 뻗어 아서의 뺨을 어루만졌다. 겉보기에 살결은 여전히 매끈했으나 직접 만져 본 햇빛은 보기와는 달리 상당히 거칠다는 것을 깨달았다. 더군다나 볼살도 약간 빠진 상태였다.

그동안 잘 지내지 못한 건가?

"아서! 나 때문에 잘 못 지낸 거예요? 나 보고 싶어서 그런 거죠? 나 계속 보려면, 나 계속 만나려면 죽으면 안 돼요! 절대 안 돼요! 죽어버리면…… 나 놔두고 죽어버리면…… 필립이랑 만날 거예요! 몇 시간 전에 봤던 플라워샵 주인, 필립이랑 결혼해 버릴 거예요!"

누가 들어도 유치한 협박이었다. 그러나 지금 햇빛은 그런 걸 고려할 정신 따윈 없었다. 무슨 말을 하든 간에, 아니, 대신 목숨을 내놓아서라도 아서를 살리고 싶었다.

"절대 죽으면 안 돼요! 절대! 필립이랑 결혼해 버릴 테니까!"

"안 돼……."

햇빛은 아서의 말을 들었다. 눈동자에 여전히 초점이 없었으나, 그는 분명 말을 했다. 햇빛의 심장이 희망으로 꿈틀거리는 가운데, 몇 분 후 헬기가 집 앞에 착륙했다. 의료진들은 조심스럽지만 숙련되고 빠른 솜씨로 아서를 헬기 안으로 옮기기 시작했다.

"타세요."

헬기는 좁은 건 아니었으나 의료진이 타야 하기에 빈자리가 하나뿐이었다. 조지는 빠르게 판단을 내려서 햇빛을 헬기에 태웠다.

"그리고 계속 말해주세요, 죽지 말라고."

부탁을 거절할 마음 따윈 조금도 없었다. 햇빛이 고개를 끄덕이기도 전에 문은 닫혔고, 조지가 재빨리 멀리 떨어지자마자 프로펠러가 큰 소리와 함께 움직였다. 헬기 소리는 매우 시끄러웠다. 하지만 햇빛은 움직이지 않는 아서의 손을 잡은 채 계속 말해주었다. 죽지 말라고, 죽으면 온갖 행동을 하겠다고 협박 아닌 협박을 하면서.

아서에게 연결한 수많은 수혈팩과 식염수가 빠르게 소모되는 가운데 헬기는 10분 만에 근처 병원에 도착했고, 아서는 즉각 수술실로 실려갔다. 긴 시간은 아니었으나 쉴 새 없이 소리를 지른 탓에 햇빛은 목이 완전히 쉬고 말았다. 그러나 그녀는 수술실의 문이 닫히기 직전까지 그에게 협박 같은 애원을 했다.

그리고 수술이 시작되었다.

조지가 온 건 30분이 흐른 뒤였다. 방탄복만 벗고 현장에서 바로 따라온 모양이었다. 미리 소식을 들었는지 조지는 수술에 대해서는 묻지 않고 대신 고개로 옆의 의자를 가리켰다.

"앉으세요."

햇빛은 그제야 자신이 내내 서 있었다는 것을 깨달았다. 앉고 싶지 않았다.

"……괜찮아요."

목이 잔뜩 쉰 상태였으나 햇빛은 간신히 말을 했다. 사실은 괜찮지 않았다. 온몸의 상태가 그제야 분명하게 의식되었다. 어제 오후부터 새벽까지 끊임없이 일을 한데다가 집 안에서 살인자를 맞닥뜨렸다. 거기다가 아서가 총에 두 번이나 맞는 것을 목격한 상황.

온몸에 쌓인 피로도가 너무도 드높게 치솟은 상태인지라, 녹초가 되다 못해 그대로 먼지가 될 것 같은 느낌이었다. 그대로 쓰러지면 며칠이고 못 깨어날 것 같았다. 하지만 햇빛은 쉴 수가 없었다.

아서가 지금 수술실 문 저 너머에서 생명을 걸고 싸우고 있는데, 자신이 어떻게 편하게 앉는단 말인가?

"미즈 김, 전혀 안 괜찮아 보입니다. 아니, 그 정도가 아니라 아주 나빠 보여요."

햇빛이 다시 괜찮다고 말하려는 찰나, 조지는 단호하게 고개를 저었다.

"한쪽 뺨이 시퍼렇게 멍이 들고 부어오른 거, 모르죠? 아랫입술도 찢어졌어요. 치료받아야 해요."

조지는 햇빛의 손목을 붙잡더니 지나가던 의사를 불러 진료를 부탁했다. 햇빛은 고개를 저었으나 조지가 한마디 했다.

"나중에 아서가 알면, 걱정할 겁니다."

별거 아닌 말일 수도 있었다. 그러나 햇빛은 그 말을 듣고 조지가 하라는 대로 했다. 아서를 걱정시킬 수는 없으니까.

"입원해서 정밀검사를 받아보는 것도 좋을 듯싶네요."

의사는 단순 타박상이라고 진단을 내렸으나 그렇게 한마디 덧붙였다. 햇빛은 고개를 저었고, 잠시 자리를 떴던 조지가 가방을 들고 나타났다. 안에는 옷가지 등이 들어 있었다.

"저쪽에 샤워실이 있습니다. 씻고 옷 갈아입으세요. 피가 많이 묻었습니다. 위생상 좋지 않아요. 그 상태면 나중에 아서 근처에도 갈 수 없을 겁니다."

햇빛은 거역할 수 없었다. 뜨거운 물을 맞이하자 격한 현기증이 일어났다. 다리에서 힘이 빠져 순간 휘청거렸으나 가까스로 쓰러지지 않았다. 햇빛은 바닥에 먼지처럼 남은 기운을 박박 긁어모았다.

아직은 쓰러질 때가 아니다. 아서가 살아 숨 쉰다는 진실을 체감해야 했다. 기절하더라도 그 뒤에 하는 게 마땅한 도리.

햇빛은 달달 떨리는 몸으로 간신히 씻은 뒤 대충 옷을 걸쳤다. 헤어드라이기도 있기에 기계적으로 대충 머리카락을 말리고 나왔다. 조지는 간이샤워실 앞에서 진중한 표정으로 휴대전화를 쳐다보고 있었다. 그는 햇빛을 발견하고 고개를 들었다.

"식사하러 갑시다. 버티려면 먹어야 합니다."

음식은 정말 내키지 않았다. 그러나 조지는 이번에도 단호하게 그녀를 간이식당으로 데려갔다. 새벽인데도 간단한 수프와 샌드위치를 팔고 있었다. 조지는 브로콜리수프를 사서 햇빛에게 주고는 으름장을 놓았다.

"먹어요. 다 먹어야 수술실 앞으로 갈 수 있어요. 안 먹으면 접근 못하게 막을 겁니다."

수프는 양이 많지는 않았다. 하지만 다 먹는 건 정말 힘들었다. 온몸에 힘이 없을뿐더러 마약 금단증상에 시달리는 사람처럼 손이 부들부들 떨리기 때문이었다.

하지만 햇빛은 기운을 또다시 쥐어짜 내서 다 먹었다. 조지는 일반인도 아니고 정부요원이니, 정말로 접근을 막을 수도 있었다.

"……괜찮을 겁니다."

햇빛이 숟가락을 내려놓을 때, 조지가 식당 테이블 위에 시선을 고정한 채 혼잣말을 하듯 작게 말했다. 새벽이지만 병원답게 주변에 사람들도 여럿 있고 소음이 약간씩 있었으나, 햇빛은 들을 수 있었다.

"아서, 괜찮을 겁니다. 이전에 더 심각하게 다친 적도 많았어요. 그런데 멀쩡하잖아요."

햇빛은 아서의 몸에 상당히 상처가 많았던 것을 기억했다. 아서가 익스트림 스포츠를 즐기다가 많이 다쳤다고 말하기에 그렇게 믿었었다. 하지만 지금 생각하면 그건 요원으로서 일하다가 부상당한 흔적인 게 분명했다.

"이번에도 괜찮을 겁니다. 너무 걱정하지 마세요."

조지는 햇빛에게 위로를 건네고 있었으나, 기실 스스로에게 확신을 주기 위한 말인 것 같기도 했다.

"그동안 많이 힘드셨죠? 아서는 곧 깨어날 테니까 그때 많이 구박해 주세요. 아, 너무 많이는 말고 조금만요. 아서 녀석도 꽤나 힘들어했거든요. 상당히 엉망이었어요. 여러 가지로 생각도 많은 것 같았고……."

조지는 땅이 꺼져라 한숨을 푹 내쉬더니 이마를 쳤다.

"그런 미친 짓까지 할 줄이야."

자기 어깨에 총을 쏜 것을 말하는 것이리라. 햇빛은 저도 모르게 흠칫 떨면서 왼손으로 자신의 오른쪽 어깨를 만졌다. 아서가 총을 쏜 그 부분.

"그래도 아서가 아무 생각 없이 막 그런 건 아니에요. 가장 손상이 덜 가는 부분을 그런 거예요."

조지는 공공장소라는 사실 때문인지 '쏘았다' 같은 정확한 표현이 아니라 둘러서 이야기했다.

"그리고 그런 일이 벌어진 덕분에 다른 위험 없이 시간을 끌 수 있었죠. 그때, 많이 졸렸죠? 시간을 끌면서 굴뚝에 설치되어 있는 것을 사용했습니다. 만약의 경우를 대비해 증인들의 집에는 그런 것을 준비해 두곤 하죠."

조지는 설치된 것의 이름을 소리 내지 않고 입 모양으로 말했다.

수면가스.

"웨인은 수면이 부족한 상태가 되면 쉽게 흥분해서 일을 그르치는 성격이에요. 우린 그걸 알고 있었죠. 아서는 수술 중이지만…… 계획이 성공해서 다행이에요."

"그러니까 계획은…… 나한테서 총구를 떼는 거였나요?"

주변 가까이에 다른 사람은 없었으나 햇빛은 '총구'라는 단어는 입 모양으로만 발음했다. 조지는 고개를 끄덕였다.

"네. 그래야 B가 미즈 김을 구할 수 있다는 확신 아래에서 웨인을 처리할 수 있으니까요. 그걸 떼지 않고 B가 행동했다면, 미즈 김의 생명은 보장할 수 없었을 거예요. 아서가 허벅지를 맞긴 했지만 B의 솜씨가 진짜 좋더라고요."

조지는 아서에 대한 걱정에다가 이번 사건 때문에 지치고 힘든 기색이 역력했으나, 한순간 고개를 절레절레 저었다. B에 대한 찬탄의 의미이리라.

햇빛은 웨인의 관자놀이와 총을 든 어깨를 정확하게 맞춘 뛰어난 저격수가 B요원이라는 사실을 깨달았다.

"물론, 미즈 김의 행동도 용감했어요. 팔을 쳐서 그나마 아서가 덜 중요한 부분을 맞았기도 하고요. 정말 잘했습니다."

조지는 지친 얼굴에 희미하게 미소를 띠었다.

"미즈 김 같은 여자를 놔두고 아서가 떠날 리 없습니다. 그러니…… 걱정 마세요."

조지의 말은 갈수록 희미해졌지만, 햇빛은 그의 말이 완전히 소멸하지 않도록 심장 속으로 깊이 받아들였다.

아서는 죽지 않는다. 살아날 것이다.

햇빛은 자리에서 일어났고, 조지와 함께 수술실 앞으로 갔다. 조지의 단호한 태도에 의자에 앉은 채로 기다리고 또 기다렸다. 그리고 마침내, 기다림의 끝이 찾아왔다.

수술 중이라는 불이 꺼지자마자 햇빛은 심장이 내려앉는 느낌이었다. 생각 같아서는 수술실 안으로 당장 쳐들어가서 결과를 캐묻고 싶었다. 그러나 동시에, 멀리 도망치고픈 충동도 들었다. 수술이 잘못됐다는 소식을 들을 수도 있으니까.

아니야. 아니야! 괜찮을 거야! 아서는 괜찮을 거야! 멀쩡하게 살아날 거야! 하지만…… 만약 잘못됐다면? 그런 거라면, 어쩌지?

수술을 담당한 의사가 문을 열고 나오기까지 얼마 걸리지 않았다. 그러나 햇빛은 그 짧은 시간 동안에 수없이 많은 생각을 하고 또 했다.

아서의 생존. 아서의 죽음.

전자라면, 온 세상은 기쁨으로 그득할 터였다. 그러나 후자라면…… 후자라면…….

"닥터, 어떻습니까?"

햇빛이 온몸은 물론 보이지 않는 영혼까지 달달 떨면서 의자에 앉아 있을 때, 조지는 수술실의 문이 열리자 벌떡 일어나 달려갔다.

"살았습니까? 살았냐고요?"

조지는 멱살을 쥐고 흔들 기세였다. 의사는 그런 반응이 익숙한지 크게 놀라지 않은 채 마스크를 벗으며 고개를 끄덕였다.

"수술은 성공했습니다."

햇빛은 떨리는 손으로 귀를 만졌다. 방금 들은 말이 사실인지 아닌지 의심스러우니까. 그러나 조지가 주먹을 불끈 쥐며 환호성을 지르자 확실하게 알게 되었다.

살았다! 아서는 살았다!

"하지만 후유증이 있을 수도 있습니다. 다행히 조직이 괴사하지 않아서 절단하지 않았지만, 뼈 손상도 심각합니다. 앞으로 다리를 절게 될지도 모릅니다."

의사는 정확한 건 일단 상황을 지켜봐야 한다는 말을 이어서 했고, 하늘 높은 곳으로 즐겁게 치솟았던 햇빛의 심장은 그 순간 바닥으로 내려앉았다.

다리를 절게 될 수도 있다고? 아서가? 더군다나 아서는 요원인데?

생명에 지장이 없는 것만으로도 감사하고 감사할 일이었다. 1분 전까지만 해도 제발 살아만 있어달라고 간곡하게 바랐던 것에 비하면 죽지 않는다는 사실은 그야말로 세상에서 가장 기쁜 일이었다.

하지만 아서가 남은 평생 다리를 절지도 모른다고 생각하니, 햇빛은 공든 탑이 와르르 무너져 내리는 것을 지켜보는 느낌이었다.

서 있으면 앉고 싶고, 앉으면 눕고 싶은 게 사람 마음이라더니.

햇빛은 떨리는 두 손으로 얼굴을 가렸다. 조지처럼 환호성을 지르고 싶을 만큼, 아니, 병원 전체가 떠나가라 소리 지르고 싶을 만큼 너무도 기뻤다.

하지만…….

"역시 이럴 줄 알았어. 사람을 이렇게 걱정하게 만들다니, 나쁜 자식 같으니라고. 미즈 김, 이제 마음 놓으세요. 다리야 뭐, 재활 열심히 하면 괜찮아질 거예요. 예전에도 이런 적 있는데 멀쩡해졌어요."

조지는 밝은 목소리였다. 햇빛은 고개를 들었고, 조지가 형광등을 켠 것처럼 환하게 웃으며 움츠렸던 어깨를 당당하게 펴는 것을 보았다. 그리고 1초 후, 조지의 모습은 물론 시야 전체가 흐릿해졌다. 순식간에 눈물이 눈가에 담뿍 차오르더니 폭포수처럼 끝없이 흘러내리기 시작했다.

조지는 조용히 앞으로 와서 손수건을 건네주었다. 햇빛은 손수건을 받아 들고 눈을 가렸지만, 커다란 기쁨과 약간의 회한으로 그득한 통곡은 쉬이 멈추지 않았다.

눈물은 한참 뒤에나 말랐다. 부끄러운 마음도 있었으나 모든 슬픔을 눈물로 쏟아낸 햇빛은 모든 것이 두 개로 보일 만큼 피곤하고 또 피곤했다. 조지가 아직 짐은 정리 중이니 근처 호텔로 가서 편하게 쉬다가 나오라고 당부했으나, 햇빛은 병원을 떠나고 싶지 않았다. 아서 곁에 가까이 있고 싶었다.

아서는 아직 의식이 없지만 생명이 위험한 게 아니라서 그런지 중환자실이 아니라 특실로 옮겨졌다. 특실은 상당히 넓은데다가 창문으로 보이는 전망도 좋고 보호자용 소파와 테이블, 냉장고 등의 가전까지 갖춰져 있어 마치 고급 호텔 같은 분위기였다.

햇빛은 아서가 누워 있는 침대와 거리가 약간 있는 보호자용의 커다랗고 푹신한 소파가 아니라 침대 바로 앞의 의자에 앉고는 떨리는 손으로 그의 오른손 엄지손가락을 살짝 잡았다. 더 세게, 더 많은 부분을 잡고 싶었지만 혹시 그에게 피해를 끼칠까 봐 두려웠다.

"아서."

햇빛은 조용히 그를 부르며 눈을 감았다. 손끝에 그의 체온이 느껴졌다. 살아 있다는 증거.

햇빛은 깊고 깊은 무의식의 수면 속으로 미끄러져 내려갔다. 아서의 생존을 세상의 그 어떤 소식보다도 기뻐하며, 동시에 두터운 붕대로 단단하게 고정된 그의 오른쪽 다리를 마음 아파하면서.

"……그렇군."

낯익은 목소리였으나, 햇빛은 주인이 누구인지 바로 떠올리지 못했다. 누군가가 뇌를 붙잡고 한참이나 뒤흔든 것처럼 머리가 뒤죽박죽이었다.

"자네 결정이 그렇다면, 알았어."

아, 그래. 이 목소리는…… 조지였다. 아서의 파트너이자 가장 신뢰하는 친구. 그런데 조지가 누구와 대화를 나누는 거지?

"안 놀라는군."

아주 작고 힘없는 목소리였으나, 조지의 대화 상대가 누구인지 햇빛은 즉각 알 수 있었다. 하늘에서 떨어지는 번개를 맞은 듯한 충격 속에서 햇빛은 고개를 벌떡 위로 쳐들었다.

한 자세로 얼마나 오래 있었던 건지, 갑자기 움직이니 마치 감전된 듯한 충격이 온몸을 덮쳤다. 목에서는 뚜둑 하는 소리까지 났는데, 햇빛은 순간 눈앞이 하얗게 보여서 기절할 것 같았다. 그녀는 그대로 의식을 놓는 대신 서둘러 눈을 여러 번 깜빡이면서 누워 있는 사람을 바라보았다.

평소에도 약간 흐트러진 머리카락은 폭풍이라도 겪은 것처럼 엉망진창으로 더욱 헝클어진 상태였다. 뺨은 체중을 잃은 탓인지 이전보다 홀쭉했고, 안색은 아직도 허옇게 질린 상태였다. 그러나 더 이상 시체처럼 보이지 않을뿐더러, 새까만 눈동자의 매력은 그대로였다. 그윽하게 빛나는 보석 같은 눈동자.

"아서."

햇빛은 무슨 말을 더 해야 할지 알 수가 없었다.

"아서."

그래서 그녀는 다시 이름을 속삭였다. 온몸이 비명을 지르고 있었으나 햇빛은 이 순간만큼은 통증 따위 잊은 채 눈앞의 남자만 바라보았다. 이 드넓은 세상에 존재하는 건 아서 칼켄트 단 하나인 것처럼.

달칵. 조지가 재빠르게 밖으로 나가면서 문이 닫히는 소리가 났다. 그러나 햇빛은 그 소리조차 듣지 못했다. 그녀는 수도꼭지를 열어놓은 것처럼 눈물을 줄줄 흘리기 시작했다.

「햇빛.」

시야가 흐릿했기에 아서의 표정이 잘 보이지 않았다. 햇빛은 옷깃으로 서둘러 눈물을 닦았다. 다행히 흐느낌은 빠르게 가라앉았다.

"아서."

"미안해."

햇빛이 무슨 말을 해야 할지 알 수가 없어서 다시 이름을 불렀을 때, 아서의 말이 이어졌다. 그가 진심으로 사과를 하고 있었다.

"당신을 미끼로 이용해서, 이런 일에 얽히게 해서…… 정말 미안하게 생각해. 많이 무섭고 힘들었지?"

그건 사실이었으나, 햇빛은 이 순간 아무 말도 하지 않았다. 그녀는 눈물을 완전히 멈추었고 아서는 길고 긴 한숨을 내쉬었다.

"내가 당신한테 못할 짓을 너무 많이 했지. 미안해. 어떤 말을 해도 날 용서해 줄 수 없겠지만…… 사과는 꼭 하고 싶어."

햇빛은 입술을 뗐으나, 흐느낌이 흘러나올 것 같아 이번에도 아무 말도 하지 못했다. 아서는 길고 긴 한숨을 내쉬더니 이런 말을 했다.

"어제 새벽에 당신 남자친구 앞에서 심한 말도 했고……."

"필립은 내 남자친구가 아니에요."

아서가 새까만 눈을 형광등처럼 번쩍였다.

"정말?"

"네, 정말이에요."

"그럼, 아직 나한테 기회가 있는 거야? 당신에게 날…… 다시 받아달라고 부탁, 아니, 애걸할 수 있는 거야?"

아서는 그녀를 위해 어깨를 스스로 쏘고, 죽음 직전까지 갈 정도의 부상을 입은 남자였다. 환자복을 입은 채로 누워서 고개만 위로 살짝 들고 있는데다가 얼굴은 아직 창백해서 그야말로 애처롭기 그지없었다. 그런데다가 때때로 오만한 모습을 여과 없이 드러냈던 그는 지금 그녀에게 애걸하고 있었다.

햇빛은 마음이 미어지다 못해 부서지는 것 같았다. 하지만 쉽게 답을 할 수가 없었다.

"사랑해."

아서가 고백했다, 절절하고도 애절하게.

"썬샤인, '햇빛', 당신을 진심으로 사랑해. 당신은? 당신은 어떻지? 내가 증오스럽지?"

그의 목소리가 차갑고 어두운 감정을 녹이기 시작했다. 그래서 햇빛은 한마디의 말을 꺼낼 수 있었다.

"증오…… 하는 건 아니에요."

"다행이야."

아서는 한숨을 길게 내쉬면서 눈에 띄게 안도했다. 그 모습도 햇빛을 흔들어놓았다.

"그래도, 밉지?"

아서는 다시 물었다. 햇빛은 대답하고 싶지 않았으나 솔직한 마음을 털어놓았다.

"네."

그가 그녀를 진심으로 사랑한다고 해도, 애초에 이용하고 기만한 건 사실이었다. 강간과 죽음의 위협 속에 몰아넣은 것도 사실이었다.

더없이 무섭고, 더없이 두려운 경험.

"그 일은…… 잊기 힘들 것 같으니까요."

시간이 흐르면 희미해지긴 할 것이다. 언젠가는 무뎌질 터. 그러나 아직도 햇빛은 며칠에 한 번은 악몽을 꾸었다.

"힘들었어요. 정말…… 많이 힘들었어요."

"미안해. 몇 번을, 몇백 번을 사과하더라도 충분하지 않다는 것, 알아. 정말 미안해."

아서는 말을 끝낸 뒤 바로 기침을 했고, 어디가 아픈 것처럼 미간을 한껏 찌푸렸다. 햇빛은 화들짝 놀라 그에게 가까이 다가갔다.

"괜찮아요?"

"정말, 콜록, 미안해. '햇빛', 정말 미안해."

아서는 괴로운 듯 기침을 몇 번 더 하면서도 사과의 말을 계속했다. 햇빛의 손을 필사적으로 쥔 건 물론이었다.

"미안해……. '햇빛', 난 이제 그 일을 그만둘 생각이야. 아까 조지와 이야기를 나눈 게 바로 이거야. 조지는 내 심중을 알고 있었는지 놀라지 않더군."

햇빛은 크게 놀라고야 말았다.

"그만둔다고요? 정말이오?"

"그래. 내가 명령을 수행한 건 사실이야. 위에서 하라고 하면 해야 하니까. 하지만 근본적으로 회의감이 들었어. 미칠 것 같았고. 그리고 이건 변명 같지만, 분명하게 말하고 넘어갈게. 난 상부에서 당신을 그쪽에 넘기라는 명령을 내린 줄 몰랐어. 그런 일까지 벌어질 거라는 걸 몰랐어. 당신이 넘어간 뒤에나 알았지. 다시는 '로미오'가 되라는 명령 같은 건 받고 싶지 않아. 다시는, 당신을 그렇게 이용하고 싶지 않아. 차라리, 차라리 내가 죽는 게 나아!"

아서는 주먹을 불끈 쥐더니 파르르 떨었다. 그러더니 얼굴 전체를 일그러뜨렸다. 통증 때문이리라. 햇빛은 덜컥 겁이 났다.

"아서, 진정해요."

그녀는 손을 뻗어 그의 팔을 어루만졌다. 단단하고 따스한 촉감은 여전했다. 햇빛은 뭔가 모르게 안도감이 들자, 속으로 한숨을 내쉬며 달래듯 말했다.

"일단 쉬고, 나중에 이야기 다시 해요."

"나의 '햇빛', 당신을 사랑해. 처음부터 당신한테 끌렸어. 하지만 총상을 입은 채로 그 펍 앞에서 당신에게 발견된 순간…… 내 감정을 억누를 수밖에 없었어. 명령에 따라 '로미오'로서 당신을 유혹하면서 진심으로 사랑하게 됐지만 말할 수 없었어. 원래는 계획대로라면 일이 다 끝난 뒤에 바로 용서를 구하려고 했지만, 일이 틀어지면서 그것도 못하게 됐다. 잔인하게 행동할 수밖에 없었고……. 다시 사과해. 미안해. 정말 미안해."

길게 내뱉은 아서는 힘이 없는지 긴 한숨을 토해내며 온몸을 부르르 떨었다. 잠시 말을 잊었던 햇빛은 입술을 열었으나, 바로 소리 내지 못했다. 목이 메었기 때문이다. 그녀는 기침으로 목을 가다듬었다.

"아서, 일단 쉬어요. 네?"

"한 가지만 약속해 줘. '햇빛', 지금 당장 날 받아달라는 말은 아니야. 하지만 지금 떠나서 영영 안 돌아오는 건 아니지? 날 완전히 버릴 건 아니지? 답해줘. 답을 해줘."

아서는 그녀의 손을 붙들었다. 어제 죽을 뻔한 위기를 겪은 사람답지 않게 매우 힘이 강했고, 햇빛은 그가 필사적이라는 사실을 깨달았다.

"제발."

오만하기 그지없는 남자가 이어 내뱉은 말은 햇빛을 그야말로 사정없이 뒤흔들어 놓았다. 그녀는 생각할 틈 없이 바로 말했다.

"그럴게요."

햇빛은 귀로 듣고 나서야 자신이 무슨 말을 했는지 깨달았다. 그리고 피로와 고통으로 얼룩진 아서의 얼굴이 개화하는 꽃처럼 환하게 피자, 그가 얼마나 기뻐하는지도 아주 잘 알게 되었다. 아서는 연거푸 물었다.

"정말이지? 정말이지?"

"네. 정말이에요."

햇빛은 희미하지만 미소를 지으며 분명하게 말했다. 아서는 몇 번 더 확답을 들은 뒤에야 눈을 감았다. 어지간히 피곤하고 힘들었는지, 몇 초 되지 않아 조용한 숨소리가 울렸다.

햇빛은 잠들어 있는 아서를 가만히 바라보았다. 안도감도 크지만, 여전히 화도 났다.

그러나 그녀를 위해 스스로에게 총을 쏜 남자였다. 그녀를 위해 죽기 일보 직전까지 자청해서 걸어간 남자였다.

그리고 그녀를 진심으로 사랑하는 남자. 오만하기 그지없는데도 지금은 자존심을 굽히고 애걸하는 남자.

나는 이 남자를, 어떻게 생각하는가?

햇빛은 손을 뻗어 다시 아서의 팔을 조심스럽게 만졌다. 그는 여전히 따뜻했으나 피부는 안쓰러울 정도로 건조하게 느껴졌다. 죽음 직전까지 갔기 때문이리라.

나를 위해…….

햇빛은 길고 긴 한숨을 내쉬면서 자리에서 일어났다. 순간 현기증이 눈앞에 펼쳐졌지만, 그녀는 쓰러지지 않고 천천히 문으로 갔다. 병원에 더 머무르고 싶긴 했으나 새삼스럽게 스스로의 모습이 의식되었다.

거울을 본 건 아니지만 험한 일을 겪은 여파 때문에 얼굴이 엉망일 게 뻔했다. 아서에게 이런 모습을 보여주고 싶지 않았다.

집에 가서 씻고 좀 쉬다가 나오자.

햇빛은 병실 문을 연 채 뒤돌아보았다. 아서는 편안한 표정이었다. 그녀가 떠나지 않는다고 약속했기 때문이리라.

잠깐은 괜찮겠지.

햇빛은 다시 한숨을 쉬고 집으로 갔다. 엉망일 거라고 생각했으나, 예상과는 달리 집은 아주 멀쩡했다. 부서진 현관문도 새 것으로 교체되었고, 아서와 웨인의 핏자국으로 흥건했던 카펫도 사라진 상태였다. 바리케이드 역할을 했던 가구도 제자리로 돌아간지라 직접 겪은 사람이 아니라면 어젯밤에 무슨 일이 있었는지 전혀 알 수 없을 정도였다.

그래도 햇빛은 어젯밤에 피가 흥건했던 지점을 피해서 움직였다. 그녀는 대충 식사한 뒤 샤워를 했다. 처음에는 바로 병원으로 갈 생각이었으나, 뜨거운 물이 온몸을 덮자 지독한 피로감이 그녀를 고문하기 시작했다.

잠깐만 자고 나갈까?

햇빛은 휴대전화의 알람을 두 시간 뒤로 맞추고는 침대에 몸을 뉘었다.

잠깐만 자고 일어나서, 아서에게 다시 가야…….

한 문장의 생각이 끝나기도 전에 햇빛의 세상이 새까맣게 변했다. 꿈 없는 잠 속에 깊이 빠졌던 그녀는 셀 수 없는 시간이 흐른 뒤 눈을 떴다. 누군가가 현관문을 부수고 말겠다는 듯 거세게, 끊임없이 두드리고 있었기 때문이다.

「햇빛!」

또한 현관문 밖에서 누군가가 그녀의 이름을 목청이 터져라 부르짖고 있었다. 아서의 목소리였다.

햇빛은 얇은 가운만 달랑 입고 있는 차림이라는 것도 잊고 침대에서 벌떡 일어나 현관문으로 달려갔다. 문을 벌컥 열자 현관문을 계속 두드리려는 듯 앞에 서서 주먹을 쥐고 있는 조지가 보였다.

"미스터 존스?"

조지는 안도의 한숨을 내쉬더니 옆으로 비켜섰다. 뒤에는 데이트를 할 때마다 봤던 아서의 차가 있었다. 햇빛은 열려 있는 뒷좌석 문을 통해 아서가 다친 다리를 옆으로 둔 채 앉아 있는 것을 발견했다.

"아서?"

어제 죽음 직전까지 간 사람이 몇 시간 만에 퇴원해서 여기까지 오다니?

햇빛은 그야말로 경악한 채 달려갔다. 온몸이 뻐근하다 못해 뻣뻣했으나, 그런 것을 곧 잊을 만큼 아서가 너무도 걱정되었다.

아서의 다친 오른쪽 허벅지에는 깁스 같은 아주 두꺼운 것이 단단하게 둘려져 있었다. 수술 부위를 고정시키고 보호하기 위한 것으로 보이는데, 그 역할은 충분히 하는 것 같았다. 그러나 아서는 하루 전에 생명이 위급했던 중환자였다. 애초에 밖에 나와 있는 것 자체가 무리일 터. 아서는 온몸을 눈에 띄게 부들부들 떨고 있었다. 더군다나 허옇게 질린 얼굴에서는 식은땀이 비 오듯 내리고 있었다. 곧 눈을 까뒤집고 기절할 것 같았다.

햇빛은 너무도 어이가 없어서 새된 목소리로 소리를 질렀다.

"대체 여긴 왜 온 거예요?"

다리를 옆으로 둔 채 앉아 있는 아서는 고개만 바싹 든 채 눈을 부릅뜬 상태였다. 여전히 그의 이목구비는 매우 빼어났으나, 엉망이 된 머리카락과 창백한 안색에 보랏빛 입술, 거기다가 시뻘건 핏줄이 여러 개 솟구친 흰자위가 합쳐지자 언뜻 기괴해 보였다.

"미스터 존스! 아서를 대체 왜 데리고 온 거예요?"

아서가 아무 답도 않고 입술을 깨물고만 있자, 햇빛은 조지에게 버럭 고함을 내질렀다. 조지는 몸을 살짝 움츠렸다.

"저 녀석이 하도 우겨서요."

"얼마나 우기든 간에 환자잖아요! 어떻게 이럴 수가 있어요? 빨리 구급차 불러서 다시 데려가요!"

"지금, 날 쫓아내는 거지?"

내지르듯 한마디 한 건 아서였다. 햇빛은 그야말로 당황했다.

"뭐라고요?"

"떠나지 않겠다고 했잖아! 날 버리지 않겠다고 약속했잖아!"

힘이 없는지 아서의 목소리는 작았으나, 그 속에 담긴 감정은 생생하게 햇빛을 덮쳤다.

분노, 좌절 그리고 슬픔.

"아서, 난 약속을 어긴 게 아니에요."

햇빛이 목소리를 조근조근하게 바꾸었다. 아서의 흥분을 가라앉히기 위해서였다.

"잠깐 씻고 쉬러 집에 온 것뿐이에요."

"잠깐? 하루가 지났는데 무슨 잠깐이야?"

아서는 격렬하게 고함을 내질렀다. 이번 말소리는 매우 커서 햇빛은 귀가 아플 지경이었다. 그러나 그녀는 그의 말 크기보다 내용에 놀랐다.

"하루요? 두 시간 후로 알람을 맞췄는데……."

"네가 잠든 지 두 시간이 아니라 스물여섯 시간이 흘렀어!"

아서는 다시 소리를 내질렀으나, 이번에는 작았다. 햇빛은 반사적으로 입술을 벌렸지만 사과하지는 않았다. 아서는 너무도 화가 나서 거의 정신을 잃기 직전인 듯싶었으나 햇빛이 계속 수면을 취하고 있었다는 것을 알아차린 모양이었다. 그는 얼굴에서 격렬한 분노를 지우고는 조용히 읊조렸다.

"완전히 떠난 줄 알았어. 그래서 왔어."

"그러지 않겠다고 약속했잖아요."

"내가 당신한테 너무 많이 잘못했으니까, 떠날 수도 있다고 생각했어."

아서는 어깨를 축 늘어뜨렸다. 마치 풀죽은 어린아이 같았다. 더군다나 스스로 총을 쏜 오른쪽 어깨에 두껍게 감겨 있는 붕대에 희미하게 붉은 기운이 올라오고 있었다.

"아서, 난 약속을 어기지 않아요. 걱정 말고 어서 병원으로 돌아가서 쉬어요."

아서는 답을 하질 않았고, 햇빛은 짧게 한숨을 내쉬었다가 뒤를 돌아 조지를 바라보았다.

"미스터 존스, 아서를 병원으로 당장 데려가 주세요. 이대로 있다간 큰일 날 것 같아요."

햇빛은 손으로 피가 배어 나오는 부분을 가리켰다. 어지간히 짜증이 났는지, 조지는 고개를 절레절레 저을 뿐이었다.

"그 정도로는 안 죽어요. 다리를 더 움직이지만 않으면 된대요. 허락받고 나온 거예요. 전 집 안에 들어가서 물이나 한 잔 마시고 있을 테니, 대화 끝나면 부르세요."

조지가 아무것도 아니라는 듯 손짓까지 하고는 집 안으로 들어가서 문을 닫았다. 약간 안도감이 들기도 했으나, 햇빛은 서둘러 아서를 돌아보면서 다시 내뱉었다.

"병원으로 도로 가요."

"당신이 가지 않으면, 안 가."

"아서."

24시간 정도 잠이 들었다가 일어난 지 10분도 채 되지 않은 상태였다. 아직도 정신이 없지만 햇빛은 지금은 이야기를 할 때라는 것을 깨달았다.

햇빛은 아서의 옆자리에 엉덩이 끝을 걸터앉으며 손을 뻗어 그의 뺨을 만졌다. 면도를 하지 않았기에 턱 쪽에는 수염이 듬성듬성 난 상태인지라 상당히 지저분했다. 그러나 이목구비가 아름다운 사람답게 거친 면모가 부각되어 또다른 매력으로 비춰졌다.

"당신을."

손을 내리면서 햇빛은 길고 깊은 한숨을 내쉰 뒤 내뱉었다. 짜증을 담아서.

"사랑해요."

이게 진심이다. 여자로서의 자존감이 와르르 무너지는 것 같아서 인정하지 않았던 것. 이 세상이 끝날 때까지 외면하고 싶었던 것.

그러나 진심이고 진실이다. 그래서 한편으로는 서글프면서도 다른 한편으로는 기뻤다. 아서가 그녀를 이용하긴 했으나 진심으로 사랑한다고 말하기 때문이었다.

"당신이 날 이용만 하다가 버린 거라는 걸 알았을 때 온 세상이 무너진 줄 알았을 만큼…… 많이 사랑해요. 아직도 그래요."

아서의 얼굴은 여름날의 태양처럼 뜨겁고 환하게 밝아졌다. 햇빛은 그가 얼마나 자신의 고백을 기뻐하는지 깨달았다. 그리고 그 깨달음은 전율이 되었다.

하지만.

"하지만 말이에요."

아서는 침묵을 지키고 있을뿐더러 그 어느 때보다 진중한 표정과 눈빛이었다. 모든 정신을 기울여서 그녀에게 집중하기 때문이리라.

"이전처럼 아서에게 미소를 지어주려면, 시간이 조금 필요할 것 같아요."

"얼마나?"

"음, 글쎄요."

"일주일."

아서는 지시 내리듯 오만하게 내뱉었고 햇빛은 한마디 안 할 수가 없었다.

"나한테 명령 내리지 말아요."

아서는 뜨끔한 표정이더니, 고개를 슬며시 끄덕였다. 햇빛은 의외의 감정을 느꼈다.

재미있네.

햇빛은 이 상황에 어울리지 않는 생각은 일단 치운 뒤 엄하게 일렀다.

"그리고 병원으로 돌아가서, 회복에 집중하면서 내가 연락하길 기다려요."

"하지만—"

"기다려요."

햇빛이 다시 힘주어 이야기하자, 아서는 입을 닫았다. 또한 오랫동안 갈구하던 장난감을 손안에서 놓친 아이처럼 어깨를 더욱 축 늘어뜨렸고 얼굴 한가득 실망감을 풀풀 풍겼다. 그 모습을 보자 햇빛은 순간 동정심이 치솟았으나, 감정을 내리눌렀다.

"회복부터 해요. 알았죠?"

"완전히 날 버리는 건 아니지?"

햇빛은 대답하지 않았다. 그러자 아서는 이 세상에 존재하는 여자가 오로지 김햇빛 한 명인 것처럼, 뜨거운 눈동자로 속삭였다.

"진심으로 사랑해. 결혼해 줘."

햇빛은 흔들리지 않을 수 없었다. 심장이 너무도 뜨겁게 박동하고, 목이 메면서 온몸이 떨리니까.

"기다려요. 그래 줘요. 그래야 내가 상처받은 마음을 다독일 수 있을 것 같아요. 그래야 아서에게 진심으로 미소 지을 수 있을 것 같아요."

"……그래, 알았어."

그녀의 진심이 전달됐는지, 아서는 그제야 그런 말을 내어놓았다. 그러나 멀쩡한 왼손을 뻗어 햇빛의 손을 필사적으로 붙들었다. 생명이라도 달린 사람처럼 절실하게.

"최대한 빠른 시일 내에 돌아오기를 바라지만, 당신이 그런 마음이라면…… 얼마든지 기다릴 수 있어. 평생이라도 기다릴 수 있어. 내 아내는 오로지 당신, 나의 '햇빛'뿐이니까."

아서는 이어 내뱉었다. 온마음을 담아, 뜨겁게.

"사랑해."

그는 다시 말했다.

"사랑해, 나의 '햇빛'. 내 인생의 유일한 '햇빛'. 사랑해."

세상에서 가장 달콤한 속삭임이었다.

"나의 '햇빛,' 당신이 날 행복하게 해주는 만큼, 아니, 그보다 훨씬 더 행복하게 해줄게."

아서는 다시금 약속했다. 아니, 맹세했다. 그리고 햇빛은 미소를 지으며 그를 보냈다. 아서의 기만과 냉대 때문에 찢어지고 엉망이 된 심장이 이제는 정말로 치유되는 느낌이었다.

깊은 상처가 완치되려면 최소한 몇 주는 더 흘러야 하리라.

길어지면 몇 달은 더 걸릴 줄 알았으나 그건 아니었다. 아서를 보낸 뒤, 3주간 햇빛은 평소처럼 생활했다. 복싱을 특히 더 열심히 하면서 때때로 치미는 분노를 해소했는데, 그러다가 며칠 뒤가 아버지의 생신이라는 것을 떠올렸다.

납치당했을 때 너무도 보고 싶었던 사람. 웨인에게 생명의 위협을 당했을 때, 그동안 외면했던 것을 후회한 사람.

햇빛은 고민하지 않았다. 그녀는 비행기 티켓을 바로 사서 부모님이 살고 계신 한국의 집으로 갔다.

근 1년 4개월 만의 귀국이자 귀환이었다. 처음에 아버지는 아무 말도 하지 않으셨으나, 곧 눈물을 흘리며 햇빛을 온몸으로 껴안았다. 햇빛은 그제야 깨달았다.

아버지가 장녀의 비극 때문에 이루 말할 수 없을 정도로 고통받고 있다는 사실을. 당신 자신의 치명적인 실수를 너무도 후회하고 또 후회한다는 사실을.

「죄송해요.」

한참 안겨 있던 햇빛은 그렇게 불효에 대해 사죄했고, 마음속으로 아버지를 용서했다. 그리고 다음날, 아버지와 함께 납골당으로 갔다. 언니가 밝게 웃고 있는 사진이 있었다.

「햇빛아.」

떠난 장녀의 사진을 바라보는 아버지의 눈은 붉게 충혈되어 있었다.

「많이 힘들었지?」

「네. 하지만…… 이젠 괜찮아요.」

시간도 흘렀고 노력도 했으며 그녀를 사랑해 주는 사람들 덕분이었다. 그녀의 탓이 아니라고, 그러니 죄책감을 버려도 된다고 끊임없이 속삭여 주며 위로해 준 남자 덕분.

「너는, 꼭 사랑하는 사람과 행복해지렴.」

아버지의 진심 어린 당부를 듣는 순간, 햇빛은 머릿속에 떠오르는 남자가 미치도록 보고 싶어졌다.

「기회가 되면, 꼭 그럴게요.」

햇빛은 아버지에게 약속했다. 그리고 며칠 뒤, 그녀는 영국으로 돌아왔다.

아, 나는 영국을 돌아오는 곳이라고 생각하는구나.

햇빛은 새삼 깨달았다. 이렇게 생각하게 된 게 한 남자 때문이라는 것도.

집으로 돌아온 뒤, 햇빛은 잠시 고민했다. 아서가 어서 보고 싶은 건 사실이고, 그동안 상처가 많이 흐려지기도 했다. 하지만 아직 그를 만나러 가는 건 아닌 것 같았다.

햇빛이 그저 망설이고 있을 때였다. 그날 저녁부터 햇빛에게 선물이 하나씩 배달되었다. 손으로 직접 쓴 편지였다.

[그토록 사랑스러운 모습에 내 헌신적인 마음을 어떻게 표현할 수 있을까요. 반짝반짝 빛나는 말보다 더 빛나는 말을, 아름다운 말보다 더 아름다운 말을 찾을 수가 없군요.]

[우리가 나비라면 얼마나 좋을까요. 그렇게 여름 사흘을 당신과 함께 보낸다면, 그저 그런 50년을 사는 것보다 더 행복할 것 같아요.]

[언제 우리 둘이서만 하루를 보낼 수 있을까요? 천 번의 입맞춤을 했는데도 또다시 입맞춤을 허락하는 내 사랑에게 온 마음을 다해 감사해요. 만일 당신이 천한 번째 키스를 거절한다면, 그건 내가 절망 속에서 살아갈 원인이 될 거예요.]

영국 낭만주의 3대 시인 중 한 명인 존 키츠가 연인에게 바치던 시와 편지의 글귀였다. 내용도 아름답지만, 햇빛은 직접 써서 보내는 아서의 노력이 더 매혹적이라고 생각했다.

햇빛은 매일 도착하는 편지를 여러 번 읽은 뒤 가슴에 대보았다. 그저 따스했다.

그녀는 미소 지으며 시간이 가기를 기다렸다. 아서에게 환하게 미소 지을 수 있을 때가 되기를. 그리고 어느 날, 그때가 왔다.

[사랑하는 그대, 당신 자신에게 물어봐요. 당신이 나를 사로잡아 너무도 잔인하게 내 자유를 빼앗아 버리지 않았는지를. 당장 편지를 써서

그것을 시인하고 나를 위로하기 위해 할 수 있는 건 전부 해봐요. 내가 당신의 사랑에 취할 수 있도록 달콤한 말들로 황홀한 편지를 써봐요.]

아서의 유려한 필체는 풍부한 힘으로 그득하지만, 오늘따라 더욱 절실한 감정으로 그득했다.

너무도 사랑하고, 보고싶다. 제발, 돌아와 달라.

햇빛은 눈을 반짝이며 휴대전화를 들었다. 그리고 약간의 소동을 일으켰으나 곧 그녀를 행복하게 해주는 남자에게 돌아갔고, 이후 아버지와의 약속대로 평생 행복해졌다.

끝나지 않은 이야기

GCHQ의 국장, 이언은 퇴근 후 종종 혼자서 와인을 '보곤' 했다. 말 그대로, 와인을 잔에 따라놓고 마시지는 않고 보기만 했다. 알코올은 판단력을 흐린다고 생각하기 때문이었다. GCHQ의 국장으로서 조직과 나라에 해가 될 수 있는 행동은 결코 하지 않는 게 그의 철칙이었다.

"유혹은 느끼지만……."

이언은 조용히 중얼거리며 손만 뻗으면 쥘 수 있는 와인을 바라보았다. 샤토 라 투르(Chateau La Tour)는 남성적이고 힘찬 와인이었다. 선물한 사람처럼.

"나는 술을 마시지 않아."

이언은 잔을 옆으로 밀었다.

"이걸 선물한 자네가 마시지 그래?"

인기척이라고는 전혀 없었다. 그러나 불과 몇 초 뒤, 방 안 어딘가에 몸을 감추고 있던 사람이 모습을 드러냈다.

키가 크고 근육질인 것을 제외하면, 여러 번의 성형수술 끝에 얻은 얼굴은 그야말로 평범하기 그지없었다. 그러나 누구보다도 날카로운 감을 가진 이언은 사내가 얼마나 특별한 존재인지 잘 알고 있었다. M16 소속의 최정예 요원, B.

아니, 사실은 B가 아니었다. 이 사내의 진짜 신분은 그야말로 국가 기밀이었다.

"저 또한 술은 마시지 않습니다."

사내의 목소리는 감정이 담겨 있지 않아 무미건조하기 이를 데 없었다. 그건 그만큼 철저하게 훈련한 덕분이었다. 그리고 목 안에 삽입되어 있는, 어떤 검사 장치로도 감지할 수 없는 칩 덕분이기도 했다.

"예전에는 잘 마셨잖아?"

"그건 예전이지요."

"예전이라……. 그렇지 않나? 예전이?"

사내는 대답하지 않았고, 이언은 다른 질문을 했다.

"생각해 보니까 말이야. 썬샤인 김이 납치당했을 때 자네가 쓸데없이 말을 많이 했다 싶더군. 굳이 아서가 GCHQ 요원이라든가 그런 말을 할 필요는 없었잖아? 문득 이런 생각이 들더군. 혹시 자네는 아서가 위험한 요원 생활을 청산하길 원했나?"

예상대로 사내는 답하지 않았다. 대신 이렇게 요구했다.

"국장님, 쓸데없는 잡담은 그만두고 저를 호출한 이유를 알려주십시오."

　사내는 얼굴은 물론 목소리도 변화가 없었다. 철저한 무감정. 어떤 일이 있든 저 태도를 깨버리는 건 불가능에 가까우리라. 그러나 이언은 이제, 사내의 강철같은 평정심이 깨지리라는 것을 알고 있었다.

　"드디어 때가 됐다."

　아주 오랜만에 이언은 이름을 불렀다. B의 진짜 이름을.

　"윌리엄 칼켄트."

에필로그, 첫 번째
아서 칼켄트의 이야기

돌아가신 아버지가 남긴 말씀 중에 가장 기억에 깊게 남아 있는 건 바로 이것이다.

"아서, 남자란 사랑하는 여자를 만나야 행복해지는 거란다."

그 말을 들었을 당시, 나는 여덟 살이었다. 수학의 천재라 불렸으나 다른 건 전혀 몰랐던 나이. 그래서 아버지의 말을 이해할 수 없었고, 부모님이 수요일마다 손을 꼭 잡고 단둘이서만 데이트를 하러 나가는 게 그저 싫었다. 아버지의 바짓가랑이를 붙든 채 가지 말라고 엉엉 운 적도 있었다.

그러나 여덟 살 이후로는 그런 적은 없었다. 그때, 아버지와 어머니가 돌아가셨기 때문이다. 장례식 때 나는 몇 방울의 눈물만 흘릴 뿐 그 이상은 울지 않았다. 아무리 어려도 귀족 상류층이라면 훌쩍거리는 것 이상의 행동을 해서는 안 된다고 배웠기 때문이다.

그래서 지긋지긋했다. 부모님의 장례식 때 마음껏 울지도 못하는 세상 속에 내가 살고 있다는 현실이 짜증 났다. 나는 도피하듯 수학 속으로, 컴퓨터 속으로 파고들었다.

수학 천재로 더더욱 이름을 날리던 열다섯 살 때, 옥스퍼드에 입학이 결정되었다. 사실 열두 살쯤에 가능했지만, 우리 삼 형제의 후견인이자 아버지의 사촌인 짐이 너무 이른 나이는 좋지 않으니 열다섯 살 정도쯤에 진학하라고 조언을 해주었기 때문이다.

짐은 내게 아버지 같은 존재이다. 물론 큰형인 알렉산더 또한 마찬가지이다. 그러나 내 인생에 가장 큰 영향을 끼친 건, 내가 열다섯 살이 된 날에 날 찾아온 이언 플레밍이었다. 당시 GCHQ의 부국장이었던 이언은 내게 칼켄트 가문은 한 대에 한 명 이상은 국가를 위해 봉사해 왔다는 비밀을 알려주며 요원이 되길 요청했다.

새로운 세상으로 향하는 문을 연 기분이었다. 그래서 나는 칼켄트 가문의 주인인 알렉 형의 허락을 받아 GCHQ의 요원이 되었고, 외부에서는 스포츠카를 몰고 다니면서 여자나 유혹하는 바람둥이인 척 행세했다. 내 진짜 정체를 속이기 위한 일환이었다.

그렇게 나는 어렸을 때는 수학 천재였으나, 이제는 누구나 혀를 차는 망나니가 되었다. 그러나 다들 날 피하지는 않았다. 여자들은 내게 불나방처럼 날아들었고, 남자들은 질투심과 부러움이 섞인 눈으로 날 쳐다보았다. 내 끝내주는 외모와 침대에서의 능력, 백작의 동생이자 후계 1순위라는 지위 그리고 칼켄트 가문의 일원에게 딸려 있는 막대한 재산 덕분이었다.

사실, 나는 나를 그런 외적인 것으로만 보는 사람들을 혐오한다. 물론 망나니로 완벽하게 가장한 내 연기력 덕분도 있지만, 애초에 영국 사교계는 외적인 것만 보는 사회였다. 특히 내게 접근하는 여자들의 목표는 내 섹스 테크닉과 내 돈뿐이었다.

그런 여자들에겐 관심이 가질 않았다. 겉으로 보이는 것과는 달리 나는 금욕적인 남자였고, 요원으로서의 의무에 혼신의 힘을 기울였다. 유능한 요원으로 손꼽힌 건 당연한 수순이었다.

무엇이든 거칠 게 없는 나날이 펼쳐졌다. 남들이 볼 때는 여러 여자들과 적당히 노닥거리면서 망나니라는 악명을 드높이고, 남들이 보지 않는 곳에서는 정예 요원으로서 훌륭하게 능력을 발휘하는 건 대단히 만족스러운 일이었다. 아니, 그 정도가 아니었다. 세상 전부가 내 발치 아래에 있는 것 같은 느낌.

그러다가, 윌리엄 형이 죽어버렸다.

온 세상이 흔들렸다. 나는 상상도 못했던 뼈저린 좌절을 맛보았고 깊은 우울증에 처박혔다. 자칫 빠져나오지 못할 정도였으나 철벽같았던 알렉 형이 흔들리는 것을 발견한 뒤 이래선 안 된다는 것을 깨달았다.

알렉 형마저 잃을 수는 없으니까. 그리고 나 자신을 부서뜨려서 알렉 형에게 또 다른 슬픔을 안겨줄 수 없으니까.

하지만 나는 완전한 평안은 찾지 못했다. 그래서 잡념을 없애고자 몸을 혹사하기로 결정하고 우리 가문의 관례대로 입대했다. 그곳에서 나는 내 육체의 한계를 뛰어넘었고, M16의 스카웃을 받게 되었다.

이언 국장은 협의 끝에 나를 GCHQ와 M16의 제휴 요원으로 배정했고, 나는 두뇌만이 아니라 육체도 함께 사용하는 임무를 수행하면서 갈수록 더 많은 위험에 노출되었다. 생명이 위험할 정도의 부상을 입은 적도 여럿 있었다.

이언 국장은 날 스카웃하기 전, 전 세계에 영향력이 있는 EC그룹의 회장이자 칼켄트 가문의 수장인 알렉 형에게 허락을 얻었다. 그래서 알렉 형은 내가 GCHQ의 요원이라는 걸 잘 알았는데, 처음에는 망나니라는 대외적인 오명을 감수하고 국가를 위해서 일하는 나를 아주 자랑스러워했다. 그러나 내가 M16을 겸업하면서 점점 더 많은 상처를 입고 돌아오자 내 직업을 좋지 않게 생각하는 눈치였다.

부모님은 돌아가셨고, 삼 형제 중 윌리엄 형도 사망했으니 직계 칼켄트 가운데 남은 건 알렉 형과 나뿐이었다. 그럼에도 알렉 형은 내게 그만두라고 말하지는 않았다. 내 애국심이 높다는 사실은 물론, 또 다른 진실도 알고 있기 때문이었다.

내게 목표가 없다는 사실.

알렉 형에게는 EC그룹이라는 거대한 회사를 성공적으로 경영해야 하는 의무이자 목표가 있었다. 형 본인이 더없이 즐기고 만족하는 일. 그러나 난 회사 일에 전혀 관심이 없었다. 형이 대외적인 위장을 위해 내게 맡긴 EC그룹의 자선단체, 그린재단의 일은 어느 정도 흥미롭긴 하지만.

내 모든 것을 불사를 만한 일이 있을까?

나는 망나니처럼 가장한 가운데 재단 일도 열심히 처리하고,

GCHQ와 M16의 제휴 요원으로서 국가에 봉사하는 삶을 살고 있었다. 몸이 몇 개라도 모자랄 만큼 바쁘고 힘든 인생. 그러나 윌리엄 형이 사망한 뒤로 나는 갈수록 목적의식을 잃었고, 어떤 일에서든 큰 흥미를 느끼지 못했다.

삶의 목표를 찾고 싶다. 텅 비어 있고 싶지 않다. 행복하고 싶다……

내 인생의 목적이 행복이라는 것을 알게 된 건, 사실 얼마 되지 않은 일이었다. 작년에 있었던 알렉 형의 결혼 때문이었다.

난 처음에 알렉 형의 결혼을 격렬하게 반대했다. 재인 형수의 생모에게 크나큰 문제가 있기 때문이었다. 하지만 형이 선택한 사람인지라 결국 나는 GCHQ 요원답게 관련 정보를 없애 버렸다. 이제 누구도 그 스캔들에 대해서 알지 못하리라.

결과적으로 난 결혼 반대를 철회하다 못해 형과 형수가 행복할 수 있도록 도와준 것인데, 재인 형수가 단순히 형이 선택한 여자라서 그런 건 아니었다. 날 두들겨 패면서 형이 한 말 때문이었다.

"재인은 날 행복하게 해준다."

아버지가 어머니와 함께 돌아가시기 얼마 전 내게 해준 말과 흡사했다.

"나를 행복하게 해줄 수 있는 유일한 여자야. 재인이 외국인이든, 생모가 어떤 사람이든 난 상관없어. 나를 행복하게 해준다는 것만으로도 충분해."

행복.

형의 말을 들은 뒤, 나는 감전되는 듯한 충격 속에서 깨달았다.

내 삶의 궁극적인 목적은 돌아가신 아버지처럼 사랑하는 여자와의 행복이라는 것을.

그 사실을 알아차린 순간, 이런 질문을 품을 수밖에 없었다.

나도 아버지처럼, 형처럼 나를 행복하게 해주는 여자를 만날 수 있을까?

"너도 언젠가 만날 거다. 그때가 오면 놓치지 마."

알렉 형은 마치 내 마음을 읽은 것처럼 말하고는, 내 턱을 한 방 더 갈기고 사라졌다. 당시 통증 때문에 얼굴을 찌푸리면서도 나는 아직 만나지 못한 내 여자를 상상했었다. 그리고 얼마 뒤, 형의 결혼 파티 때 햇빛을 발견했다.

재인에게 감사해야 하리라. 형과 결혼하지 않았다면 햇빛을 그때 만나지 못했을 테니까. 햇빛이 위틀 컬리지의 플로리스트 과정을 선택한 것도, 경험 삼아 플라워샵에서 아르바이트를 하는 것도 전부 재인의 조언 덕분이었다. 아르바이트를 하지 않았다면 햇빛은 총상을 입은 날 발견하지 못했을 터.

재인이 아니더라도, 언젠가는 햇빛을 만났을 것 같긴 했다. 하지만 그전까지 목적 없는 무의미한 시간을 더 많이 흘려보냈으리라.

다행히 햇빛을 만났고, 사랑에 빠졌다. 그러나 그 과정은 매우 괴로운 일이었다. 빌어먹을 '보스' 조직 때문이었다.

'보스' 조직 사건은 매우 특이한 케이스였다. 오랫동안 GCHQ와 M16 두 개의 정보기관이 얼굴 사진조차 알아내지 못한 인간이 걸려 있는 일이니까. 사실, 아무리 테러 기관이라 해도 좀 이상한 케이스이긴 했다. 보이는 것 이상의 뭔가가 얽혀 있는 것 같았다. 더군다나 사건을 지휘하는 건 중간급의 요원도 아니고 무려 GCHQ 국장인 이언이니까.

여러 비밀이 숨겨져 있는 듯싶었으나, 나는 언제나 그러했듯이 잠자코 명령대로 따랐다. 그게 요원으로서 올바른 행동가짐이니까. 비록 거부감이 느껴진다고 해도.

'로미오'가 되어 햇빛을 유혹해서 '미끼'로 만들 것.

내게 하달된 명령이 바로 그것이었다. 그동안 마음에 차지 않는 명령을 받은 적은 여러 번이었으나, 이번만큼 격렬한 거부감을 느낀 적은 없었다. 그러나 이 작전은 반드시 성공적으로 수행해야 했다. '보스' 조직의 보스가 더 큰 범죄를 저지르기 전에 붙잡아야 하기 때문이었다.

더군다나, 시간이 빠듯한 상황에서 햇빛만큼 완벽한 미끼도 없었다. 알렉 형의 결혼 파티 때 '보스' 조직에서 날 감시하기 위해 두 명의 조직원을 침투시켰는데, 둘 다 내가 햇빛의 곁을 지키다가 키스하는 것을 목격했기 때문이다. M16 최정예 요원인 B는 원래 침묵을 지키려고 했으나, 다른 조직원이 키스 장면을 보았기 때문에 보스에게 보고할 수밖에 없었다고 한다.

내가 키스했던 여자가 총상을 입은 나를 구해주었다. 누가 봐도 바람둥이로 유명한 내가 진심으로 대할 수 있는 여자는 햇빛뿐이기에, 그렇게 햇빛은 완벽한 미끼가 되었다. 보스 조직에 더 큰 확신을 심어주기 위해 일부러 최면요법까지 동원한 건 물론이었다. 중대한 증인이라는 인상을 심어주기 위해서였다. 미끼로 만들기 위한 술책.

햇빛에게 더없이 미안했다. 아니, 시간이 좀 더 흐르자 그렇게 한마디로 설명할 수 없는 감정에 휩싸이게 되었다. 첫눈에 반했다는 걸 깨달았기 때문이다.

처음에는 잘 몰랐다. 우리 칼켄트 가문은 사람을 보는 눈을 타고나는지라, 햇빛이 특별한 여자라는 것 정도는 바로 알아보았다. 그러나 햇빛은 외국인이었다. 무엇보다 나라에 충성해야 하는 정부요원인 내가 손대서는 안 되는 존재.

그래서 나는 첫 만남 때 강렬한 끌림을 느꼈음에도 심장의 명령을 무시하고 햇빛을 미끼로서만 대했다. 그러다가, 그녀와 사랑에 빠졌다는 것을 깨달았다. 그건 그녀의 집이 폭발했다는 소식을 접한 뒤에야 알게 된 진실이었다.

처음에 햇빛이 죽은 줄로만 알았을 때, 그순간 떠오른 생각은 햇빛이 죽으니 차라리 세상이 멸망하는 게 더 나았을 거라는 것이었다. 어처구니없는 내용이지만 실제로 그렇게 생각했다. 그리고 몇 초 뒤 햇빛이 무사하다는 정보를 전해 듣자 난 그 아찔한 안도감에 기절할 뻔했었다.

사랑한다. 햇빛을 사랑한다.

나를 이스트맥 백작 가문의 망나니이자 후계자가 아니라 한 남자로서만 바라보는 존재. 내가 그토록 갈구했던 여자. 무엇보다 나를 생각해 주는 더없이 선량한 마음의 소유자. 남들은 잘 모르는 진짜 나를 읽어내고 반응하며, 조금의 실수도 저지르지 않았던 나를 뒤흔들어 놓는 존재.

유일한 여자. 특별한 존재.

나는 벼랑 끝까지 몰린 기분이 되었다.

햇빛을 미끼로 이용하기 전, 그녀에 대한 모든 정보를 캐냈었다. 한국에서 어떤 비극을 겪었는지 물론 잘 알고 있었다. 그 슬픔조차 이용해서 나를 사랑하게 만드는 게 이번 임무 중 하나였다. 적들에게 진짜로 보여야 하니까.

그리고 햇빛은 정말로 나와 사랑에 빠졌다. 난 더없이 기쁘면서도 주체할 수 없는 죄책감에 시달리게 되었다. 좌절감이 내 몸을 찢어놓은 건 물론이었다. 언니의 비극을 등에 업고 있는 햇빛은 모든 사정을 다 알게 되면, 날 절대 용서하지 않을 테니까.

물론 그렇다고 놔줄 생각은 전혀 없지만. 어떤 방법을 쓰든 간에 난 햇빛을 영원히 아서 칼켄트의 아내로 만들 계획이었다. 내 삶의 목적이 된 여자. 결코 놓지 않으리라!

원래는 보스를 붙잡은 뒤, 내가 그녀를 미끼로 삼았다는 사실을 감출 생각이었다. 그리고 햇빛을 인질로 넘겨줄 생각도 없었다. 사실, 나는 그런 일이 발생하리라고 예상하지 못했다. 아무리 미끼로 낙점했다고는 하지만 정보기관에서 일반인을 인질로 넘겨주는 건 있을 수 없는 일이기 때문이었다.

내가 그 명령 자체와 조지가 그 일을 수행했다는 사실을 알게 된 건, 햇빛이 인질로 넘겨진 다음의 일이었다. 나는 이성을 잃고 조지에게 주먹을 날려 버리고야 말았다. 작전 수행 중에 절대 해서는 안 되는 일. 그러나 억누를 수가 없었다.

다행히, 정말 다행히 햇빛을 구하긴 했다. 그러나 보스는 잡히지 않았고, 난 안전을 위해 햇빛을 잔인하게 내칠 수밖에 없었다. 온갖 금전적인 지원을 하면서 만약의 상황을 대비해서 굴뚝이 있는 집을 주긴 했지만, 근본적으로 그리고 대외적으로 내 여자로 보이지 않는 게 안전했다.

그 사실을 잘 알고 있기에 햇빛을 그렇게 떠나보낸 뒤, 나는 어떤 연락도 취하질 않았다. 그녀가 잘 있는지, 혹시 다른 놈이 햇빛을 노리는 건가 싶어서 따로 경호를 붙이고픈 마음은 그득했으나 그럴 수는 없었다. 나는 두 달간 정말로 햇빛과 전혀 상관없는 사람처럼 행동했다.

줄곧 해온 대로 망나니가 되어 여자를 옆에 낀 채 술을 마시거나 여기저기 놀러다녔다. 그러다가 밤이 되면, 짜증 내는 여자를 외면한 채 곯아떨어진 척했다. 그러면서 혼자 있을 때는 GCHQ의 업무를 수행한 건 물론이었다.

더없이 고통스러웠다. 온몸이 갈가리 찢어진 듯한 통증. 속이 바짝바짝 말라서 식사조차 제대로 못할 정도였다. 아니, 그 정도가 아니라 영혼을 햇빛의 곁에 두고 온 기분이 들었다. 살아 있는 게 아니라 좀비가 되어 걸어다니는 느낌.

시간이 흐를수록 고통이 가라앉기는커녕 더욱 격심해지자 나는 햇빛 없이는 살아갈 수 없다는 것을 깨달았다. 나를 한 남자로 봐주는 유일한 여자. 내게 행복을 선사하는 특별한 존재.

물론 햇빛을 완전히 버릴 생각이었던 건 아니었다. 보스를 검거하면 돌아갈 생각이긴 했다. 햇빛이 안 받아줄 수도 있긴 하지만, 그건 그때 걱정할 일이었다. 일단은 안전을 확보하는 게 우선이었다.

나는 보스를 검거하는 데 더욱 총력을 기울였다. 보스가 잡히기 전에는 햇빛에게 돌아갈 수 없기 때문이었다. 그러나 햇빛은 또다시 위험해졌고, 나는 그때 확실하게 결론을 내렸다. GCHQ와 M16을 완전히 그만두기로. 내가 다치면 햇빛이 마음 아파하는 것도 문제지만, 햇빛이 또다시 위험해질 수도 있다고 생각하니 모골이 송연했다.

햇빛이 내 삶의 목표가 되었다. 절대로, 다시는 위험에 처하도록 만들지 않을 것이다. 그저 행복하게 해줄 것이다. 아버지가 어머니를 그러했듯 형이 형수를 그러하듯 소중하게 품어줄 것이다.

그러나 그전에 햇빛이 날 완전히 받아들이게 하는 게 더 시급했다. 아무리 내가 목숨을 구해주고 스스로 총을 쏘았다고는 하지만, 햇빛으로서는 바로 용서하기 힘든 일이었다. 나는 그 사실을 잘 알기에 전략을 사용했다.

동정심을 살 것. 사랑하는 마음을 되도록 자주, 많이 표현할 것.

둘 다 어렵지 않은 일이었다. 물론 까다롭긴 했다. 햇빛이 시간을 갖자고 했기 때문이었다. 햇빛은 마음이 좀 정리되면 연락하겠다고, 그전까지 내게 회복에만 힘쓰라고 했다. 나는 그러겠다고 할 수밖에 없었다. 일단 달래줘야 하니까.

사랑 고백은 물론 청혼도 진심이었다. 내 행복을 찾았으니 놓칠 생각은 추호도 없었다. 얼른 결혼을 한 뒤 아버지가 그러하셨듯이, 알렉 형이 그러했듯이 햇빛과 행복만 누릴 생각이었다. 그게 내가 마침내 찾은 내 인생의 목표였다.

목표를 달성하기 위해서라면, 햇빛으로 하여금 내게 찾아오게 만드는 게 중요했다. 떨어져 있는 상황 자체를 견딜 수가 없다. 그리고 만에 하나, 햇빛이 떠날 수도 있으니까. 물론 햇빛의 마음을 못 믿는 건 아니지만 주변에 햇빛을 노리는 남자가 존재하기 때문이었다.

햇빛이 아르바이트를 다니는 그 망할 플라워샵의 주인, 필립.

이미 그 인간에 대해 모든 뒷조사를 끝낸 상황이긴 했다. 그리고 그놈이 햇빛을 마음에 품었다는 것도 잘 알았다. 햇빛은 별 관심이 없는 모양이지만, 어쨌든 내 눈에는 다 괴한으로 보일 따름이었다.

누군가가 햇빛을 낚아채기 전에 다시 내게 돌아오도록 만들어야 했다.

햇빛에게 시간을 주기로 약속하고 병원으로 돌아온 뒤, 나는 다시 전략을 짜기 시작했다.

어떻게 돌아오게 할까?

"무슨 생각하는지 뻔한데 말이야."

날 데려다 준 조지가 혀를 차면서 입을 열었다.

"이상한 짓 하지 말고 얌전히 기다려."

"얌전히?"

"그래. 어차피 미즈 김은 돌아올 거야. 이상한 짓 하다가 정 떨어지게 하지 말고 얌전히 회복이나 해."

나는 대답하지 않았다. 조지는 고개를 절레절레 흔들더니, 다시 말했다.

"미행할 생각이냐? 아니, 그건 다리가 그 모양이라 안 되겠구나. 사람 붙이지 말고, 사진이나 동영상 찍어오라고 명령하지도 말고, 도청도 하지 마. 주변인을 포섭하지도 말고."

나는 심장이 뜨끔거렸으나 이번에도 아무 말을 하지 않았다.

"자네 생각해서 해주는 조언이니까 내 말 들어. 그런 짓 하다가 걸리면 정말로 끝이야. 미즈 김은 두 번 용서할 사람은 아니라고. 한 번 용서해 준 것만으로도 기적이야."

"그건 알아."

"그러니 가만히 있어."

내가 이맛살을 찌푸렸을 때였다. 노크 소리가 나더니, GCHQ의 국장 이언이 들어왔다. 조지는 이언에게 인사하고는 이만 쉬겠다면서 사라졌고, 이언은 침대에 가만히 누워 있는 내 앞으로 걸어오더니 다리에 시선을 집중했다.

"이번엔 위험했어."

"네. 그래서 다음번은 없습니다."

이언은 전혀 놀란 표정이 아니었다.

"제가 그만둘 거라는 걸 알고 계셨습니까?"

"그래, 자네가 조지에게 주먹을 날린 순간 알았지."

이언은 못마땅한 미간을 찌푸리고는 이어 말했다.

"큰 손실이야. 자네 의사가 그러니 말리진 않겠네. 하지만 가끔 머리가 필요한 일을 맡길 생각이야."

나는 즉각 거절하는 대신 이렇게 대응했다.

"'햇빛'이 허락해야 합니다."

"허락할 거야. 결혼, 미리 축하하지. 아참, 그동안 잘해줬으니 조언 하나 하는데 말이야. 미즈 김을 돌아오게 만들겠다고 이상한 짓 하지 말게. 그랬다간 정말 놓치는 수가 있어."

이언은 그 말만 한 채 바람처럼 사라졌다. 나는 길고 긴 한숨을 내쉬었다.

정말로, 아무것도 하지 말고 기다려야 하나?

하루가 더 흐르고, 이틀이 더 지나고, 일주일이 됐을 때까지 난 잘 버텼다. 그러나 2주일이 흐르자 정말 미칠 것 같았다.

햇빛은 전화는커녕, 문자 한 통 보내지 않고 있었다. 마치 정말로, 완전히 헤어진 것처럼.

한 달째가 되자 결국 난 참지 못했다. 낭만주의 시인인 존 키츠의 시와 편지 중에서 로맨틱한 것을 손으로 써서 편지를 날려보냈다. 그래도 여전히 답은 없었으나 매일 보냈다. 하지만 또다른 것을 하고픈 마음이 들자, 몇 시간 동안 고민하다가 문자를 한 줄 보냈다.

—감기 조심해.

당연히 답은 없었다. 나는 굴하지 않고 딱 다음날에 다시 문자를 보냈다.

—감기에 이미 걸린 건 아니지?

무응답.

──내일도 춥다는데 감기 조심해.

역시 무응답.

나는 햇빛이 납치되었을 때를 제외하고, 생전 처음으로 좌절감을 맛보았다. 회복에 집중해야 된다는 사실을 잘 아는 만큼, 나는 몸으로는 푹 쉬면서 머릿속으로는 하루 종일 왜 햇빛이 답을 하지 않는지, 사랑이 식은 건지, 식었다면 얼마나 식은 건지, 그렇다면 어떻게 다시 나를 사랑하게 만들지, 혹시 완전히 정이 떨어진 건지, 아니면 어디가 아파서 문자를 못 본 건지 기타 등등 여러 공상을 끝없이 했다.

그래, 이건 공상이다. 햇빛은 그저, 마음을 추스르느라 반응하지 않는 것일 뿐.

나는 그 사실을 잘 알았다. 그러나 그럼에도 속이 너무도 탔다. 당장 병원을 탈출해서 집으로 쫓아가고 싶었다. 아니면 사람을 고용해서 미행을 붙이거나.

하지만 그래선 안 된다.

그렇기에 나는 참고 참았으며 또 참았다. 퇴원해서 템즈 강변에 있는 내 펜트하우스에 돌아간 뒤에도 열심히 억누르기만 했다. 하지만 다음날에 좋은 아침이라고 문자를 보냈는데도 답이 없자, 속이 타다 못해 이제 온몸이 용암처럼 부글부글 끓어오르는 느낌이었다.

—보고 싶어. 사랑해.

나는 또 마음을 억누르고는 이렇게 다시 문자를 보냈다. 그러자
답이 왔다.

—누구세요?

햇빛은 내 번호를 당연히 알고 있었다. 나는 순간 머릿속이 하
얗게 되자 바로 전화를 걸었다. 햇빛은 전화를 받지 않았는데, 놀
랄 일은 아니었으나 나는 그저 당혹스러웠다.

혹시 번호를 바꿨나? 휴대전화를 잃어버렸고 다른 사람이 주운
건가? 아니면 햇빛이 누군가를 만났는데, 잠시 자리를 비운 틈에
다른 누군가가 장난을 치나?

별별 생각이 떠오를 때, 햇빛으로부터 전화가 왔다. 나는 벨이
한 번 울리기도 전에 받았다.

「햇빛!」

나는 반가움과 기쁨에 버럭 소리를 내질렀다. 곧, 휴대전화에서
이런 목소리가 들렸다.

[아, 저기, 어디서 전화하신 거죠?]

낯선 남자의 목소리였다. 순간 플라워샵의 필립이란 놈인가 싶
었는데, 그건 아니었다. 그렇다면 대체 뭐지?

"누구시죠?"

[그쪽이야말로 누구시죠?]

내가 저도 모르게 다그치듯 캐묻자, 상대는 약간의 불쾌감을 섞었다. 나는 휴대전화를 귀에서 떼고 액정을 다시 확인했다. 분명 햇빛의 번호였다.

"그 번호의 주인을 아는 사람입니다."

[이 번호는 제 건데요. 제가 이 번호로 바꾼 지 일주일이 됐거든요. 그전 주인이랑 아는 분인가 보네요? 이제 바뀌었으니, 다시 연락하지 마세요.]

남자는 그 말을 하고는 그대로 뚝 끊었다. 나는 어이가 없어서 휴대전화를 부모의 원수라도 되는 것마냥 노려보다가, 당장 조지에게 걸었다.

"번호가 바뀌었어!"

[뜬금없이 무슨 소리야?]

"썬샤인이 휴대전화 번호를 바꿨다고!"

[기다려 봐.]

조지는 5분 뒤에 전화를 걸어왔다.

[아서, 흥분하지 말고 들어.]

"무슨 일이 생긴 거야?"

나는 눈앞이 새까맣게 변하는 느낌이었다.

[알아보니까, 생활을 다 정리하고 한국으로 돌아간 모양이야. 집도 학교도 전부 말이야. 일주일 전에 한국으로 출국한 기록도 있어. 왕복 티켓이 아니라 편도 티켓이야. 이 뜻은……]

돌아오지 않는다!

조지가 말하기도 전에, 나는 천둥벼락을 맞은 듯한 충격 속에서 깨달았다.

햇빛이 정말로 돌아오지 않을 거라는 의미였다. 나를 진정으로 용서하지 못했다는 뜻.

[아서, 아무래도 미즈 김은 확실하게 마음을 정리했나 봐.]

"닥쳐! 아니야!"

나는 드넓은 침실 전체가 울릴 만큼 크게 고함질렀다. 온몸이 터지기 직전의 폭탄처럼 너무도 떨렸다.

"국장님께 연락해 줘! 당장 전세기를 빌리겠어! 한국으로 가야 겠어!"

[뭐야, 전세기? 그리고 한국으로 가서 뭘 어쩌려고? 정리한 거 보면 다시 돌아올 생각이 없는 것 같은데, 납치라도 하려고?]

"그래! 납치라도 해올 거야!"

[미쳤냐?]

휴대전화 너머에서 조지가 기막혀하는 게 들렸으나, 난 상관하지 않고 진심을 말했다.

"그래, 나 미쳤어! 난 그 여자 없으면 못 살아! 납치해 올 거야!"

"어머, 날 납치한다고요?"

난 아주 천천히 몸을 돌려 보았다. 언제 집 안에 들어왔는지, 햇빛이 나를 향해 걸어오고 있었다. 처음에는 내 갈망이 만들어낸 환영인 줄 알았는데, 아니었다.

햇빛은 떠난 게 아니다!

상상도 할 수 없을 만큼 커다란 기쁨이 나를 직격했다.

내게 돌아왔다!

"그거 범죄인 거 알아요?"

"알지만…… 알지만……. 한국으로 돌아간 게, 아닌 건가?"

햇빛의 등장이 무슨 뜻인지 잘 알았으나, 나는 묻지 않을 수 없었다. 반드시 100퍼센트 확실하게 확인해야 했다.

"미스터 존스한테 물어봐요."

햇빛은 손짓으로 내가 아직 귀에 대고 있는 휴대전화를 가리켰다. 나는 어느새 사막처럼 바싹 마른 입술을 혀로 축이고는 물었다.

"조지?"

[미즈 김이 온 거지? 아까 내가 말한 그대로 자네한테 말하라고 부탁하더라고. 미즈 김에게 내가 잘못한 게 있잖아. 그렇게 말해주면 용서해 준다고 하더라. 아참, 미즈 김의 휴대전화 번호가 바뀐 게 아니라, 자네 휴대전화를 내가 살짝 바꿔놨어. 미즈 김에게 연락하면 다른 사람에게 연결이 되도록 해놨지. 이제 풀어줄게.]

"…… '햇빛'에게 용서받으려고 그런 게 아니라, 내가 자네 코를 날려 버려서, 그거 때문에 나한테 앙심 품어서 그런 게 아니고?"

조지는 답하지 않고 전화를 뚝 끊었다. 나는 눈을 질끈 감고 휴대전화를 든 손을 부르르 떨었다가, 눈을 떴다.

어찌 됐든, 햇빛이 눈앞에 있다.

떠나지 않았다. 나를 버리지 않았다. 즉, 햇빛은 아직도 나를…….

"사랑해."

이 세상에 내가 바라는 여자는 나의 햇빛뿐. 나는 그 마음을 담뿍 담아 절실하게 속삭였다.

"결혼해 줘."

햇빛의 뺨이 발갛게 변했다. 까만색의 맑고 밝은 눈동자도 기쁨으로 반짝이기 시작했다. 그녀의 마음을 쉽게 읽어낸 내 심장은 환희로 빛나기 시작했다. 나는 두 손을 햇빛에게 뻗었다. 예상과는 달리 그녀는 한 걸음 뒤로 물러나더니 목기침을 한 뒤 입을 열었다.

"저번에 납치당한 뒤에 어머니와 아버지가 보고 싶었어요. 그래서 얼마 전에 다녀왔어요. 아버지를 용서했고…… 두 분은 며칠 내로 영국으로 오실 예정이에요."

아버지를 용서했다는 말이 주는 의미가 얼마나 큰지 잘 알았다. 그러나 나는 햇빛이 무슨 뜻으로 부모님을 언급하는지에 대해 촉각을 곤두세웠다.

"어머니와 아버지께 허락을 얻어야 해요. 허락을 받은 뒤에 결혼해요."

「햇빛!」

환희에 관통당한 나는 두 손을 펼치며 이름을 열렬하게 불렀다. 그러나 햇빛은 여전히 서 있을 따름이었다. 그녀는 더없이 신중한 표정이었다.

"아까, 기분이 어땠어요? 미스터 존스에게 그런 거짓말을 들었을 때요?"

나는 바로 답하지 못하고 입을 닫을 수밖에 없었다. 차마 표현할 수 없을 정도의 처참한 심경이었으니까.

"나는 그것보다 훨씬 더 놀라고, 슬프고, 당황하고, 화가 나고, 아팠어요."

"미안해."

나는 즉각 사과했다. 햇빛은 알았다는 듯, 고개를 길게 위아래로 끄덕였다.

"사과, 받아들일게요. 하지만 앞으로는 절대로 거짓말을 하지 않겠다고 약속해 줘야겠어요. 아서, 난 평생 행복하고 싶고, 그러려면 내 남편은 나를 속이거나 기만하지 않아야 해요."

"약속만이 아니라 맹세도 할 수 있어. 내 생명을 걸고 맹세할 수 있어. 아니, 돌아가신 내 부모님을 걸고 당신에게 평생 거짓말을 하지 않겠다고, 당신만을 사랑하겠다고 맹세할게."

나는 부모님을 언급하는 게 어떤 의미인지, 햇빛이 알기를 바랐다. 내가 사랑하는 여자답게 햇빛은 확실히 알아들었다. 그녀는 맑은 눈망울에 눈물을 담고는 고개를 끄덕였다. 그리고 속삭였다.

"사랑해요, 아서."

나는 입술을 열었다. 나도 사랑한다고 말하기 위해서였다. 그러나 목이 메어서 아무 소리도 낼 수 없을뿐더러, 갑자기 눈앞이 뿌옇게 변했다. 그러자 햇빛은 넋을 잃은 목소리로 물었다.

"지금…… 우는 거예요?"

"무, 무슨 말을!"

나는 말을 더듬고 말았다. 눈을 여러 번 깜빡인 뒤에야 시야 또한 맑아졌다. 한층 밝게 변한 세상 속에서 햇빛은 함박웃음을 짓고 있었다.

"날 정말 사랑하는군요. 내 고백을 듣고 눈물 흘리다니."

"당연히 정말 사랑하지. 그리고 눈물, 흘린 것 아니야."

"아니긴요. 아, 사진 찍어놓을걸."

"아니라니까."

나는 어린아이가 되어 우기는 기분이 들었다. 햇빛도 나를 딱 그렇게 보고 있는지, 빙글빙글 웃었다.

"귀엽네요, 아서."

갑자기 온몸에서 열이 훅 올랐다. 나는 필사적으로 팔을 다시 앞으로 뻗었다.

"나의 햇빛, 안아주겠어?"

햇빛은 나를 흘긋 노려보았으나, 곧 웃으면서 다가와 나를 끌어안았다. 따스하고 포근한 여자. 나의 햇빛. 내 인생의 햇빛.

행복하다.

하지만 더 행복하고 싶은데……

나는 눈을 빛내며 입을 열었다.

「햇빛.」

"네."

"안아달라는 내 말의 뜻은 이게 아니야."

햇빛은 고개를 떼고 나를 바라보았다. 그녀는 무슨 의미인지 알아듣지 못한 표정이었으나, 곧 깨달았는지 얼굴이 빨갛게 변했다.

아, 사랑스러운 나의 햇빛.

"아직 회복한 거 아니잖아요."

"회복했어. 그러니까 퇴원해서 집에 있는 거잖아."

햇빛은 고개를 저었다.

"미스터 존스가 그러던데요, 아직 많이 힘들다고요. 그러니까 좀 배려해 달라고요."

"뭐라고? 뭘 배려해? 그놈이 대체 뭐라고 말한 거야?"

햇빛은 매우 난감한 표정이었다. 나는 그녀의 양어깨를 붙들고 흔들면서 당장 사실대로 실토하라고 외치고 싶었으나, 그래선 안 된다는 것을 잘 알기에 부드럽게 물었다.

"조지가 정확히 뭐라고 했는데?"

"그게, 그러니까……."

햇빛은 내 시선을 피하더니 중얼거리듯 말했다.

"허벅지를 다쳐서 예전에 비해 많이 실망스러울 거라고요. 그러니 아서의 자존심을 생각해서 반년 동안은 되도록 하지 말라고……."

나는 당장 뛰쳐나가서 조지를 죽도록 패주고픈 충동을 참고 또 참았다.

"조지가 거짓말을 한 거야. 난 멀쩡해. 상처도 다 아물었고, 재활운동도 잘 하고 있어. 아직 뛰는 건 무리지만 그것 이외에는 이전과 같아. 그래서 퇴원한 거야."

"그런데 왜 안 일어나고 계속 침대에 있는 거예요?"

햇빛의 질문은 날카로웠다. 나는 사실대로 말했다.

"발기했거든. 당신이 나타난 순간부터 이랬어. 당황할까 봐 시트로 가리느라 계속 앉아 있었던 거야."

햇빛이 눈치챌까 봐 교묘하게 시트를 뭉쳐서 가린 상태였다. 나는 빙글빙글 웃으면서 물었다.

"보여줄까?"

"됐, 됐어요!"

햇빛은 얼굴을 빨갛게 물들이며 고개를 돌렸다. 나는 그녀의 손목을 잡아끌며 물었다.

"식사 아직 안 했지? 같이 하자."

나는 시트를 옆으로 던지고는 침대에서 일어섰다. 걸친 것이 잠옷 용도로 입는 얇은 실크 바지인지라 발기한 상태가 두드러지게 보이리라. 내게 고개를 돌렸던 햇빛은 깜짝 놀라더니 반대편을 쳐다보았다. 두 뺨은 물론 귀 끝도 빨갰다.

정말 귀엽다.

나는 햇빛과 손을 잡은 채 침실 밖으로 나갔다. 부엌으로 향하면서 다른 손으로 집 안을 가리켰다.

"집, 마음에 들어?"

햇빛은 발갛게 익은 얼굴을 돌려서 집을 둘러보았다. 이 펜트하우스는 복층으로, 침실 일곱 개와 식당 두 곳, 화장실 다섯 개가 있고 파티룸, 서재, AV룸, 테라스룸 등도 따로 있었다.

혼자 살기에 상당히 크고 호화롭지만, 난 템즈 강이 내려다보이는 이 풍경이 마음에 들어서 대학교를 졸업한 뒤 이곳을 집으로 삼았다. 사실 9층짜리 이 건물 자체가 내 것이다.

"네, 아주 멋지네요."

햇빛은 상당히 감탄하는 눈치였다. 나는 사실을 말했다.

"이 건물이 내 소유야. 앞으로는 당신 것이 되겠지."

햇빛은 기겁하는 표정이었다. 재산을 언급하면 탐욕이 얼굴에 떠오르는 다른 여자들과는 확실히 달랐다. 그래서 햇빛이 더 사랑스러우면서도, 약간 아쉬웠다. 재물을 좋아하는 여자라면 내가 갖고 있는 것으로 그런 욕망을 좀 더 확실하게 충족시켜 줄 수 있으니까.

"부담돼?"

나는 조심스럽게 물었고, 햇빛은 고개를 살짝 끄덕였다.

"약간이오. 걱정은 안 해도 돼요. 결정한 이상, 난 당신을 떠나지 않을 거니까요. 사랑해요, 아서."

햇빛은 눈웃음을 보여주었다. 그리고 그게 바로 내 자제력을 아주 먼 곳으로 날려 버렸다. 마침 식당에 도착한 상황이었다. 나는 새하얀 식탁 위로 그녀를 올렸다.

"아서?"

햇빛은 깜짝 놀라 나를 불렀고, 나는 욕망으로 눈을 번뜩이며 물었다.

"이전에 내가 식탁에 대해서 한 말, 기억해?"

"이 식탁 위에 눕히고 싶어. 아니, 엎드리게 하고 싶군. 당신은 식탁 양쪽 모서리를 붙잡고 엎드린 채 나를 기대하게 될 거야. 나는 당신의 새하얀 목덜미를 깨문 채, 뒤에서 가질 거야. 식탁이 크게 들썩거릴 정도로 박겠지."

햇빛은 기억하는지 얼굴이 더더욱 새빨갛게 변했다. 먹음직스러운 체리를 코앞에 둔 기분이었다.

"해도 될까?"

나는 허락부터 구했다.

"그, 그게……."

난 햇빛이 거절할 것 같아, 일단 키스로 입을 막았다.

아아, 살아 있길 잘했다.

햇빛의 보드라운 입술이 내 입술에 닿는 순간, 나는 뼛속 깊이 생각했다. 정말로 살아 있길 잘했다.

"사랑해, 사랑해, 사랑해."

나는 그녀의 입술과 혀를 마음껏 핥고 깨물면서 사이사이 말했다. 각인시켜야 한다. 아니, 세뇌시켜야 한다. 내가 사랑한다는 사실을 주입시켜야 한다. 그래야 햇빛이 받은 상처가 조금이라도 더 희미해지리라. 그래야 나를 더욱 사랑하겠지.

"나도, 나도 사랑해요."

햇빛은 가쁜 호흡 속에서 답하며 두 손을 뻗어 내 목을 끌어안았다. 나는 미소 지으며 그녀의 옷을 아주 빠르게 벗겼다. 순식간에 햇빛은 나신이 되었다. 부끄러움 때문에 발갛게 물든 새하얀 알몸은 더없이 매혹적이다. 그리고 더없이 도발적이다.

나의 햇빛, 숭배한다.

나는 손과 혀, 입술, 치아로 내 열렬한 숭배의 마음을 드러냈다. 그녀의 온몸을 매만지고, 핥고, 쓸고, 깨물었다. 매혹적인 쇄골과 둥글고 사랑스러운 가슴, 분홍빛 유두, 반듯한 복부, 매끈한 허벅지…….

나는 햇빛을 식탁 가장자리에 걸터앉게 한 뒤 다리를 벌리게 했다. 그녀는 쑥스럽고 부끄러운 표정이었으나 다리를 오므리지 않았고, 두 눈동자는 내 애무에 취해서 분명한 욕망을 드러내고 있었다.

세상에서 가장 사랑스러운 눈빛.

나는 그녀의 다리 사이로 내려갔다. 내가 뜨거운 입김을 숲 위로 불어넣자 햇빛은 내 머리카락을 붙들었다. 나는 그녀의 허벅지를 단단하게 붙든 채, 혀로 그녀의 클리토리스를 건드렸다.

"아!"

햇빛은 비명 같은 신음을 짧게 내질렀다. 나는 그 신음을 더 큰 것으로 만들기 위해 혀로 클리토리스를 때로는 부드럽게, 때로는 세차게 빨았다. 그러면서 솟구치는 애액을 빨아 먹은 건 물론이었다. 또한, 오른손 검지를 깊게 넣었다.

"아아아앗!"

햇빛의 신음은 비명이 되었다. 나는 중지까지 두 개의 손가락을 넣었다. 천천히 부드럽게 하고 싶지만, 오랜만인지라 정말 미칠 것 같았다. 내가 걸친 셔츠의 등 부분은 땀으로 범벅인 상황이었다. 그래도 나는 눈을 질끈 감은 채, 좁은 내부를 꼼꼼하게 매만지면서 햇빛에게 흥분을 안겨다 주었다. 천국의 끝에 다다랐는지 햇빛은 온몸을 부르르 떨었다.

"아서!"

햇빛은 내 이름을 불렀고, 나는 더 이상 참지 못했다. 끝없이 솟구치던 애액을 더 빨아 먹고 싶었으나 나는 벌떡 일어나서 서둘러 하의를 벗었다.

"해도 되지?"

햇빛이 제대로 들지 못하는 상황이라는 건 잘 알았다. 그러나 나는 확인하듯 다시 묻고는, 그녀를 뒤돌려 세우고는 식탁에 엎드리게 했다. 햇빛의 엉덩이는 정말로 예뻤다. 나는 고개를 숙여 엉덩이를 살짝 깨물었다.

"사랑해."

그리고 나는 뒤에서 들어갔다. 햇빛은 젖다 못해 바다처럼 흥건해진 상황이기에, 나는 그야말로 허리케인에 빨리듯 쑥 들어갔다.

나는 바로 가버릴 뻔했다. 10대 초반 때도 안 그랬건만, 햇빛에겐 자제력을 제대로 발휘할 수가 없었다. 나는 바닥까지 내려앉은 의지를 박박 긁어모았다. 그러나 나를 감싼 햇빛은 정말로 끝내줬다.

"아."

나는 아까 햇빛이 그러하듯, 비명 같은 신음을 내질렀다. 이마에서 땀이 뚝뚝 흘러내려서 그녀의 새하얀 목에 떨어졌다.

핥고 싶다. 깨물고 싶다. 저 길고 우아한 목만이 아니라, 온몸 전체를 먹어버리고 싶다. 애액을 끝없이 마셔 버리고 싶다. 영원히 이렇게 하나가 된 채 여생을 보내고 싶다.

이런 마음이 정상일가? 가끔은 두려울 지경이었다. 그러나 어찌 됐든, 햇빛은 나를 사랑한다. 그러면 된 거다. 그리고 내가 사랑한다. 끝없이, 영원히.

"사랑해."

요즘 세상에 이 고백은 너무도 흔한 말이었다. 그래서 때로는 가치가 없어 보이는 말. 그러나 내겐 전부이다.

사랑한다. 내 특별한 여자. 내 유일한 햇빛.

"사랑해."

나는 거듭 속삭이며 움직이기 시작했다. 깊게 들어갔다가 나오고, 더 깊게 들어갔다가 나오고.

새하얀 색으로 된 식탁이 삐걱거리기 시작했다. 그리고 크게 들썩거렸다. 내가 햇빛을 처음 본 순간, 상상했던 바로 그 장면.

섹스. 아니, 아니다. 사랑을 나누는 것이다.

햇빛을 만나기 전, 섹스라고 불렀던 이 행위는 그저 욕구를 충족시키기 위한 것이었다. 그러나 이제는 안다. 사랑을 표현하는 또다른 방법이라는 걸. 서로를 행복하게 만드는 수많은 절차 중의 하나라는 걸. 말 그대로 서로 사랑을 나누고, 다시 하나가 되는 과정이라는 걸.

사랑한다.

"사랑해요."

극치의 쾌락을 맛본 뒤, 나는 햇빛을 침대로 옮겨서 꼭 끌어안았다. 나른한 여운을 즐기다가 그녀는 내게 미소를 지어주었다. 세상에서 가장 사랑스러운 미소.

"사랑해요, 아서."

"나도 사랑해."

나는 망설이다가 물었다. 항상 묻고 싶었지만 왠지 모르게 겁이
나서 질문하지 못했던 것.

　"'햇빛', 행복해?"

　햇빛은 즉시 답을 주었다.

　"네. 이보다 더 행복할 수 없을 만큼."

　"고마워. 나도 정말 행복해."

　나는 태양 같은 미소를 지었다. 그리고 내가 얼마나 행복한지
다시 몸으로 보여주었다. 아주 뜨겁게.

에필로그, 두 번째
스페셜 금요일

　아서는 돌아가신 부모님을 걸고, 아내에게 거짓말을 하지 않겠다고 맹세했었다. 하지만 지금은 맹세를 깨야 할 것 같은 절체절명의 위기에 빠진 상태였다.

　"나, 살찐 것 같지 않아요?"

　햇빛이 그렇게 물었기 때문이다. 물론 아서는 여자가 저런 질문을 하는 건 '아니야, 안 쪘어. 여전히 예뻐'라는 답을 듣기 위해서라는 건 잘 알았다. 하지만 햇빛은 여타 여자들과는 다른데다가, 이런 질문을 한 건 3년 만에 처음이었다.

　약 2년 전, 결혼을 약속한 지 두 달 만에 아서는 햇빛과 결혼했다. 햇빛의 부모, 즉 그의 장인과 장모가 그가 외국인이라는 사실 때문에 약간의 반대를 하긴 했지만 곧 허락을 해준데다가 결혼 준비를 눈 돌아갈 정도로 빠르게 한 덕분이었다. 그건 햇빛이 성대한 결혼식을 꿈꾸는 보통 여자들과 달라서였다. 햇빛은 결혼식은 그냥 가족끼리만 모여서 간소하게 해도 된다고 생각했기 때문이다.

대신, 햇빛이 중요하게 생각한 건 신혼여행이었다. 보라보라 섬에 꼭 가보고 싶다고 했는데, 그곳에서 2주간 아서와 햇빛은 그야말로 뜨거운 나날을 보냈다. 그리고 영국으로 돌아온 뒤, 햇빛은 위틀 컬리지에서 계속 플로리스트 공부를 했고, 아서는 그린재단의 일에 본격적으로 뛰어들었다.

그전에도 아서는 망나니라는 이미지를 유지하면서도 그린재단의 일에는 나름대로 애를 썼었다. 사회적인 약자들에게 도움을 주는 걸 좋아하기 때문이었다. 결혼 후, 두 팔을 걷어붙이고 직접 봉사도 가고, 파티를 열어서 기금을 모으는 등 여러 일을 본격적으로 진행하자 재단은 점점 더 커졌다. 아서는 요원 일을 할 때만큼 보람을 느꼈다. 물론 은밀하게 GCHQ의 일을 종종 돕는 것도 즐거웠고.

위험도를 최소화하기 위해 몸을 쓰지 않고 두뇌만 사용하는 일만 했는데, 햇빛에게 허락을 얻고 하는 것이었다. 하지만 사실 햇빛은 일 자체를 탐탁지 않게 생각하는 눈치이긴 했다. '보스' 사건 때 다친 아서의 오른 다리가 아주 살짝 불편하다는 사실을 되새기기 때문이었다.

일반인의 기준으로 보면 정상이긴 했다. 이전보다 달리기 속도가 2, 3초 느려진 정도인데 이 정도면 일반인들과 비슷하니 후유증이라고 말할 수도 없었다. 그러나 어쨌든 햇빛은 오른쪽 다리의 수술 자국은 물론 오른쪽 어깨의 총상 자국을 비롯해서 여러 흉터를 볼 때마다 안쓰러운 눈빛이 되었다. 그럼에도 아서가 GCHQ의 일에 어느 정도 책임감을 느낀다는 것을 알고 있는지, 그만두라고는 말하지 않았지만.

아서는 햇빛의 불편해하는 심정을 잘 알았으나 GCHQ의 일을 할 때마다 숨기지 않았다. 햇빛이 돌아온 뒤, 아서는 그녀에게 거짓말을 하지 않는 건 물론이거와 비밀을 만들지 않는 게 철칙이었으니까.

그렇게 거짓과는 거리가 아주 먼 삶을 2년 넘게 살아와서 그런지, 아서는 햇빛에게 거짓말을 할 수 없게 된 상황이었다. 그런데 오늘 갑자기 햇빛이 저렇게 살 찌지 않았냐고 물으니 위기감을 느꼈다.

햇빛이 실제로 살이 쪘기 때문이었다. 아마도 2kg 정도?

사실, 그건 아서 때문이었다. 요즘 그는 취미로 각종 요리를 배우고 있는데, 거의 매일 저녁마다 맛있지만 칼로리가 아주 높은 디저트를 만들어서 햇빛에게 먹였기 때문이다.

햇빛은 외모 부분에서도 거짓말을 하는 걸 원치 않는다고 말한 적이 있었다. 그리고 그의 눈에는 워낙 아름답기 때문에 거짓말을 할 기회 자체가 없었다. 그런데 햇빛이 지금 저렇게 물으니…….아서는 순간 어찌할 바를 몰랐다.

"왜 답을 못해요?"

아서가 아무 말도 못하자, 햇빛은 한쪽 눈썹을 위로 치켜뜨며 물었다. 아서는 아내가 화를 내기 직전이라는 것을 깨닫고 침을 한 번 꿀꺽 삼켰다. 막 입을 열었을 때, 바텐더가 다가와 테이블 위에 두 잔의 데킬라를 놓았다.

"환영합니다."

언제나처럼 바텐더는 씩 웃으며 그들 부부를 맞이했다. 공손한 태도이기도 했는데, 그건 햇빛이 이 펍의 주인이기 때문이었다.

내가 있는 곳이 낙원이다. Le paradis, c'est la ou je suis. 아니, Paradise is where I am인 곳.

볼테르라는 필명으로 더 유명한 프랑스의 작가, 프랑수아 마리 아루에의 명언을 따서 붙인 펍이었다. 원래 아서는 프랑스 놈의 명언 따위가 이름인 펍은 관심이 없었다. 그러나 총상을 입고 햇빛과 재회한 곳이 바로 이 펍 앞이었다.

알렉 형은 결혼 1주년을 기념해서 재인 형수에게 재회 장소인 바(Bar)를 선물했다고 한다. 아서는 그 이야기를 듣고 똑같이 하기로 마음먹고는 결혼 1주년이 되자 이 펍을 매입해서 햇빛에게 선물했다. 사실 햇빛이 있는 곳이 그에게는 낙원이니, 딱 어울렸다.

햇빛은 선물을 받고 깜짝 놀라더니, 이 펍에서 나오는 모든 수익금은 전부 그린재단으로 돌려서 가난한 사람들을 위해 쓰자고 제안했다.

정말이지, 그의 아내는 마음이 착했다. 아서는 아내의 제안을 그대로 받아들였고, 그 뒤부터는 '스페셜 금요일'에 가끔 이곳을 방문했다.

돌아가신 어머니와 아버지는 매주 수요일마다 1박 2일로 부부끼리의 오붓한 시간, 즉 '스페셜 수요일'을 가졌었다. 알렉 형은 재인 형수와 매주 목요일마다 '스페셜 목요일'을 가지는데, 아서와 햇빛도 가문의 전통인 것처럼 일주일에 하루, 금요일을 그렇게 정했다. 즉, '스페셜 금요일'을 가진 것이었다.

물론 아서와 햇빛은 아직 아이가 없는지라 생활이 비교적 자유롭긴 했다. 햇빛은 플로리스트로서 플라워샵을, 아서는 그린재단을 운영하느라 바쁘긴 하지만 그래도 서로 생활이 거의 밀착되어 있었다. 하지만 '스페셜 금요일'이라는 걸 정해두고 이날 밤을 함께 즐기는 건, 색다른 즐거움이 느껴지는 일이었다.

그래서 오늘도 '내가 있는 곳이 낙원이다'로 와서 분위기를 즐기다가 뜨겁게 밤을 보내려고 했는데, 이런 위기가 닥치다니?

"아서, 대답해요. 나, 살쪄 보이죠?"

바텐더가 시야에서 사라지자 햇빛은 데킬라에 손도 대지 않고 다시 캐물었다. 아서는 일단 미소를 지었다.

"음, 몸무게가 약간 늘었지?"

"3kg이나 쪘어요!"

2kg이 아니었군.

"괜찮아. 난 지금 모습도 사랑해. 아름다워."

아서는 환하게 미소 지으며 이야기했다. 거짓말을 안 해서 다행이고, 햇빛도 거짓말을 하지 않은 그를 좋게 볼 거라고 생각하면서. 그러나 아내의 반응은 예상과는 달랐다. 그녀는 이번에는 두 눈썹을 위로 추켜세웠다.

"그래서, 내가 살쪘다 그거로군요. 아서, 이럴 때는 안 쪘다고 말해줘야 하는 거 아니에요?"

거짓말을 하지 말라고 맹세시킨 건 햇빛 당신이잖아!

아서는 이 말을 내뱉을 정도의 바보가 아니었다.

"미안해. 기분 나빴어?"

"……아니에요. 내가 미안해요."

햇빛은 말하다가 한숨을 폭 내쉬었다.

"기분이 왔다 갔다 하네요. 왜 이러지?"

아서는 아내에 대해서 모든 것을 알고 있는 남자였다. 그는 아내의 생리 주기를 떠올려 보았다.

어떤 가능성 하나가 아서의 머릿속을 화살처럼 꿰뚫고 지나갔다.

「햇빛.」

"네?"

"테스트기, 써보자."

"테스트기요? 아."

"일단, 나가자."

아서는 아내가 요즘 술을 전혀 안 마셨다는 사실을 새삼 안도하면서, 손을 붙잡고 일어났다. 늦은 시각이 아닌지라 근처의 약국은 다행히 영업을 하고 있었다. 아서는 햇빛을 차 안에 앉혀둔 채 임신 테스트기를 사서 부리나케 돌아와 햇빛에게 건네주었다. 집으로 돌아오자마자 햇빛은 발갛게 익은 뺨을 만지작거리다가 종종걸음으로 침실 안에 딸린 화장실로 들어갔다.

아서는 팔짱을 낀 채 드넓은 침실 안을 오가기 시작했다. 이렇게나 긴장감이 온몸에 치솟은 건 정말 오랜만이었다.

아이는 햇빛이 서른 살이 되는 1년 후에 가지기로 하고, 그동안 피임을 꾸준히 했었다. 하지만 만약 피임을 실수 혹은 실패한 거라면? 그래서 임신한 거라면?

"아서."

햇빛이 나왔다. 그녀는 새빨갛게 변한 얼굴로 테스트기를 보여주었다.

두 줄이 가 있었다.

"임신했나 봐요."

아서가 반응한 건 몇 초 뒤였다. 그는 눈을 껌뻑거리다가, 두 주먹을 불끈 쥐고 저도 모르게 환호성을 내질렀다. 햇빛은 깜짝 놀란 표정이었는데, 곧 다가와 그를 끌어안았다.

"아서의 아기라니. 정말 잘생겼을 것 같아요, 당신 닮아서."

"난 여자애 같은데. 정말 아름다울 것 같아, 당신 닮아서."

아서는 언제나 따스하고 보드라운 아내를 마주 안고는 손을 잡은 채 밖으로 나갔다. 급히 섭외한 주치의는 같은 진단을 내렸다.

"7주나 됐다니, 믿을 수가 없어요."

햇빛은 아직 납작한 배를 문질렀다. 아서 또한 같은 마음이었다.

아무 티도 나지 않는데, 이 속에 생명이 있다니? 햇빛과 내 아이가 있다니?

"햇빛, 앞으로 절대 안정해야 해. 알았지? 복싱도 당분간 멈추자."

일단 아서는 햇빛이 거의 매일 하는 복싱부터 금지시켰다. 그리고 나머지 임신 기간 동안 그녀를 이전보다 더 애지중지했다. 운동을 해야 한다고 주치의가 지시 내린 뒤에야 과보호에서 풀어주었는데, 아서는 임신 기간 내내 그야말로 살얼음판을 걷는 기분이었다. 물론 기대감과 경이로움을 느낀 것도 사실이었다.

시간은 흘러 출산예정일 일주일 전, 딸이 태어났다. 아서는 울고야 말았다. 전직 M16, GCHQ 정예요원답지 않았으나, 외계인 같이 쭈글쭈글하고 새빨간 딸을 보자마자 눈물이 쏟아졌다. 그리고 자신이 이제까지 잘못 생각하고 있었다는 것을 깨달았다.

햇빛만이 그의 유일한 행복인 줄 알았다. 그러나 아니었다. 이제 행복이 또 하나 생겼다.

그리고 2년 뒤, 아서는 또 한 명의 딸을 얻었다. 행복이 더 늘어난 것. 그는 더더욱 행복한 사내가 되었다.

〈The End〉

※ 참고 도서

정주희, 꼼 데 플레르(소모, 2012)

케이트 폭스 저, 권석하 역, 영국인 발견(학고재, 2010)

설기문, 최면의 세계(살림, 2003)

어니스트 볼크먼 저, 이창신 역, 스파이(이마고, 2007)

조은영, 런던의 플로리스트(시공사, 2012)

존 키츠 저, 허현숙 역, 빛나는 별(솔, 2012)

엄지영·강세종, 올 어바웃 플로워숍(북하우스, 2012)

※ 참고 사이트

네이버 지식인

네이버 블로그

Chungeoram romance novel

시월야 장편 소설

혼인

예조참판의 여식이라는 좋은 탈을 뒤집어쓰고 있지만
실상은 더는 물러설 곳이 없는 삶을 살고 있는 여인 윤효진.

"꼭 혼인을 하자는 확답을 받아와야 한다. 알겠느냐?
그 자리에서 옷고름을 푸는 한이 있더라도
꼭 확답을 받아야 이 집 문턱을 넘을 수 있을 것이야!"

몸부림친다 하더라도 더 나아질 것이 없는 현실,
이 현실을 도피하기 위해서라도 기루로 자신을 혼대한
사내와의 혼담을 성사시켜야 했다.

 세상의 모든 전자책을 위해 탄생된 곳

세상을 보는 또 하나의 창 이젠북!
www.ezenbook.co.kr

지금 클릭하세요! | 검색창에 이젠북 을 쳐보세요! ▾ | Q

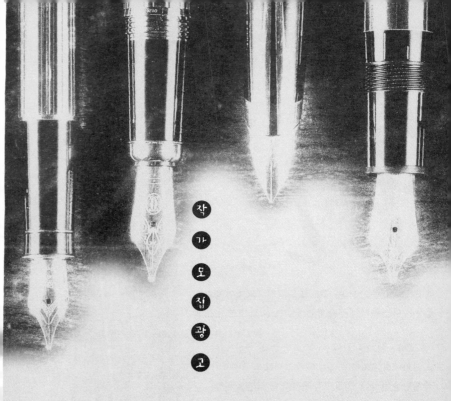

작
가
모
집
광
고

도서출판 청어람의 문은 항상 열려 있습니다.
실력있는 작가 분들의 많은 관심 부탁드립니다.

TEL:032-656-4452 • FAX:032-656-4453
http://www.chungeoram.com
e-mail:chungeorambook@daum.net